mtb

Zum Buch:

Lucas Blade hasst die Feiertage. Jeden grinsenden Weihnachtsmann, jedes fröhliche Lied, das aus den Lautsprechern der Läden schallt, und jede eiskalte Schneeflocke, die sich über Manhattan legt. Obwohl die ganze Welt auf seinen neuen Roman wartet, sitzt er lieber in der Dunkelheit seines Apartments und starrt hinaus auf die winterweiße Weite des Central Parks. Störung nicht erwünscht! Doch als er die junge Köchin Eva während eines Schneesturms bei sich aufnehmen muss, bringt sie alles durcheinander: seine Wohnung, seine Pläne, sein Herz …

„Das magische Finale von Sarah Morgan packt seine Leser von Seite eins an."
RT Book Reviews

Zur Autorin:

Sarah Morgan startete ihre Karriere bereits als Kind – mit einer Biografie eines Hamsters. Als Erwachsene arbeitete sie zunächst als Krankenschwester, bis sie nach der Geburt ihres ersten Kindes die Schriftstellerei erneut für sich entdeckte. Zum Glück! Ihre humorvollen Romances wurden weltweit mehr als elf Millionen Mal verkauft. Die preisgekrönte Autorin lebt mit ihrer Familie in der Nähe von London.

Lieferbare Titel:

Schlaflos in Manhattan (From Manhattan With Love #1)
Ein Sommergarten in Manhattan (From Manhattan With Love #2)

Einmal hin und für immer (Puffin Island #1)
Für immer und ein Leben lang (Puffin Island #2)
Für immer und einen Weihnachtsmorgen (Puffin Island #3)

Winterzauber wider Willen (Snow Crystal #1)
Sommerzauber wider Willen (Snow Crystal #2)
Weihnachtszauber wider Willen (Snow Crystal #3)

Sarah Morgan

Lichterzauber in Manhattan

Roman

Aus dem amerikanischen Englisch
von Ivonne Senn

mtb

Die Originalausgabe erschien 2016 unter dem Titel
Miracle on 5th Avenue bei HQN Books, Toronto.

1. Auflage 2021

Published by arrangement with
Harlequin Enterprises II B.V./SARL
Umschlaggestaltung von büropecher, Köln, Artwork Harlequin Books S.A.
Umschlagabbildung von Harlequin Books S.A.
Gesetzt aus der Stempel Garamond
von GGP Media GmbH, Pößneck
Druck und Bindung von GGP Media GmbH, Pößneck
Printed in Germany
ISBN 978-3-7457-0325-2
www.harpercollins.de

Klimaneutral
Druckprodukt
ClimatePartner.com/15109-2009-1001

MIX
Papier
FSC FSC® C014496

Liebe Leserinnen und Leser,

wer schon mal ein Buch von mir in der Hand hatte, der weiß, dass ich Happy Ends liebe. Ich bin ein ziemlich optimistischer Mensch und bevorzuge meine Tasse halb voll (vorzugsweise mit starkem Kaffee gefüllt). Ich lese viel, aber selten das, was man als „Horror" bezeichnet. Für gruselige Spannung, Serienmörder oder geheimnisvolle Geräusche in der Nacht kann ich mich nicht begeistern – darin bin ich der Heldin dieses Romans ähnlich.

Eva ist eine Romantikerin, die immer das Gute sieht. Als ein Auftrag von ihr verlangt, einige Zeit mit Lucas – einem Thrillerautor, der die dunkelsten Seiten der Menschen erforscht – zu verbringen, tut sie alles, damit es gut läuft. Auch wenn ihr von Anfang an klar ist, dass sie beide total gegensätzlich sind. Sie sucht vielleicht nach Romantik, aber Lucas ist definitiv nicht ihr Typ. Oder doch?

Lucas schreibt nicht nur über die Dämonen anderer Menschen, er hat auch selbst ein paar. Doch die warmherzige Eva ist entschlossen, Licht in die dunklen Ecken seines Lebens zu bringen.

Dies ist ein Buch über zweite Chancen, aber auch über Hoffnung und die Macht der Liebe. Ich hoffe, es gefällt euch. Wenn ihr das noch nicht getan habt, werft doch mal einen Blick in die Geschichten von Paige und Frankie, *Schlaflos in Manhattan* und *Ein Sommergarten in Manhattan*. Und besucht mich gerne auch auf Facebook, um ein wenig zu plaudern: *Facebook.com/authorsarahmorgan*.

Alles Liebe, Sarah
xx

www.sarahmorgan.com

Für Sue. Ich schreibe über fiktive Freundschaften, aber unsere ist echt. Ich Glückliche.

1. Kapitel

Andere Mütter haben auch schöne Söhne.
Aber das hilft nichts, wenn die nicht
in New York wohnen.

– Eva

„Wir können nicht zwei Turteltauben schicken! Ich weiß, er will ihr an Weihnachten einen Antrag machen und findet das romantisch, aber die Romantik geht ganz schnell flöten, wenn das komplette Zimmer mit Taubendreck bespritzt ist. Die Liebe seines Lebens wird Nein sagen, und wir dürfen nie wieder ein Event in dieser Location veranstalten, und keiner bekommt das Happy End, das wir uns alle wünschen." Eva Jordan brachte das Handy in eine bequemere Position und kuschelte sich tiefer in ihren Mantel. Vor den Fenstern des Taxis fiel der Schnee immer noch stetig und forderte alle heraus, die gegen ihn ankämpfen wollten. Je mehr sie schaufelten, desto mehr Schnee fiel – so wirkte es zumindest. In einer Schlacht zwischen den Menschen und den Elementen stand der Mensch definitiv auf verlorenem Posten. Der Schneesturm nahm ihr beinahe vollständig die Sicht auf die Fifth Avenue, deren glitzernde Schaufenster hinter einem Schleier aus fallenden Flocken verschwanden. „Ich werde ihm helfen, seine Vorstellung von ‚Romantik' neu zu definieren, und darin werden weder Vögel noch Hühner oder Eier legende Gänse eine Rolle spielen. Und wo wir gerade dabei sind, ein goldener Ring ist vollkommen ausreichend. Warum braucht er fünf? Er will das Außergewöhnliche, nicht die Übertreibung, und diesen Unterschied werde ich ihm erklären."

Paige war wie immer verständnisvoll. „Laura träumt von diesem Moment, seitdem sie ein kleines Mädchen war. Er trägt die Verantwortung dafür, es perfekt zu machen."

„Ich bin mir ziemlich sicher, dass in ihrem Traum keine Menagerie an Wildtieren vorkommt. Ich denke mir einen Plan aus, und der wird spektakulär. Niemand kennt sich mit Romantik besser aus als ich."

„Außer, wenn es um dich geht."

„Danke auch, dass du mich an mein nicht existentes Liebesleben erinnerst."

„Gern geschehen. Und nachdem wir uns jetzt über die Fakten einig sind – was willst du in dieser Sache unternehmen?"

„Überhaupt nichts. Und wir werden diese Unterhaltung nicht schon wieder führen." Eva wühlte in ihrer Tasche und holte ihr Notizbuch heraus. „Können wir zum Geschäftlichen zurückkehren? Es ist nur noch ein Monat bis Weihnachten."

„Wir haben nicht genügend Zeit, um etwas Aufwendiges auf die Beine zu stellen."

„Es muss nicht aufwendig sein. Sondern emotional. Sie muss von seinen Worten und deren Bedeutung überwältigt sein. Warte mal ..." Eva tippte mit ihrem Stift auf die Seite. „Sie haben sich im Central Park kennengelernt, oder? Beim Hundespaziergang?"

„Ja, aber Ev, der Park liegt unter einem halben Meter Schnee begraben, und es kommt immer noch mehr dazu. Ein Heiratsantrag dort könnte mit einem Ausflug in die Notaufnahme enden. Das wäre aus den ganz falschen Gründen unvergesslich."

„Überlass das mir. Ich habe in den nächsten zwei Tagen ausreichend Zeit, darüber nachzudenken, weil ich ganz allein in der Wohnung dieses Typen sein werde, um sie zu schmücken und seinen Tiefkühlschrank für seine Rückkehr aus der Wildnis zu füllen." Sie machte sich eine Notiz und steckte das Notizbuch wieder weg.

„Du arbeitest zu hart, Ev."

„Das sagst ausgerechnet du zu mir?"

„Selbst ich nehme mir ab und zu frei, um mich zu entspannen."

„Das muss mir entgangen sein. Und falls es dir noch nicht aufgefallen ist, unser Geschäft wächst wahnsinnig schnell."

„Wenn du dir mal einen Abend freinimmst, um auf ein heißes Date zu gehen, wird das unsere Wachstumskurve nicht gleich einstürzen lassen."

„Danke, aber dein Plan hat einen kleinen Haken. Ich habe kein heißes Date. Ich habe nicht einmal ein lauwarmes Date."

„Meinst du, du solltest es noch mal mit Onlinedating probieren?"

„Ich hasse Onlinedating. Mir ist es lieber, Menschen auf andere Weise kennenzulernen."

„Aber du lernst niemanden kennen! Du arbeitest nur. Du gehst mit deinem Teddybären ins Bett."

„Es ist ein Känguru, kein Bär. Mein Großmutter hat es mir geschenkt, als ich vier war."

„Das erklärt, warum es so erschöpft aussieht. Es ist an der Zeit, es mit einem Mann aus Fleisch und Blut zu ersetzen, Eva."

„Ich liebe dieses Känguru. Es hat mich noch nie im Stich gelassen."

„Honey, du musst mal ausgehen. Was ist mit diesem Banker? Den mochtest du doch."

„Er hatte nie Zeit, mich anzurufen. Das Leben ist so schon stressig genug. Da muss man nicht noch herumsitzen und darauf warten, dass ein Kerl, von dem man nicht einmal sicher ist, dass man ihn mag, anruft und einen auf ein Date einlädt, von dem man nicht sicher ist, ob man überhaupt hingehen will."

„Du hättest ihn doch selbst anrufen können."

„Das habe ich. Er hat nie abgenommen." Eva schaute aus dem Fenster. „Es macht mir nichts aus, einem Traum nachzujagen, wenn es darum geht, unsere Agentur und unsere Zukunft aufzubauen. Aber ich werde nicht einem Mann hinterherjagen. Wie auch immer, jeder weiß, dass man die Liebe nie findet, wenn man danach sucht. Man muss darauf warten, dass *sie* einen findet."

„Aber was ist, wenn sie dich nicht finden kann, weil du nie deine Wohnung verlässt?"

„Ich habe meine Wohnung verlassen! Ich bin hier, auf der Fifth Avenue."

„Allein. Um in einer anderen Wohnung zu hocken. Allein. Denk doch mal an all den großartigen Sex, der dir entgeht. Wenn du so weitermachst, wirst du Mr. Right erst dann kennenlernen, wenn du achtzig bist und keine Zähne mehr hast. Dafür hast du dann aber kaputte Hüften."

„Viele Menschen habe mit achtzig noch guten Sex. Man muss nur ein bisschen kreativ sein." Sie ignorierte das Gefühl der Leere in ihrem Inneren und beugte sich zum Taxifahrer vor. „Können Sie kurz bei Dean & DeLuca anhalten? Wenn der Schneesturm so schlimm wird, wie sie vorhersagen, muss ich noch ein paar Dinge besorgen."

Paige sprach weiter. „Ich habe dich in den letzten zwei Wochen kaum gesehen. Es war so unglaublich viel zu tun. Ich weiß, diese Zeit im Jahr ist schwer für dich. Ich weiß, dass dir deine Großmutter fehlt." Ihre Stimme wurde weich. „Soll ich nach der Arbeit vorbeikommen und dir Gesellschaft leisten?"

Eva war verlockt, Ja zu sagen.

Paige und sie würden eine Flasche Wein öffnen, sich in

ihren Pyjamas auf die Couch kuscheln und reden. Sie würde zugeben, wie schlecht sie sich oft fühlte, und dann …

Ja, was dann? Eva senkte den Blick in ihren Schoß. Sie wollte nicht diese Art von Freundin sein. Eine Frau, die ständig nur jammerte und stöhnte. Jemand, der anderen zur Last fiel. Und überhaupt – ihren Freundinnen zu erzählen, wie schlecht es ihr ging, würde gar nichts ändern, oder? Ihre Großmutter würde sich für sie schämen.

„Du hast noch ein paar Meetings in Downtown und dann das Dinner mit Jake."

„Ich weiß, aber ich könnte ohne Probleme …"

„Du wirst das nicht absagen", unterbrach Eva sie schnell, bevor sie ihre Meinung ändern konnte. „Ich komme klar."

„Wenn das Wetter nicht so schlecht wäre, könntest du nach Hause kommen, heute Nacht hierbleiben und morgen wieder hingehen. Allerdings soll der Sturm wohl ziemlich heftig werden. Vermutlich ist es daher besser, du fährst nicht hin und her. Obwohl es mir gar nicht gefällt, dass du dort alleine bist."

Eva kaute auf ihrer Unterlippe. Es war egal, wo sie war, die Gefühle blieben die gleichen. Sie hatte keine Ahnung, ob es normal war, so zu empfinden. Sie hatte noch nie zuvor jemanden verloren, der ihr nahestand, und ihre Großmutter und sie hatten sich mehr als nur nahegestanden. Gram war vor etwas mehr als einem Jahr gestorben, und die Wunde war noch immer so frisch und schmerzhaft, als wäre es erst gestern passiert.

Nur ihrer Großmutter hatte sie es zu verdanken, dass sie behütet aufwachsen konnte. Besser gesagt: Sie verdankte ihrer Großmutter alles. Und sie versuchte, ihre Dankbarkeit zu zeigen, indem sie jeden Morgen aus dem Bett stieg und das Leben lebte, das ihre Großmutter sich für sie gewünscht hätte. Sie wollte sie stolz machen.

– Wenn ihre Großmutter jetzt hier wäre, wäre sie allerdings alles andere als stolz.

Sie würde Eva sagen, dass sie viel zu viele Abende allein in der Gesellschaft von Netflix und heißem Kakao in ihrer Wohnung verbrachte.

Ihre Großmutter hatte es geliebt, von Evas romantischen Abenteuern zu hören. Sie hätte gewollt, dass sie ausging und Menschen traf, selbst wenn sie traurig war. Anfangs hatte sie genau das probiert, aber in letzter Zeit hatte sich ihr Sozialleben allein um ihre Freundinnen und Geschäftspartnerinnen Paige und Frankie gedreht. Sie fühlte sich wohl bei ihnen, auch wenn beide total verliebt waren.

Wie ironisch, dass sie, die Romantische, das am wenigsten romantische Leben führte.

Eva sah durch das Fenster auf die weißen Flocken, die vor dem dunklen Himmel herumwirbelten. Sie fühlte sich abgeschnitten. Verloren. Verdammt, wieso musste sie immer alles so intensiv empfinden? Manchmal wünschte sie, sie wäre nicht so emotional.

Zumindest hatte sie genug zu tun. Es war ihre erste Weihnachtssaison, seit sie Urban Genie gegründet hatten, ihre Event- und Concierge-Agentur, und ihre Auftragsbücher waren voll.

Ihre Großmutter wäre stolz auf das, was sie im Beruf erreicht hatte.

Feiere jede noch so kleine Gelegenheit, Eva, und genieße jeden Augenblick.

Eva blinzelte gegen die Tränen in ihren Augen an.

Das hatte sie nicht getan, oder? Sie hatte nur nach vorn geschaut, geplant, gearbeitet und noch mehr gearbeitet. Selten hatte sie innegehalten, um Atem zu schöpfen oder den Moment zu genießen. Seit einem Jahr hetzte sie von einem Termin zum anderen, während die Zeit einfach verflog. Auf einen eiskalten Winter war ein milder Frühling gefolgt, dann ein drückend heißer Sommer. Und nun war es wieder Winter. Sie hatte sich durchgekämpft, hatte die Jahreszeiten hinter sich gebracht, war Schritt für Schritt vorwärtsgegangen. Sie hatte die Augenblicke nicht genossen, weil ihr die Augenblicke nicht gefallen hatten.

Sie hatte ihr Bestes gegeben, um stark zu sein und zu lächeln, aber es war das schwerste Jahr ihres Lebens gewesen.

Trauer, dachte sie, ist ein grausamer Gesellschafter.

„Ev?" Paiges Stimme hallte durch das Telefon. „Bist du noch da? Ich mache mir Sorgen um dich."

Eva schloss die Augen und riss sich zusammen. Sie wollte nicht, dass ihre Freundinnen sich Sorgen machten. Was hatte ihre Großmutter ihr beigebracht?

Sei der Sonnenschein, Eva, nicht der Regen.

Sie wollte keine schwarzen Wolken in das Leben anderer Menschen bringen.

Also öffnete sie die Augen und lächelte. „Warum machst du dir Sorgen? Es schneit. Wenn der Schneesturm nachlässt, gehe ich in den Park und baue mir einen Schneemann. Wenn ich im echten Leben schon keinen Mann finde, dann suche ich eben einen aus Schnee."

„Du wirst dir einen sexy Kerl bauen?"

„Ganz genau. Mit breiten Schultern und unglaublichen Bauchmuskeln."

„Und zweifelsohne wirst du die Karotte nicht als Nase nutzen."

Eva grinste. „Für diesen Teil seiner Anatomie dachte ich eher an eine Gurke."

Paige lachte. „Bei deinen Ansprüchen ist es kein Wunder, dass du Single bist. Und übrigens hast du den Humor einer Fünfjährigen."

„Das ist der Grund, weshalb wir schon so lange befreundet sind."

„Es ist schön, dich lachen zu hören. Früher war Weihnachten immer deine liebste Zeit im Jahr." Das stimmte. Sie hatte Weihnachten immer geliebt. Jeden lächelnden Weihnachtsmann, alle fröhlichen Lieder, die in den Läden gespielt wurden, und jede glitzernde Schneeflocke. Vor allem die Schneeflocken hatte sie geliebt. Sie ließen sie an Schlittenfahrten und Schneemänner denken.

Schnee hatte schon immer etwas Magisches für sie.

Es reicht, dachte sie, genug damit.

„Es ist auch jetzt noch meine liebste Jahreszeit." Sie musste nicht bis Neujahr warten, um gute Vorsätze zu fassen.

Sie würde rausgehen und jeden Tag so leben, wie ihre Großmutter es gewollt hätte. Und damit würde sie sofort anfangen.

Weihnachten.

Er hasste es. Hasste jeden lächelnden Weihnachtsmann, jeden schrägen Ton, der aus den Lautsprechern der Läden schallte, und jede eiskalte Schneeflocke. Vor allem die Schneeflocken hasste er. Sie wirbelten so unschuldig herum, bedeckten die Bäume und Autos, landeten auf den Handflächen von begeisterten Kindern, die fallenden Schnee sahen und an Schlittenfahrten und Schneemänner dachten.

Lucas dachte an etwas ganz anderes.

Er saß in der Dunkelheit seines Apartments und starrte hinaus auf die winterweiße Weite des Central Parks. Seit Tagen schneite es, und es kündigte sich noch mehr Schnee an. Der Wetterbericht sagte den schlimmsten Blizzard in der jüngeren Geschichte New Yorks voraus. Als Ergebnis waren die Straßen weit unter ihm ungewöhnlich leer. Jeder, der nicht schon zu Hause war, eilte so schnell wie möglich dorthin und nutzte dazu die öffentlichen Verkehrsmittel, solange sie noch fuhren. Niemand schaute auf. Niemand wusste, dass er hier war. Nicht einmal seine wohlmeinende, aber sich in alles einmischende Familie, die glaubte, er befände sich auf einem Schreibworkshop in Vermont.

Wenn sie wüssten, dass er zu Hause war, würden sie um ihn herum glucken, nach ihm sehen, ihn zwingen, bei ihren Plänen fürs Weihnachtsfest mitzumachen.

Es ist an der Zeit, würden sie sagen. *Es hat lange genug gedauert.*

Wie lange war lang genug? Darauf hatte er keine Antwort. Er wusste nur, dass er diesen Punkt noch nicht erreicht hatte.

Er hatte nicht vor, Weihnachten zu feiern. Das Beste, worauf er hoffen konnte, war, diese Tage irgendwie durchzustehen, wie jedes Jahr, und er sah keinen Sinn darin, andere mit seinem Elend zu belästigen. Alles in ihm schmerzte noch. Er war noch immer in dem Wrack seines Verlusts eingeklemmt. Sein Leben war ihm geblieben, aber sonst nicht viel.

Er hätte nach Vermont reisen und sich in einer Hütte in einem verschneiten Wald verstecken können, wie er es seiner Familie gesagt hatte. Oder er hätte irgendwo hinfahren können, wo es heiß war, wo niemals auch nur eine Schneeflocke fiel, aber er wusste, es hatte keinen Sinn, denn der Schmerz würde ihn begleiten. Es war egal, was er tat, der Schmerz reiste immer mit. Er hatte ihn infiziert wie ein Virus, für den es kein Heilmittel gab.

Und so blieb er zu Hause, während die Temperaturen immer weiter fielen und die Welt um ihn herum in eine weiße Decke gehüllt wurde, die sein Apartment in eine gefrorene Burg verwandelte.

Was ihm sehr gut in den Kram passte.

Das einzig störende Geräusch war sein Telefon. Es hatte in den letzten zwei Tagen vierzehnmal geklingelt, und er hatte jeden Einzelnen dieser Anrufe ignoriert. Einige der Anrufe waren von seiner Großmutter gewesen, einige von seinem Bruder, aber die meisten von seinem Agenten.

Er dachte kurz darüber nach, wie sein Leben ohne seinen Beruf aussähe, und griff dann nach dem Telefon, um endlich seinen Agenten zurückzurufen.

„Lucas!“ Jasons Stimme klang jovial und energiegeladen. Im Hintergrund waren Gelächter und Weihnachtsmusik zu hören. „Ich hatte mir schon Sorgen gemacht, dass du unter einer Schneewehe vergraben liegst. Wie sind die verschneiten Weiten von Vermont?“

Lucas sah auf die Skyline von Manhattan und den Schnee, der die scharfen Kanten der Gebäude weich zeichnete. „Vermont ist wunderschön.“

Das war die Wahrheit. Zumindest, falls sich Vermont seit seinem letzten Besuch vor einem Jahr nicht verändert hatte.

„Das *TIME*-Magazin hat dich gerade zum aufregendsten Thrillerautor des Jahrzehnts ernannt. Hast du den Artikel gelesen?“

Lucas schaute auf den Stapel ungeöffneter Post. „Ich bin noch nicht dazu gekommen.“

„Deshalb bist du so gut. Du lässt dich nicht ablenken. Bei dir dreht sich alles immer nur um das Buch. Deine Fans freuen sich auf dein neues Werk, Lucas.“

Das Buch.

Er spürte, wie sich sein Magen zusammenzog. Dunkle Gedanken wurden von schweißnasser Panik ausgelöscht. Er hatte noch kein einziges Wort geschrieben. Sein Kopf war leer, aber das hatte er weder seinem Agenten noch seinem Verleger gegenüber eingestanden. Er hoffte immer noch auf ein Wunder, einen Funken der Inspiration, der es ihm erlauben würde, sich von den Tentakeln der Weihnachtszeit zu befreien und sich in einer fiktiven Welt zu verlieren. Es war schon ironisch, dass die verdrehten, kranken Geister seiner Figuren eine wohltuende Alternative zu der dunklen Wirklichkeit seines eigenen Lebens boten.

Er warf einen Blick auf das Messer, das auf dem Tisch in der Nähe lag. Die Klinge verspottete ihn funkelnd.

Er hatte es den Großteil der Woche angestarrt, auch wenn er wusste, dass es nicht die Antwort war. So tief war er noch nicht gesunken.

„Hast du deshalb angerufen? Um nach dem Buch zu fragen?"

„Ich weiß, du hasst es, beim Schreiben gestört zu werden, aber der Verlag sitzt mir im Nacken. Die Verkäufe deines letzten Buchs haben unsere Erwartungen noch einmal übertroffen", sagte Jason fröhlich. „Dein Verleger wird die Auflage für das nächste Buch verdreifachen. Kannst du mir schon irgendwelche Hinweise auf die Geschichte geben?"

„Nein." Wenn er wüsste, worum es in dem Buch ging, würde er es bereits schreiben.

Stattdessen war sein Kopf furchterregend leer.

Ihm fehlte das Verbrechen. Schlimmer noch, ihm fehlte ein Mörder.

Für ihn fing jedes Buch mit den Figuren an. Er war für seine unvorhersehbaren Wendungen bekannt, dafür, einen Schock zu liefern, den selbst der scharfsinnigste Leser nicht vorhersah.

Im Moment war der Schock eine leere Seite.

Dieses Jahr war es noch schlimmer als letztes Jahr. Damals war der Prozess lang und schmerzhaft gewesen, aber irgendwie war es ihm gelungen, bis November jedes Wort aus seinem Inneren herauszuziehen, bevor die Erinnerungen ihn paralysiert hatten. Es war, wie den Gipfel des Mount Everest zu erreichen, bevor der Sturm einsetzte. Das Timing war alles. Dieses Jahr war ihm das nicht gelungen – vermutlich, weil er zu spät aufgebrochen war. Er würde eine Verlängerung seiner Abgabefrist benötigen, und darum hatte er noch nie gebeten. Das war schon schlimm, aber schlimmer noch wären die Fragen, die unweigerlich folgen würden. Die mitleidigen Blicke und das verständnisvolle Nicken.

„Ich würde gerne ein paar Seiten sehen. Vielleicht das erste Kapitel?“

„Sobald ich zufrieden bin, schicke ich es dir“, sagte Lucas, bevor er die weihnachtlichen Floskeln anbot, die man von ihm erwartete, und den Anruf beendete.

Er rieb sich mit der Hand über den Nacken. Er hatte kein erstes Kapitel. Er hatte nicht einmal eine erste Zeile. Das Einzige, was bislang ermordet worden war, war seine Inspiration. Sie lag reglos auf dem Boden, alles Leben war aus ihr herausgequetscht worden. Konnte sie wiederbelebt werden? Da war er sich nicht sicher.

Stunde um Stunde hatte er vor seinem aufgeklappten Laptop gesessen. Aber es war kein einziges Wort aus ihm herausgekommen. In seinem Kopf war nur Sallyanne gewesen. Sie erfüllte seine Gedanken und sein Herz. *Mein verletztes, blutendes Herz.*

An diesem Tag vor drei Jahren hatte er den Anruf bekommen, der sein scheinbar so charmantes Leben entgleisen ließ. Es war wie eine Szene aus einem seiner Bücher gewesen, nur dass es dieses Mal nicht Fiktion, sondern Realität gewesen war. Er war es, der die Leiche im Leichenschauhaus identifizieren musste, nicht einer seiner Helden. Er musste sich nicht länger vorstellen, was sie fühlten, weil er es nun selbst fühlte.

Seitdem kämpfte er sich durch jeden Tag, schleppte sich von Minute zu Minute, während er nach außen hin alles tat, um den Leuten vorzuspielen, es ginge ihm gut. Er hatte schon früh gelernt, dass die Menschen das brauchten. Sie wollten nicht Zeugen seiner Trauer werden. Sie wollten glauben, dass er es verarbeitet hatte und sein Leben weiterlebte. Meistens gelang es ihm, ihre Erwartungen zu erfüllen, nur nicht um diese Zeit im Jahr, wenn sich der Jahrestag ihres Todes näherte.

Irgendwann würde er seinem Agenten und Verleger gestehen müssen, dass er nicht ein einziges Wort des Buchs geschrieben hatte, auf das seine Fans so sehnsüchtig warteten.

Dieses Buch würde seinem Verlag kein Vermögen einbringen, weil es gar nicht existierte.

Er hatte keine Ahnung, wie er die Magie hervorrufen sollte, die ihn in mehr als fünfzig Ländern an die Spitze der Bestsellerlisten katapultiert hatte.

Er konnte nur fortfahren, das zu tun, was er den letzten Monat über getan hatte. Vor dem leeren Bildschirm hocken und hoffen, dass sich aus den Tiefen seines gequälten Gehirns irgendwann eine Idee erheben würde.

Er hoffte weiter auf ein Wunder.

Immerhin war es doch die Jahreszeit dafür, oder nicht?

„Das ist es?“ Eva schaute aus dem Taxifenster. „Das ist ja unglaublich. Er hat einen Blick auf den Central Park. Was würde ich nicht dafür geben, so nah an Tiffany's zu wohnen.“

Der Taxifahrer warf einen Blick in den Rückspiegel. „Brauchen Sie Hilfe mit den ganzen Taschen?“

„Nein danke, das schaffe ich schon“, sagte Eva und reichte ihm das Geld für die Fahrt.

Es war bitterkalt und überall war Schnee – dicke Flocken wirbelten um sie herum, schränkten ihre Sicht ein und ließen sich auf ihrem Mantel nieder. Ein paar Flocken fanden den schmalen, ungeschützten Streifen an ihrem Hals und glitten wie eisige Finger unter ihren Kragen. Innerhalb weniger Augenblicke waren ihre Taschen und sie von Schnee bedeckt. Der Bürgersteig war noch schlimmer. Ihre Füße rutschten auf dem Teppich aus Eis und Schnee, und schließlich verlor sie den Halt.

„Argh …“ Ihre Arme wirbelten durch die Luft. Der Portier trat schnell einen Schritt vor und fing sie auf, bevor sie zu Boden stürzte.

„Ganz vorsichtig. Es ist unglaublich glatt.“

„Wohl wahr.“ Sie klammerte sich an seinen Arm und wartete, bis ihr Herzschlag sich beruhigt hatte. „Danke. Ich hätte Weihnachten nur ungern im Krankenhaus verbracht. Ich habe gehört, das Essen dort soll furchtbar sein.“

„Kommen Sie, wir helfen Ihnen mit den Taschen.“ Er hob eine Hand, und zwei livrierte Männer tauchten auf und luden ihre Taschen und Kartons auf einen Gepäckwagen.

„Danke. Die müssen alle in das Penthouse. Ich sollte eigentlich angemeldet sein. Ich bleibe ein paar Tage, um das Apartment für einen Klienten herzurichten, der auf Reisen ist. Lucas Blade.“

Er war ein Thrillerautor mit einem Dutzend weltweiter Bestseller.

Eva hatte nicht einen davon gelesen.

Sie hasste Verbrechen, sowohl reale als auch fiktive. Sie zog es vor, sich auf das Positive in den Menschen und im Leben zu konzentrieren. Und sie zog es vor, nachts ruhig zu schlafen.

Sie betrat das Gebäude. Die Wärme im Inneren fühlte sich nach der eisigen Kälte draußen sehr tröstlich an. Evas Wangen brannten, und obwohl sie Handschuhe trug, waren ihre Fingerkuppen ganz taub. Selbst die Wollmütze auf ihrem Kopf hatte die beißende Kälte des New Yorker Winters nicht abhalten können.

„Ich muss Sie bitten, mir Ihren Ausweis zu zeigen“, sagte der Portier ganz geschäftsmäßig. „Wir hatten einige Einbrüche in dieser Gegend. Wie lautet der Firmenname?“

„Urban Genie." Der Name war noch neu genug, um sie mit Stolz zu erfüllen, wenn sie ihn sagte. Es war *ihre* Firma. Sie hatte sie mit ihren Freundinnen gegründet. Schnell reichte sie dem Portier ihren Ausweis. „Wir sind noch nicht lange im Geschäft, aber wir sind dabei, New York im Sturm zu erobern." Sie schüttelte den Schnee von ihren Handschuhen und lächelte. „Nun ja, vielleicht ist es eher eine milde Brise als ein Sturm, wenn man sich anguckt, was draußen vor den Fenstern los ist, aber wir blicken hoffnungsvoll in die Zukunft. Ich habe Mr. Blades Wohnungsschlüssel." Sie wedelte mit dem Beweisstück durch die Luft, und der Blick des Portiers wurde milde, als er erst den Schlüssel und dann den Ausweis ansah, den sie ihm gereicht hatte.

„Sie stehen auf meiner Liste. Sie müssen sich nur noch hier eintragen."

„Könnten Sie mir einen Gefallen tun?" Eva unterzeichnete schwungvoll. „Wenn Lucas Blade auftaucht, sagen Sie ihm nicht, dass ich hier war. Er soll verblüfft sein, wenn er seine Tür aufmacht und seine Wohnung weihnachtlich geschmückt vorfindet. Ein wenig wie bei einer Überraschungsparty."

Ihr fiel ein, dass nicht jeder Überraschungspartys mochte, aber wer war sie, seiner Familie zu widersprechen? Seine Großmutter war eine ihrer ersten Klientinnen gewesen, und inzwischen war sie eine gute Freundin. Sie hatte ihr ganz klare Anweisungen gegeben. *Richte die Wohnung weihnachtlich her.* Lucas Blade befand sich anscheinend in Vermont, tief vergaben in sein Buch, weil der Abgabetermin kurz bevorstand. In diesem Stadium hörte die Welt um ihn herum angeblich auf, sich zu drehen. Neben der Dekoration der Wohnung war es ihre Aufgabe zu kochen und seinen Tiefkühlschrank mit leckeren Gerichten zu füllen. Dafür hatte sie das ganze Wochenende Zeit, denn er sollte erst in der folgenden Woche nach Hause zurückkehren.

„Sicher, das können wir gerne machen." Der Portier lächelte.

„Danke." Sie warf einen Blick auf sein Namensschild und fuhr fort: „Albert. Sie haben mir das Leben gerettet. In einigen Kulturen bedeutet das, dass ich Ihnen jetzt gehöre. Zum Glück für Sie leben wir in New York. Sie ahnen ja gar nicht, wie knapp Sie noch mal davongekommen sind."

Er lachte. „Mr. Blades Großmutter hat vorhin angerufen und gesagt, dass sie ein Weihnachtsgeschenk für ihren Enkel vorbeischicken würde. Ich hatte allerdings nicht mit einer Frau gerechnet."

„Nicht ich bin das Geschenk, sondern meine Fähigkeiten. Sonst müsste ich ja eine rote Schleife um den Hals tragen. Aber ich bin hier, um zu arbeiten."

„Also bleiben Sie ein paar Nächte in der Wohnung? Ganz allein?"

„Ganz genau." Das war nichts Neues. Abgesehen von den seltenen Abenden, an denen Paige bei ihr übernachtete, verbrachte sie jede Nacht allein. Sie konnte sich nicht erinnern, wann sie sich das letzte Mal mit einem Mann in der Horizontalen befunden hatte, war aber entschlossen, das zu ändern. Das stand sogar ganz oben auf ihrem Wunschzettel für Weihnachten. „Lucas kommt erst nächste Woche zurück, und da das Wetter so schlecht ist, hat es keinen Sinn, hin- und herzufahren." Sie schaute auf den Schnee, der vor den Fenstern im Foyer immer noch fiel. „Ich schätze, heute Abend wird niemand mehr weite Wege zurücklegen wollen."

„Oh ja, es ist wirklich schlimm. Man sagt, es könnten bis zu dreißig Zentimeter Neuschnee fallen mit Böen um die fünfzig Meilen pro Stunde. Es ist wohl an der Zeit, Lebensmittelvorräte anzulegen, die Batterien in der Taschenlampe zu überprüfen und die Schneeschaufeln herauszuholen." Albert schaute auf ihre Taschen, die vor Weihnachtsschmuck überquollen. „Wie es aussieht, sind sie vorbereitet. Das sieht mir nach verdammt viel Weihnachtsfreude aus. Ich schätze, Sie gehören zu den Menschen, die die Feiertage lieben."

„Das tue ich." Zumindest hatte sie das mal getan. Und sie war entschlossen, wieder dieser Mensch zu werden. Auch wenn sie dazu erst einmal lernen musste, das leere Gefühl in ihrem Inneren zu ignorieren. „Wie sieht es mit Ihnen aus, Albert?"

„Ich werde an Weihnachten arbeiten. Vor zwei Jahren habe ich meine Frau nach vierzig Jahren Ehe verloren. Wir haben keine Kinder, also gab es an Weihnachten immer nur uns beide. Und jetzt nur noch mich. Es ist besser, an den Tagen zu arbeiten, statt mir ein Tiefkühlgericht in meiner Wohnung aufzuwärmen. Ich bin gerne unter Leuten."

Eva verspürte einen Anflug von Mitgefühl. Sie verstand den Wunsch, unter Leuten zu sein. Ihr ging es genauso. Es war nicht so, dass sie nicht allein sein konnte. Das konnte sie. Aber wenn sie die Wahl hatte, war sie lieber mit anderen Menschen zusammen.

Aus einem Impuls heraus holte sie eine Visitenkarte aus ihrer Manteltasche und gab sie ihm. „Nehmen Sie die …"

„*Romano's* sizilianisches Restaurant in Brooklyn?"

„Die beste Pizza in ganz New York City. Das Restaurant gehört der Mutter eines Freundes, und an Weihnachten kocht Maria für jeden, der kommt. Ich helfe ihr in der Küche. Ich bin Köchin, auch wenn bei großen Veranstaltungen meistens andere Firmen das Catering übernehmen." Zu viele Informationen, dachte sie und zeigte auf die Karte. „Wenn Sie am ersten Weihnachtstag freihaben, sollten Sie uns Gesellschaft leisten, Albert."

Er starrte die Visitenkarte an. „Wir haben uns erst vor fünf Minuten kennengelernt. Warum sollten Sie mich da einladen?"

„Weil Sie mir geholfen haben und weil Weihnachten ist. An diesem Tag sollte niemand allein sein." Allein. Da war es wieder, das Wort. Es schien sich überall hineinzuschleichen. „Ich werde mich auch nicht komplett verkriechen. Sobald der Schnee so weit nachlässt, dass ich wieder die Hand vor Augen sehen kann, werde ich in den Central Park hinübergehen und einen Schneemann von der Größe des Empire State Buildings bauen. Den Empire-State-Schneemann. Und wo wir gerade von großen Dingen sprechen, später wird ein Weihnachtsbaum geliefert. Hoffentlich kommt er, bevor der Schneesturm alles zum Erliegen bringt. Sie werden vermutlich glauben, ich hätte ihn vor dem Rockefeller Center geklaut, aber ich versichere Ihnen, das habe ich nicht."

„So groß ist er?"

„Mein Kunde wohnt im Penthouse. So ein Penthouse braucht einen großen Baum. Ich hoffe nur, wir kriegen ihn irgendwie da rauf."

„Überlassen Sie das nur mir." Er runzelte die Stirn. „Sind Sie sicher, dass Sie nicht nach Hause zu Ihrer Familie zurückkehren sollten, solange das noch möglich ist?"

Seine Worte stachen in die Wunde, die sie versucht hatte zu ignorieren.

„Ach, hier bin ich sicher und geborgen. Aber danke, Albert. Sie sind mein Held."

Sie ging zum Fahrstuhl und versuchte, nicht darüber nachzudenken, dass jeder in New York jetzt auf dem Heimweg zu seiner Familie war. Auf dem Weg zu Wärme, zu Gelächter, Unterhaltungen, *Umarmungen …*

Jeder, außer ihr.

Sie hatte niemanden.

Nicht einen einzigen lebenden Verwandten. Sie hatte natürlich Freunde, tolle Freunde sogar, aber aus irgendeinem Grund half das nicht gegen den Schmerz.

Allein.

Warum wurde dieses Gefühl zu Weihnachten immer so mächtig?

Der Fahrstuhl glitt lautlos nach oben, und die Türen öffneten sich.

Lucas Blades Apartment lag direkt vor ihr, und sie schloss die Tür auf. Dann dankte sie den beiden Männern, die ihre Taschen und Kartons hinaufgebracht hatten, und schloss die Tür sorgfältig hinter sich.

Sie drehte sich um und war sofort gebannt von dem spektakulären Ausblick durch die vom Boden bis zur Decke reichenden Fenster, aus denen die eine Wand der Wohnung bestand.

Sie machte sich erst gar nicht die Mühe, das Licht einzuschalten. Stattdessen schlüpfte sie aus ihren Stiefeln, um keine Schneepfützen zu hinterlassen, und ging auf Socken ans Fenster.

Was auch immer sonst mit ihm los war, eines war klar: Lucas Blade hatte Geschmack und Stil.

Außerdem hatte er eine Fußbodenheizung, und sie spürte, wie die luxuriöse Wärme sich durch ihre dicken Wollsocken stahl und langsam ihre tauben Füße auftaute.

Sie schaute auf die Skyline hinaus und ließ die Kälte und die letzten Schneeflocken auf ihrem Körper schmelzen.

Weit unter sich sah sie Scheinwerfer aufleuchten. Vermutlich waren das ein paar mutige Taxifahrer auf der Fifth Avenue, die ihre letzte Fahrt durch Manhattan wagten. Bald würden die Straßen gesperrt werden. Das Reisen würde unmöglich – und wer es trotzdem versuchte, verhielt sich äußerst unklug. New York, die Stadt, die niemals schlief, würde endlich gezwungen werden, eine Pause einzulegen.

Vor dem Fenster fiel der Schnee in großen Flocken, die herumwirbelten, bevor sie sich träge auf die schon dicke Decke setzten, die sich auf die Stadt gelegt hatten.

Eva schlang die Arme um ihren Oberkörper und ließ den Blick über die silbrig-weiße Weite des Central Parks gleiten.

Dieses verträumte, winterliche New York war wunderschön. Warum Lucas Blade das Bedürfnis verspürt hatte, sich zum Schreiben irgendwo anders hin zurückzuziehen, verstand sie nicht. Wenn das ihre Wohnung wäre, hätte sie keine Reise gemacht.

Aber vielleicht hatte er sie verlassen müssen.

Weil die Trauer einfach zu groß geworden war. Vor drei Jahren hatte er an Weihnachten seine Frau verloren. Seine Großmutter hatte Eva erzählt, wie sehr ihn das verändert hatte. Was ja verständlich war. Er hatte die Liebe seines Lebens verloren. Seine Seelengefährtin.

Eva lehnte ihren Kopf gegen die Glasscheibe. Ihr Herz schmerzte, wenn sie daran dachte.

Ihre Freundinnen sagten ihr immer, sie wäre zu sensibel, aber sie hatte ihre Feinfühligkeit inzwischen akzeptiert. Andere Menschen konnten die Nachrichten schauen und schafften es, das alles nicht an sich heranzulassen. Sie hingegen empfand alles sehr tief. Und jetzt fühlte sie Lucas' Schmerz, obwohl sie den Mann noch nie persönlich getroffen hatte.

Wie grausam war es, die Liebe des Lebens zu finden und sie dann wieder zu verlieren?

Wie sammelte man die Scherben auf und machte weiter?

Sie hatte keine Ahnung, wie lange sie dort gestanden oder wann genau sie gespürt hatte, dass sie nicht alleine war. Es fing mit einem warnenden Kribbeln in ihrem Nacken an, das sich sehr schnell in einen kalten Schauer der Angst verwandelte, als sie in der Nähe ein Knacken hörte.

Ganz sicher bildete sie sich das nur ein, oder? Natürlich war sie allein. Dieses Apartmenthaus verfügte über ein ausgezeichnetes Security-System, und sie hatte die Tür sorgsam hinter sich abgeschlossen.

Niemand hätte ihr hineinfolgen können, also konnte auch niemand hier drin sein, außer …

Sie schluckte, als ihr eine andere Erklärung einfiel.

… außer jemand war bereits in der Wohnung gewesen.

Ganz langsam drehte sie den Kopf und wünschte sich nun, sie hätte sich die Zeit genommen, die Lichtschalter zu finden und die Lampen einzuschalten. Der Sturm hatte den Himmel verdunkelt, und im Apartment gab es überall Schatten und dunkle Ecken. Ihre Fantasie blühte auf. Aber sie ermahnte sich, nicht durchzudrehen. Das Geräusch hätte alles sein können. Vielleicht war es von draußen gekommen.

Sie hielt den Atem an und hörte ein weiteres Geräusch, das dieses Mal definitiv aus dem Apartment kam. Es klang wie ein Schritt. Ein verstohlener Schritt, als wolle jemand unbemerkt bleiben.

Sie hob den Blick und sah eine Bewegung in den Schatten über sich.

Die Angst war scharf und paralysierend.

Sie hatte einen Einbrecher gestört. Das Wie und Warum war egal. Wichtig war nur, hier herauszukommen.

Die Tür kam ihr unendlich weit weg vor.

Konnte sie es schaffen?

Ihr Herz raste, und ihre Handflächen waren schweißnass.

Jetzt wünschte sie, sie hätte ihre Stiefel nicht ausgezogen.

Sie ging auf die Tür zu und holte gleichzeitig ihr Handy aus der Tasche. Ihre Hand zitterte so sehr, dass sie es beinahe hätte fallen lassen.

Als sie auf den Notrufknopf drückte, hörte sie kurz darauf eine Frauenstimme sagen: „911 Notrufannahme …“, und versuchte, ins Telefon zu flüstern.

„Hilfe. Hier ist jemand in der Wohnung.“

„Sie müssen lauter sprechen, Ma’am.“

Die Tür war direkt vor ihr.

„Hier ist jemand in der Wohnung.“ Sie musste nach unten zu Albert. Er würde …

Eine Hand drückte sich auf ihren Mund, und bevor Eva auch nur Piep sagen konnte, landete sie rücklings auf dem Boden und wurde von dem Gewicht eines kräftigen männlichen Körpers niedergedrückt.

Der Mann hielt sie am Boden fest. Eine seiner Hände lag auf ihrem Mund, die andere packte ihre Handgelenke mit brutaler Stärke.

Heilige Scheiße.

Wenn sie in der Lage gewesen wäre zu schreien, hätte sie es getan. Aber sie konnte den Mund nicht öffnen.

Sie konnte sich auch nicht bewegen. Oder atmen. Obwohl ihre Sinne immer noch so weit funktionierten, dass sie registrierten, wie gut ihr Angreifer roch.

Es war schon ironisch, dass sie sich nach zwei Jahren endlich mit einem Mann in der Horizontalen befand. Aber dieser Mann versuchte, sie umzubringen.

Eine Schande und eine tragische Verschwendung.

Hier ruht Eva, deren Weihnachtswunsch es war, einem Mann nahezukommen, doch leider hatte sie vergessen, die Umstände näher zu beschreiben.

Würde das wirklich ihr letzter Gedanke sein? Ganz eindeutig war das Gehirn in den letzten Augenblicken, bevor ihm der Sauerstoff ausging, zu seltsamen Gedanken fähig. Und nun, wo ihr Nachruf geschrieben war, würde sie sterben; direkt hier in der Dunkelheit des leeren Apartments, nur wenige Wochen vor Weihnachten, zerquetscht von diesem umwerfend duftenden und sehr muskulösen Männerkörper. Wenn Lucas Blade sich entschloss, später als geplant zurückzukehren, würde ihre Leiche vielleicht wochenlang unentdeckt bleiben. Sie befanden sich mitten in einem Schneesturm oder einem „Winterwetternotfall“, wie es offiziell hieß.

Der Gedanke sorgte dafür, dass der Kampfgeist in ihr erwachte.

Nein! Sie wollte nicht sterben, ohne sich von ihren Freundinnen verabschiedet zu haben. Sie hatte die perfekten Weihnachtsgeschenke für Paige und Frankie gefunden und hatte niemandem gesagt, wo sie die versteckt hatte. Und in ihrer Wohnung herrschte das totale Chaos. Sie hatte schon seit Wochen aufräumen wollen, war aber noch nicht dazu gekommen. Was, wenn die Polizei ihre Sachen nach Hinweisen durchsuchen würde? Ihre meisten Habseligkeiten lagen verstreut auf dem Boden. Das wäre wirklich schrecklich peinlich. Aber vor allem wollte sie New York zu Weihnachten genießen. Und sie wollte nicht sterben, ohne wenigstens einmal in ihrem Leben umwerfenden, schwindelig machenden Sex gehabt zu haben.

Sie wollte nicht, dass das hier das letzte Mal war, dass ein Mann auf ihr lag.

Sie wollte *leben*.

Mit größter Anstrengung versuchte sie, ihrem Angreifer einen Schlag gegen den Kopf zu verpassen, aber er wich aus. Sie hörte das Rasseln seines Atems und erhaschte einen Blick auf tiefschwarze Haare und wild glühende Augen, und dann war da ein Hämmern an der Tür und Rufe der Polizei.

Vor Erleichterung wurde sie ganz schwach.

Die Polizei musste den Anruf zurückverfolgt haben.

Sie schickte ein stummes Dankgebet nach oben und hörte ihren Angreifer fluchen, kurz bevor die Polizei, gefolgt von Albert, durch die Tür stürmte.

Es gab keine Worte dafür, wie sehr Eva Albert in diesem Moment liebte.

„NYPD, keine Bewegung!“ Alle Lichter im Apartment gingen an, und der Mann, der sie erdrückte, erlöste sie endlich von seinem Gewicht.

Eva saugte Luft in ihre Lungen, kniff die Augen gegen das Licht zusammen. Sie spürte, wie der Mann ihr die Mütze vom Kopf riss. Von der Enge der Wolle und Wärme befreit, lösten sich ihre Haare und fielen über ihre Schultern.

Einen kurzen Moment lang kollidierte ihr Blick mit seinem, und sie sah Schock und Ungläubigkeit.

„Sie sind eine Frau."

Er hatte eine tiefe, sexy Stimme. Sexy Stimme, sexy Körper – was für eine Schande, dass er ein Krimineller war.

„Das bin ich. Oder, das war ich zumindest. Im Moment bin ich mir nicht mal sicher, ob ich noch am Leben bin." Fassungslos lag Eva am Boden und überprüfte vorsichtig ihre Gliedmaßen, um zu sehen, ob sie immer noch an ihrem Körper befestigt waren. Der Mann sprang mit einer geschmeidigen Bewegung auf die Beine, und sie sah, wie sich die Miene des Polizisten änderte.

„Lucas?" Der Officer wirkte geschockt. „Wir hatten keine Ahnung, dass du hier bist. Uns hat ein Anruf von einer unbekannten Frau erreicht, die einen Eindringling gemeldet hat."

Lucas? Ihr Angreifer war Lucas Blade? Er war kein Krimineller, er war der Besitzer des Apartments!

Sie schaute ihn genauer an und musste zugeben, dass er ihr bekannt vorkam. Sie hatte sein Gesicht auf Buchumschlägen gesehen. Und es war ein durchaus erinnerungswürdiges Gesicht. Sie musterte den Schnitt seiner Wangenknochen und den kühnen Schwung seiner Nase. Seine Haare und Augen waren dunkel. Er sah so gut aus, wie er roch. Und was seinen Körper anging ... Sie musste weder die Breite seiner Schultern noch die Kraft in seinen Muskeln studieren, um zu wissen, wie stark er war. Sie war unter seinem soliden Gewicht auf den Boden gedrückt worden und wusste daher alles darüber, was sie wissen musste. Die

Erinnerung daran rief ein flatterndes Gefühl in ihrem Magen hervor.

Was *stimmte* nur nicht mit ihr?

Dieser Mann hatte sie beinahe umgebracht, und sie hatte sexy Gedanken.

Was mehr als ausreichend Beweis dafür war, dass sie zu lange Zeit ohne Sex verbracht hatte. *Das* würde sie dieses Weihnachten definitiv ändern.

In der Zwischenzeit wandte sie ihre Augen von der magnetischen Anziehung seines Blickes ab und versuchte, praktisch zu denken.

Was tat er in seiner Wohnung? Er sollte gar nicht zu Hause sein.

„*Sie* ist der Eindringling.“ Lucas’ Miene war grimmig. Eva merkte, dass alle sie anstarrten. Alle außer Albert, der so verwirrt aussah, wie sie sich fühlte.

„Ich bin kein Eindringling. Mir wurde gesagt, das Apartment wäre leer.“ Die Ungerechtigkeit des Ganzen schmerzte. „Sie sollten nicht hier sein.“

„Und woher wollen Sie das wissen? Recherchieren Sie, welche Wohnung an Weihnachten leer sind?“ Er mochte sexy sein, aber sein Lächeln verteilte er nicht gerade großzügig.

Eva fragte sich, wie sie auf einmal zum Bösewicht geworden war. „Natürlich nicht. Ich wurde darum gebeten.“

„Sie hatten einen Komplizen?“

„Wenn ich ein Eindringling wäre, hätte ich dann den Notruf gewählt?“

„Warum nicht? Sobald Sie gemerkt haben, dass jemand zu Hause war, wäre das der perfekte Weg, um unschuldig zu wirken.“

„Ich *bin* unschuldig.“ Eva schaute ihn fassungslos an. „Sie haben ein sehr verdrehtes Gehirn.“ Sie sah den Polizisten um Unterstützung heischend an, bekam aber keine.

„Stehen Sie auf." Der Ton des Officers war kühl und barsch, und Eva rappelte ihren geprellten, zerdrückten Körper in eine sitzende Position auf.

„Das ist leichter gesagt als getan. Ich habe mindestens vierhundert gebrochene Knochen."

Lucas griff nach ihr und zog sie auf die Beine. „Der menschliche Körper hat nicht vierhundert Knochen."

„Oh doch, hat er, wenn die meisten davon in zwei Teile gesplittert sind." Angesichts der Tatsache, dass er sie bereits unter sich begraben hatte, hätte seine Stärke sie nicht überraschen sollen. „Warum schauen alle *mich* an? Anstatt mich wegen Einbruchs zu verhören, sollte man Sie wegen tätlichen Angriffs verhaften. Was machen Sie hier überhaupt? Sie sollen in Vermont sein und nicht hier herumschleichen."

„Mir gehört diese Wohnung. Und niemand kann in seiner eigenen Wohnung herumschleichen." Er zog die Augenbrauen grimmig zusammen. „Woher wissen Sie, dass ich in Vermont sein sollte?"

„Von Ihrer Großmutter." Eva verlagerte vorsichtig das Gewicht auf ihren Knöchel. „Und natürlich sind Sie herumgeschlichen. Haben sich hier im Dunkeln herumgedrückt."

„*Sie* haben sich im Dunkeln herumgeschlichen."

„Ich habe den Schnee bewundert. Ich bin Romantikerin. Meines Wissens nach ist das kein Verbrechen."

„Das lassen Sie mal uns entscheiden." Der Officer trat vor. „Wir nehmen die Frau mit aufs Revier, Lucas."

„Warte …" Lucas bewegte die Hand kaum, aber es reichte, damit der andere Mann sofort stehen blieb. „Sagten Sie gerade, meine *Großmutter* hätte Ihnen gesagt, ich wäre in Vermont?"

„Ganz genau, Mr. Blade", schaltete Albert sich ein. „Das ist Eva, und Sie ist auf Bitten Ihrer Großmutter hier. Ich habe das persönlich verifiziert. Keiner von uns wusste, dass

Sie hier sind." In seiner Stimme schwang ein Hauch Tadel mit, den Lucas aber ignorierte.

„Sie kennen meine Großmutter?", fragte er Eva.

„Das tue ich. Sie hat mich engagiert."

„Um was genau zu tun?" Seine Augen verdunkelten sich. Es war, als würde man in den dunklen Himmel schauen, kurz bevor ein sehr böser Sturm losbrach.

Seine Großmutter hatte Eva viel über Lucas erzählt. Sie hatte erwähnt, dass er ein ausgezeichneter Skifahrer war, dass er einmal ein Jahr in einer Hütte in der Arktis gelebt hatte, dass er fließend Französisch, Italienisch und Russisch sprach, mindestens vier verschiedene asiatische Kampfsportarten beherrschte und niemals jemandem seine Bücher zeigte, bevor sie fertig waren.

Sie hatte vergessen zu erwähnen, dass er ziemlich einschüchternd sein konnte.

„Sie hat mich engagiert, um Ihre Wohnung weihnachtlich zu schmücken."

„Und?"

„Und was? Das ist alles. Welchen anderen Grund könnte es noch geben?" Sie sah das teuflische Glitzern in seinen Augen. „Wollen Sie etwa andeuten, ich wäre hier eingebrochen, um Sie kennenzulernen?"

„Das wäre nicht das erste Mal."

„So etwas tun Frauen?" Empörung vermischte sich mit Faszination. Selbst sie konnte sich nicht vorstellen, so weit zu gehen, nur, um einen Mann zu finden. „Und wie muss man sich das vorstellen? Sobald die Frauen hier drin sind, springen sie Sie an und drücken Sie zu Boden?"

„Sagen Sie es mir." Er verschränkte die Arme und sah sie erwartungsvoll an. „Welchen Plan haben Sie mit meiner Großmutter ausgekocht?"

Sie lachte und erkannte dann, dass er nicht scherzte.

„Ich bin gut in der Küche, aber ich habe es noch nie geschafft, eine Romanze ‚auszukochen'. Ich frage mich, wie das Rezept wohl aussehen würde? Eine Tasse Hoffnung gemischt mit einer Prise Illusion?" Sie neigte den Kopf. „Ich bin keine von den Frauen, die glaubt, der Mann müsse immer den ersten Schritt machen, aber ich bin nie so weit gegangen, in eine Wohnung einzubrechen, um seine Aufmerksamkeit zu erregen. Sehe ich verzweifelt aus, Mr. Blade?" Okay, sie *war* verzweifelt, aber das konnte er nicht wissen, außer er hätte ihre Handtasche durchwühlt und das einsame Kondom darin gefunden. Sie hatte gehofft, dem guten Stück ein spektakuläres Ende für sein bisher so ereignisloses Leben schenken zu können, aber das kam ihr immer unwahrscheinlicher vor.

„Verzweiflung hat viele Gesichter."

„Wenn ich wirklich bei einem Mann einbrechen würde, um ihn zu verführen, glauben Sie, dann würde ich Schneestiefel und einen unförmigen Pullover tragen? Ich verstehe langsam, warum Sie eine so große Wohnung brauchen, obwohl Sie alleine sind. Ihr Ego muss ziemlich viel Platz einnehmen. Wahrscheinlich braucht es sogar sein eigenes Badezimmer. Andererseits sind sie reich und berühmt – deshalb stimmt es wahrscheinlich, was Sie über Ihre Erfahrungen mit Frauen sagen. Ich vergebe Ihnen also für Ihre Arroganz. Der Fehler in dieser Argumentation liegt sowieso an einer anderen Stelle: Sie sollten nämlich eigentlich in Vermont sein."

Er hielt ihren Blick fest. „Ich bin nicht in Vermont."

„Das weiß ich jetzt auch – wie meine Prellungen beweisen."

Der Polizist lächelte nicht. „Glaubst du die Geschichte, Lucas?"

„Unglücklicherweise ja. Das klingt genau nach etwas, was meine Großmutter arrangieren würde." Er fluchte leise, aber heftig und erntete dafür einen respektvollen Blick des älteren der beiden Polizisten.

„Wie sollen wir das jetzt handhaben?"

„Gar nicht. Danke, dass ihr so schnell reagiert habt, aber ab hier übernehme ich. Und wenn ihr vergessen könntet, dass ihr mich hier gesehen habt, wäre ich sehr dankbar." Er sprach mit der ruhigen Autorität eines Mannes, der gewohnt war, seinen Willen zu bekommen. Eva beobachtete fasziniert, wie alle dahinschmolzen.

Alle außer Albert, der robust wie ein Baumstamm im Türrahmen stand.

Lucas sah ihn erwartungsvoll an. „Danke für Ihre Sorge, aber ich habe das hier im Griff."

„Meine Sorge gilt Miss Eva." Albert sah Eva an. „Vielleicht kommen Sie besser mit mir."

Sie war gerührt. „Ich komme klar, Albert, aber danke. Ich habe vielleicht ein paar Probleme, in der Senkrechten zu bleiben, aber wenn ich in die Ecke gedrängt werde, kann ich tödlich sein. Sie müssen sich um mich keine Sorgen machen."

„Wenn Sie Ihre Meinung ändern, ich habe bis Mitternacht Dienst." Er funkelte Lucas an, und seine Miene verriet, dass er die Situation im Blick behalten würde. „Ich schaue noch mal nach Ihnen, bevor ich gehe."

„Sie sind wirklich nett."

Die Wohnungstür fiel ins Schloss.

„Sie sind tödlich, wenn Sie in die Ecke gedrängt werden?" In Lucas Blades dunkler Stimme schwang ein Hauch Humor mit. „Verzeihen Sie mir, wenn ich das bezweifle."

„Unterschätzen Sie mich nicht, Mr. Blade. Wenn ich angreife, werden Sie es nicht kommen sehen. In der einen Minute kümmern Sie sich um Ihren Kram, in der nächsten liegen Sie hilflos auf dem Rücken."

„So wie vor ein paar Minuten?"

Sie ignorierte seinen Sarkasmus. „Das war etwas anderes. Ich hatte nicht erwartet, dass jemand hier ist. Ich war nicht bereit. Aber nächstes Mal werde ich es sein."

„Nächstes Mal?"

„Wenn Sie sich nächstes Mal auf mich stürzen, um mich in den Boden zu drücken. Es war wie auf dem Walk of Fame in Hollywood, nur dass Sie versucht haben, meinen gesamten Körper zu benutzen und nicht nur meine Hände."

Lucas betrachtete sie einen Moment. „Sie scheinen eine sehr enge Beziehung zu dem Portier meines Gebäudes zu haben. Wie lange kennen Sie ihn schon?"

„Ungefähr zehn Minuten."

„Zehn Minuten, und der Kerl ist gewillt, seinen Job zu riskieren, um Sie zu verteidigen? Haben Sie diesen Effekt auf alle Männer?"

„Niemals auf die richtigen. Nie auf die jungen, heißen, heiratsfähigen." Sie wechselte das Thema. „Warum hat die Polizei keine Verhaftung vorgenommen?"

„Weil Sie laut Ihrer eigenen Aussage kein Verbrechen begangen haben."

„Ich habe von Ihnen gesprochen. Sie haben mich zu Boden geworfen und mich halb zu Tode erschreckt." Sie erinnerte sich daran, wie sein Körper sich auf ihrem angefühlt hatte. Noch immer spürte sie den harten Druck seiner Schenkel, die Wärme seines Atems auf ihrer Wange und sein Gewicht.

Ihre Blicken trafen sich. So, wie er sie anschaute, erinnerte auch er sich an diesen Moment.

„Sie sind in meiner Wohnung herumgeschlichen. Und wenn ich Sie hätte umbringen wollen, wären Sie jetzt tot."

„Soll mich das trösten?" Sie rieb sich ihre geprellten Rippen und ermahnte sich, dass es keine romantische Begegnung gewesen war – egal, wie ihre Fantasie die Fakten interpretierte. Lucas Blade sah sie mit stählernem Blick an. Irgendetwas an ihm fühlte sich nicht wirklich *sicher* an. „Greifen Sie jeden an, der Ihre Wohnung betritt?"

„Nur die, die uneingeladen kommen."

„Ich war eingeladen! Was Sie erfahren hätten, wenn Sie sich die Mühe gemacht hätten zu fragen. Und ich hätte gedacht, ein Mann mit Ihrer Erfahrung im Bereich Verbrechen wäre in der Lage, den Unterschied zwischen einer unschuldigen Frau und einem Kriminellen zu erkennen."

Er sah sie kritisch an. „Kriminelle sind nicht immer so leicht zu erkennen. Sie tragen keine gezwirbelten Schnauzbärte und haben auch kein Schild um den Hals hängen. Glauben Sie wirklich, man kann einen gefährlichen Menschen mit einem Blick erkennen?"

„Na ja. Ich bin ziemlich gut darin, die Verlierertypen zu erkennen, und heiße Typen erkenne ich auch. Also bin ich mir ziemlich sicher, dass mir ein böser Kerl ebenfalls nicht entgehen würde."

„Ach ja?" Er kam näher. „Die bösen Kerle leben unter uns, verborgen in der Masse. Oft ist es ein Mensch, von dem man es am wenigstens erwartet. Ein Anwalt, der Taxifahrer", er hielt inne und fügte dann hinzu: „Der Portier."

Versuchte er absichtlich, ihr Angst zu machen? „Ihr Portier Albert ist zufällig einer der nettesten Menschen, die ich getroffen habe. Wenn Sie mir einreden wollen, dass er eine kriminelle Vergangenheit hat, werde ich Ihnen nicht glauben. Meiner Erfahrung nach sind die meisten Menschen ziemlich anständig."

„Gucken Sie keine Nachrichten?"

„Die Nachrichten zeigen nur die böse Seite der Menschheit, Mr. Blade, und zwar auf globaler Ebene. Sie berichten nicht über die Millionen von guten Taten, die jeden Tag auf der Welt passieren. Menschen helfen alten Damen über die Straße, bringen ihren Nachbarn Tee, wenn diese krank sind.

Aber davon hört man nichts, weil gute Nachrichten nicht unterhaltsam sind, auch wenn es diese Taten sind, die unsere Gesellschaft zusammenhalten. Schlechte Nachrichten sind eine Ware, mit der die Medien handeln."

„Glauben Sie das wirklich?"

„Ja. Und ich habe nicht vor, mich dafür zu entschuldigen, dass ich mich lieber auf das Positive konzentriere. Ich bin ein Mensch, für den das Glas immer halb voll ist. Das ist kein Verbrechen. Sie sehen das Schlechte in den Menschen, ich sehe das Gute. Und ich glaube, in den meisten Menschen steckt etwas Gutes."

„Wir sehen nur das, was ein Mensch gewillt ist, uns zu zeigen. Sie können nicht wissen, was sich vielleicht unter der Oberfläche verbirgt." Seine Stimme war tief, und er hatte diesen unglaublich intensiven Blick. „Vielleicht geht der nette Mann, nachdem er der alten Dame über die Straße geholfen hat, nach Hause und schaut sich unanständige Fotos auf dem Laptop an, den er unter dem Bett versteckt. Und der nette Mensch, der seiner Nachbarin Tee bringt, könnte ein Brandstifter oder ein gefährlicher Psychopath sein, der herausfinden will, wie er später in die Wohnung seiner Opfer eindringen kann. Nur vom Anschauen können Sie nie wissen, was ein Mensch verbirgt."

Eva starrte ihn an. Das Bild der Welt, das er gerade gezeichnet hatte, verstörte sie. Es war, als hätte jemand ein hässliches Graffiti auf ihre saubere Sicht des Lebens gesprüht. „Sie mögen äußerlich gut aussehen, Mr. Blade, aber innerlich brauchen Sie dringend eine Generalüberholung. Sie sind zynisch und denken lauter düstere, abgedrehte Dinge."

„Danke." Der Hauch eines Lächelns umspielte seine Mundwinkel. „Die *New York Times* hat in der Besprechung meines letzten Romans das Gleiche gesagt."

„Ich habe das zwar nicht als Kompliment gemeint, aber

ich verstehe, dass Sie vermutlich so sein müssen, um Erfolg zu haben. Ihr Job ist es, die dunkle Seite der Menschheit zu erkunden, und das hat Ihre Gedanken verdreht. Die meisten Leute sind einfach das, was man sieht“, sagte sie fest. „Nehmen Sie zum Beispiel mich. Sehen Sie mich gut an. Und jetzt sagen Sie mir: Sehe ich wie eine Mörderin aus?“

2. Kapitel

Ein Frosch ist immer ein Frosch
und niemals ein verzauberter Prinz.

– Frankie

Sehe ich wie eine Mörderin aus?

Luke ließ seinen Blick über ihr süßes, herzförmiges Gesicht schweifen. Ihre Augen waren dunkelblau, und mit ihren goldenen Locken und diesem Grübchen im Kinn sah sie so harmlos aus wie ein flauschiges Kätzchen.

Und überhaupt nicht wie eine Mörderin.

In einem Roman wäre sie die warmherzige Krankenschwester, von der sich niemand vorstellen konnte, dass sie fähig wäre, ihre Patienten umzubringen. Oder die liebevolle Kindergärtnerin, von der die Menschen automatisch annahmen, sie würde sich gut um ihre Schützlinge kümmern. Gesundheit und pure Lebensfreude schienen aus jeder ihrer Poren zu strömen – sie hätte ohne Probleme Werbung für Orangensaft oder einen knackigen Salat machen können.

Eine Frau mit so einem Gesicht und einem solchen Körper könnte Monate oder Jahre allen Verdächtigungen entgehen.

Sein Herz hämmerte, und er verspürte den Funken der kreativen Energie, die sich ihm seit Monaten entzogen hatte.

Sie musterte ihn misstrauisch. „Warum gucken Sie mich so an? Was habe ich gesagt? Ich kann Ihnen versichern, ich bin keine Mörderin. Und ehrlich gesagt, kann ich mir nicht vorstellen, warum Sie das auch nur für eine Sekunde gedacht haben. Ich töte nicht einmal Spinnen. Ich bringe sie an einen sicheren Ort, auch wenn ich dazu ehrlich gesagt meistens ein Glas und ein Stück Pappe benutze, weil ich das Gefühl ihrer Beine auf meiner Haut nicht mag."

Ich töte nicht einmal Spinnen.

Genauso wenig, wie es seine Mörderin machen würde.

Sie tötete nur Menschen.

„Das ist es." Ihm fiel nicht einmal auf, dass er laut gesprochen hatte. Ohne nachzudenken, ging er zu ihr und vergrub seine Finger in ihrem Haar. Blond und seidig floss es durch seine Finger und umrahmte ihr Gesicht mit schimmerndem Gold. Ihre Haare allein reichten, um einen Mann zu verwirren. Zu verwirren und abzulenken. Er wäre tot, bevor er wüsste, wie ihm geschah.

„Das ist *was*?" Sie klang verärgert. „Mr. Blade?"

„Sie sind die Frau, auf die ich gewartet habe."

Seine Gedanken erwachten aus ihrem Dämmerzustand und rasten so schnell dahin, dass er einen Moment brauchte, um zu merken, dass er seine Finger immer noch in ihren Haaren vergraben hatte.

Wie würde es vonstattengehen? Wie würde sie die Morde begehen?

Könnten ihre Haare eine Waffe sein? Oder ein Leitmotiv? Etwas, das sie an den Tatorten zurückließ?

Nein. Sie würde innerhalb von einer Woche gefasst werden.

Vielleicht veränderte sie bei jedem Mord ihre Haare.

Vielleicht trug sie eine Perücke.

„Mr. Blade!" Ihre großen, blauen Augen waren fest auf sein Gesicht gerichtet. „Was meinen Sie mit ‚Ich bin perfekt'? Ich habe in meinem ganzen Leben noch nicht ein einziges Verbrechen begangen, wenn Sie das damit andeuten wollten."

Aber das würde sie. *Das wird sie.* „Sie sind perfekt."

Ihre Wangenfarbe änderte sich von geschlagener Sahne zu Tortengussrosa. „P…perfekt?"

Sie errötete sogar. Eine Frau, die so reizend errötete, würde keiner Fliege etwas zuleide tun. *Oder doch?* „Können Sie das auf Kommando, oder passiert das einfach so?"

„Was?"

„Das Erröten." Er strich mit den Fingerspitzen über ihre Haut, erkundete die samtige Textur. Er wollte alles über sie wissen. Er wollte sie auseinandernehmen, damit er entscheiden konnte, welche Charakterzüge er seiner Romanfigur geben sollte.

„Ich erröte immer, wenn ein Mann, den ich erst seit wenigen Minuten kenne, mir sagt, dass ich perfekt bin. Sie haben recht, der erste Eindruck kann täuschen. Wenn Sie mich vor zehn Minuten gefragt hätten, hätte ich nie gesagt, dass Sie der freundlichste Mensch sind, der mir je begegnet ist. Aber jetzt erkenne ich, dass Sie sich nur verteidigt haben. Und das ist verständlich, wenn Frauen in Ihre Wohnung einbrechen, um Sie kennenzulernen."

„Was?" Ihre Worte drangen langsam in sein Unterbewusstsein ein, und seine Fantasiewelt schmolz dahin.

Er hatte laut gedacht, und sie hatte seine Worte missverstanden.

Sie dachte, dass er an ihr interessiert war.

Was nicht weiter verwunderlich war. Sie war der Traum der meisten Männer mit ihren weichen Kurven, den blonden Haaren und diesem Mund, der so rosig und verlockend aussah wie Zuckerguss. Es hatte eine Zeit gegeben, da wäre er selbst auch interessiert gewesen, doch das schien eine Ewigkeit her zu sein.

Seine Frau hatte diese Seite an ihm gezähmt. Die wilde, rastlose Seite, die ihn dazu getrieben hatte, durchs Leben zu stürmen und sich zu nehmen, was er wollte. Doch jetzt war sie fort, und er musste niemanden zufriedenstellen außer sich, und selbst das schaffte er nicht mehr.

Da ihm jegliche Form von innerem Frieden oder persönlicher Zufriedenheit fehlte, kanalisiere er seine gesamten Gefühle in seiner Arbeit. Das Schreiben kam zuerst. An seinem Tiefpunkt hatte es ihn gerettet, was seine Furcht davor, plötzlich nicht mehr schreiben zu können, nur noch verstärkt hatte.

Aber er konnte es noch. Er hatte diese Gabe nicht verloren, sie hatte nur im Dämmerschlaf gelegen und darauf gewartet, wiedererweckt zu werden. Und genau das hatte diese Frau getan.

Seine Erleichterung war grenzenlos.

Es war, als würde ein Ertrinkender die Rettungsweste, von der er dachte, er hätte sie verloren, neben sich im Wasser treiben sehen. Er packte sie und hielt sich daran fest, entschlossen, nicht wieder in den trüben Fluten zu versinken.

Seine Gedanken rasten weiter. Was war die Motivation der Mörderin? Hatte sie jemanden verloren und wollte nun Rache? Oder war sie eine Psychopathin ohne Gewissen und Gefühle? Eine Frau, die keinerlei Mitgefühl besaß und skrupellos ihr gutes Aussehen nutzte, um andere in die Falle zu locken?

Wenn er Notizbuch und Stift zur Hand gehabt hätte, hätte er auf der Stelle angefangen zu schreiben. Zum ersten Mal seit Monaten verspürte er den beinahe überwältigenden Drang, sich an seinen Laptop zu setzen. Er wollte schreiben und schreiben, bis das Buch fertig war. Er spürte, wie die Idee in ihm wuchs. Sein Gehirn war wie ein ausgetrocknetes Flussbett nach einer Flut – aufgefüllt, vollgesogen mit Ideen.

Endlich! Nach Monaten des Wartens auf die Inspiration hatte er seine Mörderin gefunden.

Er fand sie perfekt? Angesichts dessen, was sie über sein Leben wusste, kam seine Reaktion unerwartet. Während der Besuche bei seiner Großmutter hatte sie erfahren, dass Lucas Blade seit dem Tod seiner Frau keinerlei Interesse daran zeigte, wieder auszugehen – obwohl verschiedene Frauen versucht hatten, seine Aufmerksamkeit zu erregen. Er führte ein Schattendasein, sein Leben bestand aus Trauer und harter Arbeit. Er schrieb, er ging auf Lesereise und signierte Bücher. Doch zwischen den erzwungenen öffentlichen Auftritten zog er sich komplett zurück.

Er zeigte alle Anzeichen eines Mannes, der sich mechanisch von Tag zu Tag schleppte, ohne wirklich zu leben.

Die nicht gerade subtilen Versuche seiner Großmutter, ihm passende Frauen vorzustellen, hatte er alle zurückgewiesen, was es nur umso überraschender machte, dass er sie jetzt anschaute, als wäre sie die Antwort auf seine Träume.

Sie war jedoch keineswegs davon überzeugt, dass *er* die Antwort auf *ihre* Träume war. Obwohl sie nicht bestreiten konnte, dass er auf eine raue, gefährliche Art unglaublich gut aussah.

War es verrückt, sich von jemandem angezogen zu fühlen, der gerade erst bewiesen hatte, dass er sie wie einen Käfer zerquetschen konnte? Nachdem sie seine Stärke erlebt hatte, überraschte es sie, wie sanft seine Finger jetzt über ihr Gesicht glitten. Doch es war nicht seine Berührung, die ihr die Knie weich werden ließ, sondern der rohe Hunger, den sie in seinen Augen sah.

„Sie finden wirklich, dass ich perfekt bin?"

Der Hunger in seinem Blick wurde durch Vorsicht ersetzt. „Sie haben eine … perfekte Knochenstruktur."

Perfekte *Knochenstruktur?*

Sie hatte schon öfter Komplimente für ihre Haare bekommen. Und sie wusste, dass sie eine gute Figur hatte. Klar, sie wäre gerne ein paar Zentimeter größer, aber abgesehen davon, gab es nicht viel an ihr, dass sie verändern würde. Aber niemand hatte je zuvor ihre Knochen erwähnt.

Er betrachtete sie aus allen Winkeln, bis ihr immer unbehaglicher zumute wurde.

Lucas Blade war ein enorm erfolgreicher Autor. Er hatte Fans auf der ganzen Welt, aber das änderte nichts dran, dass er eigentlich ein Fremder war. Ein Fremder, der auf gefährliche Weise angespannt wirkte. Er ging nicht, sondern streifte umher wie eine Raubkatze. Er blickte finster, statt zu lächeln. Und im Moment musterte er sie, als wäre sie seine Beute. Das nächste Opfer.

Seine Worte hallten in ihrem Kopf nach. *Glauben Sie wirklich, man kann einen gefährlichen Menschen mit einem Blick erkennen?*

Trotz ihrer Neigung, den meisten Menschen zu trauen, wäre sie, wenn sie ihm nachts auf der Straße begegnete, sofort in ein Taxi gesprungen.

„Starren Sie Leute immer so an?" Sie schaute zur Tür, schätzte die Entfernung ab, und er folgte ihrem Blick mit einem Stirnrunzeln.

„Ich habe dafür gesorgt, dass Sie sich unbehaglich fühlen. Das tut mir leid." Er trat zurück und gab ihr Raum. Sie zwang sich, tief durchzuatmen und erinnerte sich daran, dass er nicht wirklich ein Fremder war. Sie kannte seine Großmutter sehr gut.

„Das ist das ungewöhnlichste erste Treffen, das ich je hatte. Erst versuchen Sie, mich umzubringen …"

„Ich habe *nicht* versucht, Sie umzubringen. Ich habe versucht, sie kampfunfähig zu machen."

„Angesichts unseres Größen- und Gewichtsunterschieds läuft das so ziemlich auf das Gleiche hinaus."

Sie konnte nicht aufhören, daran zu denken, wie sein Körper sich gegen ihren gepresst hatte. Wann war sie das letzte Mal so gehalten worden? Wann hatte sie das letzte Mal die köstliche Härte, die männliche Stärke, das Gefühl von Sicherheit empfunden? *Sicherheit?* Er hatte sie angegriffen! Heilige Scheiße, ihr Gehirn war wirklich seltsam. „Ich glaube, Sie haben mir einen mentalen Schaden zugefügt. Dieses ganze Gerede über die verborgenen dunklen Seiten der Menschen hat mich ein wenig panisch gemacht. Und nervös. Jetzt werde ich mich bei jedem, an dem ich auf der Straße vorbeikomme, fragen, was er verbirgt." Und sie fragte sich auch, welche Geheimnisse sich hinter diesem sündhaft attraktiven Gesicht verbargen.

Das spöttische Funkeln in seinen Augen war zurück. „Haben Sie nicht gesagt, dass Sie in jedem Menschen das Gute sehen?"

„Das tue ich auch, aber jetzt haben Sie Zweifel in mir gesät. Dank Ihnen werde ich mich auf dem Nachhauseweg die ganze Zeit umschauen."

„Eine gesunde Dosis an Vorsicht ist nie verkehrt."

„Vielleicht, aber Sie haben mir Angst gemacht."

„Es ist mein Job, den Leuten Angst zu machen."

„Nein, Ihr Job ist es, Bücher zu schreiben, die Leuten Angst machen, nicht, sie persönlich zu ängstigen." Sie rieb sich mit der Handfläche über den Rücken und sah, dass seine Miene sich veränderte.

„Habe ich Ihnen wehgetan?"

„Ich bin unglücklich gelandet, und Ihr Boden ist hart." Sie rollte vorsichtig die Schultern nach hinten. „Ich werde es überleben."

„Drehen Sie sich mal um, dann schaue ich mir das an."

„Schlagen Sie mir wirklich vor, dass ich mich ausziehe und Ihnen den Rücken zuwende? Das können Sie vergessen! Sie sind die Art Mann, dem eine vernünftige Frau niemals den Rücken zuwenden würde, Mr. Blade. Ich will mir nicht vorstellen, was passiert wäre, wenn die Polizei nicht in diesem Moment gekommen wäre. Sie hätten mir mit einem Ihrer Judotricks alle Knochen gebrochen."

„Das war Jiu-Jitsu."

„Gut zu wissen. Ihre Großmutter hat mir erzählt, dass Sie eine ganze Reihe von Kampfsportarten beherrschen. Sicher wird sie sich sehr freuen, wenn sie hört, wie Sie diese Kenntnisse einsetzen. Ich werde das erwähnen, wenn ich sie anrufe."

Er erstarrte. „Sie werden meine Großmutter nicht anrufen."

„Aber ..."

„Sie soll nicht wissen, dass ich hier bin."

„Warum nicht?" Das verwirrte sie. „Ihre Großmutter liebt sie. Warum sollten Sie sich vor ihr verstecken?"

„Ich verstecke mich vor ihrem unkontrollierbaren Drang, sich in mein Leben einzumischen und mir zu helfen."

„Das tut sie nur, weil sie Sie liebt." Eva verspürte einen Anflug von Neid. „Sie sind ihr so wichtig."

„Vielleicht, aber das macht es nicht weniger nervtötend."

Er sprach über seine Großmutter mit der Leichtigkeit eines Menschen, für den Familie etwas Selbstverständliches war. Was würde sie nicht dafür geben, jemanden zu haben, der sich in ihr Leben einmischte und versuchte, ihr zu helfen? Der sich sorgte, ob sie zu viel arbeitete und vernünftig aß?

Sie blinzelte ein paarmal.

Vermutlich sollte sie jetzt gehen. Er wollte sie nicht hier haben, oder? Es war klar, dass dieser Mann nicht im Mindesten an einer weihnachtlich geschmückten Wohnung interessiert war.

Jetzt, wo die Lichter an waren, konnte sie sich gründlich umschauen. Die Wohnung war wunderschön, aber die Einrichtung sehr unpersönlich. Es fühlte sich mehr wie ein exklusives Hotel als ein Zuhause an. Als ob jemand eingezogen wäre und vergessen hätte, der Einrichtung eine persönliche Note zu geben.

Das Apartment war unglaublich, aber es hatte keine Seele. Keinen Charakter. Es gab keinerlei Hinweise auf den Menschen, der hier lebte. Es schien unvorstellbar, dass jemals jemand auf den Sofas gesessen oder eine Tasse auf diesen Glastisch gestellt hatte. Alles wirkte verlassen, als ob Lucas vergessen hätte, dass seine Umgebung überhaupt existierte.

Sie wollte Blumen und Kissen verteilen. Sie wollte ein paar Kleidungsstücke fallen lassen, um die Wohnung bewohnt wirken zu lassen.

Wo war er gewesen, als sie das Apartment betreten hatte? Oben in einem der Schlafzimmer? In seinem Büro?

Zum ersten Mal, seit sie unter ihm gelegen hatte, musterte sie ihn genauer und sah Dinge, die ihr bisher entgangen waren. Sie sah die Schatten unter seinen Augen, die darauf hinwiesen, dass er seit Wochen nicht richtig geschlafen hatte. Sie sah die angespannten Falten, die seinen Mund umgaben.

Sie wandte den Blick ab, und etwas anderes fiel ihr ins Auge. Ein scharfes Messer, dessen lange Klinge unter dem Licht der Lampen schimmerte. Würden sie in der Küche stehen, hätte sie das Messer keines zweiten Blickes gewürdigt, aber sie waren nicht in der Küche.

Mit einem unbehaglichen Gefühl starrte sie das Messer an. Es hatte etwas Verstörendes, beinahe Bedrohliches an sich.

Sie dachte über die möglichen Gründe nach, warum er es auf dem Tisch liegen gelassen hatte. Vielleicht hatte er damit seine Briefe geöffnet. Nur war ihr bereits der Stapel mit ungeöffneter Post aufgefallen.

Egal, wie sehr sie sich auch bemühte, ihr fielen keine alternativen Szenarien ein.

Die Klinge verspottete sie, und das Unbehagen wurde zu echter Besorgnis. Sie hatte keinerlei Erfahrungen damit, Rätsel zu lösen, aber sie konnte Hinweise deuten. Er hatte ein Messer im Wohnzimmer. Und er war hier allein, völlig abgeschnitten von der Außenwelt.

Weihnachten machte manche Menschen verzweifelt, oder nicht?

Sie ließ ihren Blick über die nackten Böden und Wände schweifen. „Sind Sie gerade erst eingezogen?"

„Ich wohne seit drei Jahren hier."

Drei Jahre. Hatte er hier gelebt, als seine Frau gestorben war? Nein. Nirgendwo war ein weiblicher Einfluss zu sehen, was bedeutete, er musste direkt nach dem Tod seiner Frau hier eingezogen sein.

Er war geflohen. Weggelaufen. Und er lief immer noch davon.

Die Wohnung sah aus, als wäre er direkt von seinem alten Leben in dieses gesprungen und hätte nichts mitgenommen.

Ihr Herz schmerzte bei diesem Gedanken.

Sie versuchte, sich zu sagen, dass sein Leben sie nichts anging. Sie war engagiert worden, um seine Wohnung herzurichten, und er hatte ziemlich deutlich gemacht, wie sehr er jegliche Einmischung hasste. Das Vernünftigste wäre, jetzt sofort zu gehen. Aber wenn sie das tat, war er wieder allein, und wer wusste schon, was er dann tun würde? Was, wenn er das Messer in die Hand nahm? Sie war der einzige Mensch, der die Wahrheit kannte – dass Lucas Blade sich nicht auf einem Schreibworkshop in Vermont befand, sondern sich alleine hier in seiner Wohnung verkroch.

Falls er sich etwas antun sollte, würde sie sich dafür verantwortlich fühlen. Sie würde sich immer fragen, ob sie es hätte verhindern können.

Sie fing seinen düsteren Blick auf und wusste, dass sie keinen Mann betrachtete, der gefährlich war. Sondern einen Mann, der verzweifelt war. Der am Abgrund stand. Der gerade noch so am seidenen Faden hing.

Lucas Blade mochte über Horror schreiben, aber im Moment war der größte Horror wohl sein eigenes Leben.

Nein, sie würde ihn auf keinen Fall allein lassen.

3. Kapitel

Sieh genau hin, bevor du springst. Oder hab wenigstens einen Erste-Hilfe-Kasten dabei.

– Lucas

Er hatte erwartet, dass sie gehen würde. Aber sie stand immer noch da.

„Ich muss arbeiten." Er konnte es kaum erwarten anzufangen. Die Figuren erwachten in seinem Kopf zum Leben, wurden zu Menschen mit Fähigkeiten und Fehlern. Er hörte bereits ihre Dialoge und sah die einzelnen Szenen vor sich. Zum ersten Mal seit langer Zeit sehnte er sich danach, sich vor seinen Laptop zu setzen und in die fiktive Welt zu flüchten, die auf ihn wartete. Er war wie ein Mensch, der unter chronischen Schmerzen litt. Alles in ihm drängte danach, zur Morphium-Spritze zu greifen und den Inhalt des Kolbens in seine Adern zu leeren, bis das süße Nichts die Qual betäubte, die seit drei Jahren sein steter Gefährte war.

Das Einzige, was ihn davon abhielt, war die Quelle seiner Inspiration. Denn die machte leider keine Anstalten zu gehen. Er hatte ihr vielleicht Angst eingejagt, aber offensichtlich nicht genug, um sie aus der Wohnung flüchten zu lassen.

„Ihre Großmutter hat mich mit dieser Aufgabe betraut, also muss ich sie jetzt anrufen und ihr die ganze Sache schildern. Oder ich muss hierbleiben und den Job erledigen."

Wenn sie seine Großmutter anriefe, würde sich jede Chance, Weihnachten in Ruhe gelassen zu werden, in Luft auflösen. Er müsste erklären, warum er in New York und nicht in Vermont war, und vor allem, warum er deswegen gelogen hatte. Was noch unangenehmer wäre.

„Schauen Sie sich um." Er versuchte es mit Einschüchterung und sprach ganz sanft. „Sehe ich aus wie ein Mann, der seine Wohnung für die Feiertage schmücken will?"

„Nein, deshalb wollte ihre Großmutter ja auch, dass ich es tue. Sie findet, Sie sollten nicht so leben. Sie macht sich Sorgen um Sie. Und ehrlich gesagt, nachdem ich Sie jetzt getroffen habe, tue ich das auch."

„Warum sollte es Sie interessieren, wie ich mein Leben lebe?"

„Jeder hat einen Weihnachtsbaum in seinem Leben verdient."

„Nur, wenn Sie mich bestrafen wollen."

„Bestrafen? Ein Weihnachtsbaum ist etwas Schönes."

„Was genau ist so schön an einem künstlichen Weihnachtsbaum, der nur ein auf Petroleum basierendes Produkt ist, das vermutlich in China hergestellt wurde?"

„Künstlich? Wer hat denn was von künstlich gesagt? Künstlich kann ich nicht, Mr. Blade. Weder bei Weihnachtsbäumen noch bei Handtaschen oder Orgasmen." Ihre Wangen röteten sich. „Das Letzte ist mir so rausgerutscht. Aber mein Punkt ist, dass in meinem Leben nichts künstlich ist." Die Worte überschlugen sich fast, und Lucas musste sich bemühen, nicht zu lächeln.

Noch nie hatte er jemanden getroffen, der so bezaubernd unbesonnen war.

„Sie haben noch nie einen Orgasmus vorgetäuscht?"

„Könnten Sie bitte vergessen, dass ich das gesagt habe?"

Er stellte sie sich im Bett vor – nackt und ungehemmt. Hitze schoss über seine Haut, und seine Gedanken waren explizit genug, um ihm Unbehagen zu bereiten. Seit dem Tod seiner Frau hatte es ihm an Angeboten – von Sex bis zur Ehe – nicht gemangelt. Aber er war nicht ein einziges Mal in Versuchung geraten. Das lag nicht nur daran, dass er seine wilden Zeiten hinter sich gelassen hatte. Der Grund war eher, dass er keine Lust mehr darauf hatte. Jedes Mal, wenn er eine Frau anblickte, erinnerte er sich an den Ausdruck auf Sallyannes Gesicht, als er sie zum letzten Mal gesehen hatte.

Aber von Eva fühlte er sich definitiv angezogen.

Um sich auf andere Gedanken zu bringen, überlegte er, wie jemand von ihrer Statur einen Mann töten könnte, der doppelt so groß war.

„Ich bin Schriftsteller. Das menschliche Verhalten interessiert mich."

Sie interessierte ihn.

Er redete sich ein, dass sein Interesse rein professioneller Natur sei, doch ein Teil von ihm erkannte die Lüge.

Sie ließ die Hände sinken. „Wir haben über Weihnachtsbäume gesprochen. Echte Weihnachtsbäume, die wundervoll riechen und aussehen."

„Und ihre Nadeln überall auf meinem Fußboden verteilen." Er erinnerte sich daran, wie sie sich unter ihm angefühlt hatte.

„Wenn Nadeln fallen, saugt man sie einfach weg." Sie knöpfte ihren Mantel auf. „Das ist nicht sonderlich schwer."

„Ich habe keine Zeit. Ich muss ein Buch schreiben. Und dafür muss ich meine Ruhe haben. Wenn Sie meine Wohnung schmücken, werden Sie mich dabei stören." Es waren nicht die Geräusche, die ihm Sorgen machten, oder die Anwesenheit eines anderen Menschen in seiner Wohnung, sondern es war *sie*.

Sie weckte in ihm Gefühle, die er nicht haben wollte.

Vielleicht lag es daran, dass sie völlig anders als seine Frau war. Sallyanne war groß und schlank gewesen. Wenn sie Absätze getragen hatte, war sie fast so groß wie er gewesen. Körperlich unterschied sich Eva so sehr von seine Frau, wie es überhaupt möglich war. Instinktiv wusste er, dass es eine ganz neue Erfahrung sein würde, sich in ihren weichen Kurven zu verlieren. Eine Erfahrung ohne Flashbacks oder Erinnerungen. Doch er wusste auch, dass es ein Verbrechen wäre, wenn ein Mann wie er etwas mit einer Frau wie ihr anfangen würde – wenn auch nicht die Art von Verbrechen, über die er schrieb.

„Sie werden gar nicht merken, dass ich da bin."

„Sie sind nicht die Art Frau, die im Hintergrund verschwindet."

„Sie müssen sich keine Sorgen machen, dass ich Sie störe", warf sie schnell ein. „Ich verstehe, dass das kreative Genie Platz zum Arbeiten braucht. Außerdem wäre da noch die Tatsache, dass ich Ihre Gesellschaft nicht sonderlich aufregend finde, Mr. Blade."

Das Kätzchen hatte Krallen. „Sagen Sie meiner Großmutter, dass Sie Ihre Meinung bezüglich des Jobs geändert haben."

„Nein. Ich werde dafür bezahlt, während Ihrer Abwesenheit Ihre Wohnung zu schmücken und Ihren Kühlschrank aufzufüllen. Und genau das werde ich tun."

„Ich bin aber nicht abwesend."

„Was für uns beide unpraktisch ist, vor allem, da Sie mir nicht gestatten, diese Tatsache mit der Person zu teilen, die mir den Auftrag erteilt hat. Ich mag es nicht zu lügen."

Er entdeckte, dass sich hinter diesen sanften blauen Augen und den süßen Locken eine Frau verbarg, die verdammt stur war.

Der Gedanke, dass seine Großmutter endlich jemanden getroffen hatte, der es mit ihr aufnehmen konnte, entschädigte ihn beinahe für die Verärgerung, dass es ihm nicht gelang, sie aus seiner Wohnung zu vertreiben.

Beinahe, aber nicht ganz.

„Gehen Sie. Ich erstatte Ihnen den Betrag, den sie Ihnen gezahlt hätte."

„Es geht hier nicht ums Geld, Mr. Blade. Es geht um meinen professionellen Ruf. Ich bin stolz auf meine Arbeit."

„Und woraus genau besteht die? Sind Sie ein Weihnachtself? Dekorieren Sie die Wohnungen von nichts ahnenden Weihnachtsmuffeln, um damit deren Unwillen gegenüber dieser Jahreszeit noch zu steigern?" Sein Sarkasmus schien einfach an ihr abzuprallen.

„Ich bin von Urban Genie. Wir sind eine Event- und Concierge-Agentur."

„Und meine Wohnung zu schmücken ist ein Event?"

„Ihre Großmutter ist unsere Kundin, und das hier war ihr Wunsch. Wir können so ziemlich jeden Wunsch erfüllen."

Er unterdrückte den offensichtlichen Kommentar und sagte sich, dass er keine billigen Witze auf ihre Kosten machen wollte. Aber es war wirklich schwer, nicht auf diese Art an sie zu denken. „Jeden Wunsch offenbar nicht. Denn mein Wunsch ist, dass Sie gehen. Aber Sie sind immer noch hier."

„Ich würde gehen, wenn mein Kunde es verlangte. Aber Sie sind nicht mein Kunde."

„Geben Sie mir den Namen Ihres Chefs, und ich werde anrufen und erklären, dass Ihre Dienste nicht länger benötigt werden."

„Ich bin der Chef. Ich leite die Firma mit zwei Freundinnen zusammen."

„Woher kennen Sie meine Großmutter?"

„Ich habe Mitzy vor ein paar Monaten kennengelernt, als sie sich eine Geburtstagstorte gewünscht hat. Sie war eine unserer ersten Kundinnen. Wir haben uns unterhalten, und seitdem hat sie uns ein paarmal beauftragt. Wenn es zu kalt ist, gehe ich mit ihrem Hund spazieren, und manchmal reden wir einfach nur."

Niemand außer seinem Großvater hatte seine Großmutter Mitzy genannt. Für alle anderen war sie immer Mary oder Gram. Ganz eindeutig war diese Frau für seine Großmutter mehr als eine effiziente Concierge-Mitarbeiterin. „Worüber unterhalten Sie sich denn?"

„Über alles Mögliche. Sie ist eine sehr interessante Frau."

„Sie bezahlt Sie dafür, mit ihr zu plaudern? Sie knöpfen einer alten Dame Geld für Ihre Gesellschaft ab?"

„Nein. Ich unterhalte mich mit ihr, weil ich sie mag. Sie erinnert mich an meine Großmutter und ist, glaube ich, ein wenig einsam."

Auch wenn in ihren Augen oder ihrer Stimme kein Vorwurf lag, fühlte er sich sofort schuldig.

„Sie ruft Sie an?"

„Manchmal. Aber meistens benutzt sie unsere Urban-Genie-App."

„Sie müssen sie mit jemand anderem verwechseln. Meine Großmutter hat kein Smartphone. Sie hat sich immer geweigert, sich so etwas zuzulegen." Er dachte an die unzähligen Diskussionen, die sie über dieses Thema geführt hatten. Er verstand nicht, warum sie sich Sorgen um ihn machen durfte, aber er nicht um sie.

„Bei mir hat sie sich nicht geweigert. Und sie benutzt unsere App regelmäßig."

„Sie hasst Technik."

„Am Anfang war sie ein wenig skeptisch. Aber sobald wir ihr die Grundbegriffe beigebracht hatten, lief es gut. Sie ist sehr klug."

„Sie haben ihr das *beigebracht*?" Wieso wusste er das nicht? Er dachte daran, wann er seine Großmutter zum letzten Mal getroffen hatte. Im Sommer war er wegen einer Lesereise unterwegs gewesen. Er hatte im Juli und August keine zwei Tage zu Hause verbracht. Und seitdem war er zu sehr damit beschäftigt gewesen, einen Weg zu finden, um mit seinem neuen Buch anzufangen.

Alles Ausreden, das war ihm bewusst.

In Wahrheit fiel es ihm schwer, mit seiner Großmutter zusammen zu sein. Ihre Absichten waren gut, aber immer, wenn sie versuchte, seinen Schmerz zu lindern, machte sie es nur noch schlimmer. Niemand konnte die Wunde heilen, weder seine Großmutter noch diese Frau mit den Augen in der Farbe des Sommerhimmels.

Er streckte seine Hand aus. „Haben Sie die App auf Ihrem Telefon? Zeigen Sie sie mir." Er nahm das Handy entgegen und öffnete die App. *„Ihr Wunsch ist uns Befehl?"* Er hob eine Augenbraue. „Okay, wie funktioniert diese App? Was muss ich tun, damit Sie jetzt gehen und niemandem sagen, dass Sie mich gesehen haben?"

Sie entriss ihm das Smartphone. „Gar nichts. Hier ist der Deal, Mr. Blade. Ich weiß nicht, warum Sie hier sind statt in Vermont. Aber das muss ich auch gar nicht wissen. Mein Job ist es, das zu tun, wofür Ihre Großmutter mich bezahlt. Ich werde also Ihre Wohnung schmücken, Ihren Kühlschrank füllen und dann gehen."

Er wäre beeindruckt gewesen, wenn er sich nicht so geärgert hätte.

Endlich, nach monatelangen Kämpfen, war er bereit, zu schreiben. Und nun konnte er das nicht, weil diese Frau sich weigerte, ihn allein zu lassen.

„Ich könnte Sie abführen lassen."

„Das könnten Sie vermutlich. Aber dann würde ich Ihre Großmutter anrufen und ihr sagen, wo Sie sind. Ich habe das Gefühl, dass Ihnen das nicht recht wäre, also bin ich sicher, dass wir uns auf einen Kompromiss einigen werden, mit dem wir beide leben können."

„Erpressen Sie mich etwa?" Nach einem Jahrzehnt, in dem er die dunkle Seite der menschlichen Natur erkundet hatte, sollte ihn nichts mehr überraschen, aber das hier tat es.

Ihre Augen waren gütig, ihr Mund üppig und perfekt geformt. Äußerlich war sie sanft und süß. Doch in ihrem Inneren steckte ein Kern aus Stahl. Der Kontrast wäre eigentlich faszinierend gewesen, aber im Moment nervte sie ihn nur.

Er wollte sich gerade eine Möglichkeit überlegen, sie mit Gewalt aus seiner Wohnung zu entfernen, als ihm die Masse an Schnee auffiel, die vor den Fenstern seines Apartments fiel.

Der Anblick jagte ihm einen Schauer über den Rücken.

Schweigend trat er ans Fenster und starrte auf die Welt hinaus, die von einer Lage Schnee nach der anderen verwandelt worden war. Der dicke Vorhang aus Flocken verhüllte den Blick auf den Central Park.

Erinnerungen wurden wach – dunkle, bedrohliche Wolken, die alles andere überschatteten. Er wurde in der Zeit zurückgerissen und landete bei einem Abend, genau wie diesem hier.

Der täuschend harmlose Schneefall war tödlicher gewesen als jeder Mörder, über den er jemals geschrieben hatte. Der unerwartete Dreh der Geschichte hatte alles noch brutaler gemacht.

Zeit sollte angeblich alle Wunden heilen, aber er war noch nicht geheilt. Er wusste einfach nicht, wie er das tun sollte. Seine Gefühle waren noch so roh und real wie vor drei Jahren. Er konnte nur versuchen zu überleben. Aufstehen, sich anziehen, einen weiteren Tag durchstehen. Er hätte nicht gedacht, dass es etwas gäbe, was das Ganze noch schwerer machen könnte, aber das gab es: der Druck seiner Mitmenschen, es „hinter sich zu lassen". Zu wissen, dass er ihre Erwartungen nicht erfüllte, verstärkte sein Gefühl, versagt zu haben.

Er presste die Augen zusammen und blendete alle Bilder und Erinnerungen an diesen Abend aus, als er Sallyanne zum letzten Mal lebend gesehen hatte. Er wollte sich so gerne an die guten Zeiten erinnern, aber bislang war ihm das nicht gelungen. Wie ein fehlerhafter Computer war sein Gehirn in diesem einzelnen Moment abgestürzt und eingefroren, den er nur zu gerne vergessen würde.

„Ich liebe den Schnee. Sie nicht auch? Er ist wie eine Umarmung." Ihre leise, verträumte Stimme durchbrach den Albtraum, der in seinem Kopf ablief. Er öffnete die Augen. Seine Großmutter mochte viel mit dieser Frau geredet haben. Aber die Einzelheiten über den Tod seiner Frau hatte sie ihr bestimmt nicht erzählt.

Ihr unschuldiger Kommentar schabte an ihm wie Schmirgelpapier.

„Ich hasse Schnee."

Sie stand neben ihm und sah aus dem Fenster. Er drehte den Kopf zu ihr und war sich der falschen Intimität bewusst, die von den Umständen erschaffen worden war.

Er war nicht sicher, was er in ihrem Gesicht sah. Wehmut? Zufriedenheit? Wie auch immer, es war offensichtlich, dass sie dem Wetter genauso viel Vertrauen entgegenbrachte wie den Menschen.

Ich bin ein Mensch, für den das Glas immer halb voll ist.

Verärgerung wurde zu Resignation. Er wusste, es gab nichts zu entscheiden.

Egal, wie gerne er sie wegschicken würde, er konnte es nicht. Nicht, solange Manhattan von einem Schneesturm heimgesucht wurde. Seinetwegen würde nicht noch einmal jemand sterben.

„Meinetwegen schmücken Sie die Wohnung. Schleifen am Treppengeländer, Mistelzweige an den Deckenlampen. Es ist mir egal." Er wusste, dass er undankbar war, aber er konnte nicht anders. Er fühlte sich gefangen, in die Ecke gedrängt, auch wenn er sie wohl kaum für das Wetter verantwortlich machen konnte. Vermutlich dachte sie jetzt, dass Scrooge – der Weihnachtshasser aus der Geschichte von Charles Dickens – im Gegensatz zu ihm noch enthusiastisch wirkte. „Ich werde mich an die Arbeit machen. Tun Sie, was immer Sie tun wollen, aber stören Sie mich dabei nicht."

Eva fühlte sich ungefähr so willkommen wie eine Ratte in einem Restaurant.

Sie zog den Mantel aus und trug ihre Taschen in die Küche. Hier glänzte alles, und einen Moment lang bewunderte sie die Mischung aus schimmerndem Metall und glatt polierten Arbeitsflächen. Sie war in genügend Küchen gewesen, um zu wissen, dass es sich hierbei um eine teure Maßanfertigung handelte.

„Ich fühle mich vielleicht wie eine Ratte in einem Restaurant", murmelte sie, „aber wenigstens ist es ein schönes Restaurant."

Mit einem Auge behielt sie die Tür im oberen Stock im Blick, durch die Lucas verschwunden war, während sie anfing, die Lebensmittel auszupacken.

Der Kühlschrank war riesig. Und beinahe leer. Hatte er sich nicht auf den Schneesturm vorbereitet?

Sie betrachtete die leeren Regalböden und verglich sie mit dem Kühlschrank in ihrer Wohnung. Der war zwar nur halb so groß, dafür war aber alles voll von den Ergebnissen ihrer kreativen Kochexperimente. Dieser hier sah aus, als wäre der Eigentümer der Wohnung noch gar nicht eingezogen.

Vielleicht sah er keinen Sinn darin, sich eine schöne Einrichtung zu kaufen, aber was hatte er bisher gegessen?

Sie öffnete ein paar Schränke und fand einige Dosen, ein paar Einmachgläser und Nudeln. Dazu sechs noch nicht geöffnete Flaschen Whiskey.

An der anderen Seite der Küche beherrschte ein Weinregal die ganze Wand. Reihe um Reihe mit Flaschen, von denen nur die Korken sichtbar waren. Bisher hatte sie nur in Restaurants so viele Flaschen Wein auf einem Haufen gesehen. Das Regal war dekorativ, aber sie hatte das Gefühl, dass sein Zweck kein rein ästhetischer war. Lucas Blade war entweder Sammler oder schwerer Trinker.

Kein Wunder, dass seine Großmutter sich Sorgen machte.

Sie fing ja selbst schon damit an, doch in diese Sorgen mischten sich andere Gefühle. Sie hielt inne und legte eine Hand auf ihren Magen, um die Schmetterlinge zu beruhigen. Er bedeutete nichts als Probleme und Komplikationen. Er war *kein* Mann, den sie auch nur eines zweiten Blickes würdigen sollte. Sie hatte zwar nicht vor, sich für Mr. Right aufzusparen, aber zumindest musste sie jemanden *mögen* und das Gefühl haben, von ihm auch gemocht zu werden.

Sie war nicht sicher, was sie von Lucas Blade hielt. Sie empfand Mitgefühl für seine Situation und fühlte sich definitiv von ihm angezogen. Aber ob sie ihn mochte … Um das zu beantworten, würde sie noch mehr Zeit benötigen. Sicher schien nur, dass er *sie* nicht mochte.

Sie griff nach der nächsten Tüte und packte sie aus.

Warum erzählte er seiner Familie nicht einfach, dass er zu Hause war und nicht gestört werden wollte? Warum dachte er sich eine so komplizierte Geschichte aus?

Sie verstaute eine Packung Eier und schaute die Treppe hinauf, wo Lucas verschwunden war. In dem kurzen Augenblick, bevor er ihr den Rücken zugewandt hatte, war sein Gesicht düster wie ein Gewitter gewesen. Sie hatte damit gerechnet, dass er sie mit Gewalt aus der Wohnung vertreiben oder zumindest einen legitimen Weg finden würde, um sie loszuwerden. Aber er hatte seine Meinung geändert. Was ihn dazu gebracht hatte, wusste sie leider nicht.

Als sie hierhergekommen war, hatte sie erwartet, ein paar Nächte alleine zu sein. Vor ein paar Stunden hätte sie sich über Gesellschaft noch gefreut, aber jetzt war sie sich da nicht mehr so sicher. Es erhöhte das Gefühl von Einsamkeit, mit jemandem in einem Apartment festzusitzen, der einen nicht da haben wollte.

Vielleicht hätte sie seinem Befehl Folge leisten und gehen sollen, aber wie hätte sie einen Menschen allein lassen können, der so litt wie er? Das konnte sie nicht tun, vor allem weil sie wusste, dass niemand sonst nach ihm sehen würde. Niemals würde sie einen Menschen, der sich so schlecht fühlte, allein lassen.

Wenn ihm etwas zugestoßen wäre, hätte sie damit nicht leben können.

Und dann war da noch der Job an sich.

Paige war diejenige, die bisher die meisten Kunden für ihr frisch geschlüpftes Unternehmen gewonnen hatte. Sie hatte unermüdlich dafür gearbeitet, Urban Genie zum Laufen zu bringen.

Aber diesen Auftrag hier hatte sie selbst an Land gezogen Und sie wollte ihn nicht verlieren. Außerdem wollte sie ihre Kundin nicht im Stich lassen. Wobei Mitzy inzwischen mehr als eine Kundin war – sie war eine Freundin.

Sie packte die restlichen Taschen aus. Nur die mit der Weihnachtsdeko ließ sie stehen.

Die konnten warten, bis der Baum geliefert worden war.

In dem Versuch, Lucas zu vergessen, setzte sie die Kopfhörer auf und suchte sich ihre Lieblingsweihnachtslieder aus ihrer Playlist heraus, wobei sie sich stumm ermahnte, nicht laut mitzusingen. Sie wollte ihn nicht stören, während er schrieb.

Keine zwei Minuten später rief Paige an.

„Wie geht es dir? Ist es komisch, allein in einer leeren Wohnung zu sein?“

Eva schaute zu dem stillen Raum über sich. „Sie ist nicht leer. Er ist hier."

„Wer ist ‚er'? Und warte mal, ich schalte dich auf Lautsprecher, Frankie will mithören."

„Lucas Blade." Sie erklärte die Situation, ließ aber den Auftritt der Polizei aus.

Es hatte keinen Sinn, ihre Freundinnen zu beunruhigen.

„Warum tut er, als wäre er nicht da?"

Eva erinnerte sich an den Ausdruck in seinen Augen und warf einen Blick zu dem Messer auf dem Wohnzimmertisch. „Ich glaube, er will keine Gesellschaft." Sie vermutete, dass das auch für seine eigene Gesellschaft galt, aber der konnte er nicht so leicht entkommen.

„Also hast du ihn gesehen? Ist er so heiß, oder haben sie für das Foto auf den Buchumschlägen ein Double eingesetzt?" Das war Frankie, und Eva dachte an die markanten männlichen Gesichtszüge und diese Augen. *Diese Augen …*

„Er ist so heiß."

„Ha, da hast du es", sagte Frankie triumphierend. „Du wolltest dein Kondom doch noch vor Weihnachten benutzen … das ist deine Gelegenheit."

Eva dachte daran, wie sein muskulöser Körper ihren zu Boden gedrückt hatte, und ihr Magen schlug mehrere Purzelbäume. „Er ist nicht mein Typ."

„Höllisch sexy ist jederfraus Typ."

„Ich leugne ja nicht, dass er sexy ist, aber er ist nicht freundlich."

Ihre Worte schienen bei ihren Freundinnen einige Alarmglocken schrillen zu lassen, denn Paige kehrte ans Telefon zurück.

„Was meinst du damit, er ist nicht freundlich?"

„Nichts. Vergiss es. Er will mich nicht hier haben, das ist alles."

„Aber du bleibst trotzdem? Du bist wirklich seltsam", murmelte Frankie. „Wenn ein Mann mich nicht in der Nähe haben wollte, wäre ich so schnell weg, dass er mich durch die Staubwolke hindurch nicht mal mehr sehen könnte."

„Aber du bist auch introvertiert. Und etwas eigen im Umgang mit Männern."

„Muss ich dich daran erinnern, dass ich verliebt und verlobt bin?"

„Du bist bei allen Männern eigen – außer bei Matt."

„In diesem Fall stimme ich Frankie zu. Wenn du dich in seiner Nähe nicht wohlfühlst, solltest du gehen." Paige war sehr mitfühlend. „Wir haben eine Regel, weißt du noch? Wenn sich eine Situation falsch anfühlt, machen wir, dass wir da wegkommen. Vor allem, wenn wir alleine arbeiten."

„Ich fühle mich nicht bedroht. Und ich kann ihn nicht allein lassen." Sie senkte die Stimme. „Hier gab es kaum etwas zu essen, bis ich aufgetaucht bin. Und es sind nicht nur die fehlenden Lebensmittel, er hat auch kaum Möbel. Keine Unordnung. Es ist, als wäre er gerade erst eingezogen."

„Dich dort zu haben wird das ganz schnell ändern", sagte Frankie, aber Paige lachte nicht.

„Je mehr ich höre, desto weniger gefällt es mir. Wie hat er dich überzeugt zu bleiben?"

„Gar nicht. Er wollte, dass ich gehe, bis er …" *Bis ihm das Wetter aufgefallen ist.* Sie drehte sich um und schaute zum Fenster. Das war es. Er hatte sie gedrängt zu gehen, bis er aus dem Fenster geschaut und gesehen hatte, dass New York quasi stillgelegt war. „Er wollte nicht, dass ich in dem Schneesturm losziehe. Macht euch keine Sorgen, wenn er vorhätte, mich zu beseitigen, hätte er mich auf die Straße gejagt und den Rest vom Wetter erledigen lassen." Sie schlenderte zum Fenster und schaute auf die weißen Wirbel hinaus. Die

Straßen und der Park waren hinter der Wildheit des Schneesturms verschwunden. „Selbst wenn ich wollte, könnte ich jetzt nicht gehen." Die Erkenntnis ließ ihre Nervenenden vibrieren. Hier waren nur sie beide. Allein. Allerdings beschwor das Wort *allein* ganz andere Gefühle in ihr herauf. Sie war auf einmal ganz kribbelig.

„Hast du alles, was du brauchst?"

„Ja. Ich bin mit allem hergekommen, was ich brauche, um diese Wohnung in ein Winterwunderland mit kulinarischen Köstlichkeiten zu verwandeln." Allerdings hatte sie nicht erwartet, dass die Wohnung so leer sein würde. Sie konnte sie zwar schmücken, aber zaubern konnte sie nicht.

„Melde dich regelmäßig bei uns", sagte Paige. „Wenn wir nichts von dir hören, kommen wir zu dir, Schneesturm hin oder her. Jake ist hier und bleibt über Nacht. Und Matt und Frankie sind auch hier. Du fehlst uns!"

Eva verspürte einen Stich. Ihre Freundinnen waren in festen Beziehungen. Die beiden hatten ihre große Liebe. Das freute sie. Aber sie konnte auch nicht leugnen, dass sie sich dadurch noch einsamer fühlte.

„Erinnerst du dich an den Selbstverteidigungsgriff, den ich dir beigebracht habe?", fragte Frankie. Eva lächelte.

„Dieser Mann hat den schwarzen Gürtel in allem, was die Kampfsportszene hergibt, also werde ich mit meinem einzigen Selbstverteidigungsgriff nicht sonderlich weit kommen." Sie erinnerte sich daran, wie geschickt er sie zu Fall gebracht hatte. „Ich werde meinem natürlichen Instinkt, was Menschen angeht, vertrauen. Ich weiß, dass er über böse Männer schreibt, aber er selbst gehört nicht dazu."

Sie versuchte zu vergessen, was er über den Mann von der Straße gesagt hatte, der versuchte zu verbergen, wer er wirklich war.

Damit irrte er sich. Vielleicht versteckten einige Menschen

ihr wahres Ich, aber die meisten waren freundlich. Das hatte sie wieder und wieder erlebt.

Verdammt! Wie hatte dieser Kerl es nur geschafft, ihr derart düsteren Samen in ihr sonst so optimistisches Gehirn gepflanzt zu haben.

„Also verbringst du die Nacht mit einem Mann, den du kaum kennst.“ Paige klang besorgt. „Das gefällt mir gar nicht, Eva.“

„Ich kann dir versichern, dass er keinerlei Interesse an mir hat.“ Eva schaute wieder zur Treppe, doch oben war alles still. „Was bedeutet es, wenn ein Mann sagt, man hätte eine gute Knochenstruktur?“

„Wenn ein Thrillerautor das zu dir sagt, solltest du schleunigst verschwinden“, murmelte Frankie. „Lucas Blade schreibt furchterregendes Zeug. Der letzte Kerl, über den er geschrieben hat, hat seine Opfer gehäutet.“

„Igitt.“ Eva wünschte, sie hätte nicht gefragt. „Warum liest du so etwas?“

„Weil ich es nicht *nicht* lesen kann. Er schreibt unglaublich fesselnd. Er taucht in die Gehirne der Menschen ein, legt ihre Ängste bloß. Er ist unglaublich erfolgreich, und seine Bücher werden immer besser. Alle warten schon auf sein neuestes Werk, einschließlich mir. Hey, wenn du einen Blick darauf erhaschst, schick mir ein paar Kapitel. Wie ist er überhaupt so?“

Einschüchternd. „Er hatte nicht erwartet, mich hier zu sehen, also glaube ich, dass ich ihn nicht auf seinem besten Fuß erwischt habe.“

„Wenn nicht mal du etwas Gutes über ihn sagen kannst, dann muss er wirklich schrecklich sein“, sagte Paige. „Du siehst immer nur das Gute in den Menschen.“

„Er ist nicht übel. Er hat seiner Großmutter einen Hund gekauft.“

„Na und? Auch Psychopathen haben Haustiere. Komm nach Hause, Ev. Du bist nicht für ihn verantwortlich."

„Ich bin die Einzige, die weiß, dass er hier ist", erwiderte sie. „Und er hat Probleme. Ob er mich hier haben will oder nicht, ich werde nicht gehen."

Lucas starrte auf den leuchtenden Bildschirm.

Sehe ich wie eine Mörderin aus?

Diese Worte hatten eine Flut von Ideen ausgelöst, aber keine von ihnen hatte es bisher von seinem Kopf in seine Finger geschafft. Es gab immer noch zu viele unbeantwortete Fragen.

Es war, als betrachte er ein verknotetes Wollknäuel. Die Fäden waren da, aber noch hatte er es nicht geschafft, sie zu entwirren und daraus ein Muster zu weben, das seine Leser dazu animierte, die Seiten umzublättern.

Doch er hatte etwas. Das wusste er genau.

Er stand auf und trat ans Fenster seines Büros.

Das war seine Superkraft – die Fähigkeit, tief in die Psyche eines Menschen einzutauchen und die geheimsten Ängste freizulegen. Wenn er nicht Schriftsteller wäre, würde er vermutlich als Profiler beim FBI arbeiten. Er hatte Kontakte, hatte im Laufe der Jahre ein paar enge Freundschaften geknüpft. Aber im Moment brachte ihn all das nicht weiter.

Sein Agent würde ihn bald wieder anrufen. Und sein Verleger.

Sie würden ein paar Kapitel haben wollen. Sie würden das ganze verdammte Buch haben wollen.

Ihm lief die Zeit davon. Das Buch war an Heiligabend fällig. Langsam näherte er sich dem Punkt, an dem er die Wahrheit bekennen musste. Er würde ihnen sagen müssen, dass das Buch nicht fertig war. Dass er noch nicht einmal angefangen hatte. Er hatte noch nicht ein einziges Wort zu Papier gebracht.

Ein köstlicher Duft wehte durch die Wohnung, und er drehte den Kopf zur Tür, um noch mal tief einzuatmen.

Zimt.

In diesem Augenblick klopfte es leise an die Tür.

Er riss sie auf und sah Eva mit einem Tablett vor sich stehen.

„Ich dachte, Sie haben vielleicht Hunger. Ich mache später ein Abendessen, aber erst einmal habe ich eine Fuhre meiner speziellen Weihnachtskekse gebacken. Ich wollte sie für Sie einfrieren, aber da Sie ja nun mal hier sind, können Sie genauso gut gleich einen essen."

Er schaute auf den Teller. Die Kekse hatten die Form von Weihnachtsbäumen, und kleine Zuckerkrümel bestäubten die goldbraune Oberfläche.

„Sind Kekse nicht normalerweise rund?"

„Sie können jede Form annehmen, die man will."

„Und Sie haben sich für Weihnachtsbäume entschieden?"

„Es sind nur Kekse, Mr. Blade. Essen Sie sie oder lassen Sie es bleiben."

Er beäugte das Tablett in ihren Händen. Neben dem Keksteller stand ein Becher mit …

„Was zum Teufel ist das?" Auf einer strohfarbenen Flüssigkeit schwamm ein Stück Zitrone.

„Kräutertee."

„Kräuter…?" Er schüttelte den Kopf. „Ich bin ziemlich sicher, dass Sie den nicht in meinen Küchenschränken gefunden haben."

„Ich habe in Ihren Küchenschränken beinahe gar nichts gefunden."

„Ich trinke Kaffee. Stark. Und schwarz."

„Sie können nicht nachmittags starken schwarzen Kaffee

trinken. Denn sonst werden Sie nachts nicht schlafen. Kräutertee ist erfrischend und beruhigend."

Er schlief nur selten, doch das sagte er ihr nicht. Er hatte genügend Einzelheiten aus seinem Leben in der Presse ausgebreitet gesehen, um sehr genau darauf zu achten, mit wem er über seine persönlichen Vorlieben und Probleme sprach.

Kräutertee. *Als ob der meine Probleme lösen würde.*

„Nehmen Sie das wieder mit." Wäre es ein schöner Whiskey gewesen, hätte er ihn in einem Schluck hinuntergestürzt. Aber er würde für niemanden Kräutertee trinken. „Sehe ich aus wie ein Mann, der Kräutertee trinkt und Kekse in Form von Weihnachtsbäumen isst?" Sein Ton war tausendmal ungenießbarer als das Gebräu in dem Becher vor ihm. Sie musterte ihn einen Moment.

„Nein, aber der erste Eindruck, den man von einem Menschen bekommt, kann täuschen. Stimmt doch, oder? Das habe ich von Ihnen gelernt. Ist es Ihnen schon mal in den Sinn gekommen, dass ich nicht versuche, Sie für mich zu gewinnen, Mr. Blade? Vielleicht versuche ich ja, Sie zu vergiften." Sie drückte ihm das Tablett in die Hand, warf sich die blonden Haare über die Schultern und ging.

Er starrte ihr nach. Von dem Kontrast zwischen ihrem süßen Gesicht und ihrer scharfen Erwiderung war ihm ganz schwindelig.

Ihn vergiften?

Das war's.

Endlich war er bereit, etwas zu tippen, und nun hatte er die Hände voll.

Er trug das Tablett in sein Büro und stellte es auf seinen Schreibtisch.

Es war bereits dunkel. Das einzige Licht im Raum kam von dem Monitor seines Laptops und dem seltsamen, strahlenden Glitzern des Schnees unter seinem Fenster.

Er wandte sich wieder dem Bildschirm zu. Bislang standen erst zwei Wörter auf der Seite.

Erstes Kapitel.

Er setzte sich hin und fing an zu schreiben.

4. Kapitel

Du bist, was du isst, also nimm etwas Süßes.

– Eva

Von allen unhöflichen, launischen, gereizten …

Eva stürmte verärgert durch die Küche. Ihre Großmutter hatte ihr beigebracht, immer erst mal zu überlegen, was hinter dem Verhalten eines anderen Menschen steckte. Man musste keine Psychologin sein, um zu verstehen, was mit Lucas los war. Aber trotzdem hatten seine Worte sie getroffen.

Sie sagte sich, dass er trauerte. Er litt. Er war …

Kalt. Distanziert. Einschüchternd. Beeindruckend.

Und offensichtlich kein Freund von Kräutertee.

Ihr kurzer Blick in sein Büro hatte ihr verraten, dass dieser Raum nichts mit dem Rest der Wohnung gemeinsam hatte. Er roch nach Holzrauch und Leder und strahlte Wärme aus. Eine Wärme, die nicht nur von dem flackernden Feuer kam. Anders als der Rest seines Apartments war sein Büro mit Liebe und Aufmerksamkeit eingerichtet worden. Zwei abgesessene, tiefe Ledersofas standen einander an einem niedrigen Tisch gegenüber, auf dem sich Bücher stapelten. Keine schicken Bildbände, die als Designakzent ausgewählt worden waren, sondern echte Bücher mit abgegriffenen Ecken, die so achtlos aufeinandergestapelt waren, als wären sie erst kürzlich gelesen worden.

Auf dem Schreibtisch hatte ein großer Computerbildschirm gestanden. Und sie hatte einen Laptop gesehen. Der Raum war mit den gleichen hohen Fenstern versehen wie der Rest der Wohnung, doch was sie am meisten beeindruckt hatte, waren die Bücherregale. Sie erstreckten sich vom Boden bis zur Decke und waren mit mehr Büchern vollgepackt, als sie je außerhalb einer Bibliothek gesehen hatte. Die Umschläge passten nicht zueinander, und ledergebundene Ausgaben mischten sich mit Taschenbüchern, deren Rücken verrieten, dass sie oft gelesen und sehr geliebt wurden.

Sie war neugierig, was Lucas Blade las, wenn er seiner eigenen Arbeit und seiner Welt entfliehen wollte. Las er Krimis und Thriller oder etwas ganz anderes?

Leider hatte sie keine Gelegenheit gehabt, sich genauer umzusehen. Mit einem einzigen Blick und ein paar wohlgewählten Worten hatte er deutlich gemacht, dass sie in seine Privatsphäre eindrang.

Er wollte sie nicht hier haben. Sie war nicht willkommen.

Aber bevor sie sich weggedreht hatte, hatte sie noch etwas gelernt. Vielleicht sogar das Wichtigste von allem. Was auch immer Lucas in seinem Büro tat, es war nicht schreiben.

Der Computerbildschirm war leer gewesen. Wäre er kleiner gewesen, hätte sie es vielleicht nicht bemerkt. Aber so hatte sie die beiden Wörter lesen können. *Erstes Kapitel.*

Sonst hatte da nichts gestanden.

Was hatte er nur in all den Wochen gemacht, in denen er sich zurückgezogen hatte, um angeblich zu schreiben? Was hatte er getan, während sie sich mit seiner Küche vertraut gemacht hatte?

Er hatte nicht gearbeitet, so viel stand fest.

In den wenigen unbehaglichen Momenten, bevor sie den Mut gefasst hatte, an seine Tür zu klopfen, hatte sie nur Stille gehört. Kein Geräusch. Weder das Klappern von Fingern auf einer Tastatur noch das leise Surren eines Druckers.

Wenn sie nicht gesehen hätte, dass er in dem Büro verschwunden war, hätte sie angenommen, der Raum wäre leer.

Sie verspürte einen Anflug von Mitleid.

Nachdem ihre Großmutter gestorben war, hatte sie sich morgens aus dem Bett schleppen müssen. Ohne ihre Freundinnen hätte sie sich die Mühe vermutlich nicht gemacht.

Wo waren Lucas' Freunde?

Warum hämmerten sie nicht an seine Tür und brachten ihm warme Mahlzeiten vorbei? Warum bestanden sie nicht darauf, dass er seine Wohnung mal verließ?

Weil sie dachten, er wäre in Vermont. Jeder dachte, er wäre in Vermont.

Nur sie wusste, dass dem nicht so war.

Sie schaute die elegant geschwungene Treppe hinauf zu der geschlossenen Tür. Wie sollte sie mit der Situation umgehen? Sie war nicht wirklich in der Position, sein mangelndes Sozialleben mit ihm zu diskutieren. Sie selbst schaffte es ja nicht mal, sich ein simples Date zu organisieren. Also würde sie es nicht hinbekommen, seine erlahmte Inspiration neu zu entfachen oder was auch immer sonst ihn vom Schreiben abhielt. Sie konnte nur dafür sorgen, dass er ausreichend zu essen bekam. Das war zumindest etwas, worin sie Erfahrung hatte.

Was würde ihn verlocken? Es musste gut riechen, schnell und leicht zu essen sein und nicht zu schwer im Magen liegen.

Sie öffnete den Kühlschrank und holte Käse, Eier und Milch heraus.

Daraus würde sie ein Soufflé machen, schön leicht und locker, und es mit dem frischen Salat servieren, den sie vorhin gekauft hatte. Und sie würde Brot backen.

Wer konnte schon dem Duft von frisch gebackenem Brot widerstehen?

In den nächsten paar Stunden rührte und mischte und knetete sie. Nur selten musste sie ein Rezept nachschlagen. Stattdessen verließ sie sich auf ihren Instinkt und ihre Erfahrung. Beides hatte sie bisher noch nie im Stich gelassen. Sie gab ein wenig Rosmarin und Salz in den Teig und machte sich ein paar Notizen in dem kleinen Buch, das sie immer bei sich hatte, damit sie das Rezept später auf ihrem Blog veröffentlichen konnte.

Ihren Blog *Essen mit Eva* hatte sie als Erinnerung und Sammlung all dessen begonnen, was ihre Großmutter ihr beigebracht hatte. Anfangs hatte sie nur einige treue Follower gehabt. Aber aus den wenigen waren schnell mehr geworden. Und was als reines Hobby begonnen hatte, war inzwischen ihre große Leidenschaft. Mehr noch – es war ein Job. Manchmal war sie verblüfft darüber, dass sie mit etwas, das sie liebte, Geld verdienen konnte. Aber noch verblüffender war die Erkenntnis, dass sie in einem Bereich ihres Lebens wirklich Ambitionen hatte.

Sie wollte, dass ihr Blog ein Erfolg wurde. Nicht, weil sie auf Ruhm und Geld aus war, sondern weil sie zeigen wollte, dass es nicht schwer war, gutes, schlichtes Essen zuzubereiten. Mit diesem Ziel vor Augen versuchte sie, nur einfache Zutaten zu verwenden, die man überall bekommen konnte. Sie wollte, dass die Menschen ihre Rezepte nach einem langen, harten Arbeitstag nachkochten und nicht nur bei gelegentlichen Dinnerpartys.

Sie hatte schon immer leidenschaftlich gern gekocht. Eine ihrer ersten Erinnerungen war, auf einem Stuhl vor dem Herd zu stehen und konzentriert zuzuschauen, als ihre Großmutter ihr beibrachte, wie man das perfekte Omelett zubereitete.

Bei Urban Genie kochte sie selten. Ihre Aufgabe war es, die richtigen Caterer zu finden, und sie verbrachte ihre Tage damit, über Menüfolgen zu sprechen, sich mit neuen Lieferanten zu treffen und die Budgets im Auge zu behalten.

Genau deshalb war es schön, jetzt selbst in der Küche zu stehen. Vor allem in einer Küche, die so gut ausgestattet war wie diese hier. Ein Teil des Vergnügens war das Gefühl, ihrer Großmutter nahe zu sein. Kochen hielt ihre Erinnerung am Leben. Denn sobald sie am Herd stand, kehrten automatisch die Bilder zurück: Wie sie und ihre Großmutter sich angelächelt hatten. Die Gerüche, die Berührungen.

Eine Sache hatte sie gelernt, nachdem ihre Großmutter gestorben war: Das Wichtigste, was ein Mensch hinterließ, war nicht sein Erbe, sondern all die vielen Erinnerungen. Und in ihrem Inneren befand sich eine Schatzkiste mit Tausenden spezieller Momente.

Sie formte Brötchen aus dem Teig, schnitt die Oberseiten ein und legte sie auf ein Backblech.

Aus dem Augenwinkel erblickte sie das Messer, das Lucas auf dem Tisch hatte liegen lassen.

Da sie schon diverse schwere Küchenunfälle mitbekommen hatte, machte das Messer sie nervös.

Sie überlegte kurz, dann nahm sie es und deponierte es ganz hinten in einer der Schubladen, sodass es vor Blicken verborgen war.

Plötzlich schoss ihr ein erschreckender Gedanke durch den Kopf: Wenn Lucas versuchen würde, sich etwas mit dem Messer anzutun, wäre der Griff jetzt mit *ihren* Fingerabdrücken übersät. Entsetzt von dem Weg, den ihre Gedanken eingeschlagen hatten, hielt sie inne.

Dann schob sie die Schublade zu, verärgert von sich und auch von ihm, weil sie genau wusste, wer ihr diese Gedanken eingepflanzt hatte. *Er* war das gewesen, mit seinen Kommentaren darüber, dass man einen anderen Menschen niemals wirklich kennen konnte. Und auch wenn sie ihm da nicht zustimmte, waren seine Worte tief in ihren Kopf eingesickert und vergifteten ihre sonnigen Gedanken wie Gift, das in einen klaren Bergfluss tropfte.

Verstört schob sie das Backblech mit den Brötchen in

den Ofen. Hoffentlich würde Lucas darauf etwas positiver reagieren als auf den Kräutertee.

Während sie darauf wartete, dass die Brötchen fertig wurden, räumte sie auf. Zu Hause war ihre Unordnung immer wieder ein Streitpunkt zwischen ihr und Paige, mit der sie seit Jahren zusammenwohnte. Sie war ziemlich chaotisch, das ließ sich nicht bestreiten. Ihre Sachen verteilten sich normalerweise durch sämtliche Räume. Die einzige Ausnahme war die Küche. Ihre Küche war immer makellos.

Als die Brötchen fertig waren, holte sie das Blech aus dem Ofen, beugte sich kurz darüber, um das köstliche Aroma einzuatmen, und legte sie dann auf ein Abkühlgitter. Die Magie des Backens verzauberte sie immer wieder.

Sie schob das Soufflé in den Ofen und holte ihr Smartphone heraus, um ein Foto von den Brötchen zu machen, wobei sie den Fokus auf die gewölbten, krossen Oberflächen richtete. Sie postete das Foto auf ihrem Instagram-Account. Seit dem Vortag war die Zahl ihrer Follower wieder deutlich angestiegen. Sie hatte ein wenig experimentiert, um herauszufinden, welche Tageszeit den meisten Traffic generierte. Und die Recherche hatte sich offenbar gelohnt.

Frankie hasste alles, was mit Social Media zu tun hatte. Paige verstand zwar, wie wichtig es war, eine Verbindung zu ihren Kunden aufzubauen. Aber da sie sich um den organisatorischen Teil der Firma kümmerte, blieb ihr keine Zeit für solche Dinge. Also war es Eva zugefallen, die Accounts von Urban Genie zu pflegen, was zu ihrer geselligen Persönlichkeit passte. Sie liebte es, zu sehen, wie das Interesse an ihrer Firma anstieg. Ermutigt von Paige hatte sie sogar einen eigenen YouTube-Channel gestartet, in dem sie ihre Rezepte vorkochte.

Vielleicht sollte sie sich beim Brötchenbacken filmen? Die Küche würde einen fabelhaften Hintergrund abgeben.

Schließlich war das Essen fertig, aber von Lucas war immer noch nichts zu sehen.

Sie wollte gerade ihr Leben riskieren und ein weiteres Tablett mit Essen nach oben bringen, als sie ein Geräusch hörte: Eine Tür öffnete sich. Gleich darauf folgten Schritte auf der Treppe.

Sie drehte sich um. Lucas hatte die Ärmel seines schwarzen Pullovers bis zu den Ellbogen hochgeschoben, was seine muskulösen Unterarme enthüllte. Er sah nicht aus wie ein Mann, der seinen Tag vor dem Computer verbrachte. Er sah eher aus wie ein sexy Bauarbeiter. Seine Haare waren zerzaust, er musste sich dringend mal wieder rasieren. Und er schien völlig in Gedanken versunken zu sein.

Dachte er an sein Buch oder an seine tote Frau?

Er schaute sich in der Küche um. „Was machen Sie da?"

„Ich koche. Sie müssen etwas essen."

„Ich habe keinen Hunger. Ich bin nur heruntergekommen, um mir einen Whiskey zu holen."

Sie sagte sich, dass seine Trinkgewohnheiten sie nichts angingen. „Sie sollten aber etwas essen. Eine gute Ernährung ist wichtig, und Sie sind hungrig."

„Und woher wollen Sie das wissen?"

„Weil sie gereizt sind. So geht es mir auch immer, wenn ich Hunger habe." Sie hoffte, dass sie eher freundlich als vorwurfsvoll klang. „Natürlich könnten Sie auch deshalb gereizt sein, weil es mit Ihrer Arbeit nicht so gut läuft. Aber letztlich ist der Grund auch ganz egal. Wichtig ist, dass Sie jetzt etwas essen. Denn dann sind Sie danach vielleicht etwas netter. Das hoffe ich jedenfalls."

„Was lässt Sie vermuten, dass es mit meiner Arbeit nicht läuft?"

„Ich habe den Computerbildschirm gesehen – da standen keine Worte drauf."

„Beim Schreiben geht es nicht nur darum, Wörter auf eine Seite zu bringen. Manchmal geht es auch darum, aus dem Fenster zu schauen und nachzudenken." Aber der Unterton seiner Stimme verriet ihr, dass sie einen Nerv getroffen hatte.

„Ich habe eine Freundin, die Schriftstellerin ist. Sie meinte, wenn die Wörter fließen, ist es wie Magie."

„Und wenn nicht, ist es ein Fluch?"

Sie servierte das Essen. „Das weiß ich nicht. Ich bin keine Schriftstellerin. Aber ich schätze, es könnte sich so anfühlen. Ist das so?"

„Vielleicht bin ich gereizt, weil ich einen Übernachtungsgast habe, mit dem ich nicht gerechnet habe und den ich nicht haben will."

„Vielleicht. Aber warum essen Sie nicht etwas, und wir finden es heraus? Hungrig zu sein wird weder Ihrer Laune noch Ihrer Geisteskraft helfen." Eva stellte den Teller vor ihn und sah, wie seine Miene sich veränderte.

„Was ist das?"

„Ein perfektes Soufflé. Probieren Sie mal."

„Ich habe es Ihnen doch gesagt, ich bin nicht …"

„Hier ist eine Gabel." Sie reichte sie ihm und gab ein wenig Dressing aus Olivenöl und Balsamico-Essig über den Salat.

„Wer macht sich denn bitte die Mühe, zum Abendessen ein kompliziertes Soufflé zuzubereiten?"

„Wer macht sich die Mühe, einen so schönen Ofen wie den hier zu kaufen und ihn nicht zu benutzen?" Sie schob ihm den Salat zu. „Das ist wie einen Ferrari zu kaufen und ihn dann in der Garage stehen zu lassen."

Auf gewisse Weise erinnerte Lucas sie auch an einen Ferrari. Schnittig. Schön. *Nicht meine Liga.*

„Der Ofen war schon in der Wohnung. Ich koche nicht."

Sie hatte das Gefühl, dass alles in der Wohnung nur vom Feinsten war. „Wenn Sie nicht kochen, was essen Sie dann?"

„Wenn ich arbeite? Nicht viel. Manchmal bestelle ich mir etwas."

„Das ist schockierend ungesund."

„Meistens habe ich zu viel zu tun, um mir Gedanken um meine Ernährung zu machen."

Sie sah zu, wie er die Gabel durch das lockere, luftige Soufflé gleiten ließ. Probiere es, dachte sie, und entdecke, wie es ist, wenn es einem nicht egal ist, was man isst.

Er nahm einen Mundvoll und nickte. „Das ist gut." Er aß noch einen Bissen und hielt inne. „Nein, das stimmt nicht."

Sie war beleidigt. „Sie finden es nicht gut?"

Er nahm einen dritten Bissen und einen vierten und legte dann die Gabel ab. „Erst betäubt sie ihre Opfer …"

„Wie bitte?"

Er starrte auf seinen Teller. Er schien sie nicht gehört zu haben. „Sie lädt sie zum Dinner zu sich ein. Ein romantischer Abend. Leise Musik. Wein. Alles läuft gut. Er glaubt schon, später noch Glück zu haben …"

„Und dann schlägt sie ihm mit der Weinflasche auf den Kopf?"

Er schaute auf und blinzelte. „Sie würde niemals etwas so Grobes tun."

„Aber ich schon", erwiderte Eva zuckersüß. „Wenn man meine Kochkünste beleidigt."

„Wann habe ich das denn getan?"

„Sie sagten, es wäre nicht gut."

„Es ist auch nicht gut. Es ist besser als gut." Er schob die Gabel noch einmal in das luftige Soufflé und betrachtete es genauer. „Es ist perfekt. Als ob man eine Wolke essen würde."

Sein Kompliment taute die frostige Atmosphäre auf, und Eva beobachtete, wie er seinen Teller leerte. „In dem Fall vergebe ich Ihnen." Sie war erleichtert, ihn essen zu sehen. Der große, leere Kühlschrank hatte ihr Sorgen gemacht. Nicht zu essen war ein schlechtes Zeichen. Das wusste sie. Nach dem Tod ihrer Großmutter hatte sie fünfzehn Pfund verloren. Jede Stunde war so schwer gewesen, und jeder Tag hatte sich wie ein Monat angefühlt. Mitgefühl stieg in ihr auf.

Er sah seinen Teller an. „Mal angenommen, Sie würden jemanden vergiften wollen. Wie würden Sie das machen?"

Das Mitgefühl löste sich blitzschnell in Luft auf. „Wenn Sie sich weiterhin so unausstehlich benehmen, werden Sie es noch früh genug herausfinden."

Langsam legte er die Gabel ab. „War ich unausstehlich?"

„Sie haben sich gefragt, ob mein Essen wohl vergiftet ist."

„Sind Sie immer so empfindlich?"

„Ich mag es nicht, wenn meine professionellen Fähigkeiten kritisiert werden. Und das finde ich nicht empfindlich, sondern völlig normal. Wenn jemand Sie fragen würde, womit Sie Ihre Leser langweilen, wären sie genauso verletzt."

„Ich langweile meine Leser niemals."

„Und ich vergifte die Menschen nicht, für die ich koche."

„Meine Frage war abstrakt gemeint, nicht persönlich. Ich habe hypothetisch gesprochen."

„Dann war Ihr Timing schlecht. Abstrakt ist, wenn man nicht gerade einen Teller mit selbst gekochtem Essen vor sich stehen hat."

Sein Blick hielt ihren fest. Ihr fiel auf, dass seine Augen nicht schwarz waren, sondern von einem samtigen Dunkelbraun. Eine gefährliche Hitze breitete sich langsam in ihrem Körper aus, bis ihre Gliedmaßen die Konsistenz von warmem Honig hatten.

Er wandte als Erster den Blick ab. „Okay, Sie haben recht. Ich hatte Hunger." Er nahm sich noch ein Brötchen. „Und fürs Protokoll: Ich habe einen Ferrari. Er steht in der Garage."

Ihr Herz pochte. Was war da gerade passiert? *Was war das für ein Blick?* „Sie wohnen in New York und haben einen Ferrari?"

„Das ist der Grund dafür, warum er den Großteil des Winters in der Garage steht. Ihm gefällt es nicht sonderlich, in der bitteren Kälte im Stau zu stehen." Er schaute sie über seinen Teller hinweg an. „Essen Sie nichts?"

„Ich wollte sichergehen, dass Sie nicht sterben, bevor ich anfange."

Er lachte. In dem Moment verstand Eva nur zu gut, warum die Frauen sich auf ihn stürzten. Hastig fing sie an zu essen, um sich von der Richtung abzulenken, die ihre Gedanken gerade eingeschlagen hatten.

„Also, verraten Sie mir", sagte er und brach sich ein Stück vom Brötchen ab. „Was zum Teufel haben Sie vor, meiner Wohnung anzutun?"

„Wie bitte?"

„Ersparen Sie mir die Tannennadeln."

„In fünf Minuten wird eine Nordmanntanne geliefert."

„Bestellen Sie sie ab."

„Man kann Weihnachten nicht ohne Tannenbaum feiern."

„In den letzten drei Jahren ist mir das ganz gut gelungen."

„Ein Grund mehr, dieses Jahr einen extragroßen Baum zu haben."

„Hinter dieser Aussage steckt überhaupt keine Logik."

„Ich sage Ihnen nicht, wie Sie Ihre Bücher schreiben sollen, und Sie sagen mir nicht, wie ich Ihre Wohnung schmücken soll."

„Der Unterschied ist, meine Leser warten auf das Buch. Ich hingegen warte nicht darauf, dass Sie meine Wohnung schmücken." Das Lächeln war aus seinem Gesicht verschwunden. „Ehrlich gesagt, ist es das Letzte, was ich will. Warum also sollte ich es Sie tun lassen?"

„Weil es Ihre Großmutter glücklich macht."

„Wenn ich auf einem Teppich aus Tannennadeln herumlaufen muss und die Wohnung voll mit Weihnachtskitsch ist, macht das meine Großmutter glücklich?"

„Ja, tut es. Sie müssen ihr gestatten zu zeigen, dass Sie ihr wichtig sind. Sie werden mich das tun lassen, worum sie mich gebeten hat, und dann werden Sie ihr sagen, dass es eine tolle Idee war und Sie sich tausendmal besser fühlen."

„Sie wird wissen, dass ich lüge."

„Dann müssen Sie sich mehr bemühen, überzeugend zu sein."

„Oder ich könnte ehrlich sein und ihr sagen, dass ich meine Wohnung nicht geschmückt haben will."

„Das würde ihre Gefühle verletzen, und das wollen Sie nicht. Sie sind ein netter Mensch." Sie sagte das entschlossen und sah, wie er die Augenbrauen hob.

„Ich hätte Sie beinahe bewusstlos geschlagen. Außerdem haben Sie vorhin noch behauptet, dass ich unausstehlich, launisch und gereizt bin. Und jetzt finden Sie mich plötzlich nett?"

„Ich habe nie gesagt, dass sie zu *mir* nett sind, aber ich weiß, dass Sie es zu Ihrer Großmutter sind. Und das weiß ich deshalb, weil Sie ihr einen Hund gekauft haben." Eva spielte ihre Trumpfkarte. „Sie war einsam und hat zu viel Zeit in ihrer Wohnung verbracht, also haben Sie ihr einen Hund geschenkt. Sie liebt den Hund und geht jeden Tag mit ihm spazieren. Nun ja, beinahe jeden Tag. Manchmal ist ihre Arthritis so schlimm, dass Sie um Hilfe bitten muss."

„Und dann ruft sie Sie an."

„Ja. Oder sie stellt eine Anfrage durch unsere App, und wir schicken jemanden vorbei. Wir nutzen dafür einen fabelhaften Hundesitting-Service von der Upper East Side. Die sitzen nicht weit von hier und nennen sich The Bark Rangers."

„Sie wissen, dass ich ihr den Hund geschenkt habe. Was hat sie Ihnen noch über mich erzählt?"

„Nicht viel." Eva blieb absichtlich vage. „Sie hat Sie nur ein- oder zweimal erwähnt."

„Lassen Sie mich raten. Während Sie mit ihr zusammensaßen und Tee geschlürft und Kuchen gegessen haben, hat sie Ihnen von ihrem verwitweten Enkel erzählt, und dass es ihr größter Wunsch ist, ihn wieder mit einer Frau zusammen zu sehen." Er beugte sich vor, und sein Blick schien sie zu durchbohren. „Sie hat Sie geschickt. Und Sie erwarten ernsthaft von mir, dass ich glaube, es ginge nur um meine Wohnung?"

„Das tut es." Wie gut, dass sie nichts zu verbergen hatte, denn unter seinem scharfen Blick hätte sie sofort alles gestanden. „Ich habe eine Neuigkeit für Sie, Mr. Blade. Ich bin kein komplizierter Mensch. Männer denken immer, Frauen wären ein Rätsel, aber ich bin ziemlich einfach. Was Sie sehen, ist genau das, was Sie kriegen. Ich war noch nie gut darin, Dinge zu verbergen. Das macht mich aber noch lange nicht zu einem naiven Menschen."

„Wenn Sie glauben, meine Großmutter hätte sie hierhergeschickt, um zu kochen und meine Wohnung auszustaffieren, dann sind Sie naiv." Er richtete seinen Blick wieder auf den Teller und aß den Rest auf. „Kochen Sie deshalb so köstliche Mahlzeiten? Weil Sie glauben, der Weg zum Herzen eines Mannes führt durch seinen Magen?"

„Ich bin Köchin, nicht Kardiologin. Mir fällt kein einziger Grund ein, warum ich an Ihrem Herzen interessiert sein sollte. Außerdem sind Sie offiziell gar nicht hier. Sie sind in Vermont. Wie Sie daher auf die Idee kommen können, dass es sich um ein Blind Date handelt, ist mir ehrlich gesagt schleierhaft. Vielleicht sind Sie in Wahrheit doch nicht so gut im Ziehen von logischen Schlussfolgerungen?" Verlegen, weil sie Gedanken hatte, die sie nicht haben sollte, stand Eva auf.

Sie nahm die Teller und stellte sie klappernd in die Geschirrspülmaschine. „Ich kann Ihnen versichern, dass ich nicht irgendwelche Pläne mit ihrer Großmutter ausgeheckt habe."

Im Gegenteil. Sie und Mitzy hatten schon mehrere Male darüber gesprochen, und Eva hatte immer das Gleiche gesagt. Dass sie es nämlich für keine gute Idee hielt, dass Mitzy ihm Frauen aufdrängen sollte. Wenn er jemanden treffen sollte, dann musste er es in seinem Tempo tun. „Sie können sich entspannen, Mr. Blade. Sie sind nicht mein Typ. Sie sind ein Thrillerautor, der glaubt, jeder Mensch würde ein schreckliches Geheimnis haben. Haben Sie je den Film *Während du schliefst* gesehen?"

„Nein."

„Das habe ich mir gedacht. Das ist mein Lieblingsfilm, also, wie gesagt …" Sie winkte ab. „Sie sind nicht mein Typ."

„Jetzt bin ich fasziniert." Er lehnte sich in seinem Stuhl zurück und musterte sie. „Was ist denn Ihr Typ?"

Sie dachte an die wenigen, unbefriedigenden Verabredungen, die sie im Laufe des letzten Jahres gehabt hatte. „Ich gehe nicht viel aus, und ich bin nicht auf einen bestimmten Typ von Mann fixiert. Aber ich habe eine grobe Wunschliste."

„Schießen Sie los."

Es war ein Running Gag zwischen ihr und ihren Freundinnen. „Er sollte breite Schultern haben, Bauchmuskeln, Sinn für Humor, mein uraltes Kuscheltier tolerieren. Außerdem sollte er über genügend Ausdauer verfügen, um meinem Kondom eine gute Trainingseinheit zu schenken, bevor es wie das letzte in meiner Handtasche sein Verfallsdatum überschreitet." Sie grinste und sah den ungläubigen Ausdruck in seinem Gesicht. „Das war ein Witz. Oder so in der Art. Egal. Zu viel Information. Machen wir weiter."

„So langsam begreife ich, warum Sie selten irgendwelche Dates haben. Sie sind eine hoffnungslose Romantikerin und warten auf Prinz Charming?“ Der Spott in seiner Stimme traf sie, auch wenn sie es gewohnt war, für ihre rosarote Sicht des Lebens aufgezogen zu werden.

„Nein, aber Sie müssen zugeben, dass Prinz Charming ein ansprechenderer Charakter ist als Jack the Ripper.“

„Aber weniger interessant. Und ich bin sicher, selbst Prinz Charming hat eine verborgene Seite.“

„Darüber will ich nicht nachdenken.“ Sie räumte die letzten Dinge weg. „Es ist schon spät, und wenn es Ihnen recht ist, würde ich jetzt gerne schlafen gehen. Wo ist Ihr Schlafzimmer?“

„Warum wollen Sie das wissen?“

Da war sie wieder – die Mauer zwischen ihnen, hinter der er sich verschanzte. Herausfordernd entgegnete sie. „Wie soll ich sonst in Ihr Zimmer kommen und Sie in der Nacht verführen, Mr. Blade?“

Etwas schimmerte in seinen Augen. „Sie können sich eines der Zimmer auf der linken Seite im oberen Stockwerk aussuchen. Und wenn Sie schon die Nacht in meinem Apartment verbringen, hören Sie auf, mich Mr. Blade zu nennen. Wir sollten uns vernünftig vorstellen. Ich bin Lucas, der zynische Thrillerautor.“

„Ich bin Eva, die hoffnungslose Romantikerin. Nett, dich kennenzulernen.“

Ein kleines Lächeln zuckte um seine Mundwinkel und war so unwiderstehlich, dass sie es erwidern musste.

Heilige Scheiße, sie steckte in Schwierigkeiten.

5. Kapitel

> Des einen Menschen Traum
> ist des anderen Menschen Albtraum.
> Das ist alles eine Frage der Perspektive.
>
> – *Lucas*

Er fühlte sich so stark wie seit Tagen nicht mehr. Vielleicht sogar wie seit Wochen. Die dunklen Bilder, die ihn gelähmt hatten, waren verblasst wie Wolken nach einem Sturm. Er war von den köstlichen Gerüchen angezogen worden, doch es war nicht allein das Essen, das seine Energiereserven wieder aufgefüllt hatte, sondern auch die Unterhaltung. Die Frau hatte etwas an sich, das seine Kreativität befeuerte. Bei jedem Austausch, jedem Gespräch fiel ein weiteres Teil des Puzzles an seinen Platz.

Er hatte seine Mörderin, und nun hatte er auch ihre Motivation.

Sie hatte ihr Leben voller Hoffnung begonnen, hatte an wahre Liebe und ein Happy End geglaubt. Doch all das war in tausend Stücke zersplittert, als sie … Michael getroffen hatte.

Oder Richard?

Er runzelte die Stirn und versuchte, sich für den Namen des ersten Opfers zu entscheiden. Es war nur eine kleine Rolle, die aber für die Motivation der Hauptfigur entscheidend war. Ganz langsam hatte das Leben an ihrem unerschütterlichen Optimismus genagt und ihre strahlende Sicht auf die Liebe getrübt.

Ihre Opfer waren Menschen, die sie enttäuscht hatten.

Seine Gedanken wanderten zu Eva.

Die meisten Menschen sind einfach das, wonach sie aussehen.

Glaubte sie das wirklich? Seiner Erfahrung nach waren die Menschen selten das, wonach sie aussahen.

Sie zum Beispiel. War sie unschuldig oder jemand, der seine Großmutter ausnutzte? Hatte sie ihre Beziehung zu einer verletzlichen Frau benutzt, um ihr Informationen über ihn zu entlocken?

Und was war mit dem Rest ihres Lebens?

Er fragte sich, welche Geheimnisse sie verbarg, denn wenn er eines wusste, dann, dass *jeder* Geheimnisse hatte.

Er setzte sich vor seinen Computer, und die Worte fingen an zu fließen.

Nur selten basierten seine Figuren auf echten Menschen. Die Leute in seinem Umfeld dienten ihm als Inspiration. Aber er erschuf neue Charaktere, indem er ihre Eigenschaften mischte. Diesmal war das allerdings anders. Denn aus irgendeinem Grund war die Heldin in seinem Kopf Eva zum Verwechseln ähnlich. Er stellte sich vor, wie sie sich verändern würde, wenn sie die falschen Leute kennenlernte. Stellte sich den Schaden vor, den das Leben jemandem wir ihr zufügen könnte.

Sie war acht Jahre alt, als sie entdeckte, dass es nicht immer ein Happy End gab. Damals hatte sie auf die Leiche ihres Stiefvaters hinabgeblickt. Sie hatte nicht gewusst, dass ein einzelner Mensch so viel Blut enthalten konnte.

Die Worte strömten nur so aus ihm hervor und rissen die Blockade ein, die ihn von der Arbeit abgehalten hatte. Hierauf hatte er gewartet. Auf das Gefühl, dass die Geschichte sich einfach über die Seiten ergoss.

Die Panik ließ nach, doch er wusste, dass er noch eine

Herkulesaufgabe vor sich hatte, wenn er das Buch an Weihnachten fertig haben wollte.

Der Baum war nach dem Abendessen geliefert worden. Er war deutlich größer als erwartet, und sie und Albert hatten ihn im Wohnzimmer in der Nähe des Fensters aufgestellt. Sofort wirkte der Raum belebt und festlich.

Eva hoffte, dass Lucas ihn nicht den Fahrstuhlschacht hinunterwerfen würde.

Müdigkeit überfiel sie. Es war ein langer Tag gewesen. Sie würde morgen früh aufstehen und den Baum schmücken. Doch im Moment wollte sie nur duschen, noch ein paar Zeilen in ihrem Blog schreiben und die Social Media Accounts von Urban Genie auf den neuesten Stand bringen.

Sie entschied sich für das größere der beiden Gästezimmer und nahm sich einen Moment, um den Ausblick zu bewundern. Egal, wo man in diesem Apartment stand, man hatte einen wundervollen Blick. Die Aussicht machte Bilder oder anderen Wandschmuck überflüssig, weil nichts mit der Silhouette der Stadt mithalten konnte, die sich hinter den großen Fenstern erhob.

Sie hätte erwartet, dass die Gästezimmer die gleiche unpersönliche Ausstrahlung wie der Rest der Wohnung haben würden, doch das war nicht der Fall.

Zwei große Lampen tauchten das Zimmer in gedämpftes, goldenes Licht, und ein weicher, samtiger Überwurf floss von dem großen Bett auf den Parkettboden. Er lud den Gast ein, sich hineinzukuscheln und aus dem wohligen Kokon New York in seiner winterweißen Pracht zu bewundern.

Eva ließ sich auf die Bettkante sinken.

Sie sagte sich, dass sie nur blieb, weil es ihr Job war und sie Lucas nicht allein lassen wollte, aber sie wusste, dass sie da nicht ganz ehrlich war. Zum Teil blieb sie, weil *sie* nicht allein sein wollte. Was sagte das über sie aus, dass sie lieber die Nacht in der Wohnung eines Fremden verbrachte als bei sich zu Hause?

Es sagte aus, dass sie an ihrem Leben etwas ändern musste. Sie musste sich endlich aufraffen und ausgehen, um Menschen kennenzulernen.

Seufzend ließ sie sich rücklings aufs Bett fallen und von der tröstlichen Wärme der weichen, samtigen Decke umfangen. Der Überwurf hatte ein dunkles Moosgrün, die gleiche Farbe wie ein Waldboden.

Als sie und ihre Großmutter nach New York gezogen waren, hatten sie in einer Wohnung ohne Balkon oder Garten gewohnt und jedes Wochenende Seite an Seite in der kleinen Küche gearbeitet und ein Picknick vorbereitet. Sie hatten alles eingepackt und mit in den Central Park genommen, wo sie sich jedes Mal an der gleichen Stelle niedergelassen hatten. Nicht Sheep Meadow oder Great Lawn, sondern am Great Hill im nördlichen Teil des Parks, wo sie umgeben von riesigen Ulmen an einem der Picknicktische gegessen hatten. Sie hatten die Menschen beobachtet, die auf dem Rasen spielten, waren heransausenden Frisbees ausgewichen und hatten ab und zu bei Sonnenuntergang den Jazzkonzerten gelauscht.

Eva zog den Überwurf enger um sich und kuschelte sich tief in seine behaglichen Falten.

Sie fühlte sich, als hätte sie ihren Anker verloren. Ihre Sicherheit. Selbst so wundervolle Freunde zu haben half nicht gegen die Leere in ihrem Inneren und das schreckliche Gefühl, allein zu sein.

Sie glitt vom Bett, packte ihre Sachen aus der Tasche und nahm eine Dusche in dem luxuriösen Badezimmer. Dann zog sie den Pyjama aus pfirsichfarbener Seide an – eine extravagante Belohnung, die sie sich vor ein paar Monaten gekauft hatte, um das sechsmonatige Bestehen von Urban

Genie zu feiern. Paige und sie hatten beschlossen, zu Bloomingdale's zu gehen. Während ihre vernünftige Freundin sich zwei Kleider und einen Blazer gekauft hatte, die perfekt für Geschäftstermine waren, hatte sie sich für den Pyjama entschieden.

Es war egal, dass niemand außer ihr das gute Stück zu sehen bekam. Den Pyjama zu tragen fühlte sich einfach gut an.

Sie aktualisierte ihren Blog, beantwortete ein paar Anfragen auf Facebook und Twitter und versuchte dann zu schlafen.

Es waren nur noch etwas mehr als drei Wochen bis Weihnachten – und dies würde das zweite Weihnachtsfest ohne ihre Großmutter sein.

Die letzten Lebensjahre hatte ihre Großmutter in einem Seniorenwohnheim in Brooklyn verbracht, nicht weit entfernt von dem Haus, das Eva sich mit ihren beiden Freundinnen teilte. Eva hatte ihre Großmutter regelmäßig besucht. Manchmal hatten sie gemeinsam gekocht, so wie damals, als sie noch jünger gewesen war.

Wenn ihre Großmutter noch leben würde, hätten sie inzwischen schon Weihnachtsgebäck für die anderen Bewohner und die Mitarbeiter gebacken – natürlich auch für Annie Copper, die Lieblingspflegerin ihrer Großmutter.

Jedes Jahr hatte Eva geholfen, die kleine Wohnung ihrer Großmutter und die Gemeinschaftsräume zu schmücken, darunter den lichterfüllten Gartensalon, der einen wunderschönen Blick über das Wasser hatte. Sie hatte die Mitarbeiter und viele der anderen Bewohner gut kennengelernt. Zum Beispiel Betty, deren einzige Tochter in Kalifornien lebte. Betty war einmal Tänzerin gewesen und tanzte immer noch gerne, sofern ihre Arthritis es erlaubte. Oder Tom, der seine Zeit damit verbrachte, Aquarelle zu malen, von denen mehrere im Wohnzimmer ihrer Großmutter gehangen hatten.

Jedes Jahr hatte Eva an ihrer Weihnachtsfeier teilgenommen. Darüber hatte ihre Großmutter immer monatelang geredet.

Rastlos warf sie einen Blick auf ihr Smartphone. Es war drei Uhr nachts. Die einsamste Zeit. Eine Uhrzeit, die sie seit dem Tod ihrer Großmutter fast jeden Tag gesehen hatte. Sie hasste die Nächte, wenn ihre Gedanken wild über Pfade rasten, die während des Tages strikt verboten waren.

Sie gab es auf, einschlafen zu wollen, und schlenderte aus dem Zimmer auf den Flur, in dem sie totale Dunkelheit umfing.

Schnell holte sie ihr Handy vom Nachttisch und nutzte es als Taschenlampe, um den Weg durch den finsteren Flur zur Treppe zu finden.

Ihr fiel auf, dass die Tür zu Lucas' Büro ein Stück offen stand. Sie hielt inne.

„Du solltest hier nicht so herumschleichen", sagte eine tiefe Stimme, „oder ich könnte dich noch für einen Einbrecher halten und das als Entschuldigung nehmen, mein Jiu-Jitsu zu üben."

Eva zuckte zusammen. „Versuchst du, mir einen Herzinfarkt zu verpassen?"

„Ich habe dich nur warnen wollen, dass ich hier bin."

„Das Licht anzuschalten wäre vermutlich die bessere Wahl gewesen. Warum sitzt du da im Dunkeln?"

„Warum schläfst du nicht?" Er schaltete eine Lampe an, und sofort wurde der Raum in weiches Licht getaucht.

Lucas lag ausgestreckt auf dem Sofa. Neben ihm auf dem Tisch standen sein aufgeklappter Laptop und eine Flasche Whiskey. Sein Blick glitt langsam über ihren Körper, und sie wünschte, sie hätte sich einen Morgenmantel übergezogen.

Da sie inzwischen eine Ahnung davon hatte, wie sein Gehirn funktionierte, ging sie davon aus, dass er den Seidenpyjama für einen Teil des Masterplans hielt, den sie und seine Großmutter zusammen ausgeheckt hatten.

„Du schläfst auch nicht." Sie schob die Tür weiter auf. „Wie läuft es mit dem Buch?"

„Dank dir besser."

„Ich habe nichts getan, außer dir etwas zu essen zu machen."

„Deine Worte … haben geholfen. Ich habe endlich mit dem Buch angefangen."

Sie war beinahe lächerlich erfreut darüber. „Ist dir das schon mal passiert?"

„Wenn du meinst, ob oft fremde Frauen in meine Wohnung einbrechen, um zu kochen und sie zu dekorieren, dann ist die Antwort nein." Er fing ihren Blick auf und seufzte. „Du meinst die Schreibblockade? Die kommt immer nur um diese Zeit im Jahr."

„Aber letztes Jahr hast du ein Buch geschrieben und im Jahr davor auch, also musst du doch einen Weg gefunden haben, damit umzugehen."

Er beugte sich vor und schenkte sich Whiskey nach. „Mein Weg bestand darin sicherzustellen, dass ich vor diesem Zeitpunkt mit dem Buch fertig war."

„Aber dieses Jahr nicht."

„Ich war auf Lesereise. Sechs europäische Länder und zwölf US-Staaten." Er stellte die Flasche ab. „Mir ist die Zeit davongelaufen."

„Und jetzt ist das Buch fällig. Also stehst du unter Druck, was alles noch viel schlimmer macht. Du kommst dir vor, als würdest du den Gipfel des Mount Everest erreichen müssen. Nur bist du leider noch im Basislager."

„Das ist sehr akkurat ausgedrückt." Er trank das Glas in

einem Zug aus. „Und jetzt kannst du losziehen und diese Geschichte an die Presse verkaufen. Nenn es einen Weihnachtsbonus."

„Ach bitte, sehe ich aus wie jemand, der Geschichten an die Presse verkauft?" Sie verdrehte die Augen. „Sorry ... ich vergesse immer, dass du glaubst, jeder hätte eine verborgene Seite. Warum schreibst du?"

„Wie bitte?"

„Warum schreibst du?"

„Ich habe einen Vertrag, eine Deadline, Leser ... muss ich weitermachen?"

„Aber davor. Das hattest du nicht immer. Wieso hast du mit dem Schreiben angefangen?"

„So weit kann ich mich nicht zurückerinnern."

Ohne auf eine Einladung zu warten, setzte sich Eva neben ihn auf das Sofa. „Meine Großmutter hat mir beigebracht zu kochen. Das war etwas, das wir geteilt haben. Etwas, was wir beide geliebt haben. Ein Hobby. Ich habe nicht einen Moment lang gedacht, dass ich damit mal mein Geld verdienen würde. Es war einfach ein Vergnügen, mehr nicht."

Er senkte langsam das Glas. „Was willst du damit sagen?"

„Ich weiß, dass die Welt auf dein nächstes Buch wartet. Aber vermutlich war das nicht immer so. Es muss eine Zeit gegeben haben, bevor dein erstes Buch veröffentlich wurde. Als du nur für dich geschrieben hast, weil es etwas war, das du geliebt hast."

„Die gab es."

„Wie alt warst du da?"

„Als ich meine erste Geschichte geschrieben habe? Acht. Damals kam mir das alles sehr viel leichter vor." Er starrte in sein Glas und stellte es dann auf den Tisch. „Ignorier mich einfach. Geh wieder ins Bett, Eva."

„Damit du dich in Ruhe mit deinem Freund Mr. Whiskeyflasche beschäftigen kannst? Nein. Wenn du Gesellschaft willst, kannst du mit mir reden." Ihre Blicke trafen sich. Seine Augen waren samtig dunkel und so sündhaft sexy, dass sie dafür gemacht zu sein schienen, eine Frau dazu zu verführen. Auf keinen Fall würde die menschliche Rasse aussterben, solange es auf der Erde Männer wie ihn gab.

Die Flammen loderten im Ofen, aber sie wusste, das Feuer war nicht für den Anflug von Hitze verantwortlich, der über ihre Haut kroch. Sie sah die gleiche Hitze in seinen Augen aufflammen und verspürte das scharfe, wilde Brennen der sexuellen Anspannung.

Sein Blick glitt zu ihrem Mund, und für einen wilden, verrückten Augenblick glaubte sie, er würde sie küssen.

Ihr stockte der Atem. Sie fühlte sich völlig paralysiert. Doch gleich darauf wandte Lucas den Blick ab und richtete seine Aufmerksamkeit wieder auf die Whiskeyflasche.

„Hemingway hat mal gesagt: ‚Ein Mann existiert erst, wenn er betrunken ist.'"

Erlöst von seinem Blick stieß Eva den Atem aus. Sie fühlte sich, als wäre sie gerade aus einer Hypnose erwacht. Was war da eben passiert? Hatte sie sich das nur eingebildet? War sie so verzweifelt, dass sie einen Mann nicht anschauen konnte, ohne sofort an Sex zu denken?

Sie griff nach einem sauberen Glas und schenkte sich einen großzügigen Schuss Whiskey ein. Er brannte in ihrer Kehle und klärte ihren Kopf.

„Und F. Scott Fitzgerald hat gesagt: ‚Erst nimmt man einen Drink, dann nimmt der Drink einen Drink, und dann nimmt der Drink dich.'" Sie stellte das Glas ab und fing seinen neugierigen Blick auf. „Meine Großmutter war Privatdozentin für Englisch, bevor sie frühzeitig in den Ruhestand ging. Anstatt diesen Whiskey zu trinken, könnte ich dir meinen berühmten heißen Kakao machen. Ich garantiere dir, du hast noch nie etwas Besseres probiert. Außerdem könnte er dir helfen zu schlafen."

„Ich habe keine Zeit zu schlafen. Ich muss dieses verdammte Buch schreiben."

„Ich mache mir Sorgen um dich."

„Warum? Du kennst mich doch gar nicht." In seiner Stimme lag eine Warnung, doch die ignorierte sie.

„Ich weiß, dass du dich hier versteckst. Und ich weiß auch, dass ich die Einzige bin, die das weiß. Damit bin ich für dich verantwortlich. Ich will dir helfen."

„Du bist weder für meine Gefühle noch für meine Arbeit verantwortlich."

„Wenn du dein Buch nicht beendest, wird meine Freundin Frankie niemals aufhören, sich zu beschweren. Ich habe also ein durchaus eigennütziges Interesse daran, dass du es schreibst. Also, du hast deine erste Geschichte im Alter von acht Jahren geschrieben, aber wann hast du dein erstes Buch verkauft?"

„Mit einundzwanzig. Als ich den Anruf von meinem Agenten bekam … Tja, ich dachte, ab da würde alles kinderleicht sein."

„Aber das war es nicht." Sie wählte ihre Worte sorgfältig. „Ich denke, wenn wir jemanden verlieren, den wir lieben, kann es schwer sein, die nötige Konzentration zu finden, um Aufgaben zu erledigen, die uns früher leichtgefallen sind. Und wenn die Feiertage kommen, fühlen wir alles nur noch intensiver."

„Ist das jetzt der Moment, in dem du mir sagst, dass du weißt, was ich fühle, oder dass Zeit alle Wunden heilt?"

„Ich wollte nichts davon sagen." Sie zögerte. „Vielleicht bemühst du dich zu sehr. Du bist verletzt worden, also solltest du es langsam und vorsichtig angehen. Sei nett zu dir.

Schreiben ist etwas ganz Natürliches für dich. Vielleicht solltest du dich nur auf die nächsten Sätze konzentrieren, anstatt das ganze Buch im Blick zu haben. Ein bisschen, als würdest du ein gegrilltes Käsesandwich machen, anstatt ein Gourmetessen auf die Beine zu stellen.“ Da sie nichts in seiner Miene sah, das sie ermutigte weiterzusprechen, verebbte ihre Stimme. „Ich halte schon den Mund. Kein weiteres Wort von mir über dieses Thema. Meine Lippen sind versiegelt.“

Er lächelte schwach. „Ich kenne dich zwar noch nicht lang, aber ich habe das Gefühl, dass dir das schwerfällt.“

„Das tut es. Ich habe das Gefühl, als würde ich platzen, wenn ich nicht rede.“ Sie schaute seine Lippen an und fragte sich, wie sie sich wohl anfühlen würden, wenn sie ihre berührten. Instinktiv wusste sie, dass er ein ausgezeichneter Küsser wäre, und dieses Mal war sie es, die sich langsam in seine Richtung bewegte.

Die Dunkelheit erschuf eine Intimität, die den gesunden Menschenverstand und alle Fakten, die bei Tageslicht sonnenklar waren, erlöschen ließ.

„Geh ins Bett, Eva. Es ist schon spät.“ Seine Stimme war sanft, aber kräftig genug, um sie aus ihrer sinnlichen Trance und den Fantasien zu reißen, die sie definitiv nicht haben sollte.

„Das ist Männersprache für: ‚Ich will nicht darüber reden.‘“ Sie blieb einen Moment sitzen, weil sie das Gefühl hatte, noch etwas sagen zu müssen. Hier wäre heute Nacht beinahe etwas passiert. Würden sie darüber reden oder so tun, als wäre nichts gewesen?

„Gute Nacht.“ Seine Stimme klang bestimmt, und Eva stand auf.

Wie es aussah, würden sie so tun, als wäre nichts gewesen. Und das war vermutlich auch besser so.

„Gute Nacht, Lucas. Versuch, ein wenig zu schlafen.“

6. Kapitel

Sei der Sonnenschein, nicht der Regen.

– Eva

Kurz nach Anbruch der Dämmerung erreichte der Schneesturm seinen Höhepunkt. Er heulte um die Häuser und warf weitere Zentimeter Neuschnee auf die Straßen New Yorks.

Lucas bemerkte es nicht. Er hatte fast die ganze Nacht durchgearbeitet und nur ein paar Stunden auf dem Sofa geschlafen, als sein Gehirn zu müde gewesen war, um weiterzumachen.

Aber auch die wenigen Stunden Schlaf hatten gereicht, um ihn voller Energie aufwachen zu lassen. Er war bereit weiterzumachen. Und das hatte er getan, bis er gehört hatte, wie Eva sang.

Nicht laut, aber laut genug, um seine Konzentration zu stören.

Er trat auf den oberen Treppenabsatz. Von hier hatte er einen perfekten Blick auf das gesamte untere Geschoss einschließlich der Küche.

Als er eingezogen war, hatte er aus seinem alten Leben nichts mitgebracht außer seinen Büchern. Dieser Ort hielt keine Erinnerungen, nichts, was ihn an die Vergangenheit gemahnte. Er war unpersönlich, und das war ihm nur recht so.

Bis jetzt, wo er seine eigene Wohnung kaum wiedererkannte.

Die Fläche am Fenster wurde von einem riesigen Weihnachtsbaum dominiert. Auf dem Sofa lagen aufgeschlagene

Zeitschriften sowie ein Pullover in einem hellen Grünton. Ein halb voller Becher Tee wurde auf dem Couchtisch kalt, und ein Paar Schuhe lag achtlos zurückgelassen auf dem Fußboden.

Die Wohnung wirkte … *belebt*.

Aber die größte Veränderung war Eva. Sie erfüllte den Raum mit ihrem Duft und ihrer Stimme. Er sah die Flut aus blonden Haaren und das Wiegen ihrer Hüften, während sie zur Musik tanzte. Ohne Zweifel wusste sie, wie man sich bewegte, und oh Gott, *wie* sie sich bewegte. Als wenn sie versuchte, seine Küche zu verführen, während sie Santa mit überraschend wohlklingender Stimme gestand, dass sie ein fürchterlich gutes Mädchen gewesen war.

Sie schnippelte und rührte und führte dabei eine Show auf, die selbst auf dem Broadway für Begeisterungsstürme gesorgt hätte.

Sie konnte also genauso gut tanzen und singen, wie sie kochen konnte.

Lucas spürte feine Schweißperlen im Nacken.

Wenn es nach ihm ginge, würde sie nicht lange ein gutes Mädchen bleiben. Er würde sie schneller von gut nach unartig bringen, als Santa ein Weihnachtsgeschenk durch den Schornstein werfen konnte. Letzte Nacht war er nah dran gewesen, sie zu küssen, aber zum Glück für sie beide hatte ihn irgendetwas zurückgehalten.

Er starrte diese Hüften an und fühlte sich wie ein Voyeur.

Ein Wort von ihm, und sie würde aufhören zu tanzen. Sie würde aufhören, die Hüften zu schwingen wie eine Tänzerin an der Stange und mit dieser kehligen Stimme zu singen.

Er öffnete den Mund, doch es kam kein Laut heraus.

Diese Hüften konnten einen Mann in den Wahnsinn treiben, wenn er zu lange darüber nachdachte, was diese sanften Bewegungen alles bewirken konnten. Es war darstellende Kunst. Er erinnerte sich an den pfirsichfarbenen Seidenpyjama, den sie vorhin getragen hatte, an den Blick auf ihre Kurven und die milchig weiße Haut. Der Pyjama war von dem kürzesten Rock, den er jemals gesehen hatte, ersetzt worden, auch wenn er fairerweise zugeben musste, dass sie ihn mit schwarzen, blickdichten Strumpfhosen trug, die sie zwar appetitlich, aber auch sittsam aussehen ließen. Ihr schwarzer Pullover schmiegte sich an Taille und Hüften. Die Farbe bildete einen dramatischen Kontrast zu dem Goldton ihrer Haare.

Sie drehte sich zu dem Messer um, das auf der Arbeitsplatte lag, und sah ihn.

Mit dem Messer in der Hand erstarrte sie, und einen Moment lang überlegte er, ob er sich doch für die falsche Mordwaffe entschieden hatte.

Vielleicht vergiftete sie ihre Opfer nicht. Als erfahrene Köchin filetierte sie sie vielleicht gekonnt.

Jill the Ripper.

Er wäre in sein Büro zurückgekehrt und hätte weitergeschrieben, wenn sie ihn nicht angelächelt hatte. Also entschied er, dass er ein wenig Zeit opfern konnte, um mit ihr zu reden, vor allem weil die Gespräche mit ihr immer neue Ideen in seinem Kopf entstehen ließen.

„Äh … guten Morgen." Sie legte das Messer hin und nahm die Kopfhörer aus den Ohren. Ihr Lächeln ließ kleine Grübchen neben ihren Mundwinkeln erscheinen. „Hat mein Gesang dich gestört?"

„Nein." *Sie* störte ihn. Beinahe wünschte er, sie hätte ihn nicht bemerkt. Dann hätte sie diese Hüften noch ein wenig weiter geschwungen, und er hätte mehr Zeit in einer Welt verbringen können, die nur von elementaren Instinkten beherrscht wurde. Er zeigte auf das Wohnzimmer. „Sind wir überfallen worden?"

„Ich habe es mir gemütlich gemacht. Ich hoffe, das macht dir nichts aus. Ich räume später auf."

„Ich schulde dir eine Entschuldigung."

„Wofür?"

„Für gestern Nacht. Ich war unhöflich."

„Du musst dich für gar nichts entschuldigen. Das hier ist dein Zuhause, und du hattest keine Besucher erwartet."

„Bist du immer so verständnisvoll?"

„Wäre es dir lieber, ich wäre verärgert?"

Ärger wäre die natürliche Reaktion gewesen. Jahrelange Erfahrung und sehr ausführliche Studien hatten ihn dazu befähigt, mit beinahe unfehlbarer Akkuratesse vorherzusagen, wie sich ein Mensch in jeder möglichen Situation verhalten würde. Eva schien all seinen Erfahrungen zu trotzen.

„Gibt es überhaupt etwas, das dich ärgert?"

„Oh ja. Tierquälerei, hupende Taxifahrer, Männer, die nur mit meinen Brüsten reden und mich ‚Honey' nennen, obwohl wir uns gar nicht kennen, Menschen, die husten, ohne sich die Hand vor den Mund zu halten …" Sie hielt kurz inne. „Soll ich fortfahren?"

„Gut zu wissen, dass du auch ein Mensch bist. Übrigens, ich schulde dir auch Dank. Ich habe deinen Rat angenommen und ein gegrilltes Käsesandwich gemacht. Besser gesagt: Ich habe inzwischen zwanzigtausend Wörter geschrieben."

„Wirklich, in einer Nacht? Das ist kein gegrilltes Käsesandwich, das ist ein neungängiges Menü." Sie wirkte beeindruckt. „Wie hast du das gemacht?"

„Ein gegrilltes Käsesandwich führte zum nächsten."

„Als großer Fan von gegrillten Käsesandwiches verstehe ich das. Die sind schon immer mein Untergang gewesen." Sie deutete Richtung Tresen. „Setz dich. Für den Fall, dass mein Essen diesen Kreativitätsanfall ausgelöst hat, werde ich Frühstück machen."

Er wusste, dass seine Inspiration nichts mit dem Essen zu tun hatte, sondern einzig und allein mit ihr. Die Figur, die sie zum Leben erweckt hatte, würde eine der komplexesten und interessantesten sein, die er je erschaffen hatte. „Ich frühstücke nicht."

„Du scheinst überhaupt nicht viel zu essen. Aber ich bin hier, um das zu ändern." Sie fing wieder an zu summen, und er nahm an, dass es sich um einen Reflex handeln musste.

„Kennst du auch etwas, das nichts mit Weihnachten zu tun hat?"

„Wie bitte?"

„Ich frage mich, ob du deine Playlist ändern könntest. Ich bin kein großer Freund von Weihnachtsmusik."

Sie schob ein Blech mit Tomaten in den Ofen. „Ich nehme gern Wünsche aus dem Publikum entgegen. Nachdem du Mozart liebst – wie wäre es mit einer Arie aus *Die Hochzeit des Figaro*?"

„Wie kommst du darauf, dass ich Mozart liebe?"

„Ha!" Sie schwenkte den Löffel triumphierend in seine Richtung. „Du bist nicht der Einzige, der Zeichen deuten kann. Du könntest mich in deinem nächsten Buch verewigen. Ich würde eine süße FBI-Agentin sein. Wegen der blonden Haare und meines beeindruckenden Körpers würden mich natürlich alle unterschätzen. Und dann – *bumm* – würde ich es ihnen zeigen."

Er beschloss, dass das kein guter Zeitpunkt war, um ihr zu sagen, dass einige Aspekte ihrer Persönlichkeit definitiv Einzug in sein nächstes Buch hielten, sie sich aber nicht auf der richtigen Seite des Gesetzes wiederfinden würde.

„Passiert das oft?"

„Dass die Leute mich unterschätzen? Ständig."

„Das muss frustrierend sein."

„Ach, meistens sind die anderen dann irgendwann frustriert." Sie ließ ein sündhaftes Lächeln aufblitzen. „Keine Sorge, ich kann mich gut verteidigen."

„Mit dem tödlichen Handgriff, vor dem du mich gewarnt hast?"

„Genau mit dem. Wenn du es am wenigsten erwartest, werde ich dich damit überraschen, und – *bämm* – du bist Geschichte."

Er hatte sein Büro mit dem Vorsatz verlassen, sie zu bitten, weniger Lärm zu machen. Und er hatte wirklich vor, an seine Arbeit zurückzukehren, aber im Moment verspürte er keine Eile, das zu tun. Stattdessen gesellte er sich zu ihr in die Küche. Evas Energie und Enthusiasmus waren ansteckend und erfüllten jede dunkle Ecke seines seelenlosen Apartments. Und mit ihr zu reden brachte ihn auf neue Ideen. Der Charakter seiner Mörderin nahm in seinem Kopf immer mehr Gestalt an.

„Also, welche deiner zahlreichen Kombinationsgaben hast du genutzt, um meinen Musikgeschmack zu erraten?"

„Du hast neben deinem Bücherregal ein paar CDs stehen. Ich habe ein ganzes Regalbrett voller Mozart gesehen." Sie senkte den Kochlöffel. „Du streamst nicht einfach Musik wie andere Leute, oder?"

„Die CDs gehörten meinem Vater. Er hat das erste Cello im Orchester der Metropolitan Opera gespielt."

„Du Glücklicher. Dann musstest du dich wohl nicht jahrelang für Tickets anstellen wie der Rest von uns Normalsterblichen."

„Magst du Opern?"

„Ich liebe sie." Sie sang ein paar Töne von *Die Hochzeit des Figaro* – auf Italienisch und mit perfekter Stimme.

„Sag es nicht … dein Großvater war Musikprofessor."

„Ehrlich gesagt, war mein Großvater ein Hummerfischer, aber er hat die Musik geliebt. Und er hat meine Großmutter geliebt. Ich bin mit Gesang und Shakespeare aufgewachsen. Wenn mein Singen dich stört, versuche ich, daran zu denken, es nicht zu tun, aber du musst mich vielleicht ab und zu daran erinnern."

„Es stört mich nicht." Das Singen war nicht ansatzweise so störend wie das Wiegen und Schwenken ihrer Hüften, wenn sie tanzte.

„Paige, mit der ich zusammenwohne, wenn sie nicht bei ihrem Freund ist, trägt in solchen Fällen immer Kopfhörer, die alle Geräusche unterdrücken. Sie braucht komplette Stille, um sich zu konzentrieren."

„Ist sie deshalb so oft bei ihrem Freund?"

„Nein. Das ist sie, weil sie sich verliebt hat."

„Ah. Der Kuss der wahren Liebe?"

„Ich denke, es war eher der kochend heiße Sex der wahren Liebe, aber vom Prinzip her stimmt's."

„Und jetzt wohnst du allein?"

„Ja." Ihre Miene veränderte sich, und dann öffnete sie die Tür vom Kühlschrank und schaute hinein, sodass er ihr Gesicht nicht mehr sehen konnte. „Na ja. Paige ist zwar kaum noch da, aber meine andere Freundin wohnt mit Paiges Bruder Matt über mir – ihm gehört das Haus. Und unten wohnen Roxy und ihre kleine Tochter Mia, die ganz bezaubernd ist. Roxy arbeitet für Matt und ist im Sommer plötzlich obdachlos geworden, also hat er ihr die Wohnung überlassen. Paige verbringt beinahe genauso viel Zeit bei uns wie bei Jake, also ist es nicht gerade einsam. Und dann ist da noch Claws." Ohne Luft zu holen, malte sie ein Bild ihres Lebens. Er hatte eine kurze Antwort erwartet, aber als sie aufhörte zu reden, wusste er mehr über sie als über die Leute, die er schon seit Jahren kannte. Bei den meisten Menschen würde man Monate brauchen, um so viele Informationen aus ihnen herauszuholen.

„Claws ist die Katze deiner Freunde?"

„Ja. Du könntest sie in einem deiner Bücher verewigen. Sie wäre die perfekte Mordwaffe. Sie hat ein süßes Gesicht und eine psychotische Persönlichkeit, aber ich werfe ihr das nicht vor, weil sie ein schreckliches Leben hatte, bevor Matt sie gerettet hat." Sie nahm mehrere Dinge aus dem Kühlschrank, und in dem Moment, bevor sie die Tür schloss, erhaschte er einen Blick auf den großen Stapel in ihrer Hand.

„Erwartest du noch Gäste? Denn wenn das alles für mich gedacht ist, hast du meinen Appetit weit überschätzt."

„Das kommt in den Tiefkühlschrank. Der Plan war, dass du jederzeit eine perfekte Mahlzeit hast. Ich habe die Speisen mit deiner Großmutter besprochen."

„Du hast mit ihr besprochen, welches Essen meiner Libido auf die Sprünge helfen soll?"

Sie hob die Augenbrauen. „Lebensmittelunverträglichkeiten", sagte sie langsam. „Einige Menschen sind allergisch gegen Erdnüsse oder Weizen oder Meeresfrüchte. Ich musste wissen, ob du glutenfrei isst oder Vegetarier bist. Wenn du Gefahr läufst, einen anaphylaktischen Schock zu erleiden, wenn ich dir Nüsse vorsetze, muss ich das wissen. Einem halb toten Kunden Adrenalin in die Adern zu jagen gehört normalerweise nicht zu den Dienstleistungen, die wir bei Urban Genie anbieten. Vorsicht ist besser als Nachsicht und so. Tote Menschen sind schlecht fürs Geschäft." Sie lächelte schwach. „Natürlich nicht in *deinem* Geschäft. Da geht es ja nur um tote Menschen."

„Also hast du nicht mit meiner Großmutter besprochen, wie du mich verführen kannst?"

„Ich liebe deine Großmutter, aber wenn ich einen Mann verführen will, verlasse ich mich normalerweise nicht auf den Rat von Achtzigjährigen." Sie musterte ihn einen Moment. „Braucht deine Libido denn Hilfe?"

Nicht mehr, seitdem er sie kennengelernt hatte. „Meine Großmutter würde so ziemlich alles tun, um mich wieder verheiratet zu sehen", wich er der Frage aus.

„Das mag sein, aber soweit es mich betrifft, bist du erwachsen und durchaus in der Lage, deine eigenen Entscheidungen zu treffen. Wenn du es vorziehst, im Sexil zu bleiben, geht mich das wirklich nichts an."

„Sexil?"

„Sexuelles Exil. Sexil. Ich stecke da leider auch fest. Wobei es in meinem Fall völlig unverschuldet ist – es sei denn, man hält es für einen Fehler, wählerisch zu sein." Sie runzelte leicht die Stirn. „Aber du hast es aus freien Stücken gewählt. Du hast dich entschieden, im Sexil zu leben."

Er sah zu, wie sie die Paprika abwusch. „Was hat dir meine Großmutter über mich erzählt?"

„Ich weiß, dass du Gurken hasst, scharfes Essen liebst und dein Steak gerne blutig magst. Es ist wichtig, dass ich deine Vorlieben kenne."

Im Moment wäre meine Vorliebe, dich nackt und oben zu sehen.

Ihre Haut ist weich und milchig, wie Seide, dachte er und tat den Vergleich sofort als Klischee ab. Er war Schriftsteller. Er sollte in der Lage sein, sich etwas Besseres einfallen zu lassen. Ihre Wangen waren leicht gerötet, aber er vermutete, das kam eher von der Wärme des Backofens als von Rouge. Er hätte geschworen, dass sie ungeschminkt war, aber dann erinnerte er sich an eine Unterhaltung mit Sallyanne, in der sie ihn aufgezogen hatte, weil er ihr gesagt hatte, wie schön er sie ohne Schminke fand. Sie hatte ihm amüsiert erklärt, dass sie fünfundvierzig Minuten gebraucht hatte, um diesen „ungeschminkten Look" hinzubekommen.

Er fragte sich, wie lange Eva gebraucht hatte, um so gesund und unschuldig auszusehen.

„Zeig mir, was ihr ausgesucht habt." Er streckte die Hand aus, und sie reichte ihm die Seiten, die ihr als Vorlage dienten. Er überflog sie. „Hühnerpastete? Die habe ich nicht mehr gegessen, seit ich zwölf war."

„Wenn du meine probierst, wirst du dich fragen, warum. Es ist das ultimative Wohlfühlessen."

„Das erinnert mich an die Schule."

„Meine Hühnerpastete nicht. Sie wird deinen Geschmacksknospen nämlich sofort einen Orgasmus verschaffen."

„Du scheinst sehr auf Orgasmen fixiert zu sein."

„Das passiert, wenn man etwas nicht bekommt." Sie nahm ihm die Rezepte wieder ab. „Das ist der Grund, warum Diäten nicht funktionieren. Je mehr man sich etwas versagt, desto mehr sehnt man sich genau danach. Und bevor du jetzt was sagst, natürlich weiß ich, dass ich mir selbst Orgasmen verschaffen kann, aber es gibt bestimmte Aufgaben, die ich lieber delegiere."

„Also bist du gerade auf Sexdiät?"

„Es fühlt sich zumindest so an. Ich möchte allerdings anmerken, dass ich sie mir nicht selbst auferlegt habe. Ich habe in letzter Zeit einfach keine vernünftigen Männer gefunden. Aber das wird sich ändern."

„Ach wirklich?"

„Auf jeden Fall." Sie würfelte die Paprika. „Es ist Weihnachtszeit. Ich werde ausgehen und Leute kennenlernen. Party, Party, Party."

„Und wo finden diese Partys statt?"

„Meine Freunde haben mich auf ein paar eingeladen."

„Du klingst nicht sonderlich enthusiastisch."

Sie legte das Messer zur Seite. „Soll ich ehrlich sein? Es fühlt sich ein wenig … unangenehm an. Ich will nicht wirklich verkuppelt werden. Das ist wie damals, als ich bei diesen Dating-Portalen war. Die Leute präsentieren sich immer nur von ihrer besten Seite."

„Also gibst du zu, dass die Menschen nicht immer das sind, was sie zu sein scheinen."

„Bei dir klingt das so bedrohlich. Als wäre es eine große Vertuschungsaktion. Aber natürlich versuchen die Leute, sich möglichst positiv darzustellen."

„Trotzdem fragst du dich, wie ihre schlimmste Seite aussieht."

„Jeder hat so seine Schwächen", sagte sie sanft. „Es wäre nicht realistisch zu erwarten, dass ein Mensch perfekt ist, oder?"

„Was ist mit deinen Schwächen?" Wie in einem Bewerbungsgespräch, dachte er, wo der Kandidat gebeten wird, eine Schwäche zu nennen und sich unweigerlich für „Ich arbeite zu hart" oder „Ich engagiere mich zu sehr" entscheidet. Niemand offenbarte einem Fremden freiwillig seine Schwächen.

„Ich bin schrecklich unordentlich – außer in der Küche. Ich lasse alles stehen und liegen, und dann verliere ich Sachen und verursache bei dem Versuch, sie zu finden, ein noch größeres Chaos. Ich bin morgens unausstehlich, und außerdem bin ich ziemlich feige", gab sie zu. „Mit gruseligen Sachen komme ich nicht gut zurecht – Blut, Eingeweide, Bedrohungen, Dinge, die nachts klopfen."

Er merkte sich die Einzelheiten. „Ich hätte gedacht, deine Schwäche ist, dass du zu vertrauensselig bist."

„Das sehe ich nicht als Schwäche." Sie spülte das Messer ab. „Es ist schwer, Menschen kennenzulernen und eine erfüllende Freundschaft mit ihnen aufzubauen, wenn man immer glaubt, dass sie etwas vor einem verbergen. Das ist vermutlich deine größte Schwäche, oder? Dass du nicht genügend vertraust."

„Ich hätte das als eine meiner besten Eigenschaften bezeichnet. Als du es mit dem Internet-Dating ausprobiert hast, was hast du da in dein Profil geschrieben?"

„Ich habe nicht geschrieben: Verzweifelte, vertrauensselige Blondine sucht wilden Sex, falls du das wissen wolltest.“ Sie öffnete die Backofentür und rüttelte leicht an dem Backblech mit den Tomaten. „Am Ende hat das online für mich einfach nicht funktioniert. Ich muss den anderen sehen, um zu wissen, ob er okay ist. Ich habe gute Instinkte. Auch wenn das Internet kein schlechter Weg ist, um Leute kennenzulernen, würde ich lieber jemanden auf natürliche Weise treffen.“

„Du willst einen natürlichen Orgasmus?“

Sie lachte. „Das ist das Ziel. Und ein Ziel braucht jeder, findest du nicht? Mir ist klar geworden, dass ich niemanden kennenlernen kann, wenn ich mich in meiner Wohnung verstecke. Also habe ich beschlossen auszugehen. Das ist der erste Schritt. Ich will auf ein paar Dates gehen.“

„Also willst du nicht direkt auf den Orgasmus zusteuern und die Schritte dazwischen auslassen?“

„Nein.“ Sie schloss die Ofentür. „Ich kann nicht mit jemandem ins Bett gehen, den ich nicht kenne. Ich hatte noch nie einen One-Night-Stand. Für mich hat Sex auch etwas mit Gefühlen für den anderen zu tun.“

„Du bist sehr direkt, oder?“

„Stimmt. Ich bin nicht gerade das, was man ein Mysterium nennen würde. Ich bin ein ziemlich offenes Buch – Jake meint sogar, ich wäre ein Hörbuch, weil alles, was ich denke, immer gleich aus meinem Mund kommt.“

Die Beschreibung ließ ihn lächeln. „Wer ist Jake?“

„Paiges Verlobter. Und das sind jetzt genügend Fragen über mich. Was ist dein absolutes Lieblingsessen?“

„Ich habe keines.“

„Jeder hat eins. Entweder etwas, das köstlich ist, oder etwas, das mit einer glücklichen Erinnerung verbunden ist. Was waren deine Lieblingsessen als Kind? Etwas, das dich direkt wieder dorthin entführt und all die warmen Gefühle weckt?“

Er dachte an die Familientreffen zurück und seine Reisen durch Europa. „Ich mag guten Käse. Vor allem mit dem richtigen Wein dazu. Das war einer der Vorzüge meiner Lesereise durch Frankreich."

„Hast du deshalb den ganzen Wein gekauft?"

„Einige Flaschen davon. Andere sammle ich schon seit einer Weile."

„Trinkst du den auch mal?"

„Natürlich. Auch wenn einige Flaschen sehr wertvoll sind. Die bewahre ich mir für besondere Gelegenheiten auf."

„Wenn ich einen guten Wein habe, trinke ich ihn sofort. Aber ich schätze, ich bin auch mehr ein Mensch, der für den Moment lebt." Sie schob sich die Haare aus den Augen, und er versuchte, nicht an den Moment zu denken, in dem er gerade mit ihr leben wollte.

„Das Soufflé, das du gestern Abend gemacht hast, war gut."

„Freut mich, dass es dir geschmeckt hat." Sie nahm ihren Stift zur Hand und machte sich Notizen auf den Blättern, die vor ihr lagen. „Ich überlege gerade, was ich heute Abend kochen soll. Irgendwelche Wünsche?"

„Nein, entscheide du. Welches Kochbuch benutzt du? Oder verlässt du dich aufs Internet?"

„Weder noch. Ich nehme die Rezepte meiner Großmutter, oder ich denke mir etwas aus." Sie musste etwas in seinem Gesicht gesehen haben, denn sie lächelte. „Entspann dich. Ich werde für dich nichts kochen, was ich nicht schon hundertmal gemacht habe. Du bist kein Versuchskaninchen, und ich werde dich nicht vergiften. Kam das schon mal in deinen Büchern vor? Ein Mörder, der seine Opfer vergiftet?"

Er fragte sich, warum sie glaubte, der Mörder müsse ein Mann sein.

„Nein, aber ich denke darüber nach."

„Wie entscheidest du dich für ein Verbrechen?"

„Das entwickelt sich aus der Persönlichkeit und der Motivation des Mörders. Jack the Ripper konnte gut mit Messern umgehen, was die Leute zu der Vermutung gebracht hat, er könnte ein Chirurg gewesen sein."

Sie wandte sich wieder dem Kochen zu. „Kein Wunder, dass du Probleme hast, nachts zu schlafen. Du verbringst den ganzen Tag damit, über schreckliche Dinge nachzudenken."

„Ich finde sie eher interessant als schrecklich." Er sah fasziniert zu, wie sie Knoblauch hackte und Öl und eine Prise Salz darüber gab. Sie war erstaunlich geschickt im Umgang mit Messern. „Wer hat dir beigebracht, so mit dem Messer umzugehen?"

„Nicht Jack the Ripper." Sie warf ihm einen amüsierten Blick zu. „Meine Großmutter. Und dann habe ich nach dem College in ein paar Küchen gearbeitet. Diese Fähigkeit erlernt man sehr schnell, wenn man seine Finger behalten will." Sie gab die Zutaten auf ein Backblech und schob es zu dem anderen in den Ofen. Ein paar Haarsträhnen fielen ihr ins Gesicht. Sie schürzte die Lippen und pustete sie so sanft weg, als würde sie Kerzen auf einer Geburtstagstorte ausblasen.

„Was machst du da?"

„Ich röste Tomaten und Paprika, aus denen ich dann eine Suppe mache. Wenn du viel zu tun hast, kannst du dir eine Portion aus dem Tiefkühlschrank holen, dir eine Scheibe krosses Brot dazu nehmen, und schon hast du in weniger Zeit, als es dich kosten würde, eine Whiskeyflasche aufzuschrauben, eine sehr nahrhafte Mahlzeit." Sie warf ihm einen Blick zu, den er beschloss zu ignorieren.

Ihm fiel auf, dass der kreative Prozess beim Kochen dem Schreiben gar nicht so unähnlich war. Sie fing mit einer Idee an, fügte dieses und jenes dazu, passte es nach Instinkt an und servierte dann etwas, das hoffentlich gefiel.

„Möchtest du zum Frühstück Eier Benedict oder Buttermilchpfannkuchen?"

Er wollte ihr gerade noch einmal erklären, dass er nicht frühstückte, aber die Pfannkuchen klangen einfach zu verlockend, um sie abzuschlagen. Sie versetzten ihn direkt zurück in seine Kindheit und die gemeinsamen Familienferien in Vermont.

„Werden die Pfannkuchen mit Bacon serviert?"

„Wenn du das gerne willst."

„Will ich." Es war das erste Mal, dass jemand seine Küche benutzte, und Eva hatte jeden einzelnen Zentimeter beansprucht. Auf den Arbeitsplatten stapelten sich Früchte und Gemüse. Es sah willkürlich aus, doch er hatte das Gefühl, das war es nicht. „Singst du immer, wenn du kochst?"

„Singen ist gut für die Stimmung. Genauso wie Spazierengehen, aber es sieht nicht so aus, als wenn das Wetter das in nächster Zeit erlauben würde." Sie legte den Bacon in die Pfanne und mischte einen Pfannkuchenteig zusammen, ohne irgendwelche Zutaten abzuwiegen. „Wenn es später besser werden sollte, werde ich noch mal rausgehen."

Sein entspanntes Gefühl war mit einem Schlag vorbei. „Du wirst die Wohnung bei diesem Unwetter nicht verlassen. Der öffentliche Nahverkehr ist eingestellt, die Straßen sind für den Autoverkehr gesperrt, Tunnel und Brücken auch. Es gehen nicht einmal mehr Flugzeuge."

„Ich will ja nicht fliegen, Auto fahren oder den Bus nehmen. Sondern einfach nur spazieren gehen."

„Hast du heute schon mal aus dem Fenster geschaut?" Er stand auf, fand die Fernbedienung und schaltete den Fernseher im Wohnzimmer ein.

Die Nachrichten wurden von den Schneestürmen dominiert, und der Sprecher warnte mit ernster Stimme, heute drinnen zu bleiben. „Der Sturm hat die tiefer liegenden

Strände überflutet und Bäume und Strommasten umstürzen lassen, sodass Tausende Haushalte heute ohne Strom sind."

„Oh, die armen Menschen." Sie klang erschüttert, und Lucas schaltete den Fernseher wieder aus.

„Bist du jetzt überzeugt?"

„Ja." Sie wandte sich wieder dem Teig zu, rührte ihn noch einmal um und gab ihn dann in die heiße Pfanne.

Als der Teig anfing, Blasen zu werfen, drehte sie die Pfannkuchen um.

Dann ließ sie sie auf einen Teller gleiten und gab den Bacon dazu. Den Teller reichte sie Lucas mitsamt einer Flasche Ahornsirup, dessen Farbe ihn an Whiskey erinnerte.

Die Pfannkuchen waren weich, golden und köstlich. Die süße Wärme des Ahornsirups bildete einen perfekten Kontrast zu dem krossen Bacon.

Er nahm einen Bissen. „Du hast mich nach meinem Lieblingsessen gefragt. Das hier ist es."

„Du hast doch gesagt, du hättest kein Lieblingsessen."

„Jetzt schon." Er aß den Teller leer und fragte sich, warum er plötzlich derart hungrig war, wenn es ihm so lange egal gewesen war, was er aß. „Du scheinst viel Zeit mit meiner Großmutter zu verbringen. Warum verbringst du die Zeit nicht mit deiner?"

Zum ersten Mal, seitdem er sie auf den Boden seines Apartments geworfen hatte, folgte auf seine Worte Stille.

„Eva? Warum verbringst du nicht mehr Zeit mit deiner eigenen Großmutter?"

„Weil sie tot ist." Ihre Stimme war belegt, und ohne Vorwarnung wallten Tränen in ihren Augen auf und rannen über ihre Wangen.

7. Kapitel

In Krisenzeiten sorge dafür, dass dein Lippenstift rot und deine Wimperntusche wasserfest ist.

– Paige

„Es tut mir leid. Ignoriere mich einfach." Eva nahm sich eine Serviette und tupfte sich die Augen ab, aber es fühlte sich an, als hätte sie ein Leck, als wären ihre Emotionen angeschwollen und hätten gegen ihre äußere Hülle der Selbstkontrolle gedrückt, bis diese gerissen war und es den Gefühlen ermöglicht hatte zu flüchten.

Durch den Tränenschleier hindurch sah sie, dass Lucas sie beobachtete.

Sie erwartete, dass er sich entschuldigen und schneller fliehen würde als eine Gazelle vor einem Löwen, aber er rührte sich nicht.

„Eva …"

„Alles ist gut." Sie putzte sich die Nase. „Das passiert manchmal. Ich denke, mir geht es gut, und dann trifft es mich aus dem Nichts wie eine heftige Böe und weht mich von den Füßen. Ich stehe wieder auf. Guck nicht so alarmiert. Ignoriere mich."

„Ich soll ignorieren, dass du traurig bist? Für was für einen Menschen hältst du mich?"

„Du bist ein Horrorautor. Eine in Tränen aufgelöste Frau ist vermutlich deine persönliche Vorstellung von Horror." Sie atmete zitternd ein und bekam sich wieder unter Kontrolle. „Mir geht es gut."

„Nein, tut es nicht, oder? Sprich mit mir.“

„Nein.“

„Weil du mich nicht kennst? Manchmal ist es leichter, mit einem Fremden zu reden.“

„Das ist es nicht. Ich will nicht die dunkle Wolke im Tag eines anderen sein. Es ist besser, der Sonnenschein zu sein als der Regen.“

„Wie bitte?“ Er zog die dunklen Augenbrauen zusammen. „Wer zum Teufel hat dir denn das erzählt?“

„Gram.“ Wieder liefen die Tränen über. Er seufzte und breitete entschuldigend die Hände aus.

„Sorry, ich wollte dich nicht verletztzten. Aber jeder ist irgendwann mal traurig, Eva. Du solltest nicht das Gefühl haben, das verstecken zu müssen.“

„Du tust es doch auch. Das ist doch der Grund, warum du niemandem erzählt hast, dass du hier bist, oder?“ Sie rieb sich mit den Händen über das Gesicht, und er schenkte ihr ein schwaches Lächeln.

„Guter Punkt. Da du dich jetzt hier mit mir zusammen versteckst, einigen wir uns doch darauf, dass wir unsere Gefühle nicht verstecken müssen – zumindest für den Moment.“

„Klingt nach einem Plan. Danke. Und jetzt solltest du dich wieder an die Arbeit machen. Du hast eine Deadline.“ Seine Freundlichkeit zerrte an den letzten Fäden ihrer Selbstkontrolle. Sie drehte ihm den Rücken zu, um die weitere Tränenflut vor ihm zu verbergen. Eigentlich hatte sie erwartet, dass er jetzt die Treppe hochgehen und in seinem Arbeitszimmer verschwinden würde. Doch stattdessen spürte sie seine Hand auf ihrer Schulter.

„Wann ist sie gestorben?“

Eva war hin- und hergerissen zwischen dem Wunsch, er würde sie allein lassen, und dem Drang, über ihre Gefühle zu sprechen. „Letztes Jahr. Im Herbst, als die Blätter ihre Farbe gewechselt haben. Ich habe mich gefragt, wie alles um mich herum so lebendig aussehen kann, obwohl sie fort war. Und ich fühle mich schuldig wegen meiner Trauer, denn sie war dreiundneunzig. Sie war nicht krank oder musste leiden, was für sie toll war, aber für mich sehr schwer, weil es so ein Schock war." Sie erinnerte sich noch an den Anruf. Sie hatte den Becher, den sie in der Hand gehalten hatte, fallen lassen, und der heiße Kaffee war über den Fußboden und ihre nackten Beine gespritzt. „Sie wäre wütend, wenn sie mich jetzt sehen könnte …" Sie putzte sich noch einmal die Nase. „Sie würde mich daran erinnern, dass sie ein tolles Leben hatte, dass sie sehr geliebt wurde und bis zum Ende klar im Kopf war. Sie hat sich immer auf das konzentriert, was in ihrem Leben richtig ist, nicht, was falsch läuft. Und sie wollte, dass ich das Gleiche tue. Aber das Vermissen hört nicht so einfach auf. Und jetzt stehst du da und denkst: ‚Was soll ich nur mit dieser schluchzenden Frau anfangen?', doch du musst gar nichts tun. Kümmere dich um deine Arbeit. Mir geht es gut. Ich werde einfach ein Weilchen besonders nett zu mir sein, bis ich mich besser fühle."

Aber er ging nicht. Sondern er drehte sie zu sich herum und zog sie in seine Arme.

Das kam so überraschend, dass Eva sich einen Moment nicht rührte. Dann schubste das unerwartete Mitgefühl sie über die Klippe, und sie brach mit einigen Schluchzern zusammen. Sie spürte seine Hand auf ihrem Kopf, als er sanft ihre Haare streichelte, während er sie mit dem anderen Arm festhielt.

Er hielt sie, während sie sich ausweinte, und murmelte dabei leise Worte des Trostes. Sie atmete seine männliche Wärme ein und fühlte das tröstende Gewicht seines Arms, der sie hielt. Unwillkürlich schloss sie die Augen und versuchte, sich daran zu erinnern, wann sie das letzte Mal so gehalten worden war. Es sollte sich nicht so gut anfühlen. Er war ein Fremder, aber da war etwas in seiner Umarmung, das die Leere in ihrem Inneren füllte.

Als schließlich alle Emotionen aus ihr herausgesickert waren, löste er sich ein wenig von ihr, sodass er sie anschauen konnte.

„Was genau bedeutet es, wenn du besonders nett zu dir bist?“ Die Güte in seiner Stimme traf sie wie ein Blitz.

„Ach, du weißt schon …“ Sie schniefte. „Ich sage mir nicht, dass ich fett bin, und geißle mich auch nicht dafür, dass ich nicht so viel Sport mache, wie ich sollte, oder weil ich ein Extrastück Schokolade esse.“

„So etwas machst du?“

„Macht das nicht jeder?“ Sie rieb über den feuchten Fleck, den ihre Tränen auf seinem Hemd hinterlassen hatten. Es war ihr ein wenig peinlich, aber gleichzeitig war sie sehr dankbar. „Ich fühle mich schon besser. Vielen Dank. Ich hätte nie gedacht, dass du so tolle Umarmungen verteilen kannst. Jetzt lässt du mich besser los, sonst weine ich noch die ganze Zeit, nur damit du mich in den Arm nimmst. Geh und mach dich an die Arbeit.“

„Sag mir, dass du dich nicht ernsthaft für fett hältst.“

„Nur an schlechten Tagen, aber das liegt daran, dass ich Essen liebe, und wenn ich nicht aufpasse, werde ich ein wenig extrakurvig.“

„Extrakurvig?“ In seiner Stimme schwang ein Lachen mit. „Ist das so wie extrastarker Kaffee? Oder anders ausgedrückt, mehr von etwas, das bereits gut ist?“

„Jetzt verstehe ich, warum du Schriftsteller bist. Du weißt genau, welche Worte du benutzen musst.“ Sie zwang sich, einen Schritt zurückzutreten. „Danke, dass du mich getröstet hast.“

„Ich weiß, wie es ist, jemanden zu verlieren, den man liebt.“ Das Lachen war aus seiner Stimme verschwunden. „Man glaubt, es geht einem gut, man hätte alles unter Kontrolle, und dann trifft es einen auf einmal. Es ist wie auf dem ruhigen Meer zu segeln, und plötzlich kommt aus dem Nichts eine Riesenwelle und lässt dein Boot beinahe kentern.“

Noch nie hatte jemand ihre Gefühle so perfekt beschrieben.

„Fühlst du dich so?“

„Ja.“ Er hob eine Hand und strich Eva sanft über die Wange. „Man sagt, es wird leichter, also halte durch.“ Sein Blick hielt ihren fest, und da war eine neue Intimität, eine seltsame Hitze, die sich gegen ihren Willen in ihren Körper schlich.

Erregung.

Er tröstete sie, und sie war erregt. Das sollte ihr eigentlich peinlich sein, aber sie sah, dass sich das Gefühl auch in den Tiefen seiner Augen spiegelte.

„Du solltest dich wieder deinem Buch widmen.“

„Ja.“ Seine Stimme war rau. Er ließ seine Hand sinken und trat zurück. „Und du solltest kochen.“

Sie waren beide steif und formell und leugneten den Moment.

Eva wandte sich wieder der Küche zu und versuchte zu vergessen, wie es sich angefühlt hatte, von ihm gehalten zu werden.

Sie kochte den ganzen Tag, rührte, quirlte, schmorte und probierte, während der Schneesturm auf der anderen Seite der riesigen Fenster tobte. New York war in wirbelndes Weiß eingehüllt und die Gebäude kaum noch zu erkennen. Restaurants, Bars und sogar der Broadway hatten geschlossen.

Eva verspürte einen Anflug von Sorge für die Rettungskräfte und die Menschen, die in diesem fürchterlichen Sturm immer noch draußen sein mussten. Sie hoffte, dass niemand verletzt wurde.

Ab und zu schaute sie zur Treppe, doch die Tür zum Büro blieb geschlossen. Lucas kümmerte sich um seine eigenen Verletzungen, das wusste sie.

Gegen Mittag trug sie ein Tablett nach oben, aber als sie das sanfte Klappern der Tastatur hörte, beschloss sie, dass zu schreiben wichtiger für ihn war, als etwas zu essen. Sie zog sich wieder nach unten zurück und kochte weiter.

Paige rief zweimal an. Das erste Mal, um ihr Fragen über die Verlobungsparty zu stellen, die sie für einen in Manhattan ansässigen Kunden planten, und beim zweiten Mal, um Eva zu fragen, ob sie Silvester frei wäre.

„Das bin ich." Eva schaltete die Hitze unter der Pfanne herunter, in der sie gerade eine Soße einkochte. „Ich bin vollkommen vogelfrei, sozusagen."

„Gut, denn ich möchte, dass du jemanden kennenlernst."

„Ich möchte auch jemanden kennenlernen." Sie versuchte, nicht daran zu denken, wie sich Lucas' Umarmung angefühlt hatte. Er hatte sie nur getröstet, mehr nicht.

„Wie läuft es bei dir? Wann kommst du nach Hause?"

Eva schaute aus dem Fenster. „Ich hatte vor, so kurz wie möglich hierzubleiben, aber der Schneesturm hat mir einen Strich durch die Rechnung gemacht. Kann ich dir das später sagen? Ich habe dir ein paar Ideen für den Heiratsantrag rübergeschickt und arbeite gerade an dem Verlobungsdinner für Addison-Pope."

Sie verabschiedete sich von Paige und überprüfte, ob in der Küche alles unter Kontrolle war. Dann machte sie sich daran, den Tannenbaum zu schmücken, während sie versuchte, nicht an das Weihnachten vor zwei Jahren zu denken, als sie das Gleiche mit ihrer Großmutter zusammen getan hatte.

Am frühen Abend machte sie sich auf den Weg in ihr Zimmer, um zu duschen und sich umzuziehen, als die Tür zu Lucas' Büro aufging.

Er starrte sie mit verschwommenem Blick an, als wäre er in einer anderen Welt.

Vielleicht hätte sie vorhin doch an seine Tür klopfen sollen? Er war nicht gesund, so lange ohne Pause durchzuarbeiten, oder?

„Wie ist es gelaufen? Hast du ein gegrilltes Käsesandwich gemacht?"

„Ich habe ein ganzes Büfett gemacht", erwiderte er mit rauer Stimme, dann lächelte er. „Du bist ein Genie."

„Ich? Ich bin nur eine Köchin, die zu viel redet." Ihr Herz pochte wild in ihrer Brust. Wie hatte sie jemals glauben können, er wäre nicht ihr Typ? Es war leichter gewesen, ihn abzutun, als er für sie nur ein unglaublich attraktives Gesicht gewesen war. Aber jetzt wusste sie, dass er auch eine liebevolle Seite hatte. Und er war einer der wenigen Männer, die keine Probleme mit Gefühlen hatten.

„Dein Gerede ist der Grund für mein Schreiben."

Ihr Magen schlug einen kleinen Salto. „Gut zu wissen. Und danke, dass du mich wegen des Baums nicht angeschrien hast. Er ist ein wenig größer, als ich gedacht hatte. Ich habe ein paar Fotos gemacht und deiner Großmutter geschickt. Ich hoffe, das stört dich nicht. Dich habe ich nicht erwähnt, aber ich wollte sie wissen lassen, dass ich meinen Auftrag erledige."

„Im Moment könntest du mir ein Rebhuhn in einem Birnenbaum hinstellen, und es wäre mir egal." Er fuhr sich mit den Fingern durch die dunklen Haare, und Eva fragte sich, wieso ihn das noch attraktiver machte. Wenn sie sich mit den

Händen durch die Haare fuhr, sah sie danach aus, als hätte sie in einen elektrischen Zaun gefasst.

„Warum sind diese Woche alle so besessen von Geflügel? Ich finde nicht, dass das gute Haustiere sind." Ihre Nerven waren angespannt, und sie wusste, das lag an der Umarmung. Sie musste sich zusammenreißen. „Wenn du mir eine halbe Stunde gibst, mache ich uns Dinner. Außer, du willst noch weiterarbeiten?"

„Ich brauche eine Pause und mache später weiter. Ich springe auch schnell unter die Dusche, und dann suche ich uns eine Flasche Wein aus. Wir sollten feiern."

Feiern.

Das klang intim. Persönlich.

Sie musste sich daran erinnern, dass das hier kein Date war, sondern ihr Job.

Lucas stand unter dem heißen Strahl der Dusche und fühlte sich so gut wie seit Monaten nicht mehr. Er war immer noch Millionen Meilen hinter dem Punkt zurück, an dem er kurz vor der Deadline sein sollte, aber wenigstens war es ein Anfang.

Und Eva war der Grund dafür.

Er zog sich eine dunkle Jeans und ein frisches Hemd an und hielt kurz an der Treppe inne, als er sie in der Küche singen hörte. Das Singen hörte für einen Moment auf, und er vernahm das Surren eines Mixers. Dann fing es wieder an.

Als er nach unten schaute, sah er, dass sie wieder ihre Kopfhörer aufhatte, aber dieses Mal tanzte sie nicht.

Sobald sie ihn sah, hörte sie auf. „Sorry. War ich zu laut?"

Ihr Kommentar ließ ihn an Sex denken, und er fragte sich, was an ihr diese Gedanken in ihm weckte. Er wünschte, er hätte sie nicht umarmt, denn nun wusste er nicht nur, wie sie aussah, sondern auch, wie sie sich anfühlte.

„Ich mag Ella Fitzgerald. Solange du keine Weihnachtslieder singst, habe ich mit dem Soundtrack kein Problem.“ Aber er hatte ein Problem mit anderen Dingen, wie zum Beispiel dem Gefühl, wie es war, sie in den Armen zu halten. Als wenn ihm etwas fehlte, von dem er bis zu diesem Augenblick nicht gewusst hatte, dass er es haben wollte.

„Was hast du gegen Weihnachtslieder?“

„Ich denke, uns umgibt hier schon genügend Festlichkeit.“ Er beäugte den Weihnachtsbaum. Seine Äste waren mit Lametta und kleinen Lichtern geschmückt. Er fragte sich, ob seine extravagante Höhe den Mangel an Feiertagsfröhlichkeit in seiner Wohnung ausgleichen sollte. „Das ist wirklich ein verdammt großer Baum. Ganz eindeutig bist du eine Frau, die nicht daran glaubt, dass weniger mehr ist.“

„Nicht, wenn es um Weihnachtsbäume geht.“ Sie lächelte und er sah, dass ihr Lippenstift Zuckerstangenpink war. Er erinnerte ihn an die Süßigkeiten seiner Kindheit.

„Nur dabei?“

Das unwiderstehliche Grübchen erschien. „Das ist eine sehr persönliche Frage, Mr. Blade.“

„Du wohnst in meinem Apartment, und ich habe dich im Pyjama gesehen. Ich denke, wir haben bereits persönliches Gebiet betreten.“ Die Umarmung erwähnte er lieber nicht. Aber das brauchte er auch nicht. Er hatte die Veränderung in ihrer Beziehung gespürt und wusste, dass es ihr genauso ging. Die lockere Anziehung hatte sich in eine intensive Wahrnehmung verwandelt, die die Luft elektrisierte.

Und es war nicht nur körperlich. Jede Unterhaltung mit ihr enthüllte etwas Neues.

Er blieb vor dem Weinregal stehen. „Was essen wir heute?“

„Gegrilltes Gemüse mit einer Ziegenkäsetarte, gefolgt von

Salbei-Kürbis-Ravioli. Ich habe etwas gemacht, das du auch am Computer essen kannst, wenn du willst."

„Das will ich nicht. Ich möchte mit dir zusammen essen, und ein besonderes Mahl verlangt nach einem besonderen Wein." Er ging zum Kühlschrank und holte einen Weißwein heraus. „Den hier habe ich zum ersten Mal auf einer Lesereise in Neuseeland probiert und mir gleich eine Kiste herschicken lassen. Er ist spektakulär."

„Für mich nur ein halbes Glas", sagte sie. „Ich bin ein sehr günstiges Date. Und wenn ich trinke, bevor ich zu Ende gekocht habe, kann ich für das Essen nicht mehr garantieren. Ehrlich gesagt, sollte ich vermutlich gar nicht trinken. Ich will nicht meine Hemmungen verlieren."

„Du hast Hemmungen?" Er öffnete den Wein. „Wo versteckst du die?"

„Sehr lustig. Einige Menschen mögen es, dass ich so offen bin. Aber du fragst dich natürlich, wo ich meine dunkle Seite verborgen habe."

Vielleicht fragte er sich das bei ihr nicht, aber er tat es definitiv bei der Romanfigur, die er gerade entwickelte. Seine Heldin wurde langsam zu dem komplexesten Charakter, den er je geschrieben hatte. Wobei es sicherer war, an sie zu denken als an die Frau, die in Fleisch und Blut vor ihm stand.

Er schenkte ein und beobachtete, wie der Wein ins Glas floss. „Probier mal. Er ist köstlich."

„Wirst du jetzt versuchen, mich mit einem Vortrag über exotische Aromen und einen Hauch von Sonnenschein und so zu beeindrucken? Oder sparst du dir all deine blumigen Worte für deine Bücher auf?"

Er dachte an die düstere Realität, über die er schrieb. „So in der Art. Trink."

Sie roch an dem Wein und nippte dann vorsichtig, als

wäre sie nicht sicher, ob er sie vergiften wollte. „Oh." Einen Moment lang schloss sie die Augen und nahm dann noch einen Schluck. „Warum schmeckt der Wein, den ich zu Hause trinke, nie so? Ist er sehr teuer?"

„Er ist sein Geld wert."

„Also *ist* er teuer. Ich schätze, du kennst dich mit Wein gut aus."

„Das ist eines meiner Hobbys."

Sie stellte ihr Glas ab und wandte sich wieder dem Essen zu. „Ich schätze, deine Post zu beantworten ist kein Hobby von dir." Sie stellte einen Teller vor ihn hin. Das Ganze glich einem Kunstwerk. Die Ränder der Tarte waren kross und golden, die Oberfläche ein reiner Farbwirbel. „Hast du vor, dich darum zu kümmern?"

Er griff nach seiner Gabel. „Ich bin nicht hier, weißt du noch? Ich kann meine Post nicht öffnen, wenn ich gar nicht da bin."

„Aber was, wenn etwas Wichtiges dabei ist?"

„Ist es nicht."

„Es könnte aber sein", beharrte sie. „Kann ich die für dich öffnen?"

„Willst du das wirklich?"

„Ja. Es könnte doch sein, dass jemand auf eine Antwort von dir wartet. Hast du keine Assistentin?"

„Mein Verleger hat ein Team, das sich mit der geschäftlichen Korrespondenz befasst."

Angespannt beobachtete sie, wie er einen Bissen nahm. „Und?"

„Spektakulär." Und das war es wirklich. Der Teig war buttrige Perfektion, und der cremige Ziegenkäse verschmolz mit dem Hauch von Paprika. „Du hast meine Geschmacksknospen aus dem Koma erweckt."

Sie wirkte zufrieden. „Gut. Und ich weiß, dass du auch

gut in dem bist, was du tust. Nicht, dass ich je eines deiner Bücher gelesen hätte, aber Frankie ist süchtig danach. Sie liest nur ekelhaftes Zeug."

„Danke."

„Das kam anders raus, als es sollte." Ihre Wangen wurden rot. „Ich meinte nicht, dass deine Bücher ekelhaft sind, sondern eher ihr Thema. Für mich sind sie viel zu gruselig. Ich weiß, dass sie mir nicht gefallen würden."

„Woher weißt du das, wenn du nie eines gelesen hast?"

„Der Umschlag verrät es mir." Sie schnitt ein Stück von ihrer Tarte ab. „Auf dem Letzten tropfte Blut von einem Messer. Und dann dieser Titel. *Rückkehr des Todes* ist nicht gerade etwas, das mich sofort anspricht. Ich würde mit Licht schlafen müssen und nachts schreiend aufwachen. Dann würde jemand den Notruf wählen."

„Es könnte dich fesseln."

„Ich denke nicht, dass das Thema mich ansprechen würde. Erzähl mir von der Geschichte, die du mit acht geschrieben hast. War die auch so?"

„Die Nachbarskatze wurde tot am Straßenrand gefunden. Alle haben gesagt, sie wäre von einem Auto angefahren worden, aber ich habe mich gefragt, was, wenn es kein Unfall war? Wenn etwas Finsteres dahintersteckt? Mit meinen alternativen Erklärungen habe ich meine Familie in den Wahnsinn getrieben." Er sah, wie ihre Miene sich veränderte. „Dir wäre das Szenario mit dem Autounfall lieber gewesen?"

„Mir wäre lieber gewesen, wenn die Katze überlebt hätte. Aber ich schätze, da du die Geschichte erzählst, hat sie kein Happy End."

„Ich fürchte nicht." Ihre Worte waren alles, was er brauchte, um sich an die Unterschiede zwischen ihnen zu erinnern. „Es war Sommer, und ich habe mich in meinem Zimmer eingeschlossen und bin erst wieder herausgekommen, als ich die Geschichte geschrieben hatte. Meiner Meinung nach gab es mindestens neun verschiedene Möglichkeiten, wie die Katze gestorben sein könnte."

„Bitte, liste sie nicht auf."

Er erinnerte sich an das makabre Ende, für das er sich entschieden hatte, und lächelte schwach. „Ich habe die Geschichte meiner Englischlehrerin gegeben, und sie meinte, sie hätte noch nie im Leben etwas so Gruseliges gelesen. Sie sagte, sie hätte danach jeden Abend zweimal alle Fenster und Türen überprüfen müssen, bevor sie ins Bett ging, und hätte ihre Katze im Schlafzimmer eingeschlossen. Dann schlug sie vor, dass ich Thrillerautor werden sollte. Das war natürlich nur ein Scherz."

„Aber du hast sie ernst genommen."

„Sie hat mir gesagt, dass sie meine Geschichte nur bei Licht lesen konnte. Ich glaube nicht, dass sie das als Kompliment gemeint hat. Aber für mich war es das größte Kompliment, das ich je erhalten habe."

Eva wirkte skeptisch. „Du hast also eine furchterregende Katzengeschichte geschrieben, und was dann?"

„Dann habe ich weitergemacht. Ich habe die Geschichten kapitelweise an meine Schulkameraden verteilt. Dabei habe ich entdeckt, dass ich die Menschen gerne im Ungewissen lasse. Das ging auch auf dem College so weiter, nur wusste ich da bereits, dass es mir ernst war."

„Was hast du studiert? Kreatives Schreiben? Englisch?"

„Ich habe an der Columbia Jura studiert, aber ich war mehr daran interessiert, warum die Leute Verbrechen begingen, als daran, sie zu verteidigen. Dann habe ich meinen ersten Roman beendet, ihn meinem Mitbewohner zum Lesen gegeben und ihn damit die ganze Nacht wach gehalten. Danach habe ich beschlossen, dass ich genau das für den Rest meines Lebens tun will."

„Die Leute nachts wach halten?"

„Ja." Er betrachtete den weichen Schwung ihrer Lippen und dachte, dass er kein Problem damit hätte, sie die ganze Nacht wach zu halten. Und dabei würde er sich nicht allein auf seine Wortgewalt verlassen.

Vielleicht war seine Großmutter cleverer, als er sie eingeschätzt hatte.

„Verliebt sich in deinen Büchern auch mal jemand?"

„Ab und zu."

„Wirklich?" Sie wirkte überrascht. „Aber gibt es auch ein Happy End?"

„Niemals."

„Deshalb fasse ich deine Bücher nicht an. Ich bin feige. Wo wir gerade davon sprachen, den Notruf zu wählen …" Sie steckte ihre Gabel in die Tarte. „Diese Polizisten, die hier aufgetaucht sind … Sie kannten dich, und du kanntest sie."

„Das stimmt." Er nahm noch einen Bissen. Es war köstlich und die Aromen frisch und intensiv.

„Aber du hast keinen kriminellen Hintergrund, sondern schreibst nur darüber. Woher kennst du sie also?"

„Sie helfen mir ab und zu bei der Recherche."

„Du planst einen Mord, und dann rufst du sie an und fragst: ‚Hey Jungs, was haltet ihr davon?' Und sie sagen dir dann, ob es funktioniert oder nicht?"

„So in der Art."

„Gehst du jemals mit ihnen auf Tour?"

„Du meinst im Dienst? Das habe ich in der Vergangenheit gemacht. Jetzt nicht mehr so oft. Wenn ich nicht auf Lesereise bin, schreibe ich."

„Hast du dabei Angst gehabt?"

„Nein, ich fand es interessant. Aber das, worüber ich meistens schreibe, wird von anderen Abteilungen bearbeitet. Ich schreibe über …" Er griff nach dem Salz, um sich ein wenig

Zeit zu verschaffen, während er überlegt, wie viel er preisgeben sollte. „Ich schreibe über sehr komplexe Fälle."

„Du schreibst über Serienmörder." Sie legte die Gabel ab; ihr Essen war beinahe unberührt. „Warum willst du über schreckliche Menschen schreiben, die schreckliche Dinge tun?"

„Die meisten Serienmörder halten sich nicht für schreckliche Menschen. Und ich schreibe darüber, weil es mich fasziniert. Gruselige Sachen haben mich schon immer angezogen. Das macht mich nicht zu einem Angst einflößenden Menschen und bedeutet auch nicht, dass ich im Kleiderschrank kleine Kinder eingesperrt habe, die nur darauf warten, dass ich komme und sie foltere, wie ein Reporter in einem Interview mal angenommen hatte."

„So was denken die Menschen?"

„Die Leute glauben, weil ich über Verbrechen schreibe, bete ich den Teufel an. Du solltest Angst haben, hier mit mir zu übernachten."

„Ich habe keine Angst." Ihr Blick hielt seinen für einen Moment fest, dann nahm sie ihr Weinglas in die Hand. „Aber ich verstehe nicht, warum Menschen sich freiwillig Angst einjagen lassen."

Die sexuelle Wahrnehmung wuchs, aber Eva ignorierte sie.

Er folgte ihrem Beispiel.

„Bücher sind sicher. Ich denke darüber nach, was Menschen Angst macht, und dann benutze ich diese Ängste. Einige Menschen werden gerne geängstigt. Sie mögen es, dieses Gefühl in der Sicherheit ihres eigenen Lebens zu empfinden."

„Bekommst du von dem Zeug, das du schreibst, auch selbst Angst? "

„Wenn das Schreiben gut läuft, schon." Meistens waren es die Recherchen, die ihn gruselten, aber das sagte er ihr nicht.

„Machst du deshalb Kampfsport? Damit du dich vor den Dämonen schützen kannst, die du erschaffen hast?"

„Ich hasse es, deine Illusionen zu zerstören, aber für mich ist es hauptsächlich eine interessante Form von körperlicher Anstrengung und geistiger Disziplin." Er aß auf und lehnte sich zurück. „Genug von mir. Jetzt bist du dran. Du liest weder Thriller noch Horror, also was liest du dann? Klassiker?"

„Ja. Und Liebesromane, Frauenromane und Kochbücher. Ich bin süchtig nach Kochbüchern."

„Ich dachte, du benutzt keine Kochbücher?"

„Ich koche nicht oft nach ihnen, aber ich lese sie gerne."

Er trank einen Schluck Wein und beobachtete, wie Eva die Ravioli servierte. „Hast du je daran gedacht, selbst eines zu schreiben?"

„Ich habe meinen Blog. Und einen YouTube-Channel. Das und die Arbeit für Urban Genie hält mich genügend auf Trab."

„Du hast einen YouTube-Channel?"

„Kochen ist etwas Visuelles. Die Leute möchten gezeigt bekommen, wie etwas zubereitet wird. Und wie sich herausgestellt hat, bin ich gut darin, das zu zeigen. Die Menschen schauen mir gerne zu. Was dich vermutlich überrascht."

Das überraschte ihn überhaupt nicht.

Wer würde ihr nicht gerne zuschauen?

Mit ihren blauen Augen und dem süßen Lächeln hatte sie garantiert eine sehr große Fanbase. Er fragte sich, wie viele dieser Fans Männer waren und wie viele ernsthaft am Kochen interessiert waren.

Er versuchte, nicht allzu viel darüber nachzudenken, und schob sich eine Gabel voll Ravioli in den Mund. Sofort hörte er auf, seine Großmutter für ihre Einmischerei zu verfluchen.

„Das ist köstlich."

„Gut."

„Salbei und Kürbis." Er nahm noch eine Gabel. „Kochst du kein Fleisch?"

Ihre Wagen röteten sich ein wenig. „Wenn du das gerne möchtest, kann ich das tun."

„Aber du isst es nicht?"

„Niemals. Ich bin Vegetarierin. Ich mag es nicht, Tieren zu schaden."

Sein Herz stolperte. Er legte die Gabel weg. Das Essen lag vergessen vor ihm. „Wie lange bist du schon Vegetarierin?"

„Schon immer. Ich bin bei meiner Großmutter aufgewachsen, und sie war der Ansicht, dass man alles Lebendige respektieren muss."

„Also bist du von Anfang an gut zu Tieren gewesen."

„Ich bin keine Heilige. Ich würde nicht mit einer Spinne kuscheln. Aber ich zertrete sie auch nicht, wenn du das meinst. Wenn sie zu groß sind, rufe ich Matt, und der erledigt das für mich."

„Matt ist der Bruder deiner Freundin?"

„Genau. Er wohnt in der Wohnung über mir. Er gehört quasi zur Familie."

„Okay."

„Und wo wir gerade von Familie sprechen, wirst du deiner Großmutter erzählen, dass du wieder da bist? Irgendwann wird sie mich bezüglich dieses Jobs befragen, und ich will sie nicht anlügen."

Er erkannte, dass er sie in eine heikle Lage gebracht hatte. „Ich werde ihr sagen, dass ich zurück bin." Seine Aufmerksamkeit wurde von der glatten Oberfläche des Wohnzimmertischs angezogen. Es dauerte einen Moment, bis er wusste, was fehlte. „Was ist mit dem Messer passiert, das da auf dem Tisch gelegen hat?"

Sie sah ihn nicht an. „Welches Messer?"

„Da lag ein Messer auf dem Tisch."

„Wirklich?“ Sie klang unschuldig. „Vermutlich habe ich es weggeräumt. Es ist gefährlich, Messer herumliegen zu lassen. Das weiß jeder, der mal in einer Küche gearbeitet hat.“

Er sah sie lange an. „Was glaubst du, wozu das Messer da war, Eva?“

Sie trank schnell einen großen Schluck Wein. „Ich weiß nicht. Aber es erschien mir sicherer, es wegzuräumen.“

„Hast du geglaubt, ich würde dir damit etwas antun?“

„Was? Nein!“ Sie wirkte entsetzt. „Nicht für eine Minute. Trotz dieses ganzen Bluts auf deinen Buchumschlägen weiß ich, dass du ein wirklich guter Mensch bist.“

Lucas verspürte ein Kribbeln im Nacken. „Warum hast du das Messer dann weggepackt?“

Ihr Blick kehrte zu ihrem Teller zurück. „Weil ich Angst hatte, du könntest dir damit etwas antun.“

Schweigend starrte er sie an. „Bist du deshalb geblieben? Weil du dir Sorgen um mich gemacht hast?“

„Nein. Ich bin geblieben, weil ich einen Auftrag hatte und deiner Großmutter etwas versprochen habe. Selbst wenn sie nicht meine Kundin wäre – ich habe großen Respekt vor Großmüttern.“

„Eva …“

„Ja, okay! Zum Teil bin ich geblieben, weil ich mir Sorgen um dich gemacht habe.“

„Das Messer diente mir nur als Inspiration für mein Buch. Mehr nicht.“

„Das ist gut, aber als ich es gesehen habe, war ich mir nicht sicher. Du hattest diese Schatten unter den Augen, und du hast so *einsam* ausgesehen, und niemand wusste, dass du hier bist und …“ Sie trank noch einen Schluck. „Ich hatte einfach nur ein schlechtes Gefühl, mehr nicht. Du glaubst mir vermutlich nicht. Du denkst, ich bin geblieben, weil ich es auf deinen Körper abgesehen habe. Und warum auch nicht, du hast einen wirklich *umwerfenden* Körper. Mist. Ich habe dir doch gesagt, dass du mir nie mehr als ein halbes Glas Wein geben solltest."

Das Schweigen, das sich über sie senkte, war schwer und durchzogen von sexueller Anspannung.

Die Erinnerung daran, wie sie sich in seinen Armen angefühlt hatte, löste eine weitere Lustattacke in ihm aus.

Um sie zu verscheuchen, fuhr er sich mit der Hand durch die Haare. „Ich sollte mich besser wieder an die Arbeit machen."

„Hat dich mein letzter Kommentar in Panik versetzt? Mach dir keine Sorgen – du bist nicht mein Typ. Das habe ich dir ja schon gesagt."

Aber vielleicht war *sie* sein Typ. Der Gedanke überraschte ihn, denn seit dem Tod seiner Frau hatte er keine Frau mehr getroffen, die sein Interesse geweckt hatte.

„Ich dachte, du hättest keinen Typ?"

„Das sollte ich vermutlich auch nicht. Wenn man bedenkt, wie lange es her ist, dass ich Sex hatte, sollte mein Typ jeder sein, der einen Penis und einen Pulsschlag hat, oder?"

Lucas erstickte fast an seinem Wein. „Hast du das gerade wirklich gesagt?"

„Wie auch immer, hatten wir uns nicht darauf geeinigt, dass Vorurteile über Menschen gefährlich sein können? Wer weiß, was unter der Oberfläche lauert?"

Er hatte genügend Serienmörder interviewt, um zu wissen, dass die meisten Leute besser nicht erfuhren, was unter der Oberfläche lag.

„Überprüfst du deine Gedanken eigentlich manchmal, bevor sie aus deinem Mund herauskommen?"

„Das ist deine Schuld, weil du so viel Wein in mich hineingeschüttet hast." Sie stocherte in ihrem Essen herum. „Aber es stimmt schon, ich bin eher spontan."

„Wie hast du das so lange unbeschadet überstanden?"

„Ich bin nicht unbeschadet. Ich bin mit einigen Losern ausgegangen."

„Aber das hat dein Vertrauen in ein Happy End nicht erschüttert?"

„Nein. Es bedeutet nur, dass es auf der Welt auch Verlierertypen gibt, aber das wusste ich bereits. Es gibt allerdings auch einige großartige Männer da draußen. Ich habe in letzter Zeit nur nicht allzu viele von ihnen kennengelernt, das ist alles. Und ich weiß, dass man den richtigen Menschen nicht trifft, wenn man sich in seiner Wohnung versteckt."

„Sprechen wir über dich oder über mich?"

„Über uns beide. Ich habe mir selbst das Versprechen gegeben, dieses Jahr nicht die ganze Weihnachtszeit in meiner Wohnung zu sitzen, mir Wiederholungen von kitschigen Filmen anzuschauen und einen flotten Dreier mit Ben und Jerry zu genießen." Sie musterte ihn. „Das ist eine Eismarke, falls du dich fragst."

„Ich *verstecke* mich in meinem Apartment, wie du es nennst, weil ich arbeite."

„Wir wissen beide, dass das nicht stimmt, Lucas, denn selbst du kannst nicht immer arbeiten."

Er dachte an seine Deadline und daran, wie weit er zurücklag. „Ich sollte nicht mal hier sitzen und mit dir reden." Trotzdem tat er es. Und er hatte auch keine Eile, das zu ändern.

„Geh. Je eher du mit deinem Buch fertig bist, desto eher kannst du anfangen zu leben." Sie stand auf und vermied es, ihn anzusehen. „Ich mache hier klar Schiff. Und ich werde mich um deine Post kümmern."

„Tu damit, was immer du willst."

Seine Post war das geringste seiner Probleme.

Hatte sie ihm wirklich gesagt, dass er einen tollen Körper hatte?

Sie würde sich den Mund zukleben müssen. Oder den Kiefer verdrahten. Alles, um sich davon abzuhalten, wie eine Idiotin vor sich hin zu brabbeln, sobald sie mit ihm zusammen war.

Aber teilweise war es auch *sein*e Schuld. Jedes Mal, wenn er sie auf diese Weise ansah, hatte sie das Gefühl, verbrüht zu werden. Seine glühenden Blicke frittierten ihr Gehirn und brannten die letzten Filter weg.

Es half auch nichts, sich zu sagen, dass er nicht an ihr oder einer Beziehung interessiert war. Ihr Körper hörte einfach nicht auf sie.

Trotzdem – nächstes Mal würde sie sich zusammenreißen und schweigen. Das musste doch möglich sein! Entschlossen stand sie auf, räumte die Teller weg, polierte den Herd, bis er glänzte. Dann setzte sie sich mit dem Rest des Weins und Lucas' Poststapel an den Küchentresen.

Zuerst sortierte sie die Werbesendungen aus, wobei sie die Adresse sorgfältig durchriss und die Schnipsel in die Papiertonne warf. Dann wandte sie sich dem Rest der Umschläge zu.

Das meiste waren Einladungen. Für Verlagspartys, die Buchvorstellung eines Kollegen, neun Wohltätigkeitsbälle, einen Opernabend, zwei Filmpremieren. Dazu kamen zwölf Briefe, die um Spenden für eine Wohltätigkeitsorganisation baten.

Sie hatte gar nicht gewusst, dass die Leute noch Briefe schrieben. Und *neun* Wohltätigkeitsbälle?

Eva ließ den Blick über all die Einladungen schweifen und verspürte mehr als nur einen kleinen Anflug von Eifersucht.

So also sah es aus, wenn man ein interessantes Leben führte.

Neun Bälle – das hätte ihre Chancen, jemanden kennenzulernen, dramatisch verbessert. „Lucas Blade“, murmelte sie. „Für jemanden, der kein Partytier ist, wirst du zu verdammt vielen Partys eingeladen.“ Wobei er zu keiner dieser Partys gehen würde – das war ihr klar.

Und sie wusste, der Grund dafür hatte nichts mit seiner Deadline zu tun.

In seinem derzeitigen Zustand fand er die Gesellschaft von Fremden genauso wenig verlockend wie sie.

Sie öffnete ihren Laptop und fing an, die Einladungen zu beantworten.

Liebe Caroline, tippte sie, *vielen Dank für die netten Worte über mein Buch. Ich fühle mich geschmeichelt, dass …* – Sie verzog das Gesicht bei dem gruseligen Titel – *… ‚Auf jeden Fall tot‘ dein Buch des Jahres war.“*

Sie schrieb noch ein paar Sätze und kam dann zum Schluss: *Mit den besten Wünschen, Lucas Blade*.

War das zu formell?

Grinsend löschte sie das *Blade* und fügte zwei x als Küsse an. Wetten, dass er noch nie im Leben Küsse verschickt hatte?

Jedem Brief widmete sie die gleiche Aufmerksamkeit. Dann wandte sie sich den Einladungen zu und lehnte jede höflich ab, bis sie bei der letzten angekommen war.

Diese Einladung war für den Schneeflockenball im „Plaza Hotel“.

Die Karte war mit Silber geprägt und wie eine Schneeflocke geformt.

Eva starrte sie an. Wenn sie eine so schöne Einladung bekommen hätte, hätte sie sie eingerahmt und an die Wand gehängt. Lucas hatte Glück, dass sie sich um seine Post kümmerte.

Der Ball fand in weniger als einer Woche statt. War es schon zu spät, um zu antworten? Nein. Lucas war ein VIP-

Gast. Sie würden einen Platz für ihn finden, egal, wie spät er reagierte.

Sie überflog, was in dem Schreiben stand. Die Einnahmen gingen an eine Wohltätigkeitsorganisation, die Therapiehunde für Senioren ausbildete. Ihr Herz schmolz dahin. Sie wusste, wie viele ältere Menschen einsam waren.

Aus einem Impuls heraus griff sie zum Telefon.

„Hallo, ich rufe im Namen von Lucas Blade an … Ja, ich arbeite für ihn“ *Das war keine Lüge, oder?* „Mr. Blade wird zum Schneeflockenball kommen. Genau, mit Begleitung. Den Namen werden wir Ihnen später mitteilen. Vielen Dank.“ Sie legte auf und überlegte, was passiert wäre, hätte sie seine Post nicht geöffnet.

Ihm wäre dieser Ball entgangen. Ein wichtiges gesellschaftliches Ereignis.

Er wäre so wütend auf sich gewesen.

Und nun würde er ihr so dankbar sein.

„Du hast *was* gemacht?“

„Ich habe im ‚Plaza‘ angerufen und gesagt, dass du auf den Schneeflockenball kommst. Das soll dir eine Lehre sein, deine Post nicht zu öffnen. Beinahe hättest du ihn verpasst.“

„Eva …“ Lucas’ Stimme klang gepresst vor Wut, auch wenn er wusste, dass es falsch von ihm war, es an ihr auszulassen. „Ich werde nicht auf den Ball gehen.“ Allein beim Gedanke daran wurde ihm übel. Wie immer sah Eva die Dinge anders. Sie hatte das Wort *Ball* gehört und an Sternenlicht und Romantik gedacht, während ihm nur allzu klar war, dass es ein Abend voll neugieriger Fragen und mitfühlender Blicke werden würde.

„Ich weiß, du hast viel zu tun, aber es wird toll, und es ist nur ein Abend. Ich habe ein Dutzend anderer Einladungen ausgeschlagen. Dies ist die Einzige, bei der ich zugesagt habe.“

„Das hättest du nicht tun dürfen!“

Sie erstarrte. „Aber du hast gesagt, ich soll mit deiner Post tun, was immer ich will. Außerdem kommen die Einnahmen des Balls einem guten Zweck zugute.“

„Wenn ich jeden guten Zweck unterstützen würde, für den ich um Spenden gebeten werde, würde ich niemals irgendwas schaffen und wäre außerdem pleite.“

„Aber du bist nicht pleite. Und wir sprechen nicht über *jeden* guten Zweck, sondern nur über diesen. Es ist eine Organisation, die Therapiehunde für ältere Menschen ausbildet und …“

„Aber es ist nicht nur dieser eine, oder?“ Um sich von dem Ball abzulenken, überflog er die Briefe, die sie geschrieben und vor ihm ausgebreitet hatte. „Was ist das hier, zum Beispiel: Ich werde signierte Bücher zu Charity-Auktionen schicken? Was verleitet dich zur Annahme, ich hätte überhaupt so viele signierte Bücher?“

„Du hast sie geschrieben, also musst du doch Belege haben. Und vielleicht war ich da ein wenig großzügig bei der Antwort. Aber es ist weniger zeitaufwendig, als selbst zu der Auktion zu gehen. Außerdem hilfst du dadurch, Geld für Menschen zu sammeln, denen es weniger gut geht als dir. Ich dachte, das wäre der perfekte Kompromiss. Warum schreiben dir diese Leute überhaupt an deine Privatadresse? Wieso schicken sie ihre Anfragen nicht einfach an deinen Verlag?“

„Das tun sie“, entgegnete er müde. „Um die hier hätte sich mein Verlag auch kümmern sollen, aber sie haben eine neue Assistentin, die mir die Briefe geschickt hat. Hast du eine Ahnung, wie viele Einladungen Autoren bekommen? Wir können nicht alle annehmen, Eva.“

„Nein, nicht alle“, sagte sie. „Aber diese hier schon. Ich habe sie mir alle angeschaut. Da geht es immer um einen guten Zweck.“

„Gibt es irgendetwas, das du nicht für einen guten Zweck hältst?"

„Natürlich. Ich bin geschäftstüchtiger, als du denkst", plusterte sie sich auf. „Ich habe mir die Finanzen angeschaut und überprüft, welcher Prozentsatz der Spenden für das Projekt verwendet wird und was für Gehälter und Ähnliches ausgegeben wird. Diese hier haben die Prüfung bestanden. Du musst nur die Briefe unterschreiben, die Bücher signieren, und ich kümmere mich um den Rest."

Er beschloss, dass es schneller ging, sich zu ergeben, als mit ihr zu streiten. „Hast du mal darüber nachgedacht, für eine Hilfsorganisation zu arbeiten?", fragte er und griff nach dem Stift.

„Gott, ich wäre ein hoffnungsloser Fall. Ich würde die ganze Zeit nur heulen. Ich habe keine sonderlich dicke Haut. Krickel nicht so", fügte sie hinzu, als sie seine Unterschrift sah. „Die könnten denken, das ist nicht von dir."

Er unterschrieb mit einem übertriebenen Gekrakel. „Normalerweise schickt mein Verlag die einfach mit einer Kurznotiz raus."

„Ich finde das persönlicher. Sie werden die Briefe sehr zu schätzen wissen."

Er nahm einen davon in die Hand und las ihn laut vor: *„Ich hatte viel Freude beim Schreiben des Romans. Er gehört definitiv zu meinen Favoriten.* Jeder, der mich kennt, weiß, dass dieser Satz nicht von mir ist. Ich würde niemals zugeben, einen Favoriten zu haben."

„Warum nicht?"

„Weil das klingt, als fände ich meine anderen Bücher nicht so gut."

„Quatsch. Wenn ich sagte, dass ich eines meiner Lieblingsgerichte koche, gehst du doch auch nicht automatisch davon aus, dass die anderen Gerichte alle vergiftet sind, oder?"

Er las weiter. „*Ich sehe das genau wie Sie: Es ist eine Schande, dass diese warmherzige und bezaubernde Figur bereits im zweiten Kapitel sterben musste.*“ Er schaute verzweifelt auf. „Das kannst du nicht schreiben. Denn das sehe ich gar nicht so. Die Figur musste sterben.“

„Wieso? Hätte sie nicht einfach verletzt werden und sich nach ein paar Tagen im Krankenhaus wieder erholen können? Warum müssen alle deine Figuren immer *sterben*? Das ist fürchterlich deprimierend.“

Er senkte den Brief. „Sage ich dir, wie du kochen sollst? Schlage ich dir vor, das Ei länger in der Pfanne zu lassen oder noch ein paar Schokoladensplitter zu deinem Kuchenteig hinzuzugeben?“

„Nein.“

„Dann sag du mir nicht, wie ich meine Bücher schreiben soll.“ Er richtete den Blick wieder auf den Brief. „*Ich finde, dass Ihre Wohltätigkeitsorganisation Geld für einen ganz ausgezeichneten Zweck sammelt.* Das würde ich auch nie sagen. Ich werde bereits mit herzzerreißenden Geschichten über ausgezeichnete Zwecke überflutet.“

„Weshalb es umso wichtiger ist, dass deine Antwort persönlich klingt. Das werden sie zu schätzen wissen.“

„Und sie werden sich wieder und wieder an mich wenden.“ Er las weiter. „*Auch wenn es mir leider nicht möglich ist, Ihre Veranstaltung zu besuchen, freue ich mich, Ihnen anbei ein signiertes Buch für Ihre Auktion zu schicken. Ich wünsche Ihnen einen sehr erfolgreichen Abend und eine ebenso erfolgreiche Spendensammlung.* Du hast hinter meinen Namen zwei Küsse gesetzt. Und dann hast du auch noch darum gebeten, dass die Leute mit mir in Verbindung bleiben.“

„Die Küsse waren ein Scherz. Sie sollten dich zum Lachen bringen.“ Sie riss ihm den Brief aus der Hand, und er verspürte einen Anflug von Schuldgefühlen.

„Wenn ich mit Küssen unterschreibe, werden meine Social-Media-Accounts von Leserinnen geflutet, die mich heiraten wollen."

„Sei nicht albern. Du bist Furcht einflößend, wenn du schlecht gelaunt bist."

„Weil ich nicht auf einen Ball gehen will, der mir schlechte Laune macht?"

„Woher sollte ich wissen, dass du nicht gehen willst? Das ist ein besonderer Ball. Das Thema ist Winter – mit Schneeflocken und Weihnachtsbäumen. Lametta." Sie betrachtete versonnen die Einladung. „Ich würde töten, um dahin zu gehen. Oh, das ist eine ganz neue Motivation für eine Mörderin; an die hast du bestimmt noch nicht gedacht."

„Aber du bist nicht diejenige, die geht, sondern ich. Und nur deinetwegen."

„Du kannst dich nicht über die gesamten Feiertage in deiner Wohnung einsperren."

„Du fängst an, wie meine Großmutter zu klingen."

„Ich finde zufällig, dass sie in einigen Dingen recht hat. Nicht, was die Sache mit dem Verkuppeln betrifft", fügte sie eilig hinzu. „Das funktioniert nie. Aber damit, dass du langsam anfangen solltest, wieder auszugehen."

„Als Nächstes wirst du mir noch erzählen, dass es lang genug her ist." Die Worte waren mehr ein Knurren, und sie sah ihn ruhig an.

„Wir wissen beide, dass ich das nicht sagen werde. Du bist nicht der Einzige, der trauert, Lucas. Du hast nicht das Monopol auf diese Art von Schmerz. Nur weil einige Menschen wollen, dass du ab und zu mal rauskommst, heißt das nicht, dass sie denken, du solltest inzwischen ‚darüber hinweg sein'. Vielleicht würdest du dich einfach besser fühlen, wenn du mal ausgehst."

„Vielleicht würde ich mich aber auch tausendmal schlimmer fühlen. Denn eins ist klar: Nichts von dem, was ich fühle, kann durch den Besuch eines Balls ‚geheilt' werden. Wenn du in einer Fantasiewelt leben willst, nur zu, aber erwarte nicht, dass ich dir dort Gesellschaft leiste."

„Das will ich auch gar nicht. In meiner Fantasiewelt gibt es keine Zyniker." Sie nahm ihre Tasche und begann, ihre Sachen hineinzustopfen. „Du solltest zu diesem Ball gehen, Lucas."

„Warum? Weil die Chance besteht, dass ich jemanden kennenlerne, mich verliebe und bis an mein Lebensende glücklich werde? Wolltest du das sagen?"

„Ich wollte sagen, dass schreckliche Dinge nun mal passieren. Leider bleibt uns nichts anderes übrig, als so gut es geht weiterzumachen." Sie ließ ihre Tasche zuschnappen. „Aber dich einzusperren ist das Gegenteil von weitermachen, Lucas. In diesem Punkt hat deine Großmutter recht, du versteckst dich. Du solltest auf den Ball gehen. Das wird bestimmt ein wundervoller Abend."

„Ruf sie an und sag ihnen, dass ich nicht komme."

„Das werde ich nicht tun."

„Du hast hier eine Grenze überschritten." Er hörte die Kälte in seinen Worten, konnte jedoch nichts dagegen tun. „Ich dulde keine Einmischung von meiner Familie, also werde ich ganz sicher keine Einmischung von einer Fremden dulden."

In ihren Augen blitzte Schmerz auf. „Okay, vermutlich habe ich gerade eine Grenze überschritten, und das tut mir leid. Aber ich werde nicht anrufen", erwiderte sie. Sie legte die Einladungen wieder auf den Tisch. „Wenn du nicht hingehen willst, wirst du selbst dort anrufen müssen." Damit wandte sie sich ab und ging die Treppe hinauf.

Lucas fluchte unterdrückt und fuhr sich mit der Hand über den Nacken. Er fühlte sich, als hätte er einen Welpen getreten.

Was war eigentlich los mit ihm?

Er reizte sie absichtlich, um zu sehen, wie weit er es treiben konnte. Doch er wusste nicht, warum. Er wusste nur, sie hier zu haben, machte ihn nervös, und über Schneeflockenbälle und Happy Ends nachzudenken, machte ihn noch nervöser.

Erneut hörte er das Geräusch ihrer Schritte auf der Treppe und schaute auf, um sie mit dem Rucksack in der Hand vor sich stehen zu sehen.

Ein Schock durchfuhr ihn. „Du gehst?"

„Ich habe die Anweisungen für das Essen auf dem Notizblock neben dem Kühlschrank hinterlassen." Ihr Ton war formell, und sie sah ihm nicht in die Augen. „Wenn du noch irgendwelche Fragen hast, kannst du bei Urban Genie im Büro anrufen. Die Nummer steht ebenfalls auf dem Block."

Er fragte sich, wie etwas so Kleines und Zerbrechliches in so kurzer Zeit so viel Chaos in seinem Leben hatte anrichten können.

„Ich werde nicht auf den Ball gehen, Eva, und wenn du jetzt gehst, wird das nichts daran ändern."

„Das hast du bereits gesagt. Außerdem hast du klargemacht, dass du meine Hilfe nicht willst, also gehe ich. Es ist schlecht für mein emotionales Wohlbefinden, mich mit Menschen zu umgeben, die wütend sind – vor allem, wenn sie wütend auf mich sind. Ich will weder ein Magengeschwür noch Arterienverhärtungen kriegen, also verschwinde ich, solange ich noch gesund bin."

Ihre Worte verstärkten sein Schuldgefühl, und er kam sich wie ein Idiot vor. „Stell die Tasche ab. Du kannst nicht gehen. Es schneit immer noch."

„Ich mag Schnee wesentlich lieber, als angebrüllt zu werden. Und wenn ich nicht das Recht habe, mir Sorgen um dich zu machen, dann hast du auch nicht das Recht, dir Sorgen darüber zu machen, was mit mir passiert. Die Verkehrssperrung wurde aufgehoben, und ich habe hier alles erledigt, wofür ich hergekommen bin.“

In Wahrheit hatte sie viel mehr getan. Nur ihretwegen schrieb er wieder. Nur ihretwegen hatte er einen Plot, eine Hauptfigur und eine Idee, die stark genug war, um die Geschichte bis zum Ende zu tragen.

Der Korkenzieher der Schuld drehte sich ein wenig tiefer in ihn hinein.

Er wusste, er sollte ihr danken oder sich wenigstens entschuldigen, aber die Worte steckten in seiner Kehle fest. Die ganze Situation war, als würden sie beide auf Treibsand gehen. Es wäre so leicht, sich hinunterziehen zu lassen.

„Eva …“

„Viel Glück mit dem Buch. Und versuche, dir von den düsteren Sachen, über die du schreibst, nicht den Blick auf die Welt verdunkeln zu lassen. Du scheinst zu denken, dass es im menschlichen Zusammenleben nur um Manipulation oder um Einmischung geht. Aber manchmal liegt den Menschen einfach nur etwas an dem anderen. Hab ein schönes Weihnachtsfest, Lucas.“ Sie setzte sich die Mütze auf, schulterte ihren Rucksack und ging in Richtung Tür.

Er streckte die Hand aus, um sie aufzuhalten, dann zog er sie wieder zurück. Was sollte er sagen? *Geh nicht.*

Es wäre besser für sie beide, wenn sie tatsächlich ginge.

Er könnte sein Buch in Ruhe und Frieden zu Ende schreiben. Er könnte ihre sanften Kurven und ihr süßes Lächeln vergessen, ihren verflixten Optimismus und die Art, wie sie sang, wenn sie kochte.

Er könnte sich einhundertprozentig auf sein Buch konzentrieren.

Was genau das war, was er wollte, oder?

8. Kapitel

Jeder von uns hat Ballast. Aber wenn du durchs
Leben reist, nimm besser nur Handgepäck mit.

– Frankie

Mary Eleanor Blade – von ihren Freunden auch Mitzy genannt – saß in dem Queen-Anne-Ohrensessel, der ein Geschenk von ihrem Sohn gewesen war.

Der Sessel stand so vor dem Fenster, dass Mitzy den besten Ausblick hatte. Im Moment jedoch schaute sie nicht nach draußen, sondern sah ihren Enkel an.

Sie mochte neunzig sein, aber trotzdem erkannte sie einen attraktiven Mann, wenn sie ihn sah. Und Lucas war definitiv attraktiv.

Er hatte die Schönheit seiner Mutter und die Kraft seines Vaters geerbt. Er war beinahe eins fünfundneunzig groß, und sein gutes Aussehen in Verbindung mit einer Aura der Stärke hatte ihm zahlreiche weibliche Fans verschafft, die vermutlich keines seiner Bücher je aufgeschlagen hatten.

Mitzy verspürte einen Anflug von Neid, als sie sein dunkles, glänzendes Haar bewunderte. Sie hatte schon lange Frieden mit ihrem glatten, eleganten grauen Bob geschlossen, erinnerte sich aber noch gut an die Zeit, als ihre Haare ebenso schwarz gewesen waren wie seine.

Ein Frauenmagazin hatte ihn einmal als perfekt beschrieben, aber Mitzy wusste es besser. Er war klug und hatte einen scharfen Sinn für Humor. Doch er hatte auch ein hitziges Temperament und eine fokussierte Herangehensweise ans Leben, die manche Menschen als rücksichtslos bezeichneten.

Mitzy sah das nicht so. Sie wusste, dass Lucas nicht rücksichtslos, sondern getrieben war. Und was sollte daran falsch sein? Wer war schon perfekt? Ihr war Perfektionismus immer suspekt gewesen. Sie und Robert waren sechzig Jahre lang verheiratet gewesen, und sie hatte seine Fehler ebenso geliebt wie seine Stärken. Lucas war genauso. Er war interessant. Aber er hatte auch ein paar Probleme, und das wollte sie dringend ändern. Seine Mutter, ihre Schwiegertochter, hätte ihr jetzt geraten, sich zurückzuhalten und ihn seinen eigenen Weg gehen zu lassen. Aber Mitzy fand, wenn man mit neunzig nicht versuchen durfte, Dinge zu reparieren, dann hatte es keinen großen Sinn mehr, hier zu sein. Und das Gute an ihrem Alter war, dass die Menschen nachsichtiger mit ihren Einmischungen waren. Sie fanden sie bezaubernd exzentrisch. Mitzy spielte diese Karte voll aus, auch wenn ihr Gehirn noch so scharf war wie mit zwanzig. Wenn ihre Einmischung jemandem half, den sie liebte, dann mischte sie sich ein. Das verlieh ihrem Leben einen Sinn.

„Wie war Vermont?“, fragte sie wie nebenbei, wusste aber von dem finsteren Blick, den er ihr zuwarf, dass sie sich mehr bemühen musste, wenn sie unschuldig wirken wollte.

„Wir wissen beide, dass ich nicht in Vermont war.“

„Warst du nicht?“

„Gram …“ Seine Stimme klang ungeduldig. „Sparen wir uns den Mist.“

Sie blinzelte. „Du bist Schriftsteller, Lucas. Ich hätte gedacht, dass du einen eloquenteren Ausdruck finden könntest.“

„Das könnte ich, aber nichts beschreibt besser, was hier los ist. Warum hast du das getan?“

Er überragte sie, aber sie war schon zu lange auf der Welt, um sich von jemandem einschüchtern zu lassen, schon gar nicht von ihrem eigenen Enkel. Sie war während des Krieges Krankenwagen gefahren. Es bedurfte schon etwas mehr als eines düsteren Blicks von Lucas, damit sie die Nerven verlor.

„Warum habe ich was getan? Möchtest du einen Tee? Ich habe eine neue Sorte entdeckt, die einfach köstlich ist."

„Ich will keinen Tee. Was ich will", sagte er angespannt, „ist zu verstehen, warum du jemanden wie Eva in deine Pläne verwickeln musstest. Was hast du dir dabei gedacht?"

„Ich dachte, dass du etwas essen musst. Und Eva ist eine ausgezeichnete Köchin, wie du hoffentlich bemerkt hast." Sie hielt den Kopf gesenkt und schenkte Tee ein, wobei sie den Drang unterdrückte zu lächeln.

Wenn sie jetzt lächelte, war alles verloren.

„Hältst du mich für dumm, Gram?"

„Nein, das tue ich nicht." Sie hielt ihn für sehr leidenschaftlich, und sie liebte leidenschaftliche Männer. Robert war genauso gewesen. „Du bist stur, und ab und zu irrst du dich, aber dumm bist du auf keinen Fall."

„Wir wissen beide, dass du Eva nicht wegen ihrer Kochkünste zu mir geschickt hast. Wir wissen auch, was du dir von dieser Aktion erhofft hast. Aber dein Wunsch hat sich nicht erfüllt. Ich habe sie nicht angerührt."

Dann bist du ein ziemlicher Dummkopf, dachte Mitzy, behielt den Gedanken aber für sich.

„Das freut mich zu hören. Ich habe das Mädchen nicht rübergeschickt, damit du sie belästigst. Ich hätte mich schrecklich gefühlt, wenn du das getan hättest."

Lucas schüttelte verärgert den Kopf. „Wir waren zusammen eingeschneit."

„Nein." Mitzy riss entsetzt die Augen auf und war innerlich höchst erfreut, dass der Wetterbericht sie nicht im Stich gelassen hatte. „Wie *furchtbar* für sie."

„Für *sie*?"

„Mit dir und deinen düsteren Stimmungen eingesperrt zu sein? Wir wissen beide, wie du bist, wenn du nicht schreiben kannst – wie ein Bär mit Kopfschmerzen. Du meine Güte …" Sie rieb sich dramatisch über das Brustbein. „Ich hoffe, ich habe nicht das Falsche getan. Ich dachte, es würde ihr gut gehen. Ich habe nicht einmal damit gerechnet, dass sie dich zu Gesicht bekommt."

„Warum reibst du dir die Brust, Gram? Hast du Schmerzen? Kann ich dir etwas holen? Jemanden anrufen?" Die Sorge in seiner Stimme wärmte ihr Herz.

Unter dieser düsteren Oberfläche war er ein guter Junge. „Ich bin ein wenig angespannt, das ist alles. Ich hoffe, du warst nicht unhöflich, Lucas." Sie sah etwas wie einen Anflug von Schuldgefühlen über sein Gesicht huschen. Eine kleine Pause entstand, bevor er antwortete.

„Ich war nicht wirklich unhöflich."

Mitzy hörte auf, sich die Brust zu reiben. „Du *warst* unhöflich?"

„Wir sind nicht gerade im Besten auseinandergegangen." Seine Stimme klang angespannt, und sie fragte sich, ob die aufbrausende Natur ihres Enkels womöglich selbst für die bezaubernde Eva zu viel gewesen war.

„Wenn du dem Mädchen auf irgendeine Weise wehgetan hast, Lucas, wirst du entdecken, dass auch meine Geduld einmal ein Ende hat. Eva ist eine gute Freundin für mich geworden. Ich kann mir nicht vorstellen, sie nicht mehr in meinem Leben zu haben." Das war vermutlich die ehrlichste Aussage, die sie getätigt hatte, seitdem er ihre Wohnung betreten hatte.

„Was treibt sie überhaupt in deinem Leben? Hast du dich

jemals gefragt, warum eine junge Frau ihres Alters …" Er brach ab, und sie hob eine Augenbraue.

„Warum sie was? Ihre Freizeit mit einer alten langweiligen Schachtel wie mir verbringen will? Wolltest du das sagen?"

Männer können so taktlos sein, dachte sie. Es war ein Wunder, dass die menschliche Rasse noch nicht ausgestorben war.

„Das wollte ich nicht sagen. Du bist der interessanteste Mensch, den ich kenne. Aber du musst zugeben, dass es schon ein ungewöhnlicher Zeitvertreib für eine junge, attraktive Frau ist."

Er fand Eva attraktiv.

Also hatte sie recht gehabt.

„Nur du findest es seltsam, dass zwei Menschen gerne ihre Zeit miteinander verbringen. Weil du nämlich hinter allem und jedem niedere Beweggründe vermutest. Deine Fantasie hat dir vielleicht ein Vermögen als Schriftsteller eingebracht, Lucas, aber in der echten Welt leistet sie dir schlechte Dienste. Wenn Eva arbeitet, bezahle ich sie, aber manchmal kommt sie nach der Arbeit aus eigenem Antrieb vorbei. Sie backt mir Kuchen und geht mit Peanut spazieren, wenn ich es an diesem Tag noch nicht geschafft habe."

„Und du fragst dich nicht, warum sie das tut?"

Weil sie einsam ist.

Mitzy behielt ihren ruhigen Tonfall bei. „Findest du meine Gesellschaft derart langweilig, dass du dir nicht vorstellen kannst, warum ein anderer daran interessiert sein könnte? Wie gut, dass mein Ego mindestens so robust ist wie deins."

Dunkle Röte stieg ihm in die Wangen. „Du missverstehst mich absichtlich."

„Wenn du die Frage stellen musst, hast du offensichtlich nicht viel Zeit damit verbracht, dich mit Eva zu unterhalten."

„Wir haben uns unterhalten."

„Dann musst du vielleicht an deinen Fähigkeiten als Zuhörer arbeiten."

„Meine Fähigkeiten als Zuhörer sind …" Er seufzte. „Worauf willst du hinaus? Was ist mir entgangen?"

„Du bist der Autor mit den tiefen Einblicken in die menschliche Natur. Nichts liegt mir ferner, als dir zu sagen, wie du jemanden näher kennenlernen kannst. Seid ihr deshalb nicht im Besten auseinandergegangen? Hast du nur an dich gedacht? Was hast du getan?"

„Ich habe gar nichts getan", sagte er genervt. „Und sie ist übrigens robuster, als sie aussieht. Wir waren nicht einer Meinung, das ist alles."

Da sie wusste, wie sensibel Eva war, wusste Mitzy auch, dass ein paar scharfe Worte ihres Enkels ausgereicht hatten, um sie zu verletzen.

„Was hat sie denn Fürchterliches gemacht?"

„Sie hat in meinem Namen eine Einladung zum Schneeflockenball im ‚Plaza' angenommen, ohne mich vorher zu fragen."

Mitzy schaute ihn lange an. „Das ist wirklich ein abscheuliches Verbrechen."

„Deinen Sarkasmus kann ich nicht gebrauchen, Gram."

„Deinen Ärger konnte Eva vermutlich auch nicht gebrauchen." Es nervte sie, wenn sie nur daran dachte.

„Versuchst du, mir Schuldgefühle zu machen?"

„Nein. Wenn du der Mann bist, als den ich dich kenne, hast du die bereits zur Genüge." Als sie sah, wie er die Finger in seinen Haaren vergrub, hatte sie beinahe Mitleid mit ihm. Er sah so sehr aus wie der kleine Junge, der einst das letzte Stück Schokoladentorte aus ihrer Küche gestohlen hatte.

Sie wusste, er hatte ein gutes Herz, aber dieses Herz war so sehr verletzt worden, so beschädigt, dass er nicht wagte, irgendjemanden in die Nähe zu lassen.

Er dachte, sie wüsste nicht, wie er sich fühlte, doch das tat sie.

Sie wusste es ganz genau, und ihr Herz schmerzte für ihn. Sie hatte darauf gewartet, dass er darüber sprechen würde, aber das hatte er nie getan. Sie fragte sich, ob er jemals irgendjemandem erzählt hat, wie er sich nach Sallyannes Tod gefühlt hatte. Vermutlich nicht.

„Und jetzt ist sie weg. Was vermutlich genau das ist, was du wolltest. Also – wo ist das Problem?"

Er massierte sich den Nacken. „Sie muss zurückkommen."

Mitzys Herz schlug schneller, aber sie behielt eine neutrale Miene bei. „Wenn du sie weggeschickt hast, warum willst du dann, dass sie zurückkehrt?"

„Ich brauche sie einfach. Du musst mir nur ihre Privatadresse geben."

Mitzy konnte sich nicht erinnern, ihn jemals so verzweifelt gehört zu haben. Beinahe hatte sie Mitleid. Doch dann dachte sie an die süße, liebe Eva. „Ich bin mir nicht sicher, ob ich die habe. Oder vielleicht doch, und ich habe es nur vergessen. Du kennst ja mein Gedächtnis."

„Dein Gedächtnis ist perfekt, Gram."

Sie gab ein undefinierbares Geräusch von sich. „Könntest du mir meine Lesebrille und mein Smartphone geben?"

Lucas fand beides auf dem Klavier und reichte es ihr. „Du hast doch sonst immer ein Adressbuch gehabt."

„Eva hat mir gezeigt, wie man in diesem wundervollen Telefon die Kontaktliste benutzt." Sollte sie helfen? Wenn sie sich irrte und es nicht lief wie geplant, könnten zwei Menschen, die ihr sehr am Herzen lagen, verletzt werden.

Er streckte seine Hand aus. „Soll ich mal nachgucken?"

„Nein. Du könntest einen Knopf drücken oder sonst irgendetwas Cleveres tun, und ich werde meine Telefonnummern nie wiederfinden."

„Gram …“

„Wozu brauchst du überhaupt ihre Privatadresse?“

„Weil es …“ Er hielt kurz inne und atmete schwer aus. „Etwas Persönliches ist. Das man besser von Angesicht zu Angesicht bespricht.“

„Etwas Persönliches?“ Oh, das war perfekt. Warum behaupteten die Leute eigentlich immer, dass es schlecht war, sich einzumischen? „Ich hatte, wie du weißt, nie eine Enkeltochter, und ich hätte so gern eine gehabt. Ich bin nur von Männern umgeben.“ *Männer, die unweigerlich das Falsche sagen.* „Eva füllt diesen Platz in meinem Herzen. Warum ist es persönlich? Nimmst du sie mit auf diesen Ball?“

Er sah sie beinahe erschüttert an. „Nein. Ich werde im ‚Plaza‘ anrufen und absagen.“

Mitzy blickte auf ihr Handy und dachte scharf nach. „Tut mir leid. Ich habe ihre Adresse nicht.“

Er schnaubte verärgert. „Es war nie die Rede davon, dass ich mit ihr auf den Ball gehen würde. Selbst Eva hat das nicht erwartet.“

„Vielleicht nicht, aber es ist immer nett, wenn ein Mann unsere Erwartungen übertrifft. Wenn du willst, dass ich ihre Adresse herausfinde, musst du versprechen, mit ihr auf den Ball zu gehen.“

„Ich lasse mich nicht erpressen.“

Mitzy legte das Smartphone beiseite. „Dann wirst du bei ihr im Büro anrufen müssen.“

„Ich habe dir doch gesagt, das ist nichts, worüber ich am Telefon sprechen will.“

„Dann wirst du sie im Büro *aufsuchen* müssen.“ Noch besser, dachte sie. Das Büro war nur ein großer Raum, und es bestand die Möglichkeit, dass er seine Rede vor Evas beiden Freundinnen halten musste – zwei der stärksten Frauen, die Mitzy je kennengelernt hatte. „Viel Glück, Lucas.“

„Ich werde nicht auf den Ball gehen, Gram."

Oh, der Junge war aber auch attraktiv. Attraktiv, stark und gut. Sicher, ein Teil von ihm war beschädigt, aber das konnte geheilt werden, dessen war sie sich sicher.

Ja. Eva war ein glückliches Mädchen, daran gab es keinen Zweifel.

Eva saß mit Paige und Frankie im Büro und versuchte, sich auf den Businessplan für das nächste Quartal zu konzentrieren. Leider verweigerte ihr Gehirn die Mitarbeit. Denn trotz des ganzen Geredes über Wachstum und Kundengewinne ließen sich ihre Gedanken nicht davon abhalten, einzig und allein um Lucas zu kreisen.

Ein Teil von ihr war immer noch verletzt und beleidigt. Um Himmels willen, sie hatte es doch nur gut gemeint. Sie hatte tatsächlich geglaubt, dass zwischen ihnen eine gewisse Nähe bestand, doch dann hatte er sie von sich gestoßen und deutlich gemacht, dass diese Nähe einzig in ihrem Kopf existierte.

Trotzdem konnte sie nicht aufhören, sich Sorgen zu machen. Sie hatte nicht widerstehen können und im Internet über ihn recherchiert. Was sie dort gelesen hatte, hatte ihre Wut schnell verpuffen lassen. Wie sich herausgestellt hatte, war der Tag, an dem sie in seiner Wohnung aufgetaucht war, der Todestag seiner Frau gewesen.

Er hatte sich wie ein verletztes Tier versteckt, und sie hatte ihn gestört.

Genau in dem Moment, als er mit seinem Schmerz allein sein wollte, war sie aufgetaucht.

Was machte er gerade? Hatte er sein Büro schon mal wieder verlassen? Was, wenn er sich gar nicht die Mühe machte, die Mahlzeiten zu essen, die sie vorbereitet hatte? Ihr Herz schmerzte bei dem Gedanken daran, wie er ganz alleine in seinem Apartment saß.

„Ev, hörst du zu?"

Sie zuckte schuldbewusst zusammen. „Natürlich."

„Du siehst aber nicht so aus." Frankie drückte einen Stressball, der wie eine Coladose geformt war.

Eva zwang sich, sich zu konzentrieren. „Okay, ich werde eine Liste der besten Hochzeitsplaner erstellen und Kontakt mit ihnen aufnehmen."

„Damit wäre das Neugeschäft besprochen." Paige schloss die Mappe. „Gibt es bei den aktuellen Aufträgen irgendetwas, worüber wir reden müssten?"

Wer würde ihn überzeugen, die Wohnung auch mal zu verlassen? Soweit sie wusste, hatte nicht einmal seine Großmutter eine Ahnung, dass er wieder da war.

Etwas schlug sanft an ihre Stirn. Sie schaute auf und sah Frankie grinsend und mit erhobener Hand vor sich sitzen.

„Hast du mir gerade deinen Stressball an den Kopf geworfen?"

„Ganz genau. Das Tolle daran, eine eigene Firma zu haben, ist, dass wir uns so kindisch benehmen können, wie wir wollen, und uns niemand dafür feuern kann. Was ist in deinem Kopf los?"

„Nichts. Und noch weniger, seitdem du mir das Ding gegen die Stirn geworfen hast." Eva zwang sich erneut, sich zu konzentrieren. „Für Lauras Verlobung ist alles vorbereitet. Ich habe euch den Plan gemailt."

„Ja, habe ich gesehen. Er ist ausgezeichnet. Der perfekte Weihnachtsantrag. Ich beneide Laura. Das wird ein Tag, an den sie sich für den Rest ihres Lebens erinnern wird." Paige warf Eva einen dankbaren Blick zu. „Ich kann nicht glauben, dass du das alles in so kurzer Zeit organisiert hast. Du bist so gut darin, Dinge für andere Leute zu regeln."

Für andere Leute, dachte Eva, aber niemals für mich.

Und bei Lucas hatte sie ebenfalls nichts regeln können.

Sie hatte seinen Kühlschrank aufgefüllt und seine Wohnung geschmückt, aber er versteckte sich immer noch vor der Welt.

„Wir sollten vermutlich ‚Dating-Agentur' auf unsere Liste setzen", sagte Frankie und sammelte ihren Stressball wieder ein. „Erinnert ihr euch noch, als wir für Cynthia gearbeitet haben?"

Paige runzelte die Stirn. „Ich versuche, das zu vergessen."

„Sie schien zu denken, wenn man bei der Arbeit Spaß hat, arbeitet man nicht hart genug." Frankie lehnte sich zurück, legte die Füße auf den Tisch und grinste. „Und hier sitzen wir nun, arbeiten hart *und* haben Spaß. Also komm schon, Eva, die harte Arbeit ist erledigt, und jetzt will ich die Wahrheit darüber hören, warum du so abgelenkt bist. Erzähl uns von deiner Zeit mit Lucas Blade. Hast du ein paar signierte Bücher mitgehen lassen? Hat er wie ein Verrückter gearbeitet? Ich kann es kaum erwarten, sein nächstes Buch in die Hände zu kriegen."

Eva erzählte ihren Freundinnen eine etwas überarbeitete Version ihrer Zeit mit Lucas, wobei sie seine Schreibblockade ausließ. Das war sein Geheimnis. Es stand ihr nicht zu, den anderen davon zu erzählen.

„Ich habe meine Zeit in seiner Küche verbracht", erzählte sie wahrheitsgemäß. „Und er war in seinem Büro."

„Habt ihr getrennt gegessen?"

„Wir haben zusammen zu Abend gegessen."

„Also müsst ihr euch doch über irgendetwas unterhalten haben."

„Nicht wirklich." Eva blieb absichtlich vage, und Frankie und Paige tauschten einen Blick.

„Ev", sagte Frankie geduldig. „Wir reden hier über dich. Du hältst keine fünf Sekunden durch, ohne irgendetwas zu sagen. Erinnerst du dich noch an die Aktion, damals in der

Schule, als wir durch Schweigen Spenden gesammelt haben? Du hast nicht einen einzigen Cent geschafft."

Eva spürte, wie sie errötete. „Wir haben nur über Belanglosigkeiten geredet. Ich erinnere mich schon gar nicht mehr daran, worüber."

Paige legte ihren Stift weg und warf ihr einen verständnisvollen Blick zu. „Du magst ihn, oder?"

Frankie runzelte die Stirn. „Natürlich mag sie ihn nicht. Er hat sie angeschrien!"

„Das war meine Schuld", sagte Eva. „Ich hätte die Einladung nicht annehmen dürfen, ohne ihn zu fragen."

„Wieso bist du nur mit diesem Spezial-Gen fürs Verzeihen geboren worden?" Frankie schwang die Beine vom Tisch. „Der Kerl war unhöflich. Du hättest ihm eine reinhauen und dann gehen sollen."

„Sie ist doch gegangen", sagte Paige, und Eva verspürte einen Stich des Bedauerns.

„Ich habe den Auftrag erledigt." Aber sie hätte eine Ausrede finden können, um länger zu bleiben, und ein Teil von ihr wünschte, sie hätte es getan. Wie konnte man jemanden vermissen, den man erst seit ein paar Tagen kannte? „Er ist verletzt. Er hat die Liebe seines Lebens verloren. Sie haben sich kennengelernt, als sie beide noch Kinder waren."

„Woher weißt du das?"

Eva spürte, dass ihre Wangen brannten. „Ich weiß es einfach." Sie hatte ihren Freundinnen nicht erzählt, dass sie die Berichte in den Medien gelesen hatte. Seine Frau war auf dem Eis ausgerutscht, als sie gerade in ein Taxi steigen wollte. Durch den Unfall hatte sie eine massive Kopfverletzung bekommen und war nie mehr aus dem Koma aufgewacht. Es war nur wenige Wochen vor Weihnachten passiert.

Jetzt verstand sie, warum er an dem Abend nicht gewollt hatte, dass sie ging. Warum er auf das Wetter hinausgestarrt hatte, als wäre es etwas Abscheuliches. Und sie hatte diese ganzen idiotischen Kommentare über die Magie des Schnees von sich gegeben.

„Er hat deutlich gemacht, dass er nirgendwo hingehen will. Ich habe die Entscheidung für ihn getroffen, und das war falsch. Ich hasse es ja auch, wenn andere Menschen das bei mir tun."

Frankie sah sie nachdenklich an. „Steckt da mehr dahinter als dein weiches Marshmallow-Herz?"

„Was? Nein. Natürlich nicht." Eva spürte, wie die Hitze an ihrem Hals begann und langsam in ihr Gesicht kroch. „Er hatte eine schreckliche Zeit, das ist alles."

„Also ist das Mitleid, was wir hier sehen?" Frankie bedachte sie mit einem langen Blick. „Komm schon, Ev. Sag uns die Wahrheit. Paige hat recht. Du hast ihn gemocht, oder nicht?"

Sie gab es auf, ihnen etwas vorzuspielen. „Ja, ich habe ihn gemocht. Er war klug und sehr interessant."

„Ich dachte, ihr hättet nicht miteinander geredet?"

Paige unterdrückte ein Lächeln und kehrte an ihren Schreibtisch zurück. „Lass dem Mädchen ihre Geheimnisse, Frankie."

„Nein, das werde ich nicht tun. Eva sehnt sich nach Liebe, was sie verletzlich macht. Es ist meine Aufgabe, jeden Mann zu überprüfen, in den sie sich verliebt."

„Ich bin nicht verliebt!" Doch Evas Protest wurde ignoriert.

„Ich werde auch jeden Mann überprüfen, den du einfach nur sexy findest. Du neigst nämlich dazu, dich sofort zu verlieben, wenn du mit einem Mann schläfst."

„Das stimmt gar nicht!"

Frankie wackelte mit den Augenbrauen. „Also findest du ihn sexy? Wenn er nur ansatzweise so aussieht wie auf dem Autorenfoto, wäre es mir schwergefallen, ihm nicht die Klamotten vom Leib zu reißen."

Eva erinnerte sich an diesen atemberaubenden Moment in der Dunkelheit, als sie geglaubt hatte, er würde sie küssen.

Das war vermutlich nur ein Produkt ihrer überaktiven Fantasie gewesen. Die Chemie zwischen ihnen hatte sie beinahe bei lebendigem Leibe verbrannt. Noch nie in ihrem Leben hatte sie einen Mann so sehr gewollt. Sie hatte sich zurückgezogen, bevor sie sich zu etwas Dummem hatte hinreißen lassen. Sie konnte sich nur zu gut vorstellen, was er gesagt hätte, wenn sie ihn gepackt und einfach geküsst hätte.

„*So* heiß ist er im echten Leben gar nicht. Du weißt doch, wie das ist", log sie. „Mit Photoshop kann jeder heiß aussehen. Ein Mann sieht anders aus, wenn er sich nicht rasiert hat."

„Sexy Stoppeln machen einige Männer noch heißer."

„Ihn nicht." Sie brach ab, als Lara, ihre Empfangsfrau, das Büro betrat.

„Wir haben ein Dutzend Anfragen über die App erhalten", sagte sie an die drei gewandt. „Um die leichten habe ich mich schon gekümmert, die anderen habe ich an dich weitergeleitet, Paige. In deinem E-Mail-Eingang findest du einen ausführlichen Bericht. Wir erhalten immer mehr Anfragen von Leuten, die jemanden brauchen, der ihre Hunde ausführt. Vor allem ältere Menschen, die bei dem Wetter nicht rausgehen wollen oder können."

Paige war sofort wieder ganz geschäftsmäßig, und Lucas war vergessen. „Sind es mehr Anfragen, als die Bark Ranger annehmen können? Muss ich mir Gedanken darüber machen, weitere Anbieter zu finden?"

„Noch nicht. Die Rangers überlegen, noch jemanden einzustellen. Ich habe gestern mit Fliss gesprochen." Lara stellte eine Dose Cola light auf Frankies Tisch und einen Becher mit Kaffee vor Paige. „Für dich habe ich nichts, Eva, weil du dir ja schon einen grünen Tee gemacht und gesagt hast, du wärst … Oh Mist.“ Sie brach ab und starrte durch die gläserne Wand des Büros.

„Ich bin ganz sicher kein Mist“, gab Eva beherzt zurück und merkte erst dann, dass Lara gar nicht mehr auf sie achtete. „Was ist? Was starrst du da so an?“

„*Ihn*“, sagte Lara schwach. „Ich bin verheiratet und habe zwei Kinder. Ich sollte nicht einen Mann ansehen und ihn nackt ausziehen wollen.“

„Ach, träumen darf man“, sagte Paige. „Nur die Umsetzung dieser Träume könnte der guten Sache schaden.“ Sie schaute auf. „Ist das …?“

„Lucas Blade.“ Eva stieß vor Schreck ihren Teebecher um, und die Flüssigkeit breitete sich rasch auf ihrem Tisch auf und durchnässte alles, was in Reichweite lag.

„Ich schätze, das beantwortet unsere Frage, ob er so gut aussieht wie auf seinem Autorenfoto. Ich wollte sagen, gib dich ganz cool“, sagte Paige, „aber ich fürchte, dazu ist es zu spät.“ Sie stand auf, brachte Evas Laptop in Sicherheit und schnappte sich ein paar Servietten, die von einem Event übrig geblieben waren, um die Flut aufzuhalten.

„Wie war das noch mal, Ev? Er ist im echten Leben überhaupt nicht heiß.“ Frankie schaute durch die Glasscheibe zu dem Mann, der am Empfangstresen stand. „Nicht einmal warm. Und du hast völlig recht. Diese Bartstoppeln … das ist echt das Letzte.“

„Halt den Mund.“ Eva beugte sich vor und versuchte mit hochrotem Gesicht, das Chaos zu beseitigen, das sie auf ihrem Schreibtisch angerichtet hatte. „Was will er hier?“

„Ich weiß es nicht, aber ich denke, wir werden es gleich herausfinden, denn er ist auf dem Weg hierher.“ Paige warf die Servietten weg.

Frankie, die nie nervös wurde, sah erschreckend nervös aus. „Ich glaube, ich werde ohnmächtig."

„Du? Du bist doch Miss Cool. Und ich habe einen dicken feuchten Fleck auf meinem Rock. Ich sehe aus, als hätte ich mich eingenässt." Eva tupfte wirkungslos auf dem Stoff herum und machte es dadurch nur noch schlimmer. „Ich könnte mich unter dem Tisch verstecken, und ihr könntet sagen, dass ich nicht da bin."

„Bleib sitzen", befahl Frankie. „Normalerweise stehe ich ja nicht so auf Promis, aber wäre es sehr schlimm, wenn ich ihn um ein Selfie mit mir bitte? Ehrlich, ich kann nicht glauben, dass ich den Mann hinter den Büchern kennenlerne, die ich so liebe."

„Sein Gehirn ist ein seltsamer Ort", murmelte Eva. „Was will er überhaupt hier?" Ihr Herz raste. Ihre Hände zitterten ein wenig. „Sieht er wütend aus? Geht es um den Ball im Plaza? Vielleicht hat er versucht abzusagen, aber sie stellen ihm die Eintrittskarte trotzdem in Rechnung? Ich bin froh, dass er endlich mal seine Wohnung verlassen hat, aber ein Teil von mir wünscht, ich wäre nicht der Grund dafür."

„Wer sagt denn, dass du das bist? Es könnte eine Million Gründe dafür geben, warum er in Manhattan herumläuft. Beruhige dich." Paige erhob sich; ihr Lächeln war warm und professionell. „Mr. Blade. Ich wusste nicht, dass Sie einen Termin haben."

„Ich liebe Ihre Bücher!" Frankie stolperte über die Worte, und Lucas schenkte ihr ein Lächeln.

„Das ist schön zu wissen."

Frankie wühlte in ihrer Tasche und holte eines seiner Bücher heraus. „Ich schätze, Sie könnten nicht …"

„Du schleppst das mit dir herum?" Paige sah sie fassungslos an. „Bekommst du davon keine Rückenschmerzen?"

„Ich konnte es einfach nicht aus der Hand legen. Ich habe

es heimlich unter meinem Tisch gelesen, wenn du nicht hingeguckt hast."

„Ehrlich?" Paige verdrehte die Augen. „Nimm dir einen Lesetag oder so etwas und komm wieder, wenn du dich konzentrieren kannst."

„Sie möchten, dass ich es signiere?" Lucas streckte seine Hand nach dem Buch aus, und Frankie reichte es ihm mit verträumtem Blick. „Für Frankie, ja?"

„Ja. W…was auch immer Sie wollen."

Eva und Paige tauschten einen Blick.

Frankie stotterte?

Lucas unterschrieb und gab ihr das Buch zurück. „Mein Preis dafür sind fünf Minuten allein mit Eva."

Eva spürte, wie ihre Innereien die Konsistenz von geschmolzenem Schnee annahmen. Aber dann erinnerte sie sich daran, wie sie beide auseinandergegangen waren.

„Wenn es um den Schneeflockenball im ‚Plaza' geht …"

„Geht es nicht. Ich habe angerufen und gesagt, dass das ein Missverständnis war." Er atmete tief durch. „Können wir uns hier irgendwo ungestört unterhalten?"

Sie verspürte einen Anflug von Enttäuschung. Sie hatte gehofft, dass es ihm leichter fallen würde, auf dem Ball aufzutauchen, als ihn abzusagen.

„Was auch immer Sie sagen wollen, machen Sie das ruhig hier", sagte Paige freundlich, aber bestimmt. „Tun Sie so, als wären wir gar nicht da."

Er hielt Paiges Blick einen Moment lang fest, dann wandte er sich wieder an Eva. „Du musst zurückkommen."

„Wie bitte?"

„Du musst wieder in meine Wohnung zurückkommen."

„Warum? Hat der Tannenbaum all seine Nadeln fallen lassen?" Eva grub ihre Fingernägel in die Handflächen. „Oder gibt es ein Problem mit dem Essen, das ich vorbereitet habe?"

„Das Essen ist köstlich, und als ich das letzte Mal nachgeguckt habe, war der Baum noch intakt. Es ist ein toller Baum. Wenn man Weihnachtsbäume mag."

„Was du nicht tust."

Der Hauch eines Lächelns blitze an seinen Mundwinkeln auf. „Ich gewöhne mich langsam daran."

„Wenn es nicht der Baum und nicht das Essen ist, was brauchst du dann?"

„Ich brauche dich." Seine Stimme war ganz leise. „Ich brauche dich bei mir."

Sie war verwirrt. „In welcher Funktion?"

Es folgte ein angespanntes Schweigen. In Lucas' Wange zuckte ein Muskel. „Als Inspiration."

„Wie bitte?"

Er atmete tief ein. „Wie du weißt, hatte ich ein paar Probleme mit dem Schreiben ..."

„Ich dachte, die hättest du überwunden."

„Das dachte ich auch. Aber wie sich herausgestellt hat, konnte ich kein Wort mehr zu Papier bringen, seit du gegangen bist."

„Das verstehe ich nicht."

„Ich auch nicht." In seinen Augen schimmerte Frust. „Dich bei mir zu haben, mich mit dir zu unterhalten, hat mich auf Ideen gebracht. Diese Zeit im Jahr ist schwer für mich, und du warst eine Ablenkung."

„Du bittest mich, zurückzukommen und dich abzulenken? Ich weiß nichts über das Schreiben oder den Schreibprozess", sagte sie. „Ich sehe nicht, wie ich dir helfen könnte. Solltest du nicht mit deinem Lektor reden? Oder deinem Agenten? Falls du mit einem anderen Schriftsteller reden möchtest, könnte dir meine Freundin Matilda sicher auch weiterhelfen. Sie kann wahrscheinlich besser nachvollziehen als ich, was du gerade durchmachst."

„Vergiss es." Frankie winkte ab. „Matilda und Chase sind in der Karibik und machen Babys."

Lucas schüttelte den Kopf. „Ich brauche kein Mitgefühl. Ich brauche kreative Inspiration. Du hast mir die Idee für eine Figur in meinem Buch gegeben. Während du da warst, habe ich sie klar vor mir gesehen. Ich wusste, wie sie aussieht, wie sie sich benimmt. Als du gegangen bist, ist sie auch verschwunden."

„Ich bin eine Figur in deinem neuen Buch?" Wärme breitete sich in ihr aus. Sie konnte kaum atmen. „Du hast mich in deinem Buch verewigt?"

„Nicht speziell dich, aber gewisse Aspekte dieser Figur sind von dir inspiriert. Ich dachte, ich hätte genug, um das Buch zu Ende zu schreiben, aber das stimmt leider nicht. In dem Moment, in dem du gegangen bist, fiel mir das Schreiben wieder unendlich schwer."

Ihr Herz hämmerte. Er hatte an sie gedacht. *Ich komme in seinem Buch vor.* Nein, sie würde da nichts hineininterpretieren. Definitiv nicht. „Also bin ich die Inspiration für eine deiner Figuren."

Er zögerte. „Sozusagen. Lose."

„Ich bin noch nie zuvor in einem Buch gewesen, weder lose oder sonst wie." Sie war unglaublich geschmeichelt. Sie sagte sich, dass es nur das und nichts anderes war, das ihr Herz jubilieren ließ. „Ich fühle mich geehrt, aber ich kann nicht zurückkommen. Ich muss arbeiten. Ich bin der kreative Kopf dieser Firma, und wir haben unglaublich viel zu tun."

„Ich bezahle dich dafür." Er nannte eine Zahl, bei der Frankie sich an ihrem Getränk verschluckte.

„Es geht nicht nur ums Geld", sagte Paige ruhig. „Eva hat recht. Wir können bei Urban Genie nicht so einfach auf sie verzichten. Sie ist das kreative Gehirn, und die Kunden beten sie an. Sie fragen immer gezielt nach ihr. Selbst wenn wir einige ihrer Termine umorganisieren könnten, brauchen wir sie für Telefonkonferenzen. Wären Sie damit einverstanden, wenn sie die aus Ihrer Wohnung heraus führt?"

„Das zweite Gästezimmer lässt sich leicht in ein Büro verwandeln. Dort kann sie arbeiten."

„In dem Fall nenne ich Ihnen einen Preis." Paige tippte etwas in ihren Laptop ein. „Sie wollen sie bis Weihnachten? Das sind drei Wochen, und nicht nur die Tage, sondern auch die Nächte ..."

„Hey, das hier ist nicht *Pretty Woman*", protestierte Eva, aber Paige ignorierte sie und nannte eine Zahl, bei der Eva der Mund offen stehen blieb.

„Akzeptiert." Lucas zögerte nicht. „Sie sind eine harte Verhandlungspartnerin. Ich verstehe, warum Ihre Firma floriert."

Paige schenkte ihm ein kühles Lächeln. „Wir verlangen ein faires Honorar für unsere ausgezeichneten Dienste, und unsere Firma floriert, weil wir in dem, was wir tun, die Besten sind. Sie wollen Eva persönlich und in Vollzeit, und sie ist nicht billig."

Eva blinzelte. „Ich ..."

„Wie gesagt, wir haben einen Deal." Lucas stand breitbeinig da, die Arme vor der Brust verschränkt. Mehr männliche Attraktivität und arrogante Selbstsicherheit waren kaum noch möglich.

„Moment." Eva stand mit zitternden Beinen auf. Ja zu sagen würde bedeuten, dass alles nach Lucas' Willen lief. Schon aus Prinzip würde sie dafür sorgen, dass er sich ein wenig flexibel zeigen musste. „Wenn ich das für dich tue, musst du auch etwas für mich tun."

Er hob eine dunkle Augenbraue. „Von dem Geld, das ich euch dafür bezahle, könntest du dir einen kleinen italienischen Sportwagen kaufen."

„Ich will keinen Sportwagen."

Sein Blick verfing sich mit ihrem, und die Luft zwischen ihnen knisterte förmlich vor Spannung. „Was willst du dann von mir?", fragte er leise. In seinem Blick lag eine Intimität, die ihr Herz heftig gegen ihre Rippen schlagen ließ.

„Ich will, dass du auf den Schneeflockenball gehst."

Es folgte ein langes, aufgeladenes Schweigen.

Seine Miene war unlesbar. „Wieso interessiert es dich so sehr, ob ich auf den verdammten Ball gehe oder nicht?"

„Weil *ich* hingehen will. Du wirst mich mitnehmen."

Wenigstens würde sie dann ihrem Ziel, die Wohnung zu verlassen, einen Schritt näher kommen.

„Und wenn ich Nein sage?"

„Dann werde ich nicht kommen und für dich arbeiten."

Seine Augen wurden schmal. „Deine beiden Partnerinnen werden dir kaum gestatten, einen so wichtigen Auftrag abzulehnen."

„Ich bin gleichberechtigte Partnerin hier. Es ist meine Entscheidung", sagte Eva ruhig. „Also, was soll es sein?"

„Du meinst das ernst?"

„Wenn ich die nächsten drei Wochen in deinem Apartment feststecke, werde ich so wenigstens diese eine Gelegenheit haben auszugehen und neue Leute zu treffen."

„Also hast du nicht vor, mein Date zu sein. Du willst mich schamlos ausnutzen, um dir Zutritt zum Ball zu verschaffen, und mich dort allein zurücklassen?"

„Ja. Und das sollte dir nichts ausmachen, weil ich sicher bin, dass du, sobald du einen Fuß in das Hotel setzt, von umwerfenden Frauen überrannt wirst. Mit etwas Glück lernst du auch jemanden kennen."

„Auch?"

„Ja. Ich werde an dem Abend Glück haben, das fühle ich." Was sie wirklich wollte, war natürlich, mit ihm glücklich zu werden. Aber sie wusste, das würde nicht passieren. Er war nicht bereit für eine Beziehung, und sie war nicht bereit, sich auf jemanden einzulassen, der noch nicht dazu bereit war. Sie brauchte eine ehrliche Beziehung, die sie glücklich machte. Ihr fehlte die Kraft, sich mit noch mehr Trauma zu beschäftigen, egal, wie heiß die Chemie zwischen ihnen auch war.

„Hast du mit meiner Großmutter gesprochen?"

„Nein. Ich hatte vor, morgen auf dem Heimweg bei ihr vorbeizuschauen. Also, wie lautet Ihre Antwort, Mr. Blade? Werden Sie mich mit auf den Schneeflockenball nehmen?"

„Wenn das dein Preis ist, dann ja." Ein süffisantes Lächeln umspielte seine Lippen. „Du warst diejenige, die mir das eingebrockt hat. Da ist es nur fair, wenn du diesen Abend mit mir zusammen ertragen musst."

„Ertragen?"

„Na klar. Der Schneeflockenball im ‚Plaza' wird für Eva sehr schwer zu ertragen sein", murmelte Frankie. „Folter im Smoking."

Eva warf ihrer Freundin einen scharfen Blick zu, bevor sie sich eilig wieder an Lucas wandte. „Wir haben also einen Deal?"

„Haben wir. Aber was passiert, wenn der Ball deine Erwartungen nicht erfüllt? Ich weiß, ganz oben auf deiner Wunschliste steht, jemanden kennenzulernen. Aber deine Anforderungen sind ziemlich spezifisch."

Paige runzelte die Stirn. „Sie wissen von ihrer Liste?"

„Das tue ich. Was waren noch mal die Kriterien?" Er zählte sie an den Fingern ab. „Breite Schultern, Bauchmuskeln, Sinn für Humor, die Fähigkeit, deinen uralten Teddybären zu tolerieren, und genügend Ausdauer, um deinem Kondom eine gute Trainingseinheit zu schenken, bevor es sein Verfallsdatum überschreitet."

Paige schaute Eva ungläubig an. „Ev …?"

Eva spürte, wie ihr Gesicht brannte. Warum konnte sie nicht endlich mal ihre Klappe halten? „Ich kann nichts Falsches daran erkennen, ehrlich zu sein. Obwohl ich eigentlich nicht vorhatte, ihm das alles zu erzählen. Es ist mir so rausgerutscht. Und es ist kein Teddybär, sondern ein Känguru."

Frankie ließ den Kopf auf die Schreibtischplatte sinken. „Man darf dich nicht allein auf die Öffentlichkeit loslassen. Wenn du zu dem Ball gehst, was wird dich dann davon abhalten, mit irgendeinem Schleimbolzen nach Hause zu gehen?"

„Ich verfüge über ausgezeichnete Menschenkenntnis."

Frankie hob den Kopf und bedachte Lucas mit einem langen, harten Blick, den er mit einem kaum merklichen Nicken erwiderte, als wären sie sich bei irgendetwas vollkommen einig.

„In meiner Begleitung wird sie sicher sein. Ich verspreche, dass ich sie nicht mit irgendeinem widerlichen Kerl mitgehen lasse."

„Glauben Sie wirklich, Sie können einen Menschen nur aufgrund seines Äußeren beurteilen?"

„Nein", erwiderte er sofort. „Deshalb können Sie sicher sein, dass sie bei mir sicher ist. Ich mache mir keinerlei Illusionen über die menschliche Natur."

„Das stimmt", bestätigte Eva. „Das ist ziemlich verstörend. Und ich wünschte, ihr würdet aufhören, über mich zu reden, als wäre ich ein ausgesetzter Hund, der ein neues Zuhause braucht. Ich kann beißen, wenn ich muss, also vielen Dank."

Er wandte sich wieder ihr zu. „Nachdem ich deinen Bedingungen zugestimmt habe, kommst du zurück und arbeitest für mich?"

„Ja. Ich muss aber noch ein paar Sachen packen. Ich komme morgen rüber."

„Heute Abend. Der Zeitplan ist eng." Er sah auf die Uhr. „Gib mir deine Adresse, und ich schicke dir einen Wagen. Ich will nicht, dass du mit der U-Bahn fährst."

„Wir werden Ihnen den Vertrag sofort per E-Mail schicken." Paige war wieder ganz die Geschäftsfrau, und Lucas nickte nur kurz, bevor er ging.

Eva starrte ihre Freundinnen an. „Vielen Dank auch. Ihr habt mich gerade an den Höchstbietenden verkauft."

„Er war der einzige Bieter", warf Frankie ein, und Paige öffnete grinsend den Standardvertrag auf ihrem Computer.

„Ich habe dich nicht verkauft. Ich habe einen sehr guten Deal für Urban Genie abgeschlossen."

„Du hast mich für den gleichen Preis verkauft, den die kleine karibische Insel kostet, auf der Matilda und Chase gerade Urlaub machen."

„Und während du bei ihm bist, kannst du trotzdem weiterarbeiten. Das ist der Deal des Jahrhunderts. Ich liebe meinen Job. Und du, Miss Jordan, bist in deinem Job unglaublich gut. Ich habe deinen Terminplan aufgerufen. Deine Außentermine werden wir umverteilen, und den Rest kannst du von Lucas' Apartment aus machen. Melde dich einfach ab und zu bei uns, um uns auf dem Laufenden zu halten."

„Ich war noch nie eine Figur in einem Buch", sagte Eva mit einem Anflug von Beklommenheit in der Stimme.

„Das ist so aufregend!" Frankie tat ihren Einwand mit einer Handbewegung ab. „Ich will das Buch haben! Er ist der einzige Autor, dem ich meinen Schlaf opfere. Du bist seine Inspiration. Seine Muse. Was auch immer. Ganz offensichtlich hat er dich zu seinem süßen, verletzlichen Opfer gemacht. Das ist bezaubernd. Ich kann es kaum erwarten, zu lesen, wie er plant, dich umzubringen."

„Opfer?" Der Gedanke war ihr unbehaglich. „Ich wäre lieber die kluge, freche FBI-Agentin oder so. Wenn ich das

Opfer bin, werde ich mich definitiv wehren. Ich werde diesen tödlichen Handgriff anwenden, den du mir gezeigt hast."

Frankie lehnte sich in ihrem Stuhl zurück. „Ich habe dir nur einen gezeigt? Ein paar mehr wären eventuell gut."

Eva hatte eine Vision von Lucas; sein harter Körper auf ihrem, als er sie zu Boden drückte.

„Du glaubst wirklich, er lässt mich umbringen?"

„In seiner Geschichte, Eva. Das ist nur Fiktion. Ich weiß nicht, wie die Gehirne von Schriftstellern funktionieren, ich lese das Zeug nur. Und es ist doch egal; wenn er dich als seine Muse braucht, dann los."

„Ich will nicht auf schreckliche Weise sterben. Vielleicht ist es doch ein Fehler."

„Es ist kein Fehler. Erstens zahlt er dir so viel, dass keine von uns drei in den nächsten sechs Monaten arbeiten muss, wenn sie nicht will. Und zweitens nimmt er dich mit auf den Ball. Das wirst du lieben. Denk doch an all die tollen Prinzen, die du dort kennenlernen kannst."

9. Kapitel

Auf der Fahrt des Lebens sei der Fahrer,
nicht der Beifahrer.

– Frankie

Sie hatte ihn rumgekriegt. Ihn eiskalt manipuliert. Er wusste nicht, ob er auf etwas einschlagen, lachen oder sie bewundern sollte.

Sie war so viel zäher, als sie aussah.

Jetzt würde er auf den Ball gehen müssen, was so ungefähr das Letzte war, was er mit seiner Zeit anstellen wollte. Aber er war verzweifelt genug gewesen, um allem zuzustimmen.

Sein Schreiben, das so leicht dahingeflossen war, während Eva in seiner Wohnung gewohnt hatte, war in dem Moment versiegt, als sie die Tür hinter sich geschlossen hatte. Es war, als hätte jemand im Auto auf die Bremse getreten.

Bisher hatte er sich nur an seinen Computer setzen müssen, um zu schreiben. Dass das plötzlich nicht mehr funktionierte, trieb ihn in den Wahnsinn. Aber nachdem er einen ganzen Tag damit vergeudet hatte, sich dagegen zu wehren, hatte er sich dem Unausweichlichen ergeben.

Er tigerte durch seine Wohnung und achtete darauf, seinen Blick nicht hinüber zum Central Park gleiten zu lassen, der unter einer dichten Schneedecke lag.

Sie hatten sich geeinigt, dass er sie auf den Ball mitnehmen würde. Aber sie hatten nicht besprochen, wie lange er dort bleiben musste. Also würde er nach zehn Minuten gehen.

Und ihr einen Wagen schicken, der sie nach Hause bringen würde, wenn sie so weit war.

Zufrieden mit dieser Lösung kehrte er an seine Arbeit zurück.

Stunden später hörte er das zaghafte Klopfen an seiner Tür.

„Lucas?“ Ihre Stimme drang durch die Tür. Abrupt stand er auf. Er fühlte sich schuldig, weil er sich nicht einmal die Zeit genommen hatte, sie bei ihrer Ankunft zu begrüßen.

Er öffnete die Tür zu seinem Büro, wobei er im Kopf immer noch in der fiktiven Welt steckte, die er erschuf.

Eva stand lächelnd und mit einem Tablett in den Händen vor ihm.

Er betrachtete den süßen Schwung ihrer Lippen.

Und verspürte den Drang, sie in sein Büro zu ziehen und das zu tun, was er schon in der Nacht hatte tun wollen, als sie mit ihrem pfirsichfarbenen Seidenpyjama aufgetaucht war. Doch das würde zu mehr Komplikationen führen, als er im Moment bewältigen konnte. Er kannte sie inzwischen gut genug, um zu wissen, dass sie nicht die gleiche Fantasiewelt bewohnten.

„Bitte sag mir, dass das kein Kräutertee ist.“

„Du hast gesagt, meine Anwesenheit wäre die Inspiration für dein Schreiben. Aber wir wissen nicht genau, was von den Dingen, die ich letztes Mal getan habe, deine Schreibblockade aufgehoben hat. Also dachte ich, wir machen einfach das Gleiche noch einmal. Und letztes Mal hast du Kräutertee getrunken.“

„Letztes Mal habe ich deinen Kräutertee in die Toilette gekippt.“

„Oh.“ In ihrer Stimme schwang ein kleiner Tadel mit. „Du gehst nicht sehr achtsam mit den Gefühlen anderer um, oder?“

„Du wusstest doch nicht, dass ich ihn in die Toilette geschüttet habe."

„Bis jetzt."

Er schenkte ihr ein schiefes Lächeln. „Ehrlichkeit scheint der einzige Weg zu sein, um den Fluss an Kräutertee aufzuhalten, der ansonsten in meine Richtung fließen würde."

„Ein anderer Weg wäre, ihn zu trinken."

Er lehnte sich gegen die Tür. „So wird es jetzt also sein? Wenn du hierbleibst, machst du mir das Leben zur Hölle?"

„Nicht Hölle, sondern gesund. Das Wort, nach dem du suchst, heißt gesund." Sie drückte ihm das Tablett in die Hände. „Du trinkst zu viel Koffein und Alkohol."

„Habe ich noch andere Sünden, die du vorhast, mir auszutreiben, während du hier bist? Was ist mit meiner Arbeitsmoral?"

„An harter Arbeit ist nichts falsch. Ich bewundere deinen Einsatz."

Ihre Antwort überraschte ihn. Er war es gewohnt, sich Vorhaltungen darüber anzuhören, dass er zu viel arbeitete. „Was ist mit Fleisch? Wirst du mich darüber aufklären, wie schlecht Fleisch für mich ist?"

„Ich werde dir jedenfalls kein Fleisch servieren. Heute gibt es meine spezielle Gemüsepfanne zum Abendessen."

„Ich fange an, den Impuls zu bereuen, der mich dazu getrieben hat, dich einzuladen."

„Du wirst es lieben. Und du hast mich nicht eingeladen, sondern herbeordert. Außerdem hast du bereits vorab bezahlt, also kannst du keinen Rückzieher mehr machen."

„Du willst mir also sagen, ich habe jegliches Druckmittel verspielt?"

„Genau. Ich habe jetzt das Sagen." Sie lächelte. „Genieß deinen Kräutertee."

Am nächsten Tag arbeitete Eva an dem Ort, wo sie sich am wohlsten fühlte – der Küche –, und versuchte dabei, diese Bilder von einem verdammt sexy Körper aus ihrem Kopf zu verbannen.

Sie hatte geplant, zwei weitere festliche Rezepte in ihren Blog aufzunehmen, und Lucas würde davon profitieren, weil er die Köstlichkeiten probieren dürfte.

Sie kochte den ganzen Nachmittag, nahm ein neues YouTube-Video auf, schnitt es und stellte es online. Lucas ließ sich in der ganzen Zeit nicht ein einziges Mal blicken.

Ab und zu blickte sie die geschwungene Treppe hinauf, doch seine Tür blieb fest geschlossen, was sie irgendwie verwirrte. Offenbar musste er sie nicht sehen, um von ihr inspiriert zu werden.

Die Dunkelheit senkte sich über die Stadt und hüllte das silbrige Weiß der Parks in mondbeschienene Schatten. Immer noch rührte Lucas sich nicht, und das Schweigen spannte ihre Nerven bis zum Zerreißen.

Schließlich ging sie die Treppe hinauf, klopfte an die Tür und lauschte dann.

Kein Geräusch.

Sie wollte gerade wieder gehen, als die Tür geöffnet wurde.

Lucas stand vor ihr. „Ja?"

Er gehörte zu den Männern, die in formeller Abendkleidung ebenso attraktiv aussahen wie in Jeans. Heute war es eine Jeans, und der Anblick war unglaublich. Der Stoff spannte sich über den kräftigen Muskeln an seinen Oberschenkeln. Sein Hemd war am Kragen ein wenig geöffnet und enthüllte einen Ansatz von dunklen Brusthaaren.

Eva überlief ein Schauer. „Hi."

Er wirkte abgelenkt. „Brauchst du etwas?"

Ihr Gehirn war mit einem Mal leer.

Konfrontiert mit so viel männlicher Strahlkraft konnte sie sich nicht erinnern, warum sie an die Tür geklopft hatte.

Sie schaute in seine Augen, und ihre Knie wurden weich, während ihr Magen einen Salto schlug.

„Ich habe mich gefragt, ob du Hunger hast." Sie schaute über seine Schulter und war unglaublich erfreut, einen mit Buchstaben bedeckten Monitor zu sehen. „Du schreibst wieder? Funktioniert es, mich hier zu haben?"

Er blinzelte und konzentrierte sich endlich auf sie. „Ja", sagte er. „Das tut es."

„Also reicht mein Geklapper unten in der Küche als Inspiration. Ich meine, du bist kein Künstler, der seiner Muse gegenübersitzen muss, um etwas erschaffen zu können? Ich muss also nichts Musiges tun?" Sie glaubte, einen Anflug von Humor in seinen Augen aufblitzen zu sehen.

„Unsere Unterhaltung, als du mir den Tee gebracht hast, hat gereicht."

„Du hast dich geweigert, ihn zu trinken, und ich habe dir gedroht. Wie kann das inspirierend sein?"

„Ich habe beschlossen, dass meine Figur Kräutertee trinkt und Vegetarierin ist."

„Sie ist Vegetarierin? So wie ich?" Eva freute sich. „Und sie ist lieb zu Tieren?"

Er warf ihr einen nachdenklichen Blick zu. „Ja, sie ist lieb zu Tieren."

„Gut. Frankie sagt, du schreibst keine Bücher mit sympathischen Figuren, aber das hier ist offensichtlich anders. Vielleicht sollte ich doch mal eines lesen. Gibt es eins, das du empfehlen würdest?" Sie schlenderte an ihm vorbei in sein Büro und ließ den Blick über die endlosen Reihen an Büchern schweifen. Frankie würde anfangen zu sabbern, wenn sie dieses Zimmer sehen könnte. Sie wollte immer nur Bücher haben, und Lucas ging es offenbar genauso.

Aus der Nähe sah sie, dass eine ganze Wand seinen Werken gewidmet war – neben den englischen standen alle internationalen Ausgaben.

„Wenn du nach einem Happy End suchst, wirst du es in diesen Regalen nicht finden."

Sie hielt inne und bewunderte ein Foto an der Wand. Es zeigte eine Holzhütte an einem See, umgeben von schneebedeckten Kiefern. „Wie idyllisch. Wo ist das?"

„In Snow Crystal, Vermont."

„Ist das der Ort, wo du momentan angeblich zum Schreiben bist? Sieht sehr friedlich aus." Sie betrachtete die schneebedeckten Berge, die sich hinter dem Wald erhoben, und konnte sich gut vorstellen, dass es der perfekte Ort für jemanden war, der allem entfliehen wollte. „Romantisch. Vielleicht sollte ich einen Besuch dort auf die Liste der Dinge setzen, die ich machen will." Sie drehte sich um und sah etwas in seinen Augen aufflackern. Etwas, das ihren Herzschlag beschleunigte und ihre Beine in Pudding verwandelte.

Sah er die Wirkung, die er auf sie hatte? Hoffentlich nicht, aber leider war sie nicht gut darin, ihre Gedanken oder Gefühle zu verbergen.

Verdammt, sie war hier, um ihn zu inspirieren und für ihn zu kochen. Wenn ihr das Wasser im Mund zusammenlief, dann sollte der Grund das leckere Essen sein, nicht ihr leckerer Kunde.

„Ich fahre schon seit Jahrzehnten dorthin. Es ist ein familiengeführtes Resort. Fährst du Ski?"

„Das habe ich noch nie probiert. Aber ich liebe Schnee …" Sie brach ab, weil ihr auffiel, wie taktlos die Bemerkung war. „Sorry."

„Warum entschuldigst du dich?"

„Weil …" Sie befeuchtete nervös ihre Lippen. „Ich weiß, dass du Schnee nicht sonderlich magst."

Seine Miene war ausdruckslos. „Du hast darüber gelesen, wie meine Frau gestorben ist."

Oh Mist.

„Ja. Nicht, weil ich neugierig war, sondern weil ich Angst hatte, etwas zu dir zu sagen, wodurch du dich schlecht fühlst. Das wollte ich nicht. Ich weiß, wie sehr du sie geliebt hast."

Es gab im Internet überraschenderweise nur sehr wenige Fotos von ihm mit seiner Frau. Aber auf den Fotos, die sie gefunden hatte, klebten die beiden förmlich aneinander. Ihre Körper berührten einander, als ertrügen sie es nicht, getrennt zu sein. Sie waren so eng und so ineinander vertieft, dass es beinahe schmerzte, sie anzusehen.

Durch die Fotos hatte sie verstanden, warum er diese Zeit des Jahres hasste. Schnee und Eis hatten ihm die Liebe seines Lebens genommen. Und es war klar, dass Lucas Blade seine Frau geliebt hatte. Wirklich geliebt. So sehr geliebt, dass ohne sie weiterzumachen für ihn fast unerträglich war.

Trotz des offensichtlichen Schmerzes, den er empfand, wollte Eva unbedingt auch einmal so tief lieben und geliebt werden.

„Wir haben noch gar nicht über die Details unserer Vereinbarung gesprochen." Seine Stimme klang kühl und formell. „Ich werde die meiste Zeit arbeiten, hoffe aber, dass du dich in meinem Apartment wie zu Hause fühlst."

„Wenn ich das täte, würdest du mich innerhalb kürzester Zeit rausschmeißen. Ich bin schrecklich unordentlich, weißt du noch?" Sie lächelte und hoffte, wenigstens ein winziges Lächeln zurückzubekommen, doch die Erwähnung seiner Frau hatte ihn wieder hinter dieser Mauer verschwinden lassen, die er zwischen sich und der Welt errichtet hatte. „Ich werde versuchen, mich wie ein guter Gast zu verhalten, und nicht alles dort stehen und liegen lassen, wo ich gerade bin."

„Ich habe dich in der Küche beobachtet. Dort bist du sehr ordentlich und organisiert."

„In der Küche bin ich am besten. Aber der Rest meines Lebens entgleitet mir manchmal. Das ist einer meiner größten Fehler, abgesehen davon, dass ich zu viel rede und morgens unausstehlich bin."

„Du bist kein Morgenmensch?"

Eva schüttelte den Kopf. „Ich habe es probiert. Ich habe kalt geduscht, meinen Wecker auf die andere Zimmerseite gestellt … so ziemlich alles, was mir einfiel. Aber es funktioniert einfach nicht. Vor zehn Uhr bin ich nicht wirklich wach. Ich versuche, vorher niemals Messer zu benutzen." Sie verzog das Gesicht. „Das ist schrecklich. Ich erzähle dir die schlimmsten Dinge über mich. Heute scheint Fehler-Freitag zu sein." Endlich sah sie den Hauch eines Lächelns.

„Das ist das Schlimmste an dir? Dass du deine Sachen überall liegen lässt und den frühen Morgen hasst?"

„Danke, dass du es klingen lässt, als wäre das nichts, aber glaub mir, es treibt meine Freundinnen in den Wahnsinn. Bevor wir unsere Jobs verloren, haben wir alle für dieselbe Firma gearbeitet, und ich wäre jeden Tag zu spät gekommen, wenn die beiden mich nicht morgens in die U-Bahn gezerrt hätten. Es gab Tage, da konnte ich mich nicht mal daran erinnern, wie ich ins Büro gekommen bin."

„Ich wusste nicht, dass du deinen Job verloren hattest."

„Wir haben für eine Firma namens Star Events gearbeitet. Sie haben einen großen Kunden verloren, und wir sind alle entlassen worden." Sie erinnerte sich an die grauenhafte, tosende Panik dieses Tages. „Wie sich herausgestellt hat, hätte uns nichts Besseres passieren können. Denn danach haben wir beschlossen, dass wir das, was wir für Star gemacht haben, auch gut für uns machen könnten. So ist das manchmal im Leben, weißt du? Etwas Schreckliches passiert, und man glaubt, es wäre das Schlimmste überhaupt, aber dann stellt sich raus, dass es das Beste ist.“ Sie erkannte, wie ihre Worte interpretiert werden könnten, und schloss die Augen. „Ich meinte damit nicht …“

„Ich weiß. Und du musst nicht auf Zehenspitzen um mich herumschleichen, Eva.“

„Das ist ein weiterer Fehler“, murmelte sie. „Dieser fehlende Filter zwischen meinem Gehirn und meinem Mund. Ich habe auch ein paar gute Eigenschaften, aber das weißt du ja, sonst hättest du mich nicht in dein Buch aufgenommen. Was sind deine größten Schwächen? Abgesehen davon, dass du zu viel trinkst und dich vor der Außenwelt versteckst?“

„Ich betrachte beides eher als Entscheidungen in Bezug auf meinen Lebensstil denn als Schwächen oder Fehler.“ Er schien sich wieder zu entspannen. „Ich würde sagen, mein Fehler ist, dass ich zu zielstrebig bin. Wenn ich etwas will, hole ich es mir, und es gibt nichts, was mich aufhalten kann.“

„Das sehe ich nicht als Fehler.“ Ohne auf eine Einladung zu warten, ließ sie sich auf das Sofa fallen. „Ich wünschte, ich wäre auch etwas zielorientierter. Ich bin gut, wenn es ums Arbeiten und Kochen geht, aber der Rest meines Lebens wird von Zufällen bestimmt. Ich habe die besten Absichten, doch das meiste setze ich nie um.“

„Was zum Beispiel?“

„Sport. Paige und Frankie joggen beide, aber immer morgens, wenn ich noch im Koma liege. Ich verspreche mir immer, dass ich es später mache, wenn ich ganz wach bin. Nur gibt es dann natürlich immer etwas Wichtiges, was ich tun muss. Der Tag vergeht, irgendwann komme ich dann abends hundemüde nach Hause und falle wieder ins Koma. Also schaffe ich meistens nicht mehr, als mich ins Bett zu legen und Netflix zu gucken.“

„Im oberen Stockwerk ist ein Fitnessraum. Du kannst ihn gern benutzen. Ich trainiere normalerweise um halb sechs, aber er ist groß genug für uns beide, und ich habe einige Kardiogeräte und ausreichend Gewichte."

„Um halb sechs? Das verrät mir, dass du noch viel über mich lernen musst. Das Schwerste, was ich so früh am Morgen heben kann, sind meine Wimpern, also werden wir uns sicher nicht um die Gewichte prügeln." Aber jetzt wusste sie endlich, was sich am oberen Ende der anderen Treppe befand. Diesen Teil seiner Wohnung hatte sie noch nicht gesehen. Ein privater Fitnessraum. Im Gedränge eines Studios zu schwitzen oder sich dem kalten Wind auf den Straßen New Yorks auszusetzen war natürlich nichts für Lucas Blade. „Ich muss dich wohl nicht fragen, ob du ein Morgenmensch bist."

„Ich schlafe nicht viel. Und ich arbeite schon immer zu den unmöglichsten Zeiten. Normale Bürozeiten funktionieren für mich nicht. So kann ich einfach nicht schreiben. Ich bin besser, wenn ich schnell schreibe."

„Das ist gut angesichts der Zeit, die dir noch für dein Buch bleibt. Kannst du es schaffen?" Für sie klang das nach einem unmöglichen Ziel.

Er grinste schief. „Ich schätze, das werden wir herausfinden."

„Wie kann ich dir helfen? Ich will nicht an deine Tür klopfen und dich stören, aber ich will auch nicht feststellen müssen, dass deine Muskeln verkümmert sind, weil du dich seit Tagen nicht von deinem Stuhl bewegt hast."

„Du kannst mir helfen", sagte er, „indem du nicht darauf bestehst, dass ich auf diesen Ball gehe."

„Ich mache alles, nur das nicht." Sie ging zur Tür. „Mach dich wieder an die Arbeit. Ich werde mal deinen Fitnessraum benutzen."

Das Fitnessstudio stellte sich als wunderbarer Raum mit drei Glaswänden heraus, die auf eine Dachterrasse führten. Sie konnte sich gut vorstellen, in den Sommermonaten dort zu sitzen und auf den Central Park und die hohen Gebäude der Innenstadt zu schauen, die den Park umgaben.

Wenn sie so einen Fitnessraum hätte, würde sie vielleicht auch regelmäßig trainieren, wenn auch vermutlich nicht um halb sechs Uhr am Morgen.

Der Gedanke ließ sie erschauern. Sie band ihre Haare zum Zopf und stellte sich auf den Stepper.

Zu ihrer Lieblingsmusik trainierte sie, bis sie schwitze, dann duschte sie und ging nach unten, um das Abendessen vorzubereiten.

Es würde Risotto geben – und ein gutes Risotto verlangte hundertprozentige Aufmerksamkeit.

Während sie nach und nach die Flüssigkeit dazugab und verrührte, dachte sie über sein Buch nach.

Nur zu gerne würde sie einmal reinlesen und gucken, was er aus der Figur gemacht hatte, die auf ihr basierte.

Bevor das Essen fertig war, gesellte Lucas sich zu ihr und setzte sich in eine Ecke, von wo aus er sie beobachtete. „Das sieht ziemlich aufwendig aus."

„Ich finde es beruhigend. Manche Menschen benutzen eine Entspannungs-App, ich koche Risotto." Sie schaltete die Hitze runter und rührte weiter. „Was tust du, um dich zu entspannen?"

„Früher habe ich zur Entspannung geschrieben. Aber das war, bevor mein erstes Buch veröffentlicht wurde."

„Ich schätze, es ist etwas anderes, wenn es dein Job ist."

„Risotto ist dein Job."

„Stimmt." Sie gab noch ein wenig Brühe hinzu. „Aber ich habe mich freiwillig entschieden, das hier zu kochen. Also, wie entspannst du dich heutzutage?"

„Ich trainiere. Das finde ich entspannend. Und Kampfsport. Ich besuche ein Studio hier in der Nähe."

„Du findest es entspannend zu kämpfen?"

„Wir kämpfen nicht wirklich." Er wählte eine Flasche Wein aus und öffnete sie. „Es geht um körperliche und geistige Disziplin."

„Ich war noch nie ein großer Fan von Gewalt. Das ist vermutlich der Grund, warum ich Horrorfilme hasse." Sie kostete den Reis, um zu probieren, ob er gar war, während Lucas zwei Gläser Wein einschenkte.

Er reichte ihr eines. „Wann hast du das letzte Mal einen Horrorfilm gesehen?"

„Das ist schon lange her. Meine Verabredung dachte, es wäre eine gute Idee, damit ich mich an ihn kuscheln würde. Er hatte allerdings nicht damit gerechnet, dass ich schreien würde." Sie schaltete den Herd aus und trank einen Schluck Wein. „Hm, köstlich. Also, du trainierst und betreibst Kampfsport – was machst du noch, um dich zu entspannen?"

„Ich laufe durch die Straßen von New York und beobachte Menschen. Hast du wirklich geschrien?"

„Ich habe mehr Geräusche gemacht als die Heldin, als man ihr die Kehle durchgeschnitten hat. Die Frau in der Reihe hinter mir hat ebenfalls angefangen zu schreien, weil ich ihr so viel Angst eingejagt habe."

Er lachte. „Ich wünschte, ich wäre dabei gewesen."

„Glaub mir, das wünschst du dir nicht. Wenn ich je wieder arbeitslos werden sollte, könnte ich mich als Schreikünstlerin versuchen, falls es so etwas gibt. Ich habe einen Schrei, der Hitchcock erschaudern lassen würde."

„Ich will deinen Schrei hören."

„Meine besten Schreie bewahre ich mir für echte Panikmomente auf. Wenn man seine Schreie nicht umsichtig einsetzt, achten die Leute irgendwann nicht mehr darauf. Sie denken dann: ‚Ach, das ist nur Eva, die mal wieder schreit‘ anstelle von: ‚Schnell, mit Eva stimmt etwas nicht.‘“

„Wann hast du das letzte Mal geschrien?“

„Letzte Woche, als ich eine große Spinne in der Badewanne entdeckt habe. Das Essen ist fertig.“ Sie gab das cremige Risotto in zwei Schüsseln, rieb ein wenig frischen Parmesan darüber und stellte eine der Schüsseln vor Lucas hin. „Guten Appetit. Wenn du später weiterarbeiten willst, werde ich einen Spaziergang machen. Da du den ganzen Nachmittag nicht ein einziges Mal aus dem Büro gekommen bist, schätze ich, dass meine Abwesenheit deinen kreativen Fluss nicht stören wird.“

Er hielt inne, die Gabel auf halbem Weg zum Mund. „Du kannst so spät nicht allein spazieren gehen.“

„Das hier ist New York City. Es ist beinahe unmöglich, hier allein zu sein, und so spät ist es noch gar nicht. Ich habe auch nicht vor, in die Tiefen des Central Parks vorzudringen, sondern ich möchte einfach nur über die Fifth Avenue schlendern.“

„Die Läden haben schon geschlossen.“

„Das ist die sicherste Zeit.“ Sie nahm eine Gabel voll Risotto. „Wenn die Läden geöffnet haben, bin ich in Gefahr.“

„Shopaholic?“

„Nicht wirklich. Es ist eher so, dass mein Geschmack nicht ganz meinem Bankkonto entspricht.“

„Wo wir gerade von Geschmack reden, das hier ist köstlich.“ Er aß und ließ sich noch eine zweite Portion geben. „Hast du einen Lieblingsladen?“

Darüber musste sie nicht einmal nachdenken. „Tiffany’s. Ich beobachte gerne die Leute, die sich die Schaufenster anschauen. Manchmal sieht man einen Mann einen Antrag machen. Dann strahlt die Frau über das ganze Gesicht, und das ist ziemlich perfekt. Echte Romantik.“

Sie aßen zu Ende, und er stand auf.

„Gehen wir."

„Zusammen? Jetzt?" Sie starrte ihn an. „Ich muss noch aufräumen."

„Das kann warten."

„Du wirkst nicht wie jemand, der auf Schaufensterbummeln steht. Außerdem musst du ein Buch schreiben."

„Ich brauche eine Pause. Und ich höre dich gerne reden."

„Die meisten Leute wollen, dass ich weniger rede."

„Du hast eine interessante Sichtweise auf die Welt."

Sie versuchte, sich nicht geschmeichelt zu fühlen. Das gehörte vermutlich zu seiner Recherche. „Also wird deine Figur einen Ausflug zu Tiffany's machen? Verliebt sie sich und heiratet?"

Er öffnete den Mund, schloss ihn wieder und lächelte dann. „Ich habe noch nicht genau ausgearbeitet, welchen Weg die Figur nimmt."

„Tja, so viel kann ich dir schon mal verraten: Der Weg zu Tiffany's ist für jede Frau das perfekte Erlebnis."

Sie zogen sich warm an und schlenderten über die Fifth Avenue. Ihr Atem hing in der kalten Luft. Es schneite nicht mehr, und die Schneepflüge waren langsam dabei, die Schlacht zu gewinnen. Schnee bedeckte die Bürgersteige und lag in dicken Haufen am Straßenrand. Ganz New York war von einer ungewohnten Ruhe erfüllt.

Die Schaufenster von Tiffany's waren schon für die Feiertage dekoriert. Ein Netz aus kleinen Lichtern beleuchtete die Fensterrahmen, und das Funkeln der Dekoration vermischte sich mit dem Glitzern der Diamanten.

Lucas beobachtete, wie Eva sich tiefer in ihren Mantel kuschelte und den Schmuck in einer der Auslagen bewunderte.

Dann schaute sie zu einer Frau hinüber, die das Gleiche an einem anderen Schaufenster tat.

Nach einem Moment ging die Frau, und Eva sah ihr nach.

„Das ist traurig."

„Sie hat das Gleiche gemacht wie du. Was ist daran traurig?"

„Sie war traurig. Hast du das nicht gesehen? Ich schätze, die Liebe ihres Lebens hat mit ihr Schluss gemacht."

„Vielleicht hat sie auch mit ihm Schluss gemacht."

Sie schüttelte den Kopf. „Dann hätte sie nicht so sehnsüchtig in das Fenster des romantischsten Juweliers der Welt geschaut. Sie hat sich vorgestellt, mit ihm herzukommen und sich einen Ring auszusuchen."

Unter größter Anstrengung löste Lucas seinen Blick von Evas Mund, drehte den Kopf und schaute der Frau hinterher, die in der Dunkelheit verschwand. „Und doch glaubst du immer noch an die wahre Liebe."

„Warum auch nicht? Ich kann an die wahre Liebe glauben, ohne zu denken, dass alle Beziehungen perfekt sind."

Er lehnte sich gegen die Wand und schirmte Eva gegen den eisigen Wind ab. „Wo bist du aufgewachsen?"

„Auf Puffin Island in Maine. Das ist eine kleine Insel von der Größe einer Briefmarke ..."

„... die vor der Küste von Penobscot Bay liegt. Ich kenne sie. Also bist du ein Dorfmädchen in der Großstadt."

„Ich schätze schon, auch wenn ich das Dorf schon vor langer Zeit hinter mir gelassen habe."

Das sah er nicht so. Sie hatte immer noch die vertrauensselige Sicht auf die Welt, die man bekam, wenn man in einer kleinen Gemeinde lebte, in der die Menschen sich aufeinander verließen.

So ist meine Heldin auch, beschloss er. Sie ist voller Hoffnungen in der großen Stadt angekommen, und dann wurden alle ihre Illusionen zerstört.

„Hast du noch Familie auf Puffin Island?" Nur weil er sie genau beobachtete, sah er, dass ihre Atmung sich veränderte.

„Ich habe überhaupt keine Familie mehr. Seit meine Großmutter tot ist, gibt es nur noch mich." Sie drehte sich um und schenkte ihm ein strahlendes Lächeln. „Sollen wir weitergehen?"

„Du vermisst sie sehr."

„Sie hat mich aufgezogen. Sie war Mutter und Großmutter in einem. Sprechen wir lieber von etwas anderem, sonst fange ich wieder an zu schluchzen, und das war beim ersten Mal schon peinlich genug."

Eben noch hatte er es kaum erwarten können, nach Hause zurückzukehren und zu schreiben: Aber jetzt wollte er unbedingt mehr über sie herausfinden. Das Verlangen, tiefer zu schauen, genauer nachzuforschen war ihm angeboren, aber in ihrem Fall trieb ihn etwas Persönlicheres an.

„Was ist mit deinen Eltern passiert?"

„Meinen Dad habe ich nie gekannt. Meine Mom war achtzehn und stand kurz davor, aufs College zu gehen, als sie schwanger wurde. Offenbar dachte er, dass sie sein Leben zerstört hatte. Er wollte, dass sie abtrieb, und als sie sich geweigert hat, ist er aufs College gegangen, und Mom ist bei Gram und Gramps geblieben. Sie ist bei meiner Geburt gestorben. Gram hat sich früher pensionieren lassen, um mit mir zu Hause bleiben zu können."

Lucas dachte nur selten über seine Kindheit nach. Er war in dem schützenden Kokon einer großen Familie aufgewachsen, zu der Eltern, Großeltern, Tanten, Onkel und zahlreiche Cousins und Cousinen gehört hatten. Seine Erinnerungen bestanden aus unzähligen Familientreffen, auf denen es immer laut zuging, weil seine Familie gerne diskutierte, und aus den Zeiten, die er mit seinem Bruder verbracht hatte, an aufgeschlagene Knie, geheime Verstecke und Streitereien. Nichts von all dem hatte die dunkle Seite inspiriert, die sich in seinem Schreiben zeigte. Und nichts ähnelte auch nur ansatzweise dem Leben, das Eva beschrieb.

„Das tut mir leid."

„Das muss es nicht." Ihre Stimme war ausdruckslos. „Ich habe meine Mom nie gekannt und hätte keine glücklichere Kindheit haben können. Meine Großmutter hat immer gesagt, ich hätte sie gerettet. Sie und Gramps hatten durch den Tod meiner Mutter ihr einziges Kind verloren, aber sie hatten keine Zeit, daran zu zerbrechen, weil ich die ersten Wochen mit eigenen Problemen auf der Intensivstation gelegen habe. Meine Großeltern haben quasi mit mir im Krankenhaus gelebt und mich nach sechs Wochen mit nach Hause genommen. Gram meinte, ich wäre ihr kostbarstes Geschenk." Sie hielt inne und betrachtete interessiert das Schaufenster, als hätte sie gerade über etwas völlig Unwichtiges gesprochen.

Es war ein riesiges Eingeständnis, das ihn erstaunt zurückließ. Weil sie so erfrischend offen war, hatte er angenommen, alles zu wissen, was es über sie zu wissen gab. Sie war jemand, der alles teilte, und doch hatte sie das hier bisher für sich behalten. „Ich hatte keine Ahnung, dass du deine Mom so früh verloren hast."

„Für Gram war es schwer."

„Und für dich auch."

Diese neue Information veränderte seine Meinung von ihr. Es war, als hätte er in einem dunklen Raum gestanden, und plötzlich hätte jemand die Fensterläden aufgestoßen und das Licht hereingelassen. Er verstand jetzt, warum ihre Großmutter alles für sie gewesen war, und warum sie so sehr mit dem Verlust zu kämpfen hatte. Es erklärte die Verletzlichkeit, die er bei ihr gespürt hatte, und warum diese Zeit des

Jahres, in der sich alles um die Familie drehte, so schmerzhaft für sie war.

„Für mich fühlte es sich nicht schwer an. In meiner Welt – die meine Freunde gerne ‚Planet Eva' nennen, besteht eine Familie nicht aus einzelnen Menschen, sondern daraus, wofür sie stehen. In der Familie geht es um Liebe, oder? Und Sicherheit. Und das muss beides nicht von der Mutter kommen. Es kann ein Vater sein oder eine Tante, oder, wie in meinem Fall, die Großmutter. Was ein Kind braucht, ist das Wissen, dass es so, wie es ist, geliebt wird. Es braucht jemanden, der für es da ist, was auch passiert. Jemanden, auf den es sich absolut verlassen kann, damit es weiß, egal, wie oft es Fehler begeht oder wie viele andere Menschen es im Stich lassen, die Familie ist immer da. Dieser Mensch war meine Großmutter für mich. In allem, was zählte, war sie meine Mutter. Sie hat mich bedingungslos geliebt."

Und das hatte sie verloren.

Er erinnerte sich an die Worte seiner Großmutter.

Vielleicht musst du an deinen Fähigkeiten als Zuhörer arbeiten.

Er verspürte einen Anflug von Schuldgefühlen. Seine Großmutter hatte recht – er hatte Eva nicht gut genug zugehört. Er hatte ihr fröhliches Lächeln gesehen, und obwohl er immer so stolz darauf war, genauer hinzuschauen, hatte er es bei ihr nicht getan. Er hatte nicht gesehen, wie einsam sie war.

Er wollte etwas Tröstliches sagen, doch was? Dass die Liebe, die sie suchte, ihren Preis hatte?

„Sieh mal." Sie deutete auf das Schaufenster einer Boutique, vor der sie jetzt stehen geblieben war. Das sieht aus wie ein Meerjungfrauenkleid." In ihrer Stimme lag ein Hauch Verwunderung. Er folgte ihrem Blick und sah ein langes Abendkleid in Blau- und Türkistönen, dessen Stoff mit feinen Silberfäden durchwirkt war.

„Glaubst du an Meerjungfrauen?“

Sie hob die Hand, wie um ihn aufzuhalten. „Das hier ist nicht der Moment, um etwas Sarkastisches oder Zynisches zu sagen. Außerdem wird die Frau, die dieses Kleid tragen darf, definitiv an Meerjungfrauen glauben.“ Sie holte ihr Handy heraus, machte ein Foto und verschickte eine kurze E-Mail.

„Schickst du das deiner guten Fee?“

„Ich tue so, als hätte ich das nicht gehört. Ich teile das mit Paige, weil ich weiß, dass sie es zu schätzen weiß.“

„Wenn es dir gefällt, könntest du zurückkommen, wenn der Laden geöffnet hat, und es kaufen.“

„Machst du Witze? So ein Kleid könnte ich mir in einer Million Jahren nicht leisten. Und selbst wenn, wo sollte ich es tragen? Um Netflix zu gucken und dabei ein gegrilltes Käsesandwich zu essen, wäre es vermutlich etwas übertrieben. Aber das heißt nicht, dass ich nicht träumen darf.“

Er sah sich das Kleid noch einmal an. Es war ein trügerisch schlichtes Stück Stoff, doch die silbernen Streifen funkelten im Licht. „Du könntest es auf dem Ball tragen, zu dem du mich gezwungen hast.“

„Ich habe schon ein Kleid dafür.“ Sie sagte das ohne Enthusiasmus, und er suchte in ihrem Gesicht nach Hinweisen.

„Aber?“

„Nichts aber. Es ist ein tolles Kleid, das ich bei Bloomingdale’s vor ein paar Jahren im Schlussverkauf erstanden habe.“ Sie wandte den Blick vom Schaufenster ab. „So, Schluss damit. Das war genug Kleiderneid für einen Abend. Und du solltest jetzt nach Hause gehen. Du musst ein Buch schreiben.“

„Ich gehe zurück, wenn du zurückgehst.“

„Ich bleibe gerne allein hier. Ich wandere ständig allein durch New York.“

„Kann sein. Aber heute bist du mit mir zusammen hier.

Und ich will nicht, dass du allein durch die Gegend spazierst."

„Dann bist du unter all dem Zynismus also ein Gentleman?"

„Mein Zynismus ist der Grund, warum ich dich nicht allein herumlaufen lassen will. Und jetzt wirst du mich vermutlich beschuldigen, sexistisch zu sein."

„Ich finde das nicht sexistisch. Meiner Meinung nach sind das gute Manieren. Großmutter hätte dich gemocht." Ihre Haare bewegten sich bei jedem Schritt unter der Wollmütze, die sie trug; Honig und Buttermilch mit goldenen Strähnen, die das Licht einfingen. Er wollte seine Hände darin vergraben und die Textur durch seine Finger gleiten lassen.

„Also kommst du mit mir zurück?"

„Wenn du dann weiterschreibst." Sie drehte sich um und rutschte auf einem glatten Stück aus.

Er fing sie auf, bevor sie hinfallen konnte.

„Vorsichtig."

Seine Hand fasste den Kragen ihres Mantels, und er roch den Duft ihrer Haare. Es war lange her, dass er eine Frau hatte küssen wollen, aber jetzt wollte er Eva küssen. Er wollte sie küssen, bis keiner von ihnen mehr Luft bekam, bis er nicht mehr wusste, welcher Tag war, und sich nicht länger daran erinnern konnte, warum er sich so lange von Frauen ferngehalten hatte.

Sie zog sich als Erste zurück. „Freust du dich wirklich nicht auf den Ball?"

„Ungefähr so sehr wie darauf, meine Steuererklärung zu machen."

„Das ist traurig. Da werden so viele wundervolle Menschen sein."

„Traurig ist, dass du glaubst, an so einem Ort die Liebe finden zu können."

„Wir haben nicht alle das Glück, die Liebe unseres Lebens im Kindergarten zu treffen."

Er wusste, dass sie über Sallyanne sprach.

Er dachte an den ersten Schultag, als Sallyanne ihm den Apfel geklaut hatte, der in seiner Tasche steckte. Sie hatte Lösegeld verlangt, damit er ihn zurückbekam.

Er war sechs Jahre alt gewesen.

„Du willst da wirklich so gerne hin?"

„Ja", sagte sie entschieden. „Ich habe mir selbst das Versprechen gegeben, dieses Jahr an Weihnachten auszugehen. Ich will tanzen, bis mir die Füße wehtun. Und Leute kennenlernen. Aschenputtel hätte den Prinzen nie kennengelernt, wenn sie in der Küche geblieben wäre."

Er wich einer glatten Stelle auf dem Bürgersteig aus und verstärkte seinen Griff um Evas Arm. „Er hat sie durchs ganze Land hinweg verfolgt. Das macht aus ihm einen ernsthaft gestörten Stalker. Mit einem Fußfetisch."

Sie lachte. „Auf diese Interpretation kannst auch nur du kommen. Mach nur, lach mich aus, aber ich will wirklich jemanden kennenlernen, und das kann ich nicht, wenn ich die ganze Zeit nur drinnen hocke. Auf dem Ball werden ganz viele Leute wie ich sein, die Spaß haben und hoffen, ihr Glück zu finden."

„Dort werden nur Fremde sein. Du wirst niemanden kennen."

„Ich kenne dich." Ihr Blick streifte seinen, dann schaute sie schnell weg, als hätte sie ihre Hand in eine Flamme gehalten, die drohte, sie zu verbrennen. „Alle Menschen sind Fremde, bevor man sie kennenlernt."

„Ich beschäftige mich sehr viel mit den Abgründen der menschlichen Natur. Deshalb rate ich dir: Sei vorsichtig damit, wie viel du preisgibst."

„Du musst dir um mich keine Sorgen machen. Ich bin

nicht dumm. Und ich wohne schon seit mehr als zehn Jahren in New York."

„Deine Ehrlichkeit macht mir Angst. Die wird dich noch mal in Schwierigkeiten bringen."

Sie grinste. „Darauf zähle ich. In meinem Brief an den Weihnachtsmann habe ich geschrieben, dass ich vorhabe, dieses Jahr zu Weihnachten ein *sehr* unartiges Mädchen zu sein."

„Dich darf man nicht frei herumlaufen lassen. Wir sagen den Ball ab." Sie zogen einander auf, foppten sich und ignorierten dabei beide die unterschwellige Spannung.

„Nein. Du bist genauso außer Übung wie ich, wenn es um Flirten und Dates geht. Also wäre es ziemlich dumm von mir, Ratschläge von dir anzunehmen." Sie tätschelte seinen Arm. „Entspann dich."

Er konnte sich nicht entspannen, wenn ihr Körper seinem so nahe war. „Das mit dem unartigen Mädchen meinst du nicht ernst, oder?"

„Oh doch, sehr ernst. Aber ich verspreche, vorsichtig zu sein."

„Weil du deine Gedanken filtern wirst, bevor du sie aussprichst?"

„Nein, weil ich mein Kondom benutzen werde."

10. Kapitel

Das beste Accessoire ist Selbstbewusstsein.

– Paige

„Geh direkt auf den attraktivsten Mann im Raum zu." Paiges Stimme hallte durch den Lautsprecher von Evas Handy. „Dann schick mir seinen Namen, und Jake wird einen Backgroundcheck durchführen, um zu gucken, ob er irgendwelche Angewohnheiten hat, von denen du wissen solltest."

„Wie will Jake an diese Infos kommen? Ach, vergiss es, ich will es gar nicht wissen." Eingewickelt in ein Handtuch beugte Eva sich zum Badezimmerspiegel vor und tuschte sorgfältig ihre Wimpern. „Warum seid ihr alle so misstrauisch? Du und Frankie, ihr seid schlimmer als Lucas, und das ist kein Kompliment." Sie steckte die Wimpertusche in ihre Kosmetiktasche zurück und überprüfte ihr Spiegelbild.

Sie wusste bereits, wer der attraktivste Mann im Raum sein würde. Aber der war tabu. Ja, zwischen ihnen bestand eine gewisse Chemie, aber er schien keine Probleme zu haben, der zu widerstehen.

Er wollte nicht, was sie wollte. Und deshalb musste sie auch widerstehen.

„Man kann nicht vorsichtig genug sein, Ev."

„Zu große Vorsicht ist vermutlich der Grund, warum ich so lange keinen Sex mehr hatte. Ich habe kein Problem damit, ab und zu einen Fehler zu machen." Aber es gab einen Fehler, den sie nicht begehen würde, und der hieß Lucas. Ihre Hand schwebte über der Lippenstiftauswahl. „Ich werde dir keine Nachricht schicken, und du wirst keine illegalen Backgroundchecks durchführen oder was auch immer dir sonst vorschwebt. Heute Abend wird die altmodische Auscheck-Methode zum Einsatz kommen: Ich werde mich nämlich auf meinen Instinkt verlassen."

„In einer Stadt wie New York ist das nicht unbedingt die sicherste Methode."

„Entspann dich, Paige." Sie entschied sich für ein schimmerndes Rosa. „Und jetzt muss ich los. Ich muss mich noch anziehen."

„Was wirst du tragen?"

„Ich weiß nicht, warum du mich das fragst, wenn wir doch beide wissen, dass ich nur ein Kleid habe, das für einen solchen Anlass angemessen ist."

„Das Schwarze? Darin wirst du umwerfend aussehen."

„Wir wissen ebenfalls beide, dass es langweilig ist, aber ich konnte es mir nicht leisten, für diese paar Stunden mein Konto zu überziehen. Wir sprechen uns morgen." Sie drehte sich um und keuchte erschrocken auf.

Lucas lehnte am Türrahmen und beobachtete sie. Der Ausdruck in seinen dunkelbraunen Augen raubte ihr den Atem.

„Heilige Scheiße, du hast mich erschreckt." Sie presste sich die flache Hand auf die Brust. „Ist das einer deiner Partytricks als Horrorautor? Sich anschleichen und deinem Opfer einen Herzinfarkt verursachen?"

Er war bereits fertig angezogen, und der Stoff seines Dinnerjackets spannte sich über den breiten Schultern.

„Ich habe geklopft. Du hast mich nicht gehört."

Die Tatsache, dass er schon angezogen war, machte ihr nur noch bewusster, dass sie beinahe nackt war.

Sie zog das Handtuch enger um sich. „Also hast du gedacht, du kommst einfach rein und erschreckst mich zu Tode. Eine sehr innovative Mordmethode."

Sein Lächeln schoss ihr direkt in den Magen.

Sie versuchte, das Handtuch höher zu ziehen, erkannte dann aber, dass sie dadurch nur mehr von ihren Schenkeln enthüllen würde. Das Badezimmer kam ihr auf einmal viel zu klein vor, und in der Luft lag eine Spannung, die vorher nicht da gewesen war. Wärme breitete sich in ihr aus. Ihre Nerven kribbelten, und ihr Magen zog sich zu einem festen Knoten zusammen. Es war das gleiche Gefühl, das sie in seiner Nähe immer hatte, aber sie wusste, sie musste es ignorieren. „Was willst du, Lucas?“ Ihre Frustration machte sie ungewöhnlich genervt.

„Ich habe dir etwas gekauft. Es liegt auf dem Bett.“

Sie ging an ihm vorbei in ihr Schlafzimmer und blieb abrupt stehen.

Auf dem Bett lag das blaue Kleid, das sie im Schaufenster bewundert hatte.

„Das ist das Meerjungfrauenkleid.“ Mit pochendem Herzen drehte sie sich zu Lucas um. „Ich habe dir doch gesagt, dass ich mir das nicht leisten kann.“

„Aber ich kann es. Es ist ein Geschenk. Nicht, dass ich ein Experte in diesem ganzen märchenhaften Beziehungskram bin, aber wenn ein Mädchen seinen Prinzen trifft, schätze ich, ist es besser, wenn sie dabei nicht nur ein Handtuch trägt.“

Er hat mir ein Kleid gekauft? „Ich habe doch aber schon ein Kleid.“

„Ein Kleid, über das du dich nicht freust. Wenn wir schon auf den verdammten Ball gehen, dann solltest du dich wenigstens freuen. Ich lasse dich jetzt allein, damit du dich umziehen kannst.“ Seine Stimme hatte einen rauen Unterton, der anklingen ließ, dass er ihr nur zu gern beim Ausziehen helfen würde.

Einen Moment lang starrte sie ihm hinterher, dann schüttelte sie den Kopf, um die schwindelig machenden Wolken der Sehnsucht daraus zu vertreiben.

Er hatte ihr ein Kleid gekauft. Und nicht nur irgendeines, sondern *das* Kleid.

Sie hätte es vermutlich ablehnen sollen, aber es war umwerfend. Vermutlich war es das Schönste, was sie je besessen hatte. Das Geschenk abzulehnen wäre unhöflich, oder? Und die Tatsache, dass er gesehen hatte, wie sehr sie es wollte, und es dann für sie gekauft hatte …

Ihre Fantasie ging mit ihr durch und nahm ihren Pulsschlag mit sich.

Warum? Warum hatte er es gekauft. *Was hat das zu bedeuten?*

Sie merkte nicht einmal, dass ihr die Tränen in die Augen stiegen, bis sie blinzeln musste, um wieder klar sehen zu können.

Mist.

Es hatte nichts zu bedeuten, außer, dass Lucas großzügig war. Sie durfte deswegen jetzt nicht sentimental werden. Der Sinn, auf diesen Ball zu gehen, war, jemanden kennenzulernen, und nicht, sich in einen Mann zu verlieben, der keine Beziehung wollte.

Lucas schenkte sich einen Drink ein. Er wusste, es würde nur der erste von vielen sein, die er brauchte, um den vor ihm liegenden Abend zu überstehen.

Sein Smoking fühlte sich unbequem an, als wenn er jemand anderem gehörte, aber er wusste, das Problem war nicht seine Kleidung. Sein Problem war die Frau im Nebenzimmer.

„Wie sehe ich aus?“, hörte er Evas Stimme hinter sich und trank den Whiskey in einem Zug aus, bevor er sich umdrehte.

Er war dankbar, dass er geschluckt hatte, bevor er sie sah.

„Du siehst …“ Sein Mund war ganz trocken, und er leckte

sich über die Lippen. Was zum Teufel hatte er nur getan? Es fiel ihm so schon schwer genug, die Hände von ihr zu lassen, und jetzt hatte er es sich nur noch schwerer gemacht.

„Was? Wolltest du etwas sagen?“ Sie strich mit den Händen über ihre Hüften und schenkte ihm ein schüchternes Lächeln. „Es passt perfekt.“

„Ja.“ Seine Stimme brach, und er räusperte sich. „Gut.“

„Wie?“

Er versuchte, diese Frage zu verarbeiten, doch sein Gehirn hatte leider die Arbeit eingestellt. „Was wie?“

„Wie kann es sein, dass es so perfekt passt? Hast du mich betäubt und im Schlaf vermessen? Hast du eines meiner Kleider geklaut und es an den Laden geschickt?“ Sie hob ihre Hand an den Mund und riss die Augen auf. „Oh Gott, was rede ich da nur? Ich klinge ja schon wie du. Du hast mich in kürzerer Zeit, als ich brauche, um einen Kuchen zu backen, in eine misstrauische Zynikerin verwandelt. Bist du stolz auf dich?“

Er war nicht sicher, was er war, aber es fühlte sich verdammt unbehaglich an.

„Sag doch was.“ Sie ließ ihre Hand sinken. „Es ist nicht leicht für mich, Kleider zu finden. Ich habe eine seltsame Figur. Wie hast du das gemacht?“

Für ihn sah ihre Figur perfekt aus.

„Ich habe deine Freundin Paige angerufen. Da ich jetzt offiziell ein Kunde von Urban Genie bin, habe ich Zugriff auf den vollen Concierge-Service. Ich darf darum bitten, meiner Großmutter Blumen zu schicken, mir einen Kuchen zu backen oder meinen Hund spazieren zu führen.“

„Du hast keinen Hund, und ich habe gerade erst mit Paige gesprochen. Sie hat mich gefragt, was ich anziehe.“

„Vermutlich wollte sie herausfinden, ob ich dir das Kleid schon gegeben habe.“

Sie wirbelte herum und warf ihm über die Schulter einen

spitzbübischen Blick zu. „Also, was sagst du? Werde ich heute Abend mein Glück finden?"

Er sah an dem schillernden Blau vorbei zu ihrem Lächeln. Ob sie ihr Glück finden würde? Auf jeden Fall. Welcher normal denkende Mann würde nicht mit ihr nach Hause gehen wollen?

„Könnte sein." Er verspürte einen Anflug von Anspannung, weil sie so gewillt und offen und bereit war zu lieben. Sie hatte keine Ängste, keine Filter.

War er je so gewesen? Vielleicht bevor das Leben seine Hoffnungen zerfetzt und die Schnipsel wie Konfetti um ihn herum verstreut hatte.

„Ich erwarte, dass du mich jedem dort vorstellst, den du kennst. Und wenn du heute Abend auch einen Treffer landen willst, musst du besonders gut aussehen." Sie stellte sich auf die Zehenspitzen und richtete seine Fliege. Der weiche Duft ihres Parfums hüllte ihn ein. Sie roch nach Sommer, nach einem Strauß frisch gepflückter Blumen, nach Sonnenschein und trägen Tagen. Er wollte seine Hände in ihren Haaren vergraben und ihren Mund schmecken. Und da wollte er noch lange nicht aufhören.

Er könnte es jetzt gleich tun. Er könnte diese Sache zu ihrem natürlichen Ende führen, und er war sicher, dass sie mitmachen würde.

Und was dann? Was würde danach passieren?

Hitze stieg in ihm auf. Er versuchte, den Atem anzuhalten, in der Hoffnung, dass das, was sie mit seiner Fliege anstellte, schnell ging.

„Ich habe es bereits als Teenager aufgegeben, ‚Treffer' erzielen zu wollen."

Die Rückseiten ihrer Finger strichen über seine Kehle. „Da bin ich mir sicher. Aber vielleicht ist das heute für dich der erste Schritt nach vorne."

„Vielleicht will ich diesen Schritt gar nicht gehen." Er konnte nicht aufhören, ihren Mund anzuschauen. Der Lippenstift, den sie gewählt hatte, war kaum mehr als ein Schimmer, aber es reichte, um seine Aufmerksamkeit zu fesseln. „Vielleicht bin ich da, wo ich bin, ganz glücklich."

„Das ist keine Option, Blade. Und jetzt lächle."

„Ich gehe auf einen Ball. Warum sollte ich da lächeln?"

„Weil dein Lächeln mehr Sexappeal hat als dein Grollen. Und für dich geht es heute Abend darum, Frauen anzuziehen."

„Ich kann nicht fassen, dass du das gesagt hast."

„Ich bin dein heimlicher Helfer. Mein Job ist es, dafür zu sorgen, dass du das Mädchen kriegst." Ihre raue Stimme wand sich wie Holzrauch um seine Sinne.

„Ich will das Mädchen nicht, also brauche ich auch keinen Helfer."

„Ich weiß, dass du Angst hast, aber ich bin für dich da und feuere dich an."

„Ich habe keine Angst. Ich fühle mich unbehaglich, und das liegt daran, dass ich es nicht mag, mich in alberner Kleidung mit Leuten zu unterhalten, die genauso wenig Interesse an mir haben wie ich an ihnen." Und weil sie so nah bei ihm stand, dass er sich nicht konzentrieren konnte.

„Du bekommst das schon hin, Lucas." Die Wärme in ihrem Blick raubte ihm den Atem. Sein Herz, das seit einer gefühlten Ewigkeit erstarrt war, fing langsam wieder an zu schlagen.

„Ich bin der Schriftsteller, nicht du. Was soll das überhaupt heißen, ich kriege das schon hin?"

„Bevor du mit den Beleidigungen weitermachst, sollte ich dich daran erinnern, dass du unter einer Schreibblockade gelitten hast, bis ich deines Weges kam." Sie stieß ihn an. „Ich werde dir eine umwerfende Blondine mit einem hübschen Lächeln suchen, die dich deine Ängste vergessen lässt."

„Ich habe dir doch schon gesagt, dass ich keine Ängste habe.“ Verdammt, er wollte das hier nicht. Er wollte die Gefühle nicht, die sie aufwirbelte.

„Jeder hat Ängste, und einige Menschen haben Angst davor, sie zu zeigen, was sie ehrlich gesagt doppelt ängstlich macht. Du hast Angst, und du hast Angst davor, Angst zu haben. Das ist ganz schön viel Angst für einen Menschen.“

„Bist du jetzt fertig damit, mich zu psychoanalysieren?“

„Ich fange gerade erst an. Warum haben Männer solche Angst davor, ihre Angst zuzugeben?“

„Ich weiß es nicht. Vielleicht, weil ich keine Angst habe. Und ich stehe nicht auf Blondinen.“ Er hielt den Blick von ihren blonden Haaren abgewandt. „Ich ziehe Brünette vor.“

„Dann finde ich für dich die perfekte Brünette.“

„Vergeude deine Zeit nicht damit. Ich werde sowieso nicht mit ihr reden.“

„Weil du Angst hast.“

„Na gut. Ich habe Angst. Wolltest du das hören? Ich habe so viel Angst, dass ich darüber nachdenke hierzubleiben.“

„Du kannst nicht hierbleiben. Wir haben einen Deal, Blade.“

„Du bist eine Sadistin.“

Sie legte ihm einen Finger an die Lippen. „Pst.“

Es bedürfte nur einer winzigen Bewegung seiner Lippen, und ihr Finger wäre in seinem Mund.

Er hob die Hand und schloss seine Finger um ihre. „Warum sprechen wir über mich, wenn es heute Abend doch nur um dich geht?“

Sie schien kaum zu atmen. Ihre Finger zitterten leicht in seinen.

Er hatte nicht geahnt, dass es so viel Spannung zwischen zwei Menschen geben konnte, die einander nicht einmal ansahen.

Sanft zog sie ihre Hand zurück. „Du hast recht. Heute Abend geht es um mich – und wir sollten langsam los." Ihre Stimme klang fröhlich, und sie hielt den Blick von ihm abgewandt. „Das ist ein einmaliger Abend, und ich will keinen Moment davon verpassen. Es wird einfach fabelhaft."

Ein einmaliger Abend, an dem er zusehen musste, wie sie mit anderen Männern flirtete.

Lucas griff nach seinem Mantel und fragte sich, was zum Teufel daran fabelhaft sein sollte.

Das „Plaza Hotel" war wie ein Schneepalast geschmückt, und große Eisskulpturen funkelten im Schein von unzähligen Lichterketten.

Es war, als würde man eine Grotte betreten. Da sie spürte, dass Lucas kurz davor war umzudrehen und wieder zu gehen, reichte Eva ihren Mantel schnell einem wartenden Hotelangestellten.

„Das ist wie in Narnia, auch wenn es lustig ist, dass sie künstlichen Schnee haben, wenn vor der Tür doch genügend von dem Zeug herumliegt."

„Ich schätze, sie hatten keine Lust auf den grauen Matsch und die Kälte, die damit einhergehen."

Für einen nichts ahnenden Zuhörer hätte ihre Unterhaltung so geklungen, als hätten sie im Laufe ihrer Beziehung schon Dutzende solcher Gespräche geführt. Die Spannung, die seit dem Moment im Apartment zwischen ihnen brodelte, war nicht leicht zu entdecken. Sie tanzten umeinander herum, und es war nicht die Art Tanz, die Eva im Kopf gehabt hatte.

Am Ende hatte sie sich entschieden, so zu tun, als wäre nichts passiert. Als hätte sich nichts verändert.

Denn das hatte es nicht, oder? Sie hatten einen Moment gehabt, mehr nicht. Und es war nicht das erste Mal gewesen.

Sie trat durch die Tür in den Ballsaal. Ihr fiel auf,

wie sich alle Köpfe zu Lucas umdrehten. Trotz seines Widerstrebens,mitzukommen, schien er besser in dieses glamouröse Ambiente zu passen als jeder andere im Raum.

Sie spürte ein tiefes Ziehen in ihrer Brust. Sie konnte es sich nicht leisten, das zu wollen, was sie nicht haben konnte.

„Okay." Sie legte ihren gesamten Enthusiasmus in ihre Stimme. „Wir sollten uns trennen."

Lucas schaute sie an. Sein Blick war eindringlich, und er lächelte nicht. „Trennen?"

„Wenn die Leute denken, dass ich mit dir hier bin, wird niemand mich zum Tanzen auffordern, geschweige denn zu irgendetwas anderem." Sie sah, wie sein Mund sich verspannte.

„Ich werde dich nicht allein lassen."

„Lucas, das musst du aber. Das ist doch die Idee dahinter."

„Das hier ist wie ein Fleischmarkt."

„Ich hoffe nicht, denn ich bin Vegetarierin." Sie schaute ihn an und fragte sich, ob wohl jemals ein Mann in einem Dinnerjacket so gut ausgesehen hatte. *Die reinste Verführung im Smoking.*

„Könntest du bitte lächeln? Du siehst aus, als hätte ich dich zum Zahnarzt geschleppt."

„Ich habe versprochen, dich zu begleiten, aber nicht, dass ich es genießen werde."

„Entspann dich ein bisschen. Es ist so lange her, dass du mal ausgegangen bist, du könntest überrascht sein, wie viel Spaß es bringt, sich mit echten Menschen zu unterhalten. Du verbringst zu viel Zeit in deiner Welt der Serienmörder." Sie nickte in eine Richtung. „Kennst du den Mann da? Den, der mich anlächelt?"

„Das ist ein falsches Lächeln. Das erkennt man daran, wie seine Lippen sich über seine Zähne spannen. Er ist auf der Jagd."

„Auf der Jagd?“

„Nach seinem nächsten Opfer. Sieh dir nur mal seinen scharfen Blick an.“

Eva fand es schwer, sich auf etwas anders zu konzentrieren als den scharfen Lucas. „Du glaubst, er ist ein Serienmörder?“

„Eher ein Serienfremdgeher. Er war viermal verheiratet. Seine letzte Frau war im achten Monat schwanger, als er sie verlassen hat.“

„Das erkennst du alles an seinem Lächeln? Wirklich beeindruckend.“

„Ich erkenne das, weil ich weiß, wer er ist. Doug Peterson, ein Partner bei Crouch, Fox und Peterson, der Anwaltskanzlei. Du darfst sein Lächeln *auf keinen Fall* erwidern.“

„Der Sinn des heutigen Abends ist es, dass ich Leute kennenlerne.“

„Aber keine Leute wie ihn. Er kommt. Ich kümmere mich um ihn.“

Sie wollte gerade sagen, dass sie das sehr gut alleine hinbekommen würde, aber da stand Doug Peterson bereits vor ihnen.

„Lucas. Schön, dich wieder zurück im Sattel zu sehen.“ Er packte Lucas’ Hand und sah ihm für den Bruchteil einer Sekunde in die Augen, dann wandte er sich Eva zu. „Und wer ist dein charmantes Date?“

Schön wär’s. „Ich bin nicht …“

„Das ist Eva.“ Besitzergreifend umfasste Lucas ihr Handgelenk. „Wir wollen dich nicht aufhalten, Doug. Ich bin sicher, du hast eine betriebsame Nacht vor dir.“

Dougs Blick blieb kurz an dem Ausschnitt ihres Kleids hängen, dann ließ er perfekte weiße Zähne aufblitzen.

Wie ein Hai vor seiner Beute, schoss es Eva durch den Kopf. Sie zwang sich, nicht an ihrem Kleid herumzuzupfen, um ihren Körper zu verbergen.

„Eines muss man dir lassen, Lucas. Wenn du zurückkommst, dann mit Stil.“ Er ging, und Eva schaute ihm fassungslos hinterher.

„Du hast ihn in dem Glauben gelassen, wir …“

„Ja.“

Sie spürte den festen Griff seiner Finger um ihr Handgelenk. „Das hättest du nicht tun müssen. Ich wäre schon mit ihm klargekommen.“

„Das habe ich für dich erledigt.“

„Tu das nicht noch mal. Wenn du das weiter für mich ‚erledigst‘, werde ich nie jemanden kennenlernen, weil alle denken, ich wäre mit dir zusammen.“ Und mit ihm zusammen zu sein war etwas, woran sie nicht denken wollte. Jedes Mal, wenn er sie berührte, wenn er sie anschaute, fiel ihr das schwerer.

„Wenn es nötig ist, werde ich dich beschützen.“

„Ich will nicht beschützt werden. Ich will *leben*.“

„Sobald wir jemanden finden, den ich für vertrauenswürdig halte, werde ich klarstellen, dass wir nicht zusammen sind.“

„Vergiss es! Wenn wir darauf warten, dass *du* jemanden für vertrauenswürdig hältst, werden wir die ganze Nacht hier sein. Du vertraust niemandem.“ Sie schaute auf ihr Handgelenk, das immer noch von seinen Fingern umschlossen wurde. „Lässt du mich auch irgendwann mal wieder los?“

Er löste seinen Griff nicht. „Ich werde dich von Schwierigkeiten fernhalten.“

„Deshalb möchte ich gerne, dass du mich loslässt. Ich versuche nämlich, mich in Schwierigkeiten zu bringen, und du hältst mich davon ab.“ Sie ließ den Blick durch den Raum gleiten und entdeckte eine hübsche Brünette auf der anderen Seite der Tanzfläche. „Wie wäre es mit ihr? Sie hat ein nettes Lächeln.“

„Bist du bisexuell?“

„Ich hatte an dich gedacht. Sie ist dein Typ.“

„Woher weißt du das?“ Seine Stimme hatte einen gefährlichen Unterton. „Du hast Fotos von Sallyanne gesehen und dir überlegt, jemanden wie sie zu finden, richtig? Den perfekten Ersatz.“

„Nein. Du hast mir gesagt, dass du keine Blondinen magst und Braunhaarige vorziehst.“ Sie sah einen Muskel in seinem Kiefer zucken.

„Ich entschuldige mich.“

„Du musst dich nicht dafür entschuldigen, dass du traurig bist und diese ganze Sache schwierig findest.“ Sie waren von Menschen umgeben, beachteten sie aber gar nicht.

„Ich hätte nicht kommen sollen. Das war ein Fehler.“

„Es ist gut, dass du gekommen bist, obwohl es dir schwerfällt. Nächstes Mal wird es dir schon leichter fallen.“ Sie schob ihre Hand in seine. „Ich höre schon auf, dich verkuppeln zu wollen. Sei nicht böse. Meine Absichten waren gut, genau wie deine, als du den Typen gerade zum Teufel gejagt hast.“

„Das ist nicht das Gleiche.“

„Ist es doch. Wir mischen uns beide in das Leben des anderen ein. Also, hier ist der Deal für heute Abend: Ich halte mich aus deinem Leben raus, wenn du dich aus meinem raushältst.“

Sein Blick war fest auf die Tanzfläche gerichtet. „Was, wenn du beschließt, mit einem Widerling mitzugehen?“

„Ich habe einen Doktor im Umgang mit Widerlingen. Fordere die Frau da zum Tanzen auf. Sie hat ein bezauberndes Lächeln.“

„Du hast gesagt, du mischst dich nicht mehr ein.“

„Ich habe gelogen.“ Sie stieß ihn mit dem Ellbogen an. „Sie sieht nett aus.“

„Nett? Was ist das denn für ein Wort?“

„Mach dich nicht über mich lustig. Wenn du mir Rührei machst und das nicht perfekt ist, würde ich einfach Danke sagen, aber nicht all die Sachen aufzählen, die du hättest besser machen können.“

„Du hast recht. Ich entschuldige mich.“

„Ist schon okay. Ich weiß, es ist nur der Ball, der dich so launisch macht, und das ist meine Schuld, weil ich dich gezwungen habe herzukommen. Aber nun sind wir da, und ich werde es genießen, also hör auf, so finster zu gucken.“

Er drehte den Kopf zu ihr. Seine Augen funkelten dunkel unter den Lichtern. „Vielleicht habe ich keine Angst. Vielleicht will ich nur nicht, was du willst. Ist dir das je in den Sinn gekommen?“

„Du willst keine Freundschaft und Liebe? Ach, natürlich willst du das nicht, weil das beides ziemlich schrecklich ist. Jemanden zu haben, dem etwas an einem liegt? Igitt. Da ist es doch viel besser, einsam und ungeliebt zu sein. Denn dann weiß man wenigstens, dass man niemals verletzt wird.“

„Sarkasmus steht dir nicht.“

„Nein? Ich dachte, das passt perfekt zu deinem finsterlichen Gesicht.“

„*Finsterlich* ist kein Wort.“

„Tja, dann sollte es in Zukunft eines sein. Und sei nicht so überheblich.“ Aber in Gedanken war sie nicht wirklich bei ihrem Streit, weil sie an das dachte, was er gesagt hatte. „Meintest du das ernst?“

„Dass *finsterlich* kein Wort ist? Ja.“

„Nein, ich meinte, dass du keine Liebe willst.“

Er schwieg lange genug, damit sie wusste, dass sie ihre Antwort hatte.

Ihr Herz schmerzte. „Tut es so sehr weh?“

Er richtete seinen Blick wieder auf die Tanzfläche. „Ja.“

Sie wünschte, sie würden diese Unterhaltung nicht hier, zwischen all diesen gut gelaunten Leuten, führen.

„Wenn etwas schwer ist, ist das Beste, einfach rauszugehen und es zu tun."

Er sah sie wieder an. „Bist du je verliebt gewesen?"

„Nein. Aber es steht auf meiner Liste."

„Wenn du noch nie verliebt warst, kannst du nicht beurteilen, ob es etwas ist, das ein Mensch mehr als einmal in seinem Leben erleben will."

„Ich habe nicht vorgeschlagen, dass du losziehst und dich verliebst. Aber du könntest mit etwas Kleinerem anfangen. Einem Tanz vielleicht. Und selbst wenn du das nicht machst, ich werde es tun. Ich will meine Federn ausbreiten."

„Du meinst deine Flügel. Federn werden zerzaust." Ihr Geplänkel erhielt eine neue Ebene der Intimität. Sie war oberflächlich, weil sie das so wollten, nicht, weil sie kein tieferes Verständnis für den jeweils anderen hatten.

„Ich kapiere langsam, warum du immer noch Single bist. Wenn du die Leute ständig korrigierst, wollen sie dich irgendwann ohrfeigen und nicht verführen. Sprich wenigstens mit ein paar Leuten. Es gibt nicht eine einzige Frau im Raum, die nicht insgeheim hofft, dass du mit ihr tanzt."

„Das wollen sie nur, weil sie wissen, dass ich Geld habe."

„Ich denke, es liegt eher daran, dass du ziemlich heiß bist, wenn du nicht so finster guckst. Dein Helfer zu sein ist ehrlich gesagt ein ziemlich harter Job. Ich muss dir vielleicht Überstunden in Rechnung stellen." Sie stieß ihn an. „Lächle mal. Probiere es aus und guck, ob du überrannt wirst. Ich beobachte das von der anderen Seite des Saals aus."

Er runzelte die Stirn. „Nein, Eva, du kannst nicht ..."

Sie zwang sich zu gehen, auch wenn sie eigentlich nur weiter neben ihm stehen wollte. Er musste jemanden kennenlernen, der ihn interessierte. Aber das würde nicht passieren, solange sie bei ihm war. Und sie würde auch niemanden kennenlernen, und sei es nur, weil Lucas, wenn sie neben ihm stand, der einzige Mann war, den sie bemerkte.

Sie würde vergessen, dass er besser aussah und interessanter war als jeder andere hier. Sie würde vergessen, wie aufmerksam er zuhörte und welche Gefühle er in ihr weckte.

Sie würde jemanden kennenlernen, der tatsächlich eine Beziehung wollte.

Warum hatte er sich nur darauf eingelassen herzukommen?

Er sah, wie Eva auf der anderen Seite des Saals einen Mann anlachte, der ihm den Rücken zugewandt hatte. War es jemand, den er kannte? Diese rohe, an seinen Eingeweiden zerrende Eifersucht hatte er noch nie zuvor verspürt. Und ganz sicher hatte er nicht damit gerechnet, sie heute Abend zu erleben.

„Lucas! Du bist es wirklich." Eine weibliche Stimme riss ihn abrupt aus seinen Gedanken. Er drehte sich um. Eine hübsche Rothaarige stand vor ihm und lächelte ihn an.

„Caroline." Er beugte sich vor und küsste sie pflichtbewusst auf beide Wangen. Er roch den Alkohol in ihrem Atem und sah das übertriebene Funkeln in ihren Augen.

Sie war eine Bekannte von Sallyanne gewesen, aber keine enge Freundin.

„Ich hätte nicht erwartet, dich hier zu sehen. Bist du alleine da?" Sie hakte sich bei ihm unter. „Wir sollten tanzen. Feiern, dass wir jung und am Leben sind." Gleich darauf erstarrte sie, als ihr bewusst wurde, was sie da gerade gesagt hatte.

Der Ausdruck in ihren Augen erinnerte ihn an diese Zeit nach dem Tod seiner Frau. Als alle wie auf rohen Eiern um ihn herumgeschlichen waren und er schließlich die Leute hatte trösten müssen, die nicht wussten, was sie sagen sollten. Seine Rolle war gewesen, sie davon zu überzeugen, dass alles in Ordnung war, und dann dafür zu sorgen, dass es ihnen gut ging.

Auf gesellschaftlichen Anlässen war beinahe unausweichlich alles falsch und oberflächlich. Aber seit Sallyannes Tod empfand er das noch stärker. Falsches Lächeln, falsche Fröhlichkeit.

Nachdem Caroline nun gerade ins Fettnäpfchen getreten war, schien sie wild entschlossen zu sein, das wiedergutzumachen, indem sie sich besonders besorgt und fürsorglich gab. „Wie ist es dir ergangen, Lucas?“ Ihre Hand strich über seinen Ärmel und verweilte ein wenig zu lange dort.

Er sah hinüber zur anderen Seite des Raums. Eva lachte wieder. Der Mann neben ihr drehte sich ein wenig und trat näher an sie heran.

Jetzt konnte er ihn besser sehen und …

Mist. Das war Michael Gough. Der stadtbekannte Herzensbrecher. Gegen ihn hatte Eva keine Chance. Wie gut ihr Radar auch sein mochte, Michaels Makel würde sie nicht entdecken. An der Oberfläche war er ein Charmeur, aber Lucas wusste mit hundertprozentiger Sicherheit, dass er Evas Kondom benutzen und ihr dann das Herz brechen würde.

„Lucas?“ Caroline stand immer noch viel zu nah neben ihm.

„Hab einen schönen Abend, Caroline.“

„Oh, aber …“

Den Rest des Satzes hörte er nicht mehr, weil er schon – halb geblendet von dem Funkeln und Glitzern der Lichter – die Tanzfläche überquerte, wobei er den tanzenden Paaren auswich. Die Musik war nur ein Hintergrundgeräusch, das er durch das Pochen des Blutes in seinem Kopf kaum hörte.

Er erreichte Eva in dem Moment, in dem Michael sich zu ihr beugte.

„Sie“, schnurrte er, „sind die interessanteste Frau, die ich seit langer Zeit getroffen habe. Sie haben unglaubliche Brüste. Und wunderschönes Haar. Ich will sehen, wie es auf meinem Kissen aussieht."

Wut vernebelte Lucas den Blick. Er öffnete den Mund, doch bevor er etwas sagen konnte, hob Eva die Hand und riss sich eine kleine Strähne ihrer blonden Haare aus.

„Hier." Sie reichte sie Michael und sagte: „Nehmen Sie die und finden es heraus. Unglücklicherweise sind meine Brüste an mir festgewachsen, sodass ich Ihnen davon keine mitgeben kann."

Lucas blieb stehen. Er wusste, dass Michael als guter Fang galt, und hätte erwartete, dass Eva ihm mit Haut und Haar verfiel.

Stattdessen hatte sie etwas getan, das nur wenige Frauen taten. Sie hatte ihn abgewiesen.

Michael erkannte die Zurechtweisung, und sein Mund verspannte sich, doch er war nicht bereit aufzugeben, schon gar nicht, als er bemerkte, dass Lucas alles mit angehört hatte. „Tanzen wir."

Eva schüttelte den Kopf. „Nein, danke."

„Sie sind eine schöne Frau. Ich würde Sie gerne besser kennenlernen."

„Wirklich?" Eva musterte ihn nachdenklich. „Wie ist es mit meinem Gehirn? Sind Sie an dem Teil von mir auch interessiert? Oder an meinen Gefühlen? Was mich zum Lachen und was zum Weinen bringt?"

Michael wirkte leicht alarmiert. „Ich …"

„Das dachte ich mir. Wenn Sie sagen, dass Sie an mir interessiert sind, dann meinen Sie damit, dass Sie mich in irgendeine dunkle Ecke mitnehmen und Sex mit mir haben wollen. Daran ist auch gar nichts falsch – außer, dass ich nicht interessiert bin." Sie lächelte ihn an. „Aber danke für das Kompliment. Genießen Sie den Abend."

Damit drehte sie sich um und lief direkt in Lucas hinein.

„Ich denke, jetzt bin ich dran mit einem Tanz." Er nahm Evas Hand und zog sie an sich. Dabei ignorierte er ihren verblüfften Gesichtsausdruck.

Michael zog die Augenbrauen hoch. „Lucas? Ich wusste nicht, dass ihr euch kennt."

„Wir wohnen zusammen." Er sah, wie Eva warnend die Augen zusammenkniff.

Michael lächelte. Die Verärgerung schwand aus seinen Zügen. „Das erklärt alles. Du warst schon immer ein Mann mit ausgezeichnetem Geschmack. Genieß den Ball." Er ging, und Eva drehte sich zu Lucas um.

„Warum hast du das getan? Warum hast du das *gesagt*?"

„Er hat dich angemacht."

„Und ich habe mich darum gekümmert! Aber jetzt denkt er, dass ich ihn nur zurückgewiesen habe, weil ich mit dir zusammen bin, und nicht, weil er sich wie ein Armleuchter verhalten hat."

„So ist es besser. Er ist ein Mann, dem sein Ego sehr viel bedeutet. Ich kenne ihn, Eva."

„Du kennst jeden! Unglücklicherweise tue ich das nicht, und das wird sich auch nie ändern, außer du bleibst auf der anderen Seite des Saals."

„Ich passe nur auf dich auf. Ich bin hier, um dich vor dir selbst zu retten." Er ignorierte die Stimme in seinem Inneren, die ihm sagte, dass sein Eingreifen wenig mit ihr, aber alles mit ihm zu tun hatte.

„Sah ich so aus, als müsste ich gerettet werden?"

„Eva, er ist ein Serienherzensbrecher. Und er hat eine Frau."

„Ich weiß."

„Wirklich? Woher?"

„Er hat einen blassen Streifen auf dem Finger, an dem

man normalerweise den Ehering trägt. Was beweist, dass er ihn immer abnimmt, wenn es ihm nicht in den Kram passt, verheiratet zu sein." Seufzend hakte sie sich bei ihm unter. „Es rührt mich, dass du dich so sehr sorgst, dass du sofort zur Stelle bist, um mich zu retten. Das ist wirklich ein zauberhafter Zug an dir, aber ich habe schon seit meiner Teenager-Zeit mit Typen wie ihm zu tun. Männer, die auf meine Brüste und meine Haare starren und denken, ich kriege keinen vollständigen Satz raus."

„Bei dieser Art von Veranstaltungen geht es fast immer um Sex, wenn man jemanden kennenlernt."

„Stimmt, aber ich merke, ob ein Mann nur in mein Höschen will oder ob er mich tatsächlich nett findet und mich besser kennenlernen will." Ihr Lächeln wurde schwächer. „Das ist vermutlich der Grund, warum ich schon so lange zölibatär lebe. Die traurige Wahrheit ist, dass die meisten Männer mich nicht besser kennenlernen wollen. Also sage ich Nein, was mich vermutlich zu einer Idealistin macht."

Er fand eher, dass es die Männer zu Idioten machte, behielt das aber für sich.

Schließlich wollte er auch gar nicht an andere Männer denken.

Er ließ Evas Hand los und legte ihr den Arm um die Taille. „Lass uns tanzen."

„Du kannst es nicht ausstehen zu tanzen. Das hast du nur vorgeschlagen, um mich vom marodierenden Michael wegzubringen."

„Aber du tanzt gerne."

„Das stimmt. Das ist der Hauptgrund, warum ich heute hierherkommen wollte. Ich will tanzen, bis meine Füße schmerzen und mir schwindelig ist."

Ihm fielen hundert Wege ein, wie er dafür sorgen konnte, dass ihr schwindelig wurde, und keiner davon hatte irgendetwas mit Tanzen zu tun. Schnell schob er die Gedanken beiseite. „Dann tanzen wir."

Einige Männer schauten zu ihr, und Lucas zog sie auf die Tanzfläche, bevor einer von ihnen die Chance hatte, sich ihr zu nähern.

Er war nicht sicher, ob er die Kerle nicht mit einem Schlag außer Gefecht gesetzt hätte.

Eva legte ihre Hand auf seine Schulter, behielt aber den korrekten Abstand bei. „Ich liebe es zu tanzen. Bis ich vierzehn geworden bin, habe ich Ballettunterricht genommen."

„Ich wette, du hast die Rolle der Zuckerfee getanzt?"

„Ja, aber woher weißt du …?"

„Ist egal."

„Meine Großmutter hat mich jedes Jahr an Weihnachten zum New York City Ballett mitgenommen. Das war unser Ritual, und ich habe es geliebt. Schneeflocken, Glitzer und wunderschöne Musik. Danach bin ich dann nach Hause gekommen und habe Pirouetten gedreht und mir gewünscht, ich wäre eine echte Ballerina."

Er sah auf sie hinunter und stellte sie sich in rosafarbenen Strumpfhosen und glänzenden Ballettschuhen vor, wie sie verträumt tanzte. Und er fragte sich, wie sie es geschafft hatte, erwachsen zu werden, ohne diese schimmernden Illusionen über das Leben und die Menschen zu verlieren.

Sie tanzte wie in der Küche, mit weichen, flüssigen Bewegungen. Ihre Haare wirbelten um ihre nackten Schultern, und ihr Megawattlächeln erhellte ihr Gesicht.

„Das bringt so einen Spaß!" Da konnte er nicht widersprechen. „Es ist definitiv besser, als mit langweiligen Menschen Small Talk zu halten."

„Du bist sehr unhöflich."

„Das stimmt. Du wärst vermutlich gut beraten, mir aus dem Weg zu gehen."

„Das habe ich versucht, aber offensichtlich kannst du nicht widerstehen, dich in mein Liebesleben einzumischen. Und ich muss dich streng beobachten, damit du nicht morgen die Schlagzeilen beherrschst."

Um sich über die Musik hinweg unterhalten zu können, rückten sie näher aneinander.

„Du machst mir Vorwürfe? Du bist leichtsinnig, und ich habe deiner Freundin Frankie ein Versprechen gegeben."

„Ich verfüge über ausgezeichnete Menschenkenntnis."

„Wenn man über Morde recherchiert, erfährt man, dass die meisten Menschen von jemandem umgebracht werden, den sie kennen."

Sie zog sich ein Stück von ihm zurück. In ihren Augen blitzte Verzweiflung auf. „Wir sind auf einem Ball, Lucas. Einem verträumten, romantischen Ball. Und du sagst mir, dass ich von einem meiner Freunde umgebracht werde?"

„Ich sage dir, *falls* du umgebracht würdest, wäre es aller Wahrscheinlichkeit nach jemand, den du kennst. Ich versuche, dich ein wenig zu bilden. Dich zu ein bisschen Vorsicht zu ermutigen."

„Du hast einen sehr verdrehten Blick auf das Leben. Wir werden nur diesen einen Tanz zusammen tanzen. Zum einen, weil ich nicht schlafen kann, wenn ich mich zu lange mit dir unterhalte, und zweitens, weil ich, wenn ich mit dir tanze, niemals jemanden kennenlerne. Und du auch nicht."

Die Musik wurde langsamer. Er erwartete, dass Eva sich zurückziehen würde, aber stattdessen lehnte sie ihren Kopf an seine Brust und schlang ihre Arme um ihn. Ein seltsames Gefühl strömte über seine Haut und durchfuhr ihn. Sein Kopf leerte sich. Sein Gehirn fühlte sich träge und schwer an, und er fand einfach keine Worte, die zum Anlass passten, aber zum Glück hatte Eva genug zu sagen.

„Hast du schon einen Neujahrsvorsatz gefasst? Denn falls nicht, hätte ich den perfekten Vorschlag für dich." Sie war so unglaublich weich; ihr Körper verschmolz förmlich mit seinem.

„Ich ahne schon, was das ist", brachte er heraus, was er als Erfolg wertete, angesichts dessen, dass er kaum atmen konnte.

„Ich bin sicher, das tust du nicht." Sie legte ihre flache Hand auf seine Brust, direkt über sein Herz, und sah zu ihm auf.

„Du willst, dass ich verspreche, öfter auszugehen, und anfange, mich mit Frauen zu treffen."

„Falsch. Ich will, dass du aufhörst, immer nach der schlechten Seite in den Menschen zu gucken."

„So bin ich nun mal. Das kann ich nicht einfach abstellen."

„Natürlich kannst du das. Deine Arbeit hat dich so gemacht. Du musst lernen, zwischen Arbeit und echtem Leben zu unterscheiden."

Sie wiegten sich im Takt der Musik, die Blicke ineinander verhakt, vollkommen isoliert von den sie umgebenden Menschen.

„Wenn ich dir sage, du sollst misstrauischer werden, könntest du das?"

„Vielleicht, aber ich finde, das wäre keine sehr schöne Art zu leben." Sie kuschelte sich enger an ihn, und er verspannte sich kurz, bevor er seine Hand auf ihren Rücken gleiten ließ.

Durch den dünnen Stoff ihres Kleides spürte er die Wärme ihrer Haut.

Des Kleides, das er ihr gekauft hatte. *Seide und Sünde.*

Er gab seinen Widerstand auf und zog sie näher an sich, bis ihre weichen Kurven sich an die harten Muskeln seines Körpers schmiegten. Sie legte ihm die Arme um den Nacken und den Kopf wieder an seine Schulter. Ganz leicht. Ganz natürlich.

Verlangen rauschte scharf und brutal durch ihn hindurch. Er überlegte, wie ein Mensch etwas so sehr wollen konnte, von dem er wusste, dass es ein Fehler war.

Er sollte sie gehen lassen, sollte mit irgendeinem flapsigen Kommentar dafür sorgen, dass sie sich abwandte und ging. Doch er tat es nicht. Stattdessen hielt er sie fest, sog ihre Wärme in sich auf, nahm, was er konnte, während er es konnte. Er hörte nicht die Musik und sah nicht die anderen Paare, die um sie herum tanzten. Es war ihm egal, was die anderen dachten oder sagten. Er wollte weder an sie noch an Sallyanne denken.

Ihn interessierte nur, mit Eva zu tanzen und den Moment so lange wie möglich auszudehnen.

Es war, als hätte jemand in der Dunkelheit eine Kerze angezündet. Er wusste nicht, wie lange es dauern würde, bis der Docht niedergebrannt war, aber bis dahin würde er jeden Moment des Lichts genießen.

Laserstrahlen schossen über die Decke des Saals und verwandelten Evas Haare in schimmerndes Gold.

Ihr Kopf war geneigt. Er konnte von ihrem Gesicht nur die Stupsnase und den weichen Schwung ihrer Lippen sehen.

Die Musik wechselte erneut, aber Eva zeigte keinerlei Anzeichen, dass sie sich von ihm lösen wollte, und er hatte nicht vor, sie gehen zu lassen. Also tanzten sie weiter, folgten dem Rhythmus der Musik. Er fragte sich, warum ihm nie zuvor aufgefallen war, dass Tanzen beinahe so intim sein konnte wie Sex.

Er spürte den sanften Druck ihrer Finger auf seinem Nacken und die Wärme ihres Körpers unter seiner Handfläche, und in diesem Moment wusste er, dass er nicht wollte, dass sie mit einem anderen nach Hause ging.

Er wollte, dass sie mit ihm nach Hause ging. Und das hatte nichts mit dem Wunsch zu tun, sie zu beschützen. So selbstlos war er leider nicht. Seine Gründe waren alle egoistisch.

Da sie so eng miteinander verschlungen waren, spürte er die Veränderung in ihr. Er fühlte es an ihrer Körperhaltung, an dieser plötzlichen Anspannung.

„Lass uns von hier verschwinden“, murmelte er in ihr Haar und hoffte halb, sie würde ablehnen. „Außer, du willst noch bleiben? Dieser Ball war dein Traum.“ Als er die Frage gestellt hatte, spürte er, wie sie sich in seinen Armen versteifte.

Dann hob sie den Kopf, und er fühlte ihren warmen Atem an seiner Wange.

„Du willst gehen?“ Die Worte waren nur ein Flüstern an seinem Ohr. „Ich wollte doch, dass du jemand Interessantes kennenlernst.“

Es folgte ein langes Schweigen, in dem sie beide wortlos zugaben, was sie bereits wussten.

Als die Spannung sie zu ersticken drohte, löste er sich schließlich von ihr und schaute ihr in die Augen. „Ich bin mit dem einzigen Menschen zusammen, der mich interessiert.“

Sie schluckte. „Ich auch.“

Zurückhaltung, Höflichkeit und Humor fielen von ihnen ab und wurden von nackter Ehrlichkeit ersetzt.

Sie bewegten sich nicht mehr, taten nicht mehr so, als tanzten sie oder wären ein Teil der Feier, die um sie herumwirbelte. Sie waren in ihrer eigenen privaten Welt. Abgeschieden. Getrennt.

Röte breitete sich auf Evas Wangen aus, und ihre Augen funkelten saphirblau unter den Lichtern. „Gehen wir.“ Sie nahm seine Hand, aber Lucas hielt kurz inne, zurückgehalten von dem Wissen, dass sie etwas tun würden, was nicht rückgängig zu machen wäre.

„Bist du sicher?“

„Sicher? Oh Lucas …“ Sie berührte seine Wange mit der flachen Hand. „Ich bin mir einer Sache nie sicherer gewesen.“

11. Kapitel

> Sei immer gut, außer böse zu sein verspricht mehr Spaß.
>
> – *Eva*

Im Auto hielten sie Distanz, als würde keiner von ihnen seinen Fähigkeiten trauen zu kontrollieren, was sie fühlten.

Sichtlich angespannt löste Lucas seine Fliege und öffnete den obersten Knopf seines Hemds.

Evas Blick glitt zu seiner Kehle. Sie konnte ihn nicht ansehen, ohne ihn zu wollen. „Ist dir warm?"

Der Blick, mit dem er sie bedachte, war so intim, dass ihr Innerstes schmolz. „So in der Art."

Sie fragte sich, ob sie den Fahrer bitten könnte, sich ein wenig zu beeilen. Es war nicht weit zu Lucas' Apartment. Vermutlich hätten sie schneller dort hinlaufen können, als er fuhr.

Ihre Hand wanderte zu Lucas'. Er umfasste sie und presste ihre Handfläche gegen den harten Muskel seines Oberschenkels.

Jede Berührung steigerte die Erwartung. Die Sehnsucht machte sie zittrig und schwach.

Als sie endlich an seinem Gebäude ankamen, wollte sie ihn so verzweifelt küssen, dass sie beinahe bereit war, ihn in den Park zu zerren und Frostbeulen zu riskieren, anstatt die weiteren frustrierenden Minuten abzuwarten, die die Fahrt im Fahrstuhl zu seiner Wohnung dauerte.

In dem Moment, in dem die Fahrstuhltüren sich schlossen, kamen sie wie Magneten zueinander.

Seine Hand umfasste ihren Hinterkopf. Gleich darauf presste sich sein Mund auf ihren. Sie konnte nur denken: *Endlich.* Danach verschwamm alles. Sie spürte die erotischen Liebkosungen seiner Zunge und das Drängen seiner Hand, als er sie gegen die Fahrstuhlwand drückte und ihren Körper unter seinem gefangen hielt. Es war intensiv und so aufregend, dass sie nur den Atem anhalten konnte.

Sein Kuss war beinahe rau, aber das war ihr egal. Sie fuhr mit den Fingern durch seine seidigen Haare und zog ihn näher an sich, weil sie noch mehr von ihm wollte. Irgendwo in der Ferne hörte sie ein gedämpftes *Ping*. Dann schob Lucas sie aus dem Fahrstuhl, ohne von ihr abzulassen.

Sie stolperten in seine Wohnung, und sobald die Tür hinter ihnen ins Schloss fiel, fielen auch alle Hemmungen.

Schwer atmend löste er seinen Mund von ihrem, strich mit seinen Lippen an ihrer Kehle entlang, während seine Finger die zarten Träger, die ihr Kleid hielten, über ihre Schultern schoben. Das Kleid glitt zu Boden, und sie spürte die kalte Luft auf ihrer erhitzten Haut.

Mit einem erwartungsvollen Stöhnen legte er seine Hand an ihre Brust, strich mit dem Daumen über die erregte Spitze. Eva bog sich ihm entgegen, spürte, wie sich seine Härte gegen sie drängte. Nie gekannte Empfindungen überfluteten ihren Körper. Es war, wie unter einem Wasserfall zu stehen, ohne die Möglichkeit zu haben, Luft zu holen.

Seine Lippen folgten seinen Händen, und er saugte sie in die Hitze seines Mundes. Das geschickte Spiel seiner Zunge trieb sie in den Wahnsinn.

„Warte … meine Handtasche …“ Sie versuchte, sich zu konzentrieren, sich daran zu erinnern, wo sie ihre Handtasche hatte fallen lassen, aber in ihrem Kopf drehte sich alles.

„Du brauchst deine Handtasche nicht.“

„Mein Kondom …“

Mit einem unterdrückten Fluch löste er sich gerade so lange von ihr, um ihre Handtasche zu finden und zu holen. Er drückte sie ihr in die Hände, dann hob er sie samt Tasche hoch.

„Wohin gehen wir?“

„Ins Bett.“

„Die Wand wäre für mich total in Ordnung.“ Ihre Lust löschte alles andere aus.

Sie konnte nicht sagen, wie sie es von der Wohnungstür in sein Schlafzimmer geschafft hatten, weil sie zu sehr damit beschäftigt war, seinen markanten Kiefer mit zu küssen und all die harten, männlichen Kanten zu erkunden.

Er setzte sie vorsichtig auf dem Boden ab. Die Kraft seines Körpers hielt sie, während sie auf zittrigen Beinen stand. Sie spürte ihn, seine bereite Härte, durch den dünnen Stoff ihrer Unterwäsche und krallte ihre Finger in sein Hemd.

„Jetzt. Jetzt. Jetzt …“ Sie wiederholte das Wort wieder und wieder wie ein Mantra, und er presste seinen Mund auf ihren, um sie zum Schweigen zu bringen, wobei sein raues „Nein“ von dem Druck seiner Lippen auf ihren erstickt wurde.

Sie strich mit den Händen über seinen Rücken. „Lass mich nicht warten. Es ist schon eine Weile her.“

„Ein Grund mehr, warum wir uns Zeit lassen sollten.“ Seine Hände waren in ihren Haaren, sein Mund auf ihrem, und sie küssten sich, unersättlich, als wären der erotische Tanz ihrer Zungen und der hitzige Austausch ihres Atems für sie beide lebensnotwendig.

Es war das erste Mal, dass sie in Lucas’ Schlafzimmer war, aber sie schaute sich nicht einmal um. Was sie betraf, hätten sie überall sein können. Er war ihre Welt, und sie konnte den Blick nicht von dem brennenden Verlangen in seinen Augen lösen.

Sie ließ ihre Hand an seinem Körper hinuntergleiten und

legte sie flach auf seine Härte. Die Intimität der Berührung schien ihn aus dem Rausch zu holen, der sie beide verschlungen hatte.

„Das ist verrückt", stöhnte er an ihrem Mund. „Du willst die wahre Liebe, und ich bin nicht Prinz Charming."

„Prinz Charming ist ein Stalker mit einem Fußfetisch." Atemlos verschränkte sie die Hände hinter seinem Nacken, um ihn davon abzuhalten, sich ihr zu entziehen. „Das hast du mir beigebracht."

„Aber er hat das Mädchen geheiratet."

„Ich will dich nicht heiraten. Ich will nur einen Orgasmus von dir."

„Nur einen? Du hast aber niedrige Erwartungen." Sein Mund war wieder auf ihrem, sein Kuss gekonnt und zeigte deutlich, was er wollte.

Hatte sich je zuvor ein Kuss so angefühlt? Nein. Niemals.

Sie zupfte sein Hemd aus dem Hosenbund, doch er hielt ihre Hände fest. Sein Atem ging stockend.

„Eva …"

„Ich will das hier." Und dann wurde ihr durch den Nebel der Lust klar, dass er vielleicht nach einem Grund suchte aufzuhören. „Was ist mit dir?"

„Ja." Er zögerte nicht. „Ja, ich will es auch."

„In dem Fall …" Sie hakte ein Bein hinter sein Knie, und eine Sekunde später lag er rücklings auf dem Bett und schaute zu ihr hoch.

„Was zum Teufel war das?"

„Das", verkündete sie stolz und setzte sich auf ihn. „War mein Todesstoß." Sie machte sich daran, sein Hemd aufzuknöpfen. „Ich brauche dich nackt." Ihre Finger rutschten auf dem Stoff, und sie knurrte frustriert auf, bevor sie sich stattdessen an seinem Reißverschluss zu schaffen machte. „Vergiss es. Nackt sein ist vollkommen überbewertet."

Sie hörte ihn unterdrückt fluchen, und dann legte er seine Hände auf ihre und half ihr. Seine Kleidung fiel zu Boden, und Eva verspürte einen erneuten Schub von Begehren, als sie mit ihren Fingern über seine kräftigen Muskeln strich.

Es war so lange her, dass sie mit einem Mann etwas erlebt hatte, das über eine Unterhaltung und einen Kuss hinausgegangen war. So lange, seitdem sie mit einem Mann nackt gewesen war. *Seitdem ich berührt habe und berührt wurde.*

Vielleicht hätte sie nervös sein sollen, aber das war sie nicht. Noch nie in ihrem Leben hatte sie etwas mehr gewollt.

Er drehte sie auf den Rücken und drückte sie mit seinem Gewicht auf die Matratze.

Atemlos strich sie mit den Händen über seine Schultern. „Was ist los? Darf eine Frau nicht oben sein?"

„Nur so kann ich das hier entschleunigen. Du wolltest einen Orgasmus. Ich bin hier, um sicherzugehen, dass es der beste Orgasmus wird, den du je gehabt hast."

„Ganz ehrlich: Jeder Orgasmus wäre gut." Sie wand sich unter ihm, aber er hielt sie eisern fest.

„Du musst deine Ziele ein wenig höherstecken, Sweetheart. Gib dich nie mit gut zufrieden, wenn du großartig haben kannst."

„Okay, aber könntest du …"

„Nein." Er brachte sie mit seinen Lippen zum Schweigen. „Wie wir es tun, ist meine Entscheidung. Du musst lernen zu delegieren."

Nur um sicherzugehen, dass sie die Nachricht verstand, hielt er ihre Hände fest, während er sich an ihrem Körper entlang nach unten arbeitete, wobei er jeden Zentimeter von ihr erkundete.

Sie entschied, dass er sich mit Folter offensichtlich gut auskannte.

„Lucas … bitte …“

Seine Reaktion bestand darin, ihr den Slip auszuziehen und ihre Beine zu spreizen.

Er ignorierte ihren gedämpften Protest genauso, wie er ihre Bitte um schnelle Erlösung ignoriert hatte.

Stattdessen nahm er sich Zeit und trieb sie mit den intimen Liebkosungen seiner Zunge in schwindelerregende Höhen. Es war fast unmöglich, sich nicht zu bewegen, nicht zu winden, doch er hielt sie weiter gefangen.

Sie spürte, wie sanft ein Finger in sie hineinglitt, und hielt den Atem an, als er sie mit nicht nachlassender Geduld und unerhörtem Geschick höher und höher trieb, bis sie verzweifelt zitternd unter ihm lag.

Ein Schauer aus herrlicher Lust überkam sie, und ihre Schreie erfüllten den Raum.

Danach fühlte sie sich schwach und erschöpft. Gefühle überwältigten sie. Tränen stiegen ihr in die Augen, und sie hielt sie fest geschlossen, weil sie nicht wagte, ihn anzusehen, für den Fall, dass die Tränenflut überfließen würde.

Sie spürte, wie er sich auf sie legte, fühlte, wie seine Brusthaare über ihre empfindlichen Nippel strichen.

„Sieh mich an.“ Sein sanfter Befehl ließ sie die Augen aufschlagen.

Sie hoffte, dass er den Schimmer darin nicht sah. „Danke …“

„Dank mir noch nicht. Ich habe erst angefangen.“ Er berührte ihre Lippen mit seinen, und dann beugte er sich vor, um etwas vom Nachttisch zu nehmen.

Sie tippte ihm auf die Schulter. „Ist das mein Kondom?“

„Nein. Aber keine Sorge, zu dem kommen wir später. Wir haben die ganze Nacht Zeit.“ Seine Stimme war rau und so roh vor Begehren, dass ihr Magen einen Salto schlug.

Die ganze Nacht.

„Lucas“, hauchte sie, als sie seine harte Länge an ihrer

intimsten Stelle spürte. „Ich weiß, du liebst es, die Spannung zu halten, aber ..."

„Man kann es mit der Spannung auch übertreiben." Er legte eine Hand stützend unter ihren Po und drang dann langsam in sie ein. Er nahm sich Zeit und hielt ihren Blick fest, während er ihren Körper darauf vorbereitete, ihn ganz aufzunehmen.

Er hielt inne, damit sie sich an ihn gewöhnen konnte, und murmelte sanfte Worte in ihr Haar. Mit der Hand strich sie über seinen Rücken, spürte das Zucken seiner Muskeln unter ihren suchenden Fingern. Sie hätte nicht gedacht, dass sich irgendetwas so gut anfühlen könnte, aber damit hatte sie sich geirrt. Genau wie sie sich in so vielen anderen Dingen geirrt hatte.

Sie bog sich ihm entgegen, schlang ihre Beine um ihn, und er stieß tiefer in sie. Sein langsamer Rhythmus löste eine Lawine der Gefühle aus. Sie spürte die Berührung seines Beines an der empfindlichen Innenseite ihrer Oberschenkel, die Wärme seines Munds, die Stärke seiner Hand. Und sie spürte *ihn*. Die pulsierende Härte, die sie erfüllte. Und mit jedem köstlichen, perfekt gesetzten Stoß trieb er sie weiter auf die Ekstase zu, bis sie schließlich wieder in tausend Teile zersplitterte. Und dieses Mal lockten die Wellen, die ihren Körper erschütterten, auch ihn in die Erlösung.

Eva wachte im Dunkeln auf und fand sich allein im Bett wieder.

Ihr Körper schmerzte auf eine Weise, die sie lange nicht mehr verspürt hatte. Vielleicht noch nie.

Sie drehte den Kopf, um zu sehen, ob Lucas im Badezimmer war, doch unter der Tür war kein Licht zu sehen.

Schweren Herzens verließ sie die köstlichen Wolken des Schlafs, setzte sich auf und sah sich im Zimmer um.

Ein Teil von ihr wollte sich ins Bett zurückkuscheln und

wieder einschlafen, aber ein anderer Teil von ihr musste ihn finden.

Sie dachte an die Intimität zwischen ihnen und all die Entdeckungen, die sie aneinander gemacht hatten – nicht beim ersten oder zweiten Mal, sondern danach. Ihre Beziehung hatte eine tektonische Plattenverschiebung erlebt. Keiner von ihnen hatte irgendetwas zurückgehalten.

War sie die erste Frau, mit der er seit dem Tod seiner Frau geschlafen hatte?

Bereute er, wie viel sie miteinander geteilt hatten?

Der Gedanke trübte das, was für sie die perfekte Nacht gewesen war.

Eva schwang die Beine aus dem Bett und griff nach Lucas' Hemd. Sie zog es über, um sich gegen die kühle Nachtluft zu schützen.

Die Ärmel fielen ihr über die Hände, und der Saum reichte bis zur Mitte ihrer Oberschenkel. Sie rollte die Ärmel auf und ging barfuß los, um ihn zu suchen.

Die Tür zu seinem Büro stand offen, doch der Raum schien leer zu sein. Das Licht war aus, und der Laptop stand geschlossen auf seinem Schreibtisch. Sie wollte gerade wieder gehen und ihn unten suchen, als sie seine Gestalt auf dem Sofa liegen sah. Er hatte ein Glas Whiskey in der Hand.

Etwas an der Art, wie er dalag, an seiner totalen Regungslosigkeit, zerrte an ihrem Herzen.

Sie hatte noch nie jemanden gesehen, der so allein wirkte.

Alles an seiner Körpersprache verriet ihr, dass er nicht gestört werden wollte, aber wie konnte sie ihn allein lassen? Vor allem, weil sie vermutlich der Grund für seine momentane Qual war. Denn sie war sicher, dass er sich quälte.

„Lucas?"

Er hob nicht den Kopf. Sah sie nicht an. „Geh wieder ins Bett, Eva."

„Kommst du mit?"

„Nein." Er schloss sie mit diesem einen Wort so entschieden aus, als hätte er ihr die Tür vor der Nase zugeschlagen.

Die Intimität, die Nähe, die sie geteilt hatten, löste sich auf wie Nebel im ersten Morgenlicht. Wenn sie nicht immer noch dieses köstliche Ziehen und Kribbeln gespürt hätte, hätte sie gedacht, sich das alles nur eingebildet zu haben.

Am liebsten hätte sie die Uhr zu den unglaublichen Stunden zurückdrehen wollen, in denen Lucas und sie völlig ineinander versunken gewesen waren und nichts anderes wahrgenommen hatten. Aber diese Zeit war vorbei.

Sie traf eine Entscheidung und betrat das Zimmer. „Sprich mit mir."

„Das würdest du nicht wollen."

Wie konnte er das nur glauben? „Wenn du bedauerst, was wir getan haben, betrifft das mich auch."

„Warum sollte ich das bedauern?"

Sie war sich bewusst, dass sie sich auf sehr dünnem Eis bewegte. „Du hast sie geliebt. Vermutlich fühlt es sich wie Verrat an, aber …"

„Eva, du willst diese Unterhaltung nicht führen."

Ihr Herz klopfte wie wild. „Du meinst, du willst sie nicht führen."

Er schwang seine Beine auf den Boden. „Nein. Ich meinte genau das, was ich gesagt habe. *Du* willst es nicht."

Warum glaubte er, dass sie nicht reden wollte?

Nahm er an, dass sie mehr erhoffte als nur eine Nacht mit großartigem Sex? Hatte er Angst, sie würde mehr in die Nacht hineininterpretieren, als sie sollte?

„Glaubst du, es würde mich verletzen, wenn du über deine Frau redest? Ich bin nicht naiv, Lucas. Ich glaube nicht, dass es in der letzten Nacht um Liebe oder etwas in dieser Art ging." Sie ignorierte die leise Stimme in ihrem Kopf, die ihr sagte, wie sehr sie wollte, dass es um Liebe ging. Diesen Weg würde sie nicht einschlagen. Das traute sie sich nicht. „Aber ich würde gerne glauben, dass wir Freunde sind. Ich will, dass du mit mir sprichst. Ich will, dass du mir die Wahrheit sagst."

„Du bist nicht bereit, die Wahrheit zu hören." Er starrte in sein Whiskeyglas, und dann sah er sie an. „Du willst die Liebe so sehr, aber was, wenn sie nicht so wird, wie du es dir erhoffst? Hast du dich je gefragt, ob jemand ohne dich wohl besser dran wäre?"

Ihr Herz fühlte sich unglaublich schwer an. „Das sagst du, weil du die Liebe deines Lebens verloren hast, aber ich glaube trotzdem daran, dass es besser ist, so zu lieben, als gar nicht zu lieben. Du wirst wieder lieben, Lucas. Ganz bestimmt. Es mag sich im Moment nicht so anfühlen, und ich weiß, du wirst deine Frau niemals vergessen, aber eines Tages findest du jemanden, der dich glücklich macht."

Sie klappte den Mund zu. Vermutlich hätte sie das nicht sagen sollen. Es war zu früh. Er war noch nicht bereit, das zu hören. Er glaubte nicht daran.

Es folgte ein langes Schweigen. Als er schließlich sprach, klang seine Stimme barsch. „Du bist so eine Idealistin. So eine Träumerin. Du hast keine Ahnung, wovon du redest. Die Liebe hat nichts mit der Vorstellung zu tun, die du dir von ihr machst. Sie ist nicht strahlend und perfekt. Kein schimmernder Regenbogen und kein ewiger Sonnenschein. Liebe ist chaotisch, unordentlich und schmerzt wie die Hölle."

„So fühlst du dich, weil du sie verloren hast, aber …"

„Ich fühle das, weil es stimmt. Du glaubst, ich trauere, weil wir die perfekte Liebe geteilt haben? Dann lass mich deine Illusionen ein für alle Mal zerstören. An unserer Liebe war nichts perfekt. Aber ich *habe* sie geliebt, und das macht alles so viel schwerer."

„Ich weiß, aber …"

„Du weißt es nicht. Du hast verdammt noch mal keine Ahnung." Die rohe Wut in seiner Stimme schockierte sie.

„Lucas ..."

„An dem Abend, an dem meine Frau gestorben ist, an dem sie sich sorgfältig geschminkt und ihr Lieblingskleid angezogen hat, wollte sie nicht einfach ausgehen." Seine Finger umklammerten das Glas so fest, dass es ein Wunder war, dass es nicht zerbrach. „Sie wollte zu ihrem Liebhaber. Sie war dabei, mich zu verlassen. Also wie sieht dein Bild unserer perfekten Liebe jetzt aus, Eva?"

12. Kapitel

Es ist besser, voranzugehen als zu folgen.
Aber wenn du folgen musst, dann folge deinen Instinkten.

– Paige

Er hatte erwartet, dass sie gehen würde, und er hätte es ihr nicht vorgeworfen. Vielleicht hatte er es sogar gewollt.

Warum sonst hatte er ihr die Wahrheit gesagt?

Lange Zeit erwiderte sie nichts, und er beobachtete, wie die unterschiedlichen Gefühle über ihr Gesicht huschten. Nur wenige Stunden zuvor hatte er Ekstase und Leidenschaft in diesen Augen gesehen. Jetzt sah er Schock und Verwirrung, gefolgt von Mitgefühl. Natürlich Mitgefühl, denn das hier war Eva, und es war ihr unmöglich, kein Mitgefühl zu empfinden.

Aber es war das Letzte, was er wollte.

Er senkte den Blick auf seine Hände, angeekelt von sich, weil er ihre perfekte Nacht zerstört hatte. Doch anstatt zu gehen, setzte Eva sich neben ihn.

„Aber sie …“ Sie stolperte über die Worte. „Sie war die Liebe deines Lebens. Du kanntest sie seit deiner Kindheit …“

„Das stimmt.“ Er beobachtete, wie sie diese neuen Informationen verarbeitete. Sah zu, wie ihr strahlendes Bild der perfekten Liebe, der perfekten Ehe, sich in etwas Hässliches und Verzerrtes verwandelte.

„Ich habe Bilder von euch gesehen – auf Premieren, auf

Spaziergängen durch den Central Park. Ich habe gesehen, wie ihr einander angeschaut habt."

„Was nur beweist, wie wenig man über einen Menschen sagen kann, wenn man ihn einfach nur ansieht. Das versuche ich schon, dir zu erklären, seitdem du in meine Wohnung eingebrochen bist."

Sie schien ihn nicht zu hören. „Du hast gesagt, dass du sie geliebt hast, und ich habe sie auf den Fotos gesehen. Sie hat dich auch geliebt."

„Sie hat mich geliebt. So gut sie konnte. Aber die Liebe ist kompliziert, Eva. Das sage ich dir die ganze Zeit. Sie besteht nicht nur aus Herzen und Lächeln. Sie kann schmerzhaft sein. Sallyanne ertrug es nicht, in einer langfristigen, monogamen Beziehung zu sein. Sie hat drauf gewartet, dass die Beziehung sich selbst zerstört, und als das nicht passiert ist, hat sie sie zerstört."

„Ich verstehe das nicht."

„Ich habe es auch nicht verstanden." Und das war seine eigene Schuld. Weil er nicht genau hingesehen und zugehört hatte. Er, der so stolz darauf war, tief in das Seelenleben der Menschen einzutauchen, hatte bei seiner eigenen Frau nicht mal an der Oberfläche ihrer Gefühle gekratzt.

„Kennt sonst noch jemand die Wahrheit?"

„Dass sie mich verlassen wollte? Nein. Wenn sie nicht auf dem Weg zum Taxi auf dem Eis ausgerutscht wäre, hätte die Welt es in jener Nacht erfahren. Und es wäre für alle anderen genauso ein Schock gewesen wie für mich."

Schau, was ich uns angetan habe, Lucas. Ich habe zerbrochen, was zwischen uns war. Ich habe dir immer gesagt, dass ich es eines Tages kaputt machen werde.

Er griff nach der Whiskeyflasche, aber seine Hand zitterte so sehr, dass er das Glas verfehlte.

Schweigend wischte Eva die bernsteinfarbenen Pfützen

mit der Serviette auf, die vom Mittagessen übrig geblieben war.

Dann nahm sie ihm die Whiskeyflasche ab und schenkte zwei Fingerbreit in das Glas ein.

„Willst du mir gar keine Vorhaltungen über mein Trinken machen? Mir sagen, dass es nicht hilft?"

„Nein." Es lag keine Verurteilung in ihrer Stimme, nur Güte und Freundschaft. „Was ist an jenem Abend passiert, Lucas?"

Er hatte nie darüber gesprochen. Weil er es nicht gewollt hatte. Bis jetzt.

Lag es daran, dass es so leicht war, mit ihr zu reden? Oder weil da diese neue Intimität zwischen ihnen herrschte? Der Beweis für diese Intimität war in der leichten Rötung der Haut am Hals zu sehen und an den zerzausten Haaren. Und dann war da noch das, was nicht zu sehen war. Die Verbindung, die Nähe, die vorher nicht da gewesen war. Sie hatte etwas aufgebrochen, das seit drei Jahren in ihm versiegelt gewesen war.

„Sie hat mir gesagt, dass sie mich verlassen würde. Wir haben uns gestritten. Ich habe ihr gesagt, dass ich sie liebe, und ihre Antwort war, dass sie eine Affäre hat. Anfangs habe ich es nicht glauben wollen …" Er brach ab, weil er keine Worte fand für diese enorme Verwirrung, die er damals verspürt hatte. „Ich dachte, ich würde genau wissen, was sie fühlt und denkt. Ich kannte sie, seit sie fünf Jahre alt war. Als wir aufs College gingen, haben wir eine Weile den Kontakt verloren. Ich blieb an der Ostküste, sie ist an die Westküste gezogen. Ich wollte das Abenteuer der Großstadt. Ich schätze, du würdest es meine wilde Phase nennen. Wir haben uns zufällig bei einem Klassentreffen wiedergesehen, und dieses Mal war sie an mir interessiert. Wie sich herausstellte, hat ihr meine wilde Seite gefallen. Wir waren zusammen, als ich mein erstes Buch verkauft habe. Wir haben es gefeiert, indem wir uns sinnlos betrunken haben und Sex auf dem …“, er schaute sie an. „Egal, nicht wichtig.“

Sie nahm seine Hand. „Du musst dich nicht zensieren, Lucas.“

„Wir haben unsere Freundschaft erneuert, und es war, als wären wir nie getrennt gewesen. Die Ehe kam mir wie der logische nächste Schritt vor. Sie war zögerlich. Sie hat nicht eingesehen, warum wir etwas, das funktionierte, ändern sollten. Irgendwann ist es mir gelungen, sie zu überzeugen. Ich habe mich nie gefragt, ob es für sie auch das Richtige war.“

„Aber du hast sie sehr gut gekannt.“

„Das habe ich zumindest gedacht. Ihre Eltern haben sich scheiden lassen, als sie noch sehr jung war. Es war eine bitterböse Scheidung. Vermutlich hat das in ihr den Glauben hinterlassen, dass eine Ehe nicht funktionieren kann. Ich wusste das nicht, aber in dem Moment, in dem ich Sallyanne den Ring an den Finger gesteckt habe, habe ich das Todesurteil für unsere Beziehung unterschrieben. Unsere Ehe war vorbei, bevor sie noch richtig angefangen hatte.“

„Du hast nie vermutet, dass sie eine Affäre hat?“

„Nein. Sie hat ihn nicht geliebt, das hat sie mir gesagt.“ Er hob das Glas und trank, versuchte, die Erinnerungen an diese letzte Unterhaltung zu blockieren. „Sie hat es getan, weil sie glaubte, das würde mich von ihr forttreiben. Sie dachte, wenn sie mich dazu bringen könnte, sie zu hassen, würde es mir leichter fallen, über sie hinwegzukommen. Das war ihr ‚Geschenk‘ an mich.“

„Oh Lucas …“

„Ich bin nicht sicher, was passiert wäre, wenn sie nicht ausgerutscht wäre. Vielleicht hat sie gehofft, ich würde versuchen, sie zurückzugewinnen. Oder sie wollte vielleicht nicht wirklich gehen. Auf jeden Fall wäre das, was zwischen uns passiert ist, nicht leicht zu kitten gewesen. Sie hat viele Dinge gesagt, die sie nicht hätte sagen sollen, und ich auch. Ich war wütend. So verdammt wütend …“ Und die Schuldgefühle nagten wie Säure an ihm.

„Natürlich warst du das.“

„Sie hat versucht, es so schlimm wie möglich zu machen, damit ich aufhöre, sie zu lieben. Aber so funktioniert das nicht. Nachdem sie gestorben ist, waren die Gefühle beinahe unerträglich, weil ich keine Möglichkeit hatte, mit ihr zu reden und die Wahrheit zu erfahren. Ich glaube wirklich, dass sie mich geliebt hat, aber zu viel Angst hatte, dieser Liebe zu vertrauen. Es war, als hätte sie sich so sehr davor gefürchtet, wie sie mit dem Ende umgehen würde, dass sie es einfach hinter sich bringen und es selbst kontrollieren wollte. Aber ich habe sie trotzdem geliebt. Was vermutlich ziemlich irre ist.“ Er stellte das Glas ab und zuckte mit den Schultern.

„Nein“, sagte Eva leise. „Ich denke, das ist nicht ziemlich irre, sondern sehr loyal. Liebe ist nichts, das man an- und abschalten kann. Zumindest sollte sie das nicht sein.“

„Ich hätte sie gerne abgeschaltet.“ Das hatte er noch nie zuvor zugegeben. „Wenn du dich in jemandem irrst, denkst du an alles zurück, was ihr zusammen erlebt habt. Du sezierst alles, was der andere gesagt hat, und versuchst, herauszufinden, ob irgendetwas davon echt war. Du ribbelst die Beziehung auf wie einen Pullover, Masche für Masche, bis alles auseinanderfällt und du nichts als einen Haufen Wolle in den Händen hältst. Lose Enden. Und du hast keine Ahnung, wie du das jemals wieder zu einem Ganzen zusammenfügen sollst. Hast du eine Vorstellung davon, wie es sich anfühlt, zu denken, dass du jemanden kennst, wirklich kennst, und dann merkst, dass du ihn überhaupt nicht kennst? All die Fakten, all die Momente, die du für Intimität gehalten hast, verschwimmen mit einem Mal, und du weißt nicht mehr, ob ihr euch je wirklich nahegestanden habt oder alles nur Einbildung war. Wenn du dem Menschen, der dir am nächsten sein soll, nicht vertrauen kannst, wem kannst du dann vertrauen?“

„Man sollte der Person vertrauen können, die einem am nächsten steht. Das ist nicht zu viel verlangt.“ Sie rückte näher an ihn heran und bot ihm instinktiv Trost.

Ihr Schenkel streifte seinen, und sie griff nach seiner Hand.

„Ich dachte“, sagte sie langsam, „es ist deine Arbeit, die dich so misstrauisch gemacht hat. Ich dachte, es liegt daran, dass du deine Zeit damit verbringst, in die dunklen Seiten der menschlichen Natur einzutauchen. Nie hätte ich erwartet, dass eigene Erfahrungen dahinterstecken. Ich hasse den Gedanken, dass du das alles allein mit dir herumtragen musstest.“

„Ich wollte nicht, dass die Erinnerung an Sallyanne nur aus Klatsch und Tratsch besteht. Ich musste auch an ihre Familie denken. Ihre Eltern und ihre Schwester waren nach ihrem Tod am Boden zerstört. Niemand hätte etwas gewonnen, wenn ich ihnen die Wahrheit erzählt hätte.“

„Aber wie hast du das Geheimnis bewahren können? Was ist mit dem Mann, mit dem sie …“

„Er war verheiratet. Er hätte seine Frau nie verlassen. Deshalb hat sie ihn vermutlich ausgesucht. Sie wollte keine Beziehung, sondern nur das Abenteuer. Vielleicht hat sie ihn aber auch wirklich nur benutzt, um das zu zerstören, was wir hatten. Ich werde es nie erfahren. Er war nur zu froh, Schweigen zu bewahren, weil die Wahrheit seine Ehe gefährdet hätte.“ Er hörte das mitfühlende Geräusch, das Eva von sich gab, und Schuldgefühle blitzten in ihm auf. „Ich habe deine strahlende Sicht auf die Liebe zerstört.“

„Nein. Ich weiß, dass Liebe Fehler hat und chaotisch sein kann.“

„Und trotzdem willst du das?“

„Natürlich. Denn am Ende ist die Liebe das Einzige, was zählt.“ Bei ihr klang das so einfach, und für ihn war es immer nur kompliziert und schmerzhaft gewesen.

„Da widerspreche ich. Es hat seit ihrem Tod so viele Tage gegeben, an denen ich mir gewünscht habe, sie nie getroffen zu haben.“ Er hob den Kopf und sah sie an. „Ich konnte nicht damit umgehen, dass sie so viel vor mir geheim gehalten hat. Ich wurde genauso in die Irre geführt wie du, als du die Fotos gesehen hast. Ein Bild kann täuschen, aber ich habe mit ihr zusammengelebt und dachte, was wir hatten, wäre real. Wenn man einem Menschen, den man über fünfundzwanzig Jahre kannte, nicht trauen kann, wem denn dann?“

„Kein Wunder, dass du dich von Beziehungen ferngehalten hast.“

„Zum Glück lassen die Leute einem einiges durchgehen, wenn man trauert. Ich habe mich auf meine Arbeit konzentriert und wie ein Wahnsinniger geschrieben. Die Geschichten wurden von Buch zu Buch düsterer, und die Verkäufe sind durch die Decke gegangen. Die Kritiker meinten, mein Schreiben hätte eine ganz neue Qualität erreicht. Sallyanne würde sagen, das war ihr bestes Geschenk an mich. Ganz schön ironisch, findest du nicht? Ich bin ein weltweiter Bestsellerautor, weil meine Frau mich so kaputt gemacht hat.“ Er nahm das Glas und trank es in einem Zug aus. Der Whiskey brannte in seiner Kehle. „Das ist also die Liebe, Eva. So sieht sie aus. Du solltest wieder ins Bett gehen, und ich sollte weiterschreiben.“

„Schreiben? Es ist vier Uhr morgens.“

„Ich werde sowieso nicht schlafen. Aber du solltest dich dringend hinlegen. Selbst in ausgeschlafenem Zustand bist du morgens schon unerträglich genug.“ Er streckte die Hand aus und strich Eva eine Haarsträhne hinter das Ohr. Dabei fragte er sich, was passiert wäre, wenn er sie zu einem anderen Zeitpunkt in seinem Leben kennengelernt hätte. Sofort schob er die Frage beiseite, denn die Antwort war, dass es keinen einzigen Moment in seinem Leben gegeben hatte, in dem er der richtige Mann für eine Frau wie sie gewesen wäre.

„Kommst du mit mir?"

Ein Teil von ihm wollte es, aber er ermahnte sich, dass sie im Moment nur eine Nacht miteinander geteilt hatten. Mehr nicht. Ständig gingen Menschen nach einer Nacht ihrer Wege. Er hatte nicht vor, aus einer Nacht zwei Nächte und aus zweien drei Nächte werden zu lassen.

„Nein." Er ballte die Hände zur Faust, um sich davon abzuhalten, sie erneut zu berühren.

Ihr Blick suchte seinen. Dann straffte sie die Schultern und stand auf. „Nicht."

„Was nicht?"

„Bedaure nicht, was wir getan haben. Fang nicht an, es zu untersuchen und zu zerpflücken. Und mach dir auf keinen Fall Sorgen darüber, dass ich zu viel in das hineininterpretieren könnte, was zwischen uns war. Ich weiß, was die letzte Nacht war. Also denk nicht, dass du mir eine Erklärung schuldest oder – schlimmer noch – eine Entschuldigung. Ich werde jetzt wieder ins Bett gehen. Ohne Reue. Und mir wäre es lieber, wenn du auch nichts bereuen würdest."

Sie ging und überließ ihn seiner selbst auferlegten Einsamkeit. Er starrte ihr nach, sah ihre schmale Silhouette durch sein Hemd, das sie trug. Wieso zur Hölle fühlte es sich so schlecht an, wenn sie genau das tat, worum er sie gebeten hatte?

Er hatte sie weggeschickt, aber jetzt wollte er ihr folgen. Er wollte sein kaltes Herz auf ihre Wärme legen. Doch er widerstand dem Impuls, weil er wusste, dass es falsch war, sie als Zufluchtsort zu sehen, wenn er nicht der Mann sein konnte, den sie sich erträumte.

Wenn ihm nichts an ihr liegen würde, wäre es einfacher gewesen. Aber ihm lag etwas an ihr. Besser gesagt: Ihm lag viel zu viel an ihr. Also zwang er sich, zu bleiben, wo er war, umgeben von Reue, Schuldgefühle und einem ganzen Knäuel von Emotionen, die er nicht einmal ansatzweise entwirren konnte.

Eva rollte sich in dem kalten Bett zusammen und starrte in die Dunkelheit.

Sie hatte überlegt, in Lucas' Schlafzimmer zurückzugehen, aber irgendwie kam ihr das zu aufdringlich vor. Denn wo sollte *er* schlafen, wenn sie in seinem Bett lag?

Wer hat in meinem Bettchen gelegen?

Sie wollte nicht wie Goldlöckchen in diesem Märchen sein. Daher war sie in das Zimmer zurückgekehrt, in dem sie bisher geschlafen hatte.

Das Bett fühlte sich riesig, kalt und leer an, wo nur sie und ihre Gedanken darin lagen.

Bis zu dem Moment als Lucas ihr sein Geheimnis anvertraut hatte, war es die schönste Nacht ihres Lebens gewesen. Und jetzt lag das Geheimnis schwer wie ein Stein in ihr. Nicht ein einziges Mal war ihr in den Sinn gekommen, dass die „perfekte" Ehe vielleicht gar nicht so perfekt gewesen war.

Sie drehte sich auf den Rücken und starrte an die Decke.

Er hatte recht gehabt, als er sagte, dass es ihre Träume trüben würde. Denn das hatte es. Sie hatte diese Fotos angeschaut, die Tiefe seiner Trauer, und ihn um das beneidet, was er mit Sallyanne gehabt hatte.

Aber sie hatte nicht genau genug hingesehen. Sie hatte gedacht, wenn man den richtigen Menschen gefunden hatte, wäre die Liebe einfach.

Vermutlich hielt er sie für eine dumme Träumerin.

Sie selbst hielt sich ja für eine dumme Träumerin.

Kein Wunder, dass er sich zurückgezogen hatte. Er musste nicht nur den Verlust von jemandem verarbeiten, den er sehr geliebt hatte, sondern auch die Entdeckung, dass etwas, woran er geglaubt hatte, nie existiert hatte. Sie fing langsam an, zu verstehen, warum er niemals jemanden allein aufgrund seines Äußeren beurteilte.

Er hatte es erlebt, hatte entdeckt, dass das, was er an der Oberfläche sah, nicht das widerspiegelte, was sich darunter befand. Das war nicht nur Fiktion, das war seine Realität.

Und es hatte keinen Sinn, sich zu wünschen, die Dinge wären anders. Oder sich vorzumachen, *sie* könnte diejenige sein, die ihn aus der Vergangenheit in die Gegenwart holen würde. Vielleicht war sie eine verträumte Optimistin, aber sie war nicht dumm. Er hatte viel zu verarbeiten, und bis er das nicht getan hatte, würde er mit niemandem eine Beziehung führen können. Und das Letzte, was sie wollte, war, ihr Herz an einen Mann zu verschenken, der nicht verfügbar war.

Sie verspürte ein schmerzhaftes Ziehen in ihrer Brust und wusste, dass es dafür schon zu spät war. Sie war dabei, sich in ihn zu verlieben, und das war hoffnungslos.

Sie konnte ihm köstliches Essen kochen und seine Wohnung festlich schmücken, aber sie konnte nichts gegen das unternehmen, was er fühlte. Das konnte nur er tun.

Doch das hielt sie nicht davon ab, sich zu wünschen, dass es anders wäre.

13. Kapitel

Du kannst nicht in die Zukunft gehen,
wenn du mit einem Fuß in der Vergangenheit
stecken bleibst.

– *Paige*

Lucas erwachte mit einem steifen Nacken, weil er auf der Couch geschlafen hatte.

Durch die Fenster sah er, wie sich die Finger der Morgendämmerung golden über den Himmel streckten. Es schneite nicht mehr, aber die letzten Tage hatten den Central Park in ein wahres Winterwunderland verwandelt. Dick lag der Schnee auf den Wegen, und die Bäume waren in funkelnde weiße Decken gehüllt.

Die Whiskeyflasche stand immer noch geöffnet vor ihm, daneben ein leeres Glas. Eine Erinnerung an die vorangegangene Nacht.

Er erinnerte sich an das Tanzen, die angespannte Fahrt nach Hause und den unglaublichen Sex, der daraufhin gefolgt war. Eva war offen und ehrlich gewesen. Großzügig. Sie hatte sich ihm willig hingegeben, ohne zu zögern oder irgendwelche Bedingungen zu stellen. Und später, während der Unterhaltung in seinem Büro, war sie ebenso großzügig gewesen. Statt genervt oder unsicher zu sein, weil er über die Beziehung mit einer anderen Frau sprach, hatte sie aufmerksam zugehört.

Leise fluchend richtete er sich auf und vergrub die Finger in seinen Haaren.

Sie war eine Frau gewesen, die an Happy Ends glaubte. Dann hatte sie eine Nacht mit ihm verbracht. Und prompt hatte sie sich in eine Frau verwandelt, deren Illusionen zerstört waren. Das war es, was Gefühlte mit einem Menschen machten.

Was zum Teufel würde als Nächstes passieren? Er konnte nicht gehen, weil er sich in seiner eigenen Wohnung befand. Und er konnte sie nicht wegschicken, weil er sie hier brauchte, damit er arbeiten konnte.

Gefangen in einem Dilemma, das er sich selbst eingebrockt hatte, ging er ins Schlafzimmer und wappnete sich für die Unterhaltung. Dann sah er, dass sein Bett leer war. Die Schuhe, die Eva am Vorabend getragen hatte, lagen halb verborgen unter dem Bett – eine Erinnerung an die wenigen Stunden der Freude auf dem Ball.

Schon da hätte er die Sache stoppen müssen.

Statt mit ihr zu tanzen, hätte er sie mit einem der anderen Männer heimgehen lassen sollen. Er hätte sich zurückhalten und es einfach passieren lassen sollen.

Das wäre für sie beide besser gewesen. Doch stattdessen hatte er ihren märchenhaften Abend zerstört.

Er betrachtete die zerknüllten Laken und fragte sich, ob sie in ihrem Zimmer geschlafen hatte. Entweder das, oder sie hatte gepackt und war gegangen – was er ihr kaum zum Vorwurf machen konnte, oder?

Der Gedanke, dass sie vielleicht weg war, störte ihn mehr, als er es sollte. Und auch seine Erleichterung war größer, als gut war, als der köstliche Duft von gebratenem Speck aus der Küche hinaufwehte.

Sie war nicht nach Hause gegangen.

Er ging unter die Dusche und überlegte, was das zu bedeuten hatte. Als das heiße Wasser auf ihn herunterprasselte und den letzten Schlaf aus seinem Körper vertrieb, schloss er die Augen.

Mit der Hand wischte er sich das Wasser vom Gesicht und versuchte, einen klaren Kopf zu bekommen.

Er kannte sie noch keine Woche, und doch hatte er ihr Dinge erzählt, die er noch nie jemandem erzählt hatte. Geheimnisse, die nicht ans Tageslicht kommen sollten – das hatte er sich vor langer Zeit geschworen. Doch die Art, wie Eva ihn angesehen hatte, die Güte in ihrem Blick und ihre humorvolle, lockere Art hatten Informationen freigesetzt, die er bisher fest unter Verschluss gehalten hatte.

Er würde ihr nicht vorwerfen, die Zeichen falsch gedeutet zu haben und zu glauben, dass das hier mehr war, als es war.

Leise fluchend griff er nach einem Handtuch und band es sich um die Hüfte.

Es hatte keinen Sinn, die unvermeidliche unangenehme Unterhaltung weiter aufzuschieben.

Es wäre besser, sie so schnell wie möglich hinter sich zu bringen, damit sie beide genau wussten, wo das hier hinführte.

Er zog sich schnell an und ging dann nach unten in die Küche.

Eva trug wieder sein Hemd und hatte die Haare zu einem lockeren Knoten auf dem Kopf zusammengebunden. Er hörte das Brutzeln, und ein köstlicher Duft wehte ihm entgegen. Ihm fiel auf, dass Eva heute nicht sang, was sofort wieder Bedauern und Schuldgefühle in ihm weckte.

Ohne Zweifel war er dafür verantwortlich.

„Rieche ich etwa Bacon?“ Er wollte den berühmten Morgen-danach-Moment so einfach wie möglich für Eva machen, auch wenn er nicht wusste, welcher Teil der letzten Nacht ihr wohl am unangenehmsten war. Der Sex oder das Geständnis. „Ich dachte, du bist Vegetarierin?“

Ohne ihn anzusehen, griff sie nach einem Teller. „Der

Bacon ist für dich. Ich habe gehört, er soll die perfekte Kur für einen Kater sein."

„Ich habe keinen Kater." Es war eine Lüge, und das wussten sie beide, aber statt ihm zu widersprechen, wandte sie sich wieder der Pfanne zu und überließ es ihm, darüber nachzudenken, warum sie sich solche Mühe gemacht hatte.

„Eva …"

„Nicht reden."

„Weil du verärgert bist?"

„Weil ich noch nicht wach bin. Es ist noch früh. Ich habe dir ja schon gesagt, dass ich um die Uhrzeit noch nicht sonderlich gut funktioniere, vor allem, wenn ich nicht so viel geschlafen habe." Gähnend legte sie den Bacon auf den Teller, gab einen Muffin und ein pochiertes Ei dazu und stellte den Teller vor ihn hin. „Sprich nicht mit mir. Mir geht es gut." Damit hatte sie ihm quasi eine Entschuldigung gegeben, die Unterhaltung nicht zu führen, vor der ihm so graute. Er hätte erleichtert sein sollen. Aber aus irgendeinem Grund war er das nicht.

„Ich brauche kein Frühstück."

„Ich bin sehr früh aufgestanden, um dir das zu machen. Wenn du es nicht isst, werde ich tatsächlich verärgert sein. Außerdem musst du die Kalorien ersetzen, die du letzte Nacht verbrannt hast."

„Was das angeht …"

„Iss." Sie reichte ihm Gabel und Messer und drehte sich um, um ein Blech mit etwas, das köstlich roch, aus dem Ofen zu holen.

Er betrachtete ihre langen, nackten Beine und vergaß, was er hatte sagen wollen. „Du hast mein Hemd geklaut."

„Ich wollte Frühstück machen, bevor ich unter die Dusche gehe. Macht es dir etwas aus?"

Auf eine Intimität mehr kam es jetzt auch nicht mehr an.

Er aß einen Happen. Dann noch einen. Sofort fühlte er sich besser. Der Bacon war kross, der Muffin leicht getoastet und das Ei perfekt gekocht. Sie schien immer genau zu wissen, was sie ihm servieren musste. Stimmungsessen.

„Als du nicht im Schlafzimmer warst, dachte ich, du wärst gegangen."

„Ich habe in meinem Zimmer geschlafen." Sie schenkte sich einen Kaffee ein und lehnte sich gegen die Arbeitsplatte. „Du hättest in deinem schlafen sollen. Nach der Nacht auf dem Sofa muss dein Nacken ganz verspannt sein."

„Eva, was letzte Nacht zwischen uns passiert ist …"

„Darüber werden wir nicht jetzt reden."

„Oh doch, das werden wir."

Sie seufzte. „Also gut. Aber dann brauche ich mehr Kaffee. Und ich werde für nichts, was ich jetzt sage, die Verantwortung übernehmen. Ich bin nämlich noch im Schlafkoma." Sie schenkte sich nach und reichte ihm ebenfalls einen Becher. „Die letzte Nacht war perfekt, Lucas. Das Kleid, der Ball, der Sex. Alles war perfekt."

Er hatte sich bemüht, nicht an den Sex zu denken. Aber nachdem das Wort nun in der Luft hing, konnte er an nichts anderes mehr denken. Eva, nackt, diese unglaublichen Brüste, die sich gegen seinen Oberkörper pressten. Eva, Augen geschlossen und Lippen geöffnet, als er sie geküsst hatte.

Eva, die zuhörte, ohne zu verurteilen …

Mist.

„Du ignorierst den Teil, in dem ich deine Träume zerstört habe."

„Du meinst den Teil, in dem du mir die Wahrheit über deine Ehe erzählt hast? Nein." Sie trank einen Schluck und stellte ihren Becher dann langsam ab. „Ich bin froh, dass du es endlich jemandem erzählen konntest, denn das ganz allein mit dir herumzutragen, muss eine schwere Bürde gewesen sein. Es tut mir leid, dass du damit leben musstest, und ich verstehe jetzt, warum du nicht glauben magst, dass irgendjemand so ist, wie er zu sein scheint."

„Eva ..."

„Du suchst immer nach verborgenen Gefühlen, also werde ich dir die Mühe ersparen und dir sagen, was in meinem Kopf gerade los ist. War die letzte Nacht unglaublich? Ja, das war sie. Wünsche ich mir, es könnte mehr als nur eine Nacht sein? Ja, ein Teil von mir tut das."

Genau wie er. Außerdem wünschte er sich noch, sie hätte etwas anderes an als sein verdammtes Hemd. Das hätte es ihm erleichtert, sich zu konzentrieren. „Ein Teil von dir?"

„Der Teil von mir, der die Wahrheit ignorieren will. Dass du nämlich verdammt viel Ballast mit dir herumschleppst, mit dem du erst mal klarkommen musst, bevor du bereit bist für eine neue Beziehung. Sich auf dich einzulassen wäre, als ob man mit einem Auto über Scherben fahren würde. Es kann im Grunde nur böse enden, und ich ziehe es vor, nicht irgendetwas anzufangen, bei dem schon jetzt klar ist, dass es in Zukunft Probleme geben wird. Nennen wir es einen One-Night-Stand."

Er hätte erleichtert sein sollen, dass sie so vernünftig war. Er *war* erleichtert, verdammt noch mal. Also ergab der enttäuschte Stich in seinem Herzen überhaupt keinen Sinn.

„Du magst keine One-Night-Stands."

„Sie sind nicht meine Lieblingsbeschäftigung, aber das bedeutet nicht, dass ich einen One-Night-Stand nicht genießen kann, wenn er sich ergibt." Ihre Stimme klang leicht, aber er wusste, dass sie ihm kaum einen Blick auf die Oberfläche ihrer Gefühle gewährt hatte.

„Ich würde es verstehen, wenn du gehen willst."

Sie hob den Becher an den Mund und trank noch einen Schluck, wobei sie ihn über den Rand hinweg musterte.

„Willst du, dass ich gehe? Du hast mich hergeholt, damit du dein Buch zu Ende schreiben kannst. Ich gehe nur, wenn dein Buch fertig oder meine Anwesenheit nicht länger hilfreich ist. Ansonsten bleibe ich, bis der Auftrag erledigt ist. Also, brauchst du mich oder nicht?“

Sein Mund war trocken. Er musste sich daran erinnern, dass sie über die Arbeit sprach. „Ich brauche dich.“

„Dann bleibe ich.“ Sie lächelte. „Und ich verspreche, dich nicht hinterrücks zu überfallen, sobald es Nacht wird. Also musst du dich nicht länger auf deinem Sofa verstecken. Und jetzt, wo das geklärt ist, können wir so weitermachen, als wäre nichts geschehen.“

Er wünschte, es wäre so einfach.

Er wünschte, er könnte so tun, als hätte sich nichts verändert. Doch das hatte es. Es war, als würde man versuchen, die Tür eines übervollen Kleiderschranks zu schließen. Alles, was darin verstaut war, drängte dagegen, versuchte, nach Jahren der Gefangenschaft zu fliehen.

Vielleicht glaubte sie, es wäre einseitig. Vielleicht verstand sie nicht, wie sehr er darum kämpfte, nicht alles Anständige in seinem Inneren beiseitezuschieben und Zuflucht in ihrer Wärme und Großzügigkeit zu suchen.

Er sagte nichts, als sie ihm noch einen Nachschlag gab und ihm einen Kaffee machte, der genauso war, wie er ihn mochte.

Alles, was sie tat, war genauso, wie er es mochte.

Die einzige Möglichkeit, damit umzugehen, war, sich in Arbeit zu flüchten.

Nachdem er seine zweite Portion aufgegessen hatte, stand er auf und stellte seinen Teller klappernd in die Spülmaschine. „Danke fürs Frühstück.“ Sein Ton war rauer, als er vorgehabt hatte, aber sie schien nicht beleidigt zu sein. Er kam langsam zu dem Schluss, dass sie zu jener seltenen Sorte

Menschen gehörte, die intuitiv die Gefühle anderer verstanden und respektierten.

„Gern geschehen. Danke für den Orgasmus." Sie wurde rot. „Vergiss, dass ich das gesagt habe. Ich bin noch im Halbschlaf."

Egal, wie angespannt die Situation war, Eva brachte ihn immer zum Lächeln.

„Du dankst mir nur für einen? Was ist mit den anderen?"

„Ich habe den Überblick verloren."

Ihre Blicke trafen sich. Die Temperatur in der Wohnung schien innerhalb von Sekunden anzusteigen. Es war heiß hier. Heiß und intim.

Er dachte, wenn ich tue, was ich gerne tun will, wird das in einer Katastrophe enden, und sie wird mir für gar nichts mehr danken.

Sie würde den Tag verfluchen, an dem sie ihn getroffen hatte.

Der Schneesturm war nun vorbei, und die Straßen waren geräumt. Langsam wagten die Menschen sich warm eingepackt gegen die Kälte wieder hinaus und bereiteten sich auf die Feiertage vor. Geschenke mussten gekauft, Tannenbäume geschmückt, Schaufenster bewundert und Partys besucht werden.

Eva konzentrierte sich auf ihre Arbeit und versuchte, nicht allzu sehr an die Nacht mit Lucas zu denken.

Diese Nacht verdiente, dass man sich an sie erinnerte. Aber zugleich lösten diese Gedanken eine Sehnsucht nach etwas aus, das nicht zur Verfügung stand.

Lucas und sie sprachen nicht mehr darüber, aber das bedeutete nicht, dass die Spannung nicht da war. Sie brodelte unter der Oberfläche, schlug kleine Wellen in der ansonsten glatten Atmosphäre. Bis jetzt hatte Eva nicht gewusst, wie viel mit einer Berührung oder einem Blick vermittelt werden konnte.

Sie beneidete Lucas um seine Selbstkontrolle.

„Ich meine, wenn ich es wäre, könnte ich nicht widerstehen.“ Eva telefonierte mit Paige, während sie rührte und knetete und backte. Sie hatte ihren Freundinnen die Wahrheit über die Nacht erzählt, wobei sie das, was Lucas ihr anvertraut hatte, für sich behielt. Es war nicht an ihr, seine Geschichte zu erzählen. „Er ist einer von denen, die Schokolade im Haus haben können, ohne sie zu essen. Warum bin ich nicht mit so einer Selbstkontrolle gesegnet? Dann wäre ich dünn und erfolgreich.“

„Du bist mit vielen anderen Dingen gesegnet, und kein Mann würde deine Kurven für ‚dünn‘ eintauschen.“

„Du findest, ich bin fett?“ Sie schaute über die Schulter zu ihrem Hintern. „Ich habe jeden Tag auf Lucas’ Heimtrainer geschwitzt und Gewichte gehoben. Ich sehe gestrafft aus, aber nicht dünn. Vermutlich, weil ich keine Selbstkontrolle habe.“

„Selbstkontrolle wird vollkommen überbewertet. Also hat er die Nacht nicht mehr erwähnt? Kein einziges Mal?“

„Nur einmal, am Morgen danach.“ Sie gab mehr Mehl in die Schüssel. „Wir ignorieren es. Zumindest nach außen hin.“ Aber unter der Oberfläche? Da stieg die Spannung. Die Zeit, die sie miteinander verbracht hatten, war so intensiv gewesen, dass es immer schwerer wurde, sich normal zu verhalten. Wobei Eva inzwischen den Punkt erreicht hatte, an dem sie sich kaum noch erinnern konnte, was normal war.

„Hm.“ Paige klang nicht überzeugt. „Bist du sicher, dass du dort bleiben willst? Ich möchte nicht, dass du dich ernsthaft in ihn verliebst.“

Eva holte einen Karton mit Eiern aus dem Kühlschrank. „Ich verliebe mich nicht ernsthaft.“

„Ich kenne dich. Für dich ist Sex immer ernst. Ich möchte nicht, dass du verletzt wirst."

„Es ist für mich eine Weile her, also denke ich, dass es jetzt anders ist. Es war nichts Ernstes." Wenn sie es oft genug sagte, würde sie vielleicht sogar anfangen, es irgendwann auch zu glauben.

„Aber du wünschst dir, es wäre anders?"

„Solche Gedanken lasse ich erst gar nicht zu." Sie schloss die Kühlschranktür. Vielleicht verfügte sie doch über mehr Selbstkontrolle als angenommen, dachte sie. Okay, sie war nicht gut darin, Zucker oder Lippenstiften zu widerstehen, aber sie war gar nicht mal so schlecht darin, ihren Gefühlen für Lucas zu widerstehen.

Die nächsten Tage verbrachte Lucas in seinem Büro und kam nur heraus, um mit ihr zusammen zu essen. Isolierte er sich, weil er so viel arbeiten musste? Oder fand er die Intensität ihrer Beziehung auch beunruhigend? Eva fand keine Antwort auf diese Fragen. Eines allerdings war klar: Dieses Schweigen zwischen ihnen war ebenso bedeutungsvoll wie die Worte, die sie wechselten. Manchmal hatte sie das Gefühl, sie würde gleich in Flammen aufgehen.

Und dann waren da die Momente, in denen sie sich Sorgen machte, dass er sich vielleicht wieder in seine private Hölle zurückzog, wenn er ganz allein im Büro war. Und sie konnte nicht anders, als sich zu fragen, ob er jemals an sie dachte, während er grübelte.

Wie versprochen, hatte er ihr das zweite Gästezimmer als Büro zur Verfügung gestellt. Er hatte den Schreibtisch so verschoben, dass sie von dort einen Blick über die Stadt und den Park hatte.

Es fiel ihr verdammt schwer, nicht den ganzen Tag damit zu verbringen, die wundervolle Aussicht zu betrachten.

Hier hatte sie ihren Laptop, und von hier aus nahm sie regelmäßig Kontakt zu Paige und Frankie auf. An einem Abend traf sie sich mit den beiden für ein Event in der Stadt, aber ansonsten fand ihre Arbeit hauptsächlich über Telefon und Internet statt. Ihre Arbeitstage bestanden darin, das Catering für Events zu organisieren und zwischen den Lieferanten und den Klienten zu vermitteln. Den Rest ihrer Zeit verbrachte sie in der Küche.

Ihre Großmutter und sie hatten Weihnachten ganz besonders geliebt, und überall lauerten Erinnerungen – in den Aromen und Düften, in dem Geschmack. Es gab einige Gerichte, die sie seit dem Tod ihrer Großmutter nicht mehr gekocht hatte, aber nun kochte sie sie für Lucas und stellte fest, dass das ein Trost war. Doch zugleich wurden Trauer und Nostalgie in ihr geweckt.

Obwohl – oder vielleicht weil – er so mit seinem Buch beschäftigt war, war Lucas ein dankbarer Gast. Er lobte alles, was sie zubereitete, und schien aufrichtig an dem Kochprozess interessiert zu sein.

Das Abendessen wurde für sie zur wichtigsten Mahlzeit des Tages, weil es die einzige Zeit war, die sie wirklich gemeinsam verbrachten. Das Frühstück wurde oft im Stehen gegessen. Das Mittagessen lief ebenso schnell ab – manchmal füllte Lucas sich nur seinen Teller auf und nahm ihn mit in sein Büro.

Beim Abendessen jedoch verweilte er. Er fragte sie vorher immer, was genau sie essen würden, und dann wählte er einen Wein aus, von dem er dachte, dass er gut passen würde. Sie war von seinem Fachwissen beeindruckt.

„Einige deiner Weine sind also sehr alt und sehr wertvoll?"

„Ja."

„Und manchmal erstehst du sie auf Auktionen?"

„Das stimmt." Er schenkte Wein ein und reichte ihr das Glas. „Probier mal und sag mir, was du denkst."

Das erste Mal, als er sie darum gebeten hatte, war ihr das peinlich gewesen. Sie wusste nichts über Wein und würde auch nicht versuchen, einem Experten etwas vorzumachen.

„Ich mag ihn. Mehr kann ich dir nicht sagen."

„Warum magst du ihn?"

„Weil er so gut schmeckt, dass ich die ganze Flasche austrinken möchte." Sie lächelte ihn über den Rand ihres Glases hinweg an. „Sorry, dass ich dich enttäusche, aber genauer kann ich nicht werden. Wie hast du so viel über Wein gelernt?"

„Von meinem Vater." Er schenkte sich selbst ein. „Es ist sein Hobby. In meiner Kindheit haben wir oft Weingüter in Kalifornien, Neuseeland und Frankreich besucht."

Dank seiner Kindheit und seiner Lesereisen war er weit gereist.

„Ich war nur einmal in Europa. Ich habe einen Monat in einem Restaurant in Paris in der Küche gearbeitet." Sie trank noch einen Schluck. „Du bist schon überall gewesen."

„Nicht überall, und selbst wenn ich reise, sehe ich nicht viel von den Orten, an denen ich bin. Auf einer Lesereise sehe ich meist nur den Flughafen, das Hotel und einen Buchladen, bevor ich schon in die nächste Stadt aufbrechen muss. Erzähl mir von Paris. Was hat dir da besonders gefallen?"

„Oh vieles. Das Brot, die Leidenschaft fürs Kochen, die Qualität der Zutaten."

Sein Interesse schmeichelte ihr. Sie war schon mit Männern aus gewesen, die nur über sich selbst sprechen wollten. Lucas hingegen stellte Fragen und hörte sich aufmerksam die Antworten an.

Er war ein guter Zuhörer, und sie erzählte ihm Details aus ihrer Kindheit und von ihrer Großmutter, die sie noch mit niemandem geteilt hatte.

„Puffin Island ist klein, und die Leute kennen sich gut. Unser Haus ist immer voll. Nachdem mein Großvater gestorben ist, mussten wir fast sechs Monate lang nicht kochen. Immer stand irgendein Auflauf vor der Haustür. Großmutter hat es geliebt, dass immer so viel Besuch da war. Sie hat sich Sorgen gemacht, dass es nur uns beide gab. Deshalb wollte sie sicherstellen, dass ich genügend Menschen kannte. Also hat sie konstant gekocht und Leute zum Probieren eingeladen."

Sie wandten sich anderen Themen zu, aber ein paar Abende später kam Lucas darauf zurück.

„Warum habt ihr Puffin Island verlassen?"

„Ich bin aufs College gegangen." Sie gab einen Tropfen Trüffelöl zu der Pasta, die sie gerade kochte. „Gram hat beschlossen, dass es auch für sie an der Zeit wäre, etwas zu verändern."

„Das war sehr mutig von ihr."

„Sie war eine unglaubliche Frau. Sie hat immer nur nach vorne geschaut, nie zurück, und sie hat nie daran gezweifelt, dass sie etwas tun kann. Sie ist von dieser kleinen, dörflichen Insel nach New York City gezogen und hat sich hier ein Zuhause geschaffen."

„Als ehemalige Englischprofessorin muss sie es geliebt haben, auf einmal so viel Kultur um sich zu haben."

„Das hat sie. In den ersten Jahren wohnte sie in einem kleinen Apartment an der Upper West Side. In der Nähe des Central Parks zu leben war ihr Weg, um etwas Natur in ihrem Leben zu behalten. Wir haben oft im Park gepicknickt. Ich habe es geliebt, die Enten zu füttern."

„Hat sie die Insel vermisst?"

„Ich glaube nicht." Eva servierte die Teller mit der Pasta. „Sie fand es toll, im Sommer auf Freiluftkonzerte zu gehen und fürs Kochen alle Zutaten zu bekommen, die sie benötigte, ohne darauf hoffen zu müssen, dass der Laden auf der Insel sie zufällig auf Lager hatte."

„Hast du die Insel vermisst?"

„Nein." Sie setzte sich ihm gegenüber. „Ich habe die Insel geliebt, aber New York war für mich das Paradies. An dem Tag, an dem ich Bloomingdale's entdeckt habe, wusste ich, dass hier mein Zuhause ist." Sie lachte und fuhr dann fort. „Das und die Schuhabteilung bei Saks Fifth Avenue. Die ist groß genug, um eine eigene Postleitzahl zu haben. Es gibt sogar einen Expressfahrstuhl, der einen direkt dorthin bringt."

„Direkt in den Himmel?"

„So in der Art."

„Deine Großmutter klingt nach einer außergewöhnlichen Frau. Kein Wunder, dass ihr eine so besondere Verbindung hattet."

„Sie war mein Ein und Alles", sagte Eva. „Meine ganze Welt. Großmutter war ein Mensch, der versuchte, sich immer auf das zu konzentrieren, was im Leben gut war, nicht, was falsch lief. Wenn ich aus dem Fenster gesehen und gesagt habe: ‚Es regnet', hat sie gesagt, das wäre gut für die Pflanzen. Oder dass wir rausgehen und durch Pfützen springen könnten. Einmal waren wir auf der Insel den halben Winter über eingeschneit, aber sie hat sich nie beschwert. Sie meinte, es wäre das perfekte Wetter, um es sich in der Küche gemütlich zu machen und zu kochen. Sie war so … sonnig."

„Das hat sie an dich weitergegeben."

„Das habe ich auch mal gedacht, aber jetzt bin ich mir nicht mehr so sicher." Sie stocherte in ihrem Essen herum. „Seit sie gestorben ist, fühle ich mich eher wie eine Regenwolke als wie Sonnenschein. Sie war für mich der wichtigste Mensch auf der Welt, und ich glaube nicht, dass ich gut darin bin, mich an ein Leben ohne sie zu gewöhnen …" Sie blinzelte und nahm automatisch die Gefühle, die in ihr aufstiegen, an die Kandare. „Sorry. Lass uns über etwas anderes sprechen."

„Willst du denn über etwas anderes sprechen?"

Nein. Sie wollte über ihre Großmutter reden. Und über ihre Gefühle. „Ich will nicht über meine Probleme jammern."

„Weil dir das deine Großmutter beigebracht hat?" Er musterte sie. „Du darfst dich auch mal schlecht fühlen, Eva. Und du darfst natürlich darüber reden, dass du dich schlecht fühlst."

„Ich denke, ein Teil von mir hat Angst, dass ich, wenn ich einmal anfange, nicht mehr aufhöre. Meine Freundinnen waren so gut, sie haben mir zugehört und mich umarmt, wenn ich traurig war. Aber ich weiß, ich muss das alleine regeln."

„Es gibt keinen Zeitrahmen dafür, einen Verlust zu verarbeiten. Das hast du mir selbst erklärt."

„Manchmal habe ich das Gefühl, ich würde meine Großmutter im Stich lassen. Ich bemühe mich wirklich sehr, so zu sein, wie sie es mir beigebracht hat. Aber es ist sehr schwer."

„Könnte es denn anders sein? Nach Sallyannes Tod habe ich viel über die Theorie der Trauer gelesen, aber Trauer ist persönlich, und im echten Leben kann man nur Tag für Tag weitermachen und hoffen, dass es besser wird."

„Was vermisst du an ihr am meisten?"

„An Sallyanne?" Er legte seine Gabel ab. „Ich weiß es nicht. Vermutlich ihren respektlosen Humor. Was vermisst du an deiner Großmutter am meisten?"

„Das Gefühl, in Liebe eingehüllt zu sein. Diese Sicherheit, die man bekommt, wenn man weiß, dass man geliebt wird – egal, was passiert. Seitdem ich Großmutter verloren habe, fühle ich mich, als würde ich in einem großen, leeren Bett liegen und jemand hätte mir die Decke geklaut. Und dann gibt es noch die vielen Kleinigkeiten, die mir fehlen. Zum Beispiel dass ich bei ihr anrufen und erzählen kann, was gerade in meinem Leben passiert. Oder dass sie mir erzählt, was im Seniorenstift los ist – was Tom Lustiges gesagt hat oder wie Doris den Postboten erschreckt hat, weil sie die Zähne mal wieder im Glas vergessen hat. Ich bin immer zu der Weihnachtsfeier gegangen, die sie dort gefeiert haben. Das vermisse ich auch." Sie griff nach ihrem Glas. „Tut mir leid. Die selbstmitleidige Tirade ist vorbei."

„Du musst dich nicht entschuldigen. Und fürs Protokoll: Ich finde dich ganz und gar nicht selbstmitleidig." Er nahm sich noch eine Portion Pasta. „Im Gegenteil: Ich denke, dass du zu viel für dich behalten hast. Du solltest reden. Das ist wichtig."

„Du redest auch nicht."

„Ich schreibe. Das ist meine Art, die Spannung zu lösen."

„Du bringst deine Figuren um?"

„Das auch." Er lachte leise, und sie fiel mit ein.

Ihr fiel auf, dass sie sich lange nicht so gut gefühlt hatte. „Danke fürs Zuhören. Es ist so leicht, mit dir zu reden, vielleicht, weil du selbst jemanden verloren hast. Du weißt, wie sich das anfühlt. Du verstehst es."

Das war noch etwas, das sie miteinander verband, eine weitere Schicht der Intimität, die vertiefte, was sie bereits hatten.

Sie hatte aufgegeben, sich ihr Verlangen nach ihm auszureden. Sie wollte ihn verzweifelt. Sie wollte, dass er sie in sein Bett trug und dort Liebe mit ihr machte, wie er es nach dem Ball getan hatte. Aber egal, wie weit in die Nacht hinein sie sich unterhielten, egal, wie persönlich die Unterhaltungen wurden, er berührte sie nicht mehr. Und sie bemühte sich, ihn auch nicht zu berühren.

Einmal hatte sie ihn aus Versehen gestreift, als sie ihm einen Teller reichte, und sie hatte ihren Arm so schnell zurückgezogen, dass der Teller beinahe auf dem Boden gelandet wäre. Lucas hatte ihn mit einer Hand aufgefangen, und die kurz in seinen Augen aufflackernde Flamme hatte ihr verraten, dass er wusste, was in ihr vorging. Mehr noch: Er kämpfte genau den gleichen Kampf. Aber auch wenn die sexuelle Spannung zwischen ihnen heißer war als alles, was sie in seiner Küche zusammenkochte, unternahm er nichts.

Und sie auch nicht.

Sie sagte sich, dass er nur vernünftig war. Doch das änderte nichts an dem dumpfen Schmerz der Enttäuschung, den sie verspürte. Warum konnten die Dinge nicht anders sein? Ihre Nächte waren unruhig. Ständig hatte sie diese hitzigen, erotischen Träume, deren Bilder sie auch tagsüber verfolgten.

Sie versuchte, ihre Gedanken vom Thema Sex abzulenken. „Wie läuft es mit dem Buch?"

„Ganz gut, danke." Er goss Wein nach. „Ich habe heute weitere zehntausend Wörter geschrieben. So langsam glaube ich, dass ich tatsächlich rechtzeitig fertig werden könnte."

„Da ich darin vorkomme – wirst du mich das Buch lesen lassen?"

Er griff nach seinem Glas. „Du liest keine Thriller."

„Ich habe ja auch noch nie zuvor eine Hauptrolle in einem gehabt."

„Ich lasse niemals jemanden meine Arbeit lesen, bevor sie nicht fertig ist."

Sie war enttäuscht. „Okay. Aber ich erwarte ein signiertes Exemplar."

„Selbst wenn auf dem Cover Blut ist?"

„Ich werde es in geblümtes rosafarbenes Papier einschlagen."

Sie servierte eine locker-leichte *Tarte au citron*, wie sie sie in diesem Sommer in Paris gegessen hatte. Danach kehrte Lucas in sein Büro zurück.

Eva kümmerte sich um ihre E-Mails, aktualisierte ihre Social-Media-Accounts und telefonierte mit zwei Kunden.

Bevor sie zu Bett ging, machte sie sich einen Kräutertee und brachte auch Lucas eine Tasse vorbei.

Die Tür zu seinem Büro stand offen, doch er war nirgendwo zu sehen.

Sie stellte den Tee auf seinem Schreibtisch ab. Ihr Blick fiel auf die Wörter auf dem Bildschirm. Offensichtlich hatte er mitten in einem Kapitel aufgehört.

Neugierig beugte sie sich vor.

Sogleich überkamen sie Schuldgefühle, dass sie hier herumschnüffelte. Aber sie schüttelte das Schuldbewusstsein ab. Immerhin war sie seine Inspiration. Dann durfte sie doch wenigstens einen Blick auf die Figur werfen, für die sie die Vorlage war, oder?

Sie starrte auf den Bildschirm, fest entschlossen, nur ein paar Zeilen zu lesen.

Doch dann las sie immer weiter. Sie las, obwohl ihr Mund trocken war und ihre Hände zitterten.

Sie war so vertieft, dass sie Lucas nicht zurückkommen hörte.

„Eva?"

Seine Stimme riss sie aus ihrem Schock. Sie stolperte rückwärts über einen Stapel Bücher, den er auf den Boden gelegt hatte.

„Das bin ich." Die Worte steckten in ihrer Kehle fest. „Du hast gesagt, ich wäre deine Inspiration …"

„Eva …"

„Ich bin die Mörderin. Ich dachte, ich wäre eine nette, freundliche Figur, aber ich bin die Mörderin? *Du hast mich zur Mörderin gemacht?*"

„Das bist nicht du. Meine Figuren sind keine realen Menschen." Er zögerte. „Aber es stimmt, ich habe ihr ein paar deiner Eigenschaften gegeben."

„Sie hat blonde Haare und D-Körbchen. Sie ist eine ausgezeichnete Köchin! Du hättest sie genauso gut Eva nennen können! Alle werden wissen, dass die Figur auf mir basiert, und das ist schre… schrecklich." Sie presste die Worte um den Kloß der Wut heraus, der in ihrer Brust steckte. „Und die ausführliche …"

„Eva, bitte …"

„All die Fragen, die du gestellt hast, wenn wir zusammen waren. Ich dachte, du wärst an mir interessiert. Ich habe geglaubt, du willst mich kennenlernen, aber du wolltest einfach nur weitere Einzelheiten für dein Buch …"

„Das stimmt nicht." Er machte einen Schritt auf sie zu, doch sie hob die Hand.

„Komm ja nicht näher. Fass mich nicht an, Lucas, denn im Moment bin ich *so wütend.*"

„Du reagierst über. Die Figur basiert höchstens lose auf dir, mehr nicht."

„*Mehr nicht?*" Sie ging mit ausgestrecktem Zeigefinger auf ihn zu. „Okay, dann habe ich ein paar Neuigkeiten für dich, Lucas: Ich *bin* eine reale Person. Ein Mensch aus Fleisch und Blut mit … Gefühlen." Ihre Stimme schwankte. „Ich bin *keine* deiner Figuren, und wir sind *nicht* in einem deiner Romane. Das hier ist das echte Leben. Das hier ist *mein* Leben, und du kannst nicht …" Sie stieß ihm hart gegen die Brust; ihr Atem ging flach und schnell. „Du kannst mich nicht zu einer Mörderin machen."

„Wenn du mir zuhören würdest …"

„Versuch nicht, mich zu beschwichtigen. Du glaubst, ich wäre zu einem Mord fähig? Tja, dann habe ich noch mehr Neuigkeiten für dich …" Sie spuckte die Worte förmlich aus. „Nachdem ich dich kennengelernt habe, könnte das durchaus sein. Im Moment fallen mir eine Menge sehr interessanter Wege ein, wie ich dich ermorden könnte. Wege, an die du vermutlich noch nie gedacht hast." Damit machte sie auf dem Absatz kehrt, verließ sein Büro und schlug die Tür hinter sich zu.

Sie ging in ihr Schlafzimmer und schlug auch diese Tür zu. Sie war so wütend, dass sie kaum atmen konnte.

Er hat mich zu einer Mörderin gemacht.

Die ganze Zeit über hatte sie gedacht, das zwischen ihnen wäre etwas ganz Besonderes. Eine Vertrautheit, die echt und tief war. Aber in Wahrheit hatte Lucas alles, was er über sie erfahren hatte, nur für sein Buch benutzt. Er war nicht an ihr interessiert – jedenfalls nicht als Mensch. Ihm ging es nur um sein Buch und seine verdammte Figur.

Sie hatte sich vorgemacht, dass sie ihm half, indem sie hier war. Dass sie ihn inspirierte. Stattdessen hatte sie ihm die Inspiration geliefert, sie in einen bösen Menschen zu verwandeln.

Sie lief in ihrem Zimmer auf und ab, weil sie nicht wusste, wie sie sich sonst beruhigen sollte. Ein Drink, schoss es ihr durch den Kopf. Sie brauchte einen Drink. Bei Lucas funktionierte das in stressigen Phasen auch, warum also nicht bei ihr?

Entschlossen ging sie nach unten in die Küche, ignorierte den Whiskey und nahm sich stattdessen eine Flasche Wein aus dem Regal.

Hinter ihr erklangen Schritte, aber sie drehte sich nicht um.

Wie viel von all dem war echt gewesen? Diese kurzen, verlangenden Blicke, die beinahe quälende Zurückhaltung, die sie beide gezeigt hatten, wenn sie sich im gleichen Zimmer befanden – hatte sie sich das alles nur eingebildet?

Sie hatte ihm Dinge erzählt, die nicht einmal ihre Freundinnen wussten, und anstatt diese Vertraulichkeiten wie Schätze zu bewachen, hatte er sie aus Profitgier gestohlen.

Sie knallte die Weinflasche auf den Küchentresen und schnappte sich einen Korkenzieher.

„Was auch immer du tust, lass die nicht fallen“, erklang

Lucas' Stimme hinter ihr. „Das ist eine Flasche von … Ach, egal."

„Von großem Wert. Wolltest du das sagen?"

„Es sind nur noch elf Flaschen auf der ganzen Welt übrig."

Sie bedachte ihn mit einem langen, harten Blick und riss dann den Korken aus der Flasche. „Jetzt sind es nur noch zehn." Sie goss den Wein in ein Glas und hob es an die Lippen, wobei sie Lucas mit den Augen herausforderte. „Prost. Auf Mord und Totschlag." Sie nahm einen Schluck und schloss kurz die Augen. „Hmm. Der Wein ist wirklich gut. Man sagt ja, Verbrechen lohnt sich nicht, aber in deinem Fall scheint es sich sehr wohl zu lohnen. Du hättest die anderen zehn Flaschen auch kaufen sollen."

Er beäugte die offene Flasche. „Das habe ich."

Sie hob die Flasche und schenkte sich nach. Die Wut brodelte immer noch in ihr. „Wo sind sie?"

„In einem Lager."

„Und wieso ist diese dann hier?" Sie nahm noch einen großen Schluck. Er sah sie an, als wäre sie eine Handgranate, die jeden Moment explodieren konnte.

„Ich habe die Flasche für eine besondere Gelegenheit aufbewahrt."

„Besonderer als jetzt wird es nicht mehr. Es passiert schließlich nicht jeden Tag, dass ein Mädchen herausfindet, dass sie eine Mörderin ist. Okay, das ist nicht die Karriere, die ich mir für mich ausgemalt hatte, und ich bin nicht sicher, ob meine Großmutter stolz auf mich wäre. Aber ich war schon immer Anhängerin der Theorie, dass man die Feste feiern muss, wie sie fallen. Ich hoffe, ich bin gut in dem, was ich tue. Bin ich?" Sie leerte das Glas und stellte es energisch auf der Arbeitsplatte ab.

Er zuckte zusammen. „Du solltest den nicht so schnell trinken. Davon wirst du Kopfschmerzen bekommen."

„Ich trinke, wie ich will, und du kannst mir dabei zusehen."

„Das passt so gar nicht zu dir."

„Vielleicht doch. Vielleicht ist das hier eine Seite an mir, die du noch gar nicht kennst. Ich weiß, dass du mich für einen schwachen Menschen hältst, nur weil ich immer positiv denke und versuche, das Gute in anderen zu sehen. Und du denkst auch, dass ich mich niemals trauen würde, deinen superteuren Wein zu trinken. Tja, Pech gehabt, Lucas. Da lagst du mit deiner Einschätzung wohl etwas daneben." Sie schüttete mehr Wein in das Glas. „Wie viel kostet diese Flasche?"

Als er ihr die Zahl nannte, hätte sie die Flasche vor Schreck fast fallen lassen. Aber sie schaffte es gerade noch rechtzeitig, ihren Griff zu verstärken. „Okay. Dann genieße ich besser jeden einzelnen Schluck."

„Du hast nicht vor, ihn zu teilen?"

„Nein. Du wirst mir zusehen, wie ich ihn trinke, und das ist das höchste Maß an Folter, das ich je anwenden werde. Und es ist das höchste Maß an Befriedigung, das ich je erreichen werde."

Sein Blick war misstrauisch. „Was meinst du damit?"

„Ich habe dich gemocht, Lucas." Ihre Hand mit der Flasche zitterte. „Ich habe dich *wirklich* gemocht. Und ich dachte ... Ach, egal, was ich gedacht habe. Ich war dumm. Das kannst du gerne in dein Buch aufnehmen, wenn du willst. Wichtig ist ja vor allem, dass die Fakten stimmen, oder?"

„Wenn du damit andeuten willst, dass ich wegen des Buchs mit dir geschlafen habe, dann bist du eine Million Meilen von der Wahrheit entfernt."

„Ach, wirklich? Und doch hatten wir seitdem keinen Sex mehr. Also hast du es entweder nicht genossen, oder du hast bekommen, was du wolltest und ..."

„Eva …“

„Ich will es nicht hören. Echt nicht.“

„Das Buch hat nichts damit zu tun, dass wir seitdem keinen Sex mehr hatten.“

„Spar es dir. Von jetzt an werde ich kein einziges Wort mehr sagen, denn so kannst du das, was ich sage, nicht mehr für deine Figur oder für …“ Sie wedelte mit der Flasche durch die Luft, „… andere skrupellose Zwecke nutzen. *Skrupellos.* Hast du gehört? Ich kenne auch andere Worte außer *nett* und *gut*. Bist du beeindruckt?“

„Ich denke, du solltest besser aufhören zu trinken.“

„Sag du mir nicht, was ich tun soll. Und falls du andeuten möchtest, dass ich keinen Alkohol vertrage, dann kann ich dir verraten, dass ich dich locker unter den Tisch trinken könnte. Und zwar jederzeit.“ Sie schwankte, aber das hielt sie nicht davon ab, mit ihrer Tirade fortzufahren: „Weißt du was, Lucas? Leck mich! Wobei … das hast du ja schon getan.“

Sie beschloss zu gehen, solange sie es noch konnte, ohne umzufallen. Also schnappte sie sich den Wein und stapfte die Treppe hinauf, wo sie die Gästezimmertür hinter sich zuknallte.

14. Kapitel

Ein guter Freund ist billiger als eine Therapie.
– *Frankie*

Am folgenden Morgen war Lucas vor Eva in der Küche.

Als sie schließlich hinunterkam, umklammerte sie das Treppengeländer und schleppte sich langsam vorwärts, als würde die kleinste Bewegung ihr unerträgliche Schmerzen bereiten. Dem Blick nach zu urteilen, den sie in seine Richtung schickte, schien sie nicht weniger wütend als am Vorabend zu sein.

Er musterte ihr blasses Gesicht und öffnete die Schubladen, in der sich die Medikamente befanden. „Schmerztablette?" Er hielt ihr die Packung hin, doch sie ignorierte sie.

„Meinem Kopf geht es ganz wunderbar. Ich habe dir doch gesagt, dass ich einiges vertrage."

Das war natürlich eine Lüge. Aber Eva blieb nicht lange genug, dass er das mit ihr diskutieren konnte.

Sie drehte sich um, verschwand und kam Augenblicke später mit Mantel und Mütze zurück.

„Wo gehst du hin?"

„Irgendwohin, wo ich nicht Gefahr laufe, dir körperlich etwas anzutun. Ich will Weihnachten nicht im Gefängnis verbringen." Sie setzte die Mütze auf und knöpfte den Mantel zu. „Geh arbeiten. Das ist doch alles, was dich interessiert, oder nicht?"

„Es ist kalt und vereist draußen. Du kannst nicht raus."

„Ich kann sehr gut auf mich selbst aufpassen.“ Sie zog ihre Handschuhe an. „Wage es ja nicht, mir zu folgen.“

Sie stapfte zur Tür und schlug sie hinter sich zu.

Lucas fuhr sich mit der Hand übers Gesicht und fluchte leise.

Was nun? Er kehrte in sein Büro zurück, drückte auf eine Taste, um den Bildschirm zum Leben zu erwecken, und überflog noch einmal den Abschnitt, den Eva gelesen hatte. Gestern Abend hatte er nicht verstanden, was sie derart wütend gemacht hatte. Jetzt wurde ihm allerdings klar, dass er so in seine Geschichte und die Figuren vertieft gewesen war, dass er den Teil nicht so hatte lesen können, wie sie es getan hatte.

Es war natürlich immer noch ein Entwurf, was bedeutete, vieles davon würde später umgeschrieben oder herausgenommen oder verändert werden. Aber so, wie es jetzt dastand, erkannte er, warum sie sich so aufregte.

Unglücklicherweise hatte sie genau die Passage gelesen, in der seine Heldin für ihr späteres Opfer Abendessen kochte.

Fluchend schnappte Lucas sich seinen Mantel und nahm den Fahrstuhl ins Erdgeschoss.

Albert stand hinter dem Empfangstisch. Er hatte nicht gewusst, dass der Mann Albert hieß, bis er sich mit Eva darüber unterhalten hatte.

„Wenn Sie nach Eva suchen, sie hat das Gebäude verlassen.“

Ein Blick in Alberts anklagende Miene verriet ihm, dass Evas Unfähigkeit, ihre Gefühle zu verbergen, sie auch in Stresszeiten nicht im Stich gelassen hatte. „Okay, haben Sie gesehen, in welche Richtung sie gegangen ist?“

Albert blieb kühl und ungerührt. „Ich habe nicht darauf geachtet.“

Was bedeutete, er wusste es, wollte es aber nicht sagen.
„Sie ist aufgebracht", sagte Lucas. „Ich will mit ihr reden."
„Wissen Sie, wer oder was sie aufgeregt hat?"
„Das war ich." Lucas wusste, er hatte den Blick verdient, mit dem Albert ihn bedachte. „Deshalb muss ich sie ja finden."
„Damit Sie sie noch trauriger machen können?"
„Damit ich es wiedergutmachen kann." Erst in diesem Moment erkannte er, wie sehr er es wiedergutmachen wollte. Ja, er machte sich Sorgen, dass sie allein über die vereisten Straßen ging, aber das war nicht der Grund, warum er seine Wohnung überstürzt verlassen hatte.
„Eva ist eine sehr sensible Frau. Sie ist etwas Besonderes."
„Ich weiß."
Albert musterte sein Gesicht, als suche er nach etwas. „Sie ist in den Park gegangen", sagte er schließlich.
„In den Park? Sind Sie sicher? Sie ist nicht zum Shoppen? Es ist eiskalt da draußen, und es soll wieder schneiden. Warum würde sie da in den Park gehen?"
„Sie hat mir gesagt, sie wolle Zeit mit dem einzigen Mann verbringen, der sie momentan interessieren würde."
Lucas schüttelte verwirrt den Kopf. „Mit wem?"
Albert schenkte ihm einen scharfen Blick. „Mit einem Schneemann."

Sie hätte eigentlich frieren müssen. Doch Demütigung war ein effektiver Kälteschutz, wie sich bald herausstellte. Denn mitten im eiskalten New Yorker Winter war ihr heiß. Ihr ganzer Körper glühte – von innen und von außen.
Sie war eine verdammte Idiotin. Eine naive, vertrauensselige Idiotin. Und als wäre das nicht schon schlimm genug, hatte sie auch noch alle ihre Gefühle vor ihm ausgebreitet. Sie hätte es cool angehen und so tun können, als wäre sie

einfach nur genervt, dass er sie in seinem Buch zur Mörderin gemacht hatte. Aber in den letzten Tagen hatte sie alle Barrieren abgebaut. Sie hatte nicht nur angefangen zu glauben, er könnte ernsthaft an ihr interessiert sein, sondern sie hatte ihm diesen Glauben auch quasi gestanden.

Also wusste er nun, dass sie mehr in ihre Beziehung hineininterpretierte, als da war. Und hinzu kam, dass ihr Kopf sich anfühlte, als feiere darin eine Rockband eine Party. Sie hätte die Schmerztabletten nehmen sollen.

„Eva?"

Seine Stimme erklang hinter ihr, und Evas Magen sackte ihr in die Knie.

Er war ihr gefolgt? Verdammt, was sollte sie jetzt tun?

Es gab nur einen Weg, um zu verbergen, wie peinlich ihr das alles war. Sie beugte sich so weit hinunter, dass ihr Gesicht fast in dem Schneemann vergraben war. Dann beschäftigte sie sich konzentriert mit ihrem Werk.

„Was machst du hier?"

Sie schaufelte mit ihren Händen mehr Schnee hoch, drehte sich aber nicht zu Lucas um. Wie konnte ihr Gesicht so heiß sein, wenn es doch draußen so eisig kalt war? „Kannst du ohne mich nicht arbeiten? Brauchst du noch ein intimes Detail über mich, das du in deinem Buch benutzen kannst? Denn falls es das ist, vergeudest du hier deine Zeit. Du weißt bereits alles, was es über mich zu wissen gibt." Oh Gott, das war leider die Wahrheit. Wann würde sie endlich lernen, ihren Mund zu halten oder wenigstens die Informationen zu filtern, die aus ihr herausströmten?

Schnee knirschte, und dann kamen seine Stiefel in Sicht.

„Ich sehe, du bist immer noch wütend …"

„Ja, ich bin wütend. Und um mich wütend zu machen, muss schon so einiges passieren. Aber das weißt du ja vermutlich – falls du bei unseren Gesprächen auch nur ansatzweise zugehört und nicht nur Interesse vorgeheuchelt hast. Schon absurd, oder? Als du mir gesagt hast, dass ich Menschen nicht vertrauen kann und genauer hinsehen sollte, habe ich nicht erkannt, dass du mich vor dir selbst warnst."

„Komm zurück in die Wohnung, und wir sprechen im Warmen darüber."

„Nein danke. Ich bin hier glücklich. Die Abkühlung tut mir gut." Sie bohrte die Karotte in das Gesicht des Schneemannes. Dann fühlte sie Lucas Arm an ihrem, als er neben ihr in die Hocke ging.

„Ich bin an dir interessiert, Eva. Und ich mag dich – sehr sogar. Du hast dich nicht geirrt. Es ist die Wahrheit."

„Lass mich raten: Deine Hauptfigur droht allen Männern, sie zu filetieren, wenn sie ihr nicht helfen, das Kondom vor dem Verfallsdatum einzusetzen."

„Nichts, was in dieser Nacht zwischen dir und mir passiert ist, kommt in dem Buch vor." Er klang ruhig, was sie aus irgendeinem Grund noch wütender machte.

„Es tut mir leid, dass du daraus nichts Nützliches ziehen konntest."

„Diese Nacht war privat und etwas ganz Besonderes. Mit meiner Recherche hatte das nichts zu tun." Die Karotte fiel aus dem Gesicht des Schneemanns. Lucas hob sie auf und drückte sie in den festen Schnee zurück. „Du brauchst Augen."

„Ich habe Augen. Ich benutze sie nur manchmal nicht, das ist alles."

„Ich habe von dem Schneemann gesprochen."

„Oh." Sie wünschte, er wäre ihr nicht so nah. Sein Knie streifte ihr Bein, und seine breiten Schultern hielten einen Teil des eisigen Winds ab. „Du musst zur Seite gehen. Du blockierst meinen Schneehaufen."

Er ging ein kleines Stück zur Seite. Es war nicht viel, aber immerhin genug, dass sie eine weitere Handvoll Schnee nehmen konnte, die sie auf den runden Körper des Schneemanns drückte.

„Ich habe nicht versucht, dich zu täuschen. Du hast gewusst, dass du meine Inspiration für eine der Figuren bist."

„Du hast mir aber nicht gesagt, für welche Figur."

„Was hat dich am meisten aufgeregt? Zu entdecken, dass du die Inspiration für meine Mörderin bist, die übrigens überhaupt nicht wie du ist, oder die Tatsache, dass du glaubst, ich hätte mich nur mit dir unterhalten, um Informationen für mein Buch zu bekommen?"

„Beides ärgert mich gleichermaßen."

Sein Atem bildete in der kalten Luft kleine weiße Wölkchen. „Wie kann ich das wiedergutmachen?"

„Gar nicht. Es liegt an mir sicherzustellen, dass ich nichts mehr sage, das du gegen mich verwenden kannst."

„Du hast nur eine Seite gelesen, Ev. Wenn du das ganze Buch lesen würdest, würdest du dich nicht wiedererkennen."

„Nur meine engsten Freunde nennen mich Ev."

„Nach allem, was zwischen uns passiert ist, hätte ich gedacht, dass ich auch das Recht dazu habe."

Die Erinnerung daran ließ ihre Wangen brennen. „Nein, weil das nicht real war."

Er fluchte leise. „Wie viel realer hätte es denn werden können? Du weißt, dass es echt war."

„Woher sollte ich das wissen?"

„Was sagt dir dein Instinkt?"

„Dank dir vertraue ich meinem Instinkt nicht länger. Wie sich herausgestellt hat, verfüge ich über ganz schlechte Menschenkenntnis."

Er atmete tief ein. „Ich war seit Sallyanne mit keiner Frau mehr im Bett. Ich wollte es vor dir einfach nicht. Das sagt doch einiges aus. Und es hatte nichts mit dem Buch zu tun. Lies es, und du wirst sehen, dass du dich irrst."

„Du lässt nie jemanden deine Arbeit lesen, bevor sie fertig ist.“

„Normalerweise stimmt das. Aber wenn ich dich dadurch überzeugen kann, dass meine Hauptfigur eine Erfindung und nicht identisch mit dir ist, mache ich sehr gern eine Ausnahme. Wir gehen jetzt sofort zurück, und du kannst jedes verdammte Wort lesen.“

Sie dachte an die unzähligen Menschen, darunter Frankie, die alles dafür geben würden, vorab einen Blick in sein Buch werfen zu dürfen. „Nein“, sagte sie. „Aber dass du es angeboten hast, bedeutet mir viel.“

„Warum willst du es dann nicht lesen?“

„Weil das bisschen, das ich gelesen habe, mir vermutlich schon Albträume bescheren wird. Ich mag mir gar nicht vorstellen, was der Rest mit mir anstellen würde.“

Er lachte leise. „Komm mit in die Wohnung, Eva.“

„Mein Schneemann ist noch nicht fertig. Ich verlasse nie einen Mann, bevor ich mit ihm fertig bin.“ Und sie hielt sich nicht für stark genug, um jetzt schon mit Lucas zurückzugehen. Sie war noch nicht ganz bereit, ihm zu verzeihen.

„Dann helfe ich dir, ihn zu Ende zu bauen.“

Lucas hatte keinen Schneemann mehr gebaut, seitdem er als Kind mit seinen Eltern in Upstate New York gelebt hatte. „Ich bin mir nicht mal sicher, ob ich noch weiß, wie das geht.“ Aber er war gewillt, beinahe alles zu tun, um das Problem zu lösen, das er erschaffen hatte.

Eva lehnte sich auf ihren Fersen zurück. „Willst du mir sagen, dass du noch nie einen Schneemann gebaut hast?“

„Ein- oder zweimal, aber mein Bruder und ich standen mehr auf Zerstörung als auf Aufbau. Wir hatten viele Kämpfe, in denen Schnee eine Rolle gespielt hat, aber das Einzige, was wir erschaffen haben, waren Chaos und Verwüstung.“

„Das ist das erste Mal, dass du deinen Bruder erwähnst." Sie packte noch eine Fuhre Schnee auf ihren Schneemann und klopfte ihn fest. „Steht ihr euch nicht nahe?"

Er war erleichtert, dass sie wieder über etwas anderes als ihre Rolle in seinem Buch sprechen wollte.

„Doch, eigentlich schon. Aber wir haben beide viel zu tun. Er ist Banker."

„Ich weiß. Mitzy hat es mir erzählt. Ich habe ihn mal getroffen und ihm unsere Visitenkarte gegeben."

Das war ihm neu. „Urban Genie arbeitet für meinen Bruder?"

„Nein. Ich wollte ihn immer kontaktieren, aber dann hatten wir auf einmal eine Flut an Aufträgen, und ich musste es nicht mehr. Trotzdem war es nett von deiner Großmutter, uns bekannt zu machen."

„Ich habe sie besucht."

„Wirklich? Wann?"

„Bevor ich bei euch im Büro war. Ich habe versucht, sie zu überreden, mir deine Privatadresse zu geben, aber sie hat sich geweigert."

„Sie weiß also, dass du nicht in Vermont bist?"

Wie ehrlich sollte er sein? Er wog seine Optionen ab und beschloss, dass er keine weiteren Missverständnisse mehr riskieren wollte. „Sie hat immer gewusst, dass ich nicht in Vermont bin, Eva."

„Aber …" Sie hörte auf, den Schnee festzuklopfen, und schaute ihn an. „Das würde bedeuten, sie hat mich angelogen."

„Ich liebe meine Großmutter, aber man darf sie nicht unterschätzen. Sie ist durchaus bereit, ein wenig zu schwindeln, wenn sie glaubt, dass es jemandem, der ihr nahesteht, helfen könnte."

„Tja …" Eva ließ sich in den Schnee plumpsen. „Diese ausgekochte …"

„Ja."

„Und jetzt denkst du wohl, das ist der Beweis dafür, dass ich es ebenfalls die ganze Zeit gewusst habe."

„Nein, tue ich nicht. Ich weiß, dass dem nicht so ist. Was ich denke", sagte er, „ist, dass meine Großmutter dich liebt." Und es war nicht schwer zu sehen, warum.

„Ich liebe sie auch."

„Meine Großmutter hat zwei Söhne und zwei Enkel. Sie hat sich immer nach weiblicher Gesellschaft gesehnt."

„Was ist mit deiner Mom?"

„Meine Eltern leben in Upstate New York. Sie reisen sehr viel. Mein Bruder und ich wohnen am nächsten dran, und keiner von uns ist gut darin, sie regelmäßig zu besuchen. Wir sollten das öfter tun. Sie denkt, du und ich wären gut füreinander."

Eva klatschte einen weiteren Schneeklumpen auf ihren Schneemann. „Da hat sie sich geirrt."

„Vielleicht."

„Vielleicht?"

Es war sein Job, Worte zu benutzen, um die Gefühle anderer Menschen zu manipulieren. Er wusste, wie man Spannung, Hoffnung und Grauen hervorbrachte. Aber er hatte keine Ahnung, wie er mit dieser Situation umgehen sollte. Er wusste nur, dass seine Wohnung mit einem Mal dunkel und seelenlos geworden war, als Eva gegangen war. Sie hatte den Sonnenschein mitgenommen, und der fehlte ihm. „Du warst nicht die Einzige, die ihre Geheimnisse offenbart hat, Eva. Ich habe das auch getan. Was wir einander anvertraut haben, hatte nichts mit meinem Buch zu tun. Es hatte nichts damit zu tun, Informationen zu sammeln. Es ging um Intimität." Es fiel ihm schwer, das zuzugeben. Aber es war die Wahrheit. Und irgendetwas an Evas Wärme ermutigte einen zu Offenheit.

„Sex meinst du."

„Wir waren beide vollständig bekleidet, als wir uns unsere Geheimnisse erzählt haben. Und ich habe noch mehr verraten als du. Mit den Informationen könntest du einiges anstellen, wenn du wolltest."

Ihre Augen flammten auf. „Das würde ich niemals tun."

„Ich weiß. Und genau das ist mein Punkt. Ich vertraue dir, und ich bitte dich, mir auch zu vertrauen. Ich erschaffe eine Figur, mehr nicht. Hat sie ein paar deiner bezaubernden Wesenszüge? Ja. Aber genau diese Wesenszüge werden sie für meine Leser so anziehend machen."

Eva schwieg einen Moment. „Du findest, ich habe bezaubernde Wesenszüge? Das sagst du nicht nur, um mich davon abzuhalten, dich mit der Karotte bewusstlos zu schlagen?"

„Nein, das sage ich nicht nur so."

„Sie ist eine Mörderin."

„Sie ist ein Mensch. Figuren sind glaubhafter, wenn sie nicht einfach schwarz-weiß sind. Menschen, die nur gut sind, wirken langweilig. Und bei Figuren, die ganz und gar böse sind, verdrehen die Leser die Augen, weil es in Wahrheit in allen von uns Gutes und Böses gibt. Das, was dieses Gute oder Böse in uns hervorbringt, ist das, was eine Geschichte interessant macht."

„Willst du damit sagen, dass meine Figur mal ein guter Mensch war?"

„Sie ist eine gefährliche Psychopathin. Aber mit einer anderen Kindheit hätte sie sich vielleicht anders entwickelt. Ihre ersten Lebensjahre waren alles andere als schön. Das hat diese Seite ihrer Persönlichkeit verstärkt."

„Die Ärmste."

Das war eine so typische Bemerkung für Eva, dass er lächeln musste. „Sie ist nur ausgedacht. Das ist ja das Tolle am Schreiben, man kann Charaktere erschaffen, die einen interessieren. Bücher sind so viel interessanter, wenn die Figuren komplex sind. Sie hat Eigenschaften, mit denen die Leser sympathisieren werden. Ihr Start ins Leben war hart. Sie werden von dem schockiert sein, was sie tut, aber ein kleiner Teil von ihnen wird sich fragen, ob diese Kerle es nicht verdient haben."

„Glaubst du, du wirst das Manuskript rechtzeitig fertigkriegen?"

„Ich weiß es nicht. Kommst du mit mir zurück?"

„Wenn es gut läuft, brauchst du mich nicht mehr."

„Ich brauche dich." Er war heute Morgen aufgewacht und hatte erkannt, dass der eisige Nebel, der sein Gehirn um diese Zeit des Jahres immer gefrieren ließ, sich gelüftet hatte. Er war von Evas strahlendem Lächeln und von ihrer warmherzigen Art vertrieben worden. Er wusste nicht, was passieren würde, sollte Eva gehen, aber er wollte nicht wieder in der quälenden Dunkelheit versinken. Etwas an ihr nährte seine Seele. Etwas, das nichts mit ihren Fähigkeiten in der Küche zu tun hatte.

„Du brauchst mich für dein Buch."

„Ich brauche dich." Dieses Mal sagte er die Worte langsam und deutlich, und Eva hörte auf, an ihrem Schneemann zu bauen, und sah ihn lange an. Er wusste, sie überlegte, ob sie ihm vertrauen könnte, und er hatte keine Ahnung, ob er ihren Test bestand.

Er wollte sie packen, seine Hände an ihre rosigen Wangen legen und sie auf den Mund küssen, bis sie sich nicht mehr an ihren Namen erinnerte.

„Ich brauche noch Zweige für die Arme, dann bin ich fertig." Sie stand auf und klopfte sich den Schnee vom Mantel. „Pass gut auf unseren Schneemann auf. Ich bin gleich zurück."

Er sah ihr nach, als sie auf dem verschneiten Weg in Richtung der Bäume ging.

Im Park war es erstaunlich ruhig. Auch wenn der Schneesturm vorbei war, hatten sich nur wenige abgehärtete Hundebesitzer und Fotografen nach draußen gewagt.

Er überlegte, ob er es sich leisten konnte, den Abend freizunehmen und Eva zum Essen auszuführen, da hörte er sie seinen Namen rufen. In ihrer Stimme lag eine gewisse Dringlichkeit und Panik, die ihn sofort aufspringen ließ.

„Eva?“ Einen Moment lang sah er nur Bäume, dann erblickte er ihren Mantel. Sie hockte auf dem Boden, und an ihren Händen war Blut. Sein Magen krampfte sich zusammen. Einen Moment lang glaubte er, sie hätte sich verletzt, aber dann sah er, dass sich in ihren Armen etwas bewegte.

„Was zum Teufel ist das?“

„Ein Welpe. Er war in einer Tüte, die auf dem Boden lag. Ich habe gesehen, wie sich etwas bewegt hat.“ Ihre Stimme war belegt von Tränen und Wut. „Jemand muss ihn hier ausgesetzt haben. Er ist verletzt, Lucas. Seine Beine haben sich in der Tüte verfangen, und er ist so kalt. Wer würde so etwas tun? Was machen wir jetzt?“

Unendlich erleichtert, dass das Blut nicht von ihr war, ging Lucas neben ihr in die Hocke. Seine Hände zitterten so sehr, dass er einen Moment brauchte, um seine Gedanken zu ordnen.

Der Welpe schaute Eva aus großen Augen an, als wenn er wüsste, dass sie seine letzte Hoffnung war.

„Halt ihn ruhig.“ Er versuchte, seinen Finger zwischen das verdrehte Plastik und das Bein des Hundes zu schieben. „Er hat versucht, sich zu befreien, und sich dabei verheddert.“

„Natürlich hat er versucht, sich zu befreien. Wenn jemand dich im Sturm in einer Tüte ausgesetzt hätte, hättest du das auch getan." Sie streichelte den Hund und murmelte beruhigende Worte. „Onkel Lucas wird dich da rausholen."

„Onkel Lucas" hatte keine Ahnung, was er mit dem Welpen machen würde, aber ein Blick in Evas Gesicht verriet ihm, dass er besser irgendetwas tat, und zwar schnell.

„Wir müssen ihn zum Tierarzt bringen." Er hatte bereits sein Handy in der Hand, aber Eva schüttelte den Kopf.

„Ich kenne jemanden. Kannst du ihn kurz halten, während ich dort anrufe? Er ist allerdings ziemlich dreckig. Vermutlich wird er dir deinen Mantel ruinieren."

Lucas schaute von Evas riesigen Augen zu dem dünnen, zitternden Hund. „Mäntel können gereinigt werden."

„Gute Antwort." Vorsichtig legte sie ihm das bebende Bündel in die Arme und holte ihr Handy heraus. „Fliss? Hier ist Eva. Es gibt eine Krise." Sie erklärte kurz, was passiert war, und legte dann auf. „Fliss sagt, auf der anderen Seite des Parks gibt es einen guten Tierarzt. Wir können uns beim Tragen des Kleinen abwechseln."

„Er ist nicht schwer. Wer ist Fliss?"

„Sie und ihre Schwestern leiten The Bark Rangers, einen Gassi-Service für die gesamte East Side Manhattans. Wir arbeiten oft mit ihnen zusammen. Und Harriet arbeitet als Ehrenamtliche im Tierheim, und manchmal nimmt sie auch Pflegehunde bei sich auf."

Der Name kam ihm bekannt vor, doch er wusste nicht, woher. „Glaubst du, sie wird auch den hier aufnehmen?"

„Ich weiß es nicht. Fliss sagt, dass sie sich im Moment um einen Wurf Welpen kümmert, also vielleicht eher nicht. Wenn sie ihn nicht aufnehmen kann, werde ich ihn behalten, bis wir ein gutes Zuhause für ihn gefunden haben."

Als er sie anschaute, wusste Lucas, dass sie genau das tun würde, egal, wie viele Umstände das machte.

„Wo willst du ihn halten?"

„Machst du dir Sorgen um dein makelloses Apartment? Denn das musst du nicht. Ich nehme ihn mit in meine Wohnung."

„Mein Apartment ist seit deinem Einzug nicht mehr makellos gewesen."

„Sprichst du von dem Weihnachtsbaum?"

„Deine Habseligkeiten haben die Angewohnheit, sich überall auszubreiten. Übrigens, falls du deinen Schal suchst, den habe ich gestern im Büro gefunden."

„Den grünen? Den habe ich schon überall gesucht!" Sie machte Anstalten, ihren Mantel auszuziehen, aber Lucas hielt sie mit einer Hand auf.

„Was tust du da?"

„Ich werde ihn in meinen Mantel wickeln, um ihn warm zu halten."

„Es wird ihm nicht helfen, wenn du an Unterkühlung stirbst." Er knöpfte seinen Mantel auf und schob den Hund darunter. Sofort spürte er, wie die Kälte des kleinen feuchten Körpers durch seinen Pullover drang. „Gehen wir."

„Jetzt habe ich also nicht nur deinen Kaschmirmantel, sondern auch deinen Kaschmirpullover ruiniert." Eva beäugte den Hund angespannt, um zu sehen, ob er noch Luft bekam. „Ist das deine Art, es bei mir wiedergutzumachen?"

„Nein. Dafür habe ich andere Ideen, aber darüber sprechen wir später."

Fliss hatte den Tierarzt bereits informiert, sodass er sie sofort hineinbat.

„Hunde können Erfrierungen bekommen, genau wie Menschen." Der Welpe wimmerte leise, während der Arzt ihn gründlich untersuchte. „Dieser kleine Kerl hat überlebt, weil er unter einem Baum abgelegt wurde, der ihn wenigstens ein bisschen vor den Elementen beschützt hat."

„Was ist mit dem Blut?"

„Er hat eine Schnittwunde. Vermutlich lag etwas Scharfkantiges unter dem Schnee. Ein Zweig? Ein Stein?" Der Tierarzt gab dem Hund ein paar Spritzen und schaute dann auf, als eine junge Frau ins Behandlungszimmer stürmte. Ihr Mantel stand offen, und sie trug einen knallroten Schal. Ihr silberblondes Haar hatte sie zu einem Pferdeschwanz gebunden. Das entspannte Lächeln des Tierarztes verriet, dass er sie kannte. „Hi, Harry. Wie geht es Fliss? Hat sie die Grippe überstanden? Am Telefon klang sie zumindest schon besser."

„Ja, es geht ihr zum Glück besser. Sie lässt Ihnen ausrichten, dass es Midas wieder gut geht. Sie kommt nächste Woche zur Nachuntersuchung mit ihm vorbei. Wie geht es dem Kleinen?" Sie lächelte Eva kurz an, richtete ihre Aufmerksamkeit dann aber sofort wieder auf den Hund. „Fliss hat mir von dem Anruf erzählt, deshalb dachte ich, ich komme vorbei und gucke, ob ich helfen kann. Was bist du denn für ein kleiner Süßer …" Sie streichelte sanft die Ohren des Hundes, und sofort hörte er auf zu jaulen und drückte seine Nase in ihre Hand. „Du armes Baby. Jetzt bist du in Sicherheit. Was für ein Glück, dass Eva dich gefunden hat. Was hast du denn im Park gemacht, Eva?"

„Ich habe einen Schneemann gebaut."

„Nein, ich meine, warum bist du nicht in Brooklyn? Ich dachte, du wärst vollauf damit beschäftigt, Weihnachtsfeiern auszurichten." Harry behielt die Hand auf dem Kopf des Welpen, um ihn zu beruhigen, während der Arzt ihn weiter untersuchte.

„Ich arbeite ein paar Wochen hier in der Nähe. Das hier ist Lucas. Lucas, das ist Harriet Knight. Sie ist die eine Hälfte der Bark Rangers."

„Die Bark Rangers?" Jetzt erinnerte er sich, wo er den

Namen gehört hatte. „Ihr habt meiner Großmutter ein paarmal ausgeholfen."

Mit ihrer freien Hand löste Harriet den Schal von ihrem Hals. „Haben wir?"

„Mary Blade."

Harriet riss die Augen auf. „Das sind Sie? Lucas Blade, der Thrillerautor? Fliss wird so sauer sein, dass sie nicht mit hergekommen ist. Sie hat alle Ihre Bücher. Fliss liebt Ihre Arbeit. Sie und Frankie sind leidenschaftliche Fans."

Der Tierarzt schaute kurz auf. In seiner Miene spiegelte sich Überraschung. „Lucas Blade? Ich bin auch ein Fan."

Harriet streichelte noch immer die Ohren des Hundes. „Wenn ich das gewusst hätte, hätte ich ein Buch zum Signieren mitgebracht. Ich habe keine Ahnung, was ich Fliss zu Weihnachten schenken soll. Ein schönes Geschenk für sie zu finden ist fast unmöglich. Das wäre perfekt gewesen."

Lucas fing Evas Blick auf. „Ich signiere gerne ein Buch für Sie", sagte er zu Harriet. „Ich nehme an, Eva hat Ihre Adresse?"

„Die hat sie. Würden Sie das wirklich tun? Das ist so großzügig." Harriet hielt den Hund fest, damit der Tierarzt seine Untersuchung beenden konnte. „Und?"

Der Arzt schaute in die Ohren des Kleinen. „Ich denke, er war nicht allzu lange im Park. Maximal ein paar Stunden, würde ich raten."

Harriet strich dem Kleinen über den Kopf. „Ich werde dich mit nach Hause nehmen. Dann bekommst du ein schönes warmes Bettchen. Und gleich morgen kontaktiere ich die Tiervermittlung."

„Du nimmst ihn mit?" Eva sah sie zweifelnd an. „Fliss meinte, dass du bereits mehrere Pflegehunde hast."

„Das stimmt, aber Fliss ist wegen ihrer Grippe noch zu

Hause und kann mir helfen. Jeder, der die Nacht im Park verbringen musste, hat es verdient, ein wenig verwöhnt zu werden. Ich sage dir eines, dieser kleine Kerl wird schnell ein neues Zuhause finden. Er ist bezaubernd."

Lucas sah zu, wie Eva den Kopf des Hundes streichelte. Der sehnsüchtige Ausdruck in ihren Augen zerrte an etwas tief in seinem Inneren.

Nach den ganzen Unterhaltungen, die sie geführt hatten, wusste er, dass der Tod ihrer Großmutter ein tiefes Loch in ihrem Leben hinterlassen hatte. Und dass sie nach etwas suchte, um dieses Loch zu füllen. Sie wollte lieben, weil sie glaubte, die Liebe wäre etwas Schönes und Einfaches.

Er wusste es besser. Liebe war chaotisch und kompliziert und voller Schmerz. Sie hatte scharfe Kanten und eine dunkle Seite, und er wollte niemals wieder etwas mit ihr zu tun haben. Was der Grund dafür war, dass er Eva seit ihrer gemeinsamen Nacht nicht mehr angerührt hatte. Er wusste, dass sie verletzlich und einsam war. Daher würde sie sich viel zu leicht in ihn verlieben. Und den Schmerz, den das mit sich brachte, wollte er ihr ersparen.

Aber was, wenn er sich in *sie* verliebte? Energisch schob er den Gedanken beiseite.

Er fragte sich, ob sie vorschlagen würde, den Welpen zu behalten, aber stattdessen lächelte sie Harriet an.

„Danke, dass du hergekommen bist und ihn mitnimmst."

„Ich muss dir danken. Für die vielen Aufträge, die du uns zukommen lässt. Wir hatten das beste Jahr aller Zeiten. Wir mussten sogar weitere Hundebetreuer einstellen und decken jetzt die gesamte East Side ab."

„Ja, das hat Paige schon erzählt."

Lucas fiel auf, dass Eva zitterte. „Dir ist kalt. Du brauchst eine heiße Dusche."

Harriet wirkte auf einmal auch besorgt. „Du siehst wirklich aus, als würdest du frieren. Geh nur, ich kümmere mich hier um den Rest."

Lucas bezahlte die Rechnung und verfrachtete Eva in ein Taxi.

Sie leistete nur schwachen Widerstand. „Ich bin vielleicht immer noch wütend auf dich."

Beinahe hätte er über das „vielleicht" gelächelt. „Du bist dir nicht sicher?" Zu seinem Glück war sie keine Frau, die jemandem lange böse sein konnte.

„Du bist mir nachgelaufen, anstatt dich in deinem Büro einzuschließen. Dir war ein nasser, zitternder Hund wichtiger als dein teurer Pullover. Damit hast du ein paar Punkte gutgemacht. Genauso wie damit, dass du einen Schneemann gebaut hast."

„Während du noch überlegst, ob du böse bist oder nicht, wärme ich dich ein wenig." Er zog sie an sich. „Du zitterst so schlimm wie der Hund."

„Wir hätten zu Fuß gehen können. Deine Wohnung ist nur ein paar Schritte entfernt."

„Genügend Schritte, um dir eine Unterkühlung einzufangen."

„Kann ich dich etwas fragen? Wenn mit mir ins Bett zu gehen nichts mit dem Buch zu tun hatte, warum hast du es dann getan?"

Diese Frage hatte er sich auch schon gestellt. „Weil meine Selbstkontrolle nicht so beeindruckend ist, wie ich gedacht habe."

„Aber seitdem funktioniert sie ziemlich tadellos."

„Ich habe auch hart daran gearbeitet. Uns beiden zuliebe. Du klapperst mit den Zähnen." Er rieb mit den Händen über ihre Arme. „Erzähl mir, wie du Harriet kennengelernt hast."

„Du wechselst das Thema?"

„Ja. Es ist mir egal, worüber wir reden, solange es nicht über Sex ist."

„Weil du eigentlich wieder Sex mit mir haben willst." Sie schaute zu ihm auf. „Das ist interessant."

„Eva ..."

„Harry und Fliss sind Zwillinge, und ihr Bruder Daniel ist ein Freund von Matt. Als er erfuhr, dass wir unsere Jobs verloren haben und eine eigene Firma gründen, dachte er, dass wir unseren Kunden vielleicht auch einen Gassi-Service anbieten wollten. Anfangs hatten wir keine Aufträge, aber dann ist unsere Firma gewachsen und ihre mit uns. Du wärst überrascht, wie viele Leute in Manhattan einen Hund haben. Fliss ist die Geschäftsfrau, aber Harry hat eine spezielle Gabe mit Tieren. Danke, dass du ihr angeboten hast, ein Buch zu signieren. Es war sehr nett von dir, das für sie zu tun."

„Ich habe es nicht für sie getan, sondern für dich. Ich versuche, mich wieder etwas beliebter bei dir zu machen. Bisher hat mich das einen Kaschmirmantel und beinahe einige Frostbeulen gekostet."

„Warum willst du dich bei mir beliebter machen?"

„Weil ich, wenn du mich verlässt, nicht schreiben kann. Und kein köstliches Essen bekomme." Er war noch nicht bereit, darüber nachzudenken, dass es noch mehr als das sein könnte. Er fühlte, wie ihr seidiges Haar über sein Kinn strich. Sie roch nach Sonnenschein und Sommerfrüchten. „Ich dachte, du würdest fragen, ob du den Hund behalten kannst."

„Das hätte ich beinahe, aber dann hat meine praktische Seite gewonnen. Es gibt Tage, an denen ich meine praktische Seite hasse." Sie klang niedergeschlagen, und er löste sich von ihr, um sie ansehen zu können.

„Wolltest du ihn so sehr?"

„Ein Hund liebt einen bedingungslos. Und jetzt wirst du

mir sagen, dass das nur meine märchenhafte Sicht ist und der Hund mich vermutlich auffressen wird, wenn er ausgewachsen ist."

Er beugte sich vor, um den Taxifahrer zu bezahlen. „Ich denke, jeder Hund, der bei dir leben dürfte, könnte sich sehr glücklich schätzen."

Und jeder Mann.

Sie fuhren mit dem Aufzug in die oberste Etage. Die ganze Zeit hatte Lucas den Arm um sie geschlungen. Er sagte sich, dass er sie nur hielt, weil er sie wärmen wollte, doch er wusste, dass er sich damit in die eigene Tasche log. Er hielt sie, weil es sich gut anfühlte, und er war nicht in Eile, sie wieder loszulassen.

Sie lehnte ihren Kopf gegen seine Brust. „Ich bin immer noch böse auf dich, weil du mich zu einer Mörderin gemacht hast."

„Du klingst aber nicht böse."

„Was? Das ist meine böse Stimme."

„Ich denke, an deiner bösen Stimme musst du noch ein wenig arbeiten. Oder du könntest einfach aufhören, böse zu sein." Er fragte sich, ob sie jemals länger als fünf Minuten auf jemanden böse gewesen war. „Falls es dir hilft, ich werde noch tagelang unterwürfig sein."

„Wie genau sieht das bei dir aus?"

„Was auch immer funktioniert. Wenn du einen Gefallen von mir willst, wäre jetzt der perfekte Moment, mich darum zu bitten. Du willst noch eine Flasche von meinem lächerlich teuren Wein opfern? Nur zu."

Es entstand eine Pause, und dann sah sie zu ihm auf. „Sex", sagte sie nur. „Ich will, dass du mich ins Bett trägst und mir noch einen Orgasmus schenkst."

15. Kapitel

Lachen ist gut für die Bauchmuskeln.

– *Eva*

Eva spürte, wie sein Griff sich plötzlich lockerte, und einen Moment lang bereute sie, etwas gesagt zu haben. Sie hätte schweigen und es einfach passieren lassen sollen. Denn es *wäre* passiert, dessen war sie sich sicher. In seiner Berührung hatte etwas gelegen, das über den Wunsch, sie zu wärmen, hinausgegangen war.

„Ich schenke dir alles andere, aber das nicht." Seine Stimme klang rau, sein kraftvoller Körper war vor Zurückhaltung angespannt.

„Warum?"

„Du weißt, warum. Wir wollen unterschiedliche Dinge."

„Ich will Sex. Was willst du?"

Er fluchte leise. „Wir kommen, was das angeht, aus ganz unterschiedlichen Richtungen."

„Solange wir überhaupt kommen, ist das egal."

Er lachte nicht. „Du bist eine verträumte Romantikerin."

„Du machst dir Sorgen, dass ich mich verlieben könnte. Aber das werde ich nicht. Sieh mich genau an." Sie hob ihm ihr Gesicht entgegen. „Siehst du Sterne in meinen Augen? Sehe ich verträumt aus? Schaue ich dich an, als wärst du ein Einhorn? Nein. Und das kommt daher, dass du hier keine verliebte Frau vor dir stehen siehst, Lucas. Du siehst eine Frau, die Sex haben will. Bist du drin oder draußen?"

Ein Lächeln berührte seine Lippen. „Meinst du das im wörtlichen oder im übertragenen Sinne?"

„Beides hoffe ich."

Sein Lächeln schwand, und er berührte ihre Wange mit den Fingerspitzen. „Gefühle lassen sich nicht so einfach kontrollieren."

„Willst du damit sagen, dass du einfach unwiderstehlich bist und jede Frau sich in dich verlieben muss? Das ist ziemlich arrogant."

„Ich sage, dass du verletzlich bist. Und ich nutze keine verletzliche Frau aus."

„Ich bin nicht verletzlich. Ich bin offen. Das ist nicht das Gleiche. Ich habe keine Angst vor Gefühlen, Lucas. Das ist der Unterschied zwischen uns. Gefühle sind Teil des Lebens. Gefühle zeigen uns, dass wir lebendig sind."

Er schaute ihr lange in die Augen, und als die Fahrstuhltür sich schließlich öffnete, nahm er Evas Hand und führte sie daran in seine Wohnung. „Du brauchst eine heiße Dusche, um dich aufzuwärmen."

„Duschen wir zusammen?" Sie ließ ihre Hand unter sein Hemd gleiten, und er hielt sie fest.

„Eva ..."

„Ich nehme deinen Rat mit der Dusche an. Ich hoffe nur, dass du dich zu mir gesellst." Sie ging auf die Treppe zu und wickelte sich dabei den Schal ab. Sie ließ ihn auf den Boden fallen und knöpfte ihren Mantel auf. Dabei warf sie Lucas einen einladenden Blick zu. „Ich zitterte immer noch. Ich könnte an Unterkühlung sterben, wenn du mich nicht schnell aufwärmst."

„Dann behalte deinen Mantel an", presste er zwischen zusammengebissenen Zähne hervor, aber Eva lächelte nur, ließ den Mantel von ihren Schultern gleiten und legte ihn über eine Stuhllehne.

„Ich muss aus diesen nassen Sachen raus." Sie zog ihren Pullover aus und hörte, wie Lucas scharf Luft holte. „Das ist der Tanz der sieben Schleier in der Thermo-Version."

In der Hoffnung, dass sein Begehren stärker war als seine Willenskraft, ging sie die Treppe hinauf und in Richtung des Gästezimmers, in dem sie schlief.

Sie wollte ihn. Und jetzt, wo sie wusste, dass er sie auch wollte, war sie es leid, sich zurückzuhalten.

Er folgte ihr, blieb dann aber im Türrahmen stehen, während er mit der Hand die Klinke umklammerte. Seine Fingerknöchel waren weiß, als müsste er sich fast schon gewaltsam zurückhalten, die letzten Schritte in ihr Zimmer zu gehen. „Das ist eine ganz schlechte Idee."

„Guter Sex ist nie eine schlechte Idee." Die feuchte Kleidung klebte an ihrer Haut, und ihre Finger waren so kalt, dass sie die Spitzen kaum noch spürte, aber irgendwie schaffte sie es, sich auszuziehen und zur Dusche zu gehen. Sie ließ sich Zeit, weil sie wusste, dass er sie beobachtete.

Sie wollte ihn und hatte das sehr deutlich gemacht. Das musste reichen. Sie würde nicht betteln.

Mit tauben Fingern drehte sie die Dusche auf und schloss die Augen. Vor Erleichterung keuchte sie auf, als das heiße Wasser ihre eiskalte Haut wärmte. Durch den steten Strahl hörte sie seine Worte.

„Wir wissen beide, dass es nicht nur Sex ist, Eva."

Seine Stimme tönte warm und beruhigend über sie hinweg, die Stärke darin entspannte ihre verkrampften Muskeln. Ihr Körper reagierte auf die tiefen Töne. Sie hielt die Augen geschlossen, weil sie wusste, dass sie immer schon alles verrieten, bevor ihr Mund sich öffnete und den Rest erledigte.

„Ach ja, tun wir das?" Sie drehte sich um und ließ das Wasser über ihre Haare strömen. „Wie viele Orgasmen braucht es für eine Beziehung?"

„Ich weiß es nicht. Du zitterst. Ist dir immer noch kalt?"

„Mir ist nicht kalt." Sie zitterte aus einem anderen Grund, aber das würde sie ihm jetzt nicht erklären. Mit angehaltenem Atem beobachtete sie, wie er sich auszog und zu ihr in die Dusche kam. Gleich darauf spürte sie seine Hände auf ihrer Haut. Als seine harten Oberschenkel ihre streiften, stöhnte sie unwillkürlich auf. Sie hatte fast vergessen gehabt, wie gut es sich anfühlte, berührt zu werden. Und das hier war vermutlich das Beste, was sie jemals in ihrem Leben gefühlt hatte. Sie sagte sich, dass sie einfach nur ausgehungert war nach körperlicher Intimität. Aber sie wusste, dass es viel tiefer ging.

Er drückte sie sanft gegen die Wand, sodass das Wasser nicht weiter auf sie einprasselte, sondern stattdessen auf seine Schultern trommelte und über seinen Rücken floss.

Sanft glitt seine Hand durch ihre nassen Haare, strich ihr die Wassertropfen aus dem Gesicht. Er küsste ihre Lider, dann ihre Wangen, und schließlich, als die Vorfreude sich wie eine Feder in ihrem Magen spannte, küsste er sie auf den Mund.

„Eva." Er hauchte den Namen an ihren Lippen. Sie schloss die Augen und ergab sich dem tiefen, warmen Verlangen, das sie zu ertränken drohte.

Sie spürte, wie sein Mund sich einen Weg von ihrem Mund zu ihrem Hals und von da zu ihren Schultern suchte. Vorfreude schoss scharf und prickelnd durch ihren Körper, und als seine Lippen sich um ihren Nippel schlossen, keuchte sie auf und grub ihre Finger in die Muskeln seiner Schultern.

„Jetzt." Ein einziges Wort, aber es war durchtränkt von Dringlichkeit.

Sie erwartete beinahe, dass er widersprechen würde, doch stattdessen legte er seine Hände an ihren Po, hob sie hoch, hielt sie zwischen der Hitze seines Körpers und den kühlen

Fliesen der Dusche gefangen. Das Wasser strömte auf sie hinab und schuf eine heiß-feuchte Atmosphäre. Oder war es die Chemie zwischen ihnen, die für die Hitze verantwortlich war? Eva wusste nur, dass ihr nicht länger kalt war und die bislang tauben Stellen ihres Körpers aufgetaut waren. Nun spürte sie wieder mit jedem Teil von sich. Mit ihrer Haut, ihren Lippen, ihren Fingerspitzen. Sie presste ihren Mund auf seinen, spürte die Feuchtigkeit seiner Haut. Seine Haare lagen nass an seinem Kopf, Wassertropfen hingen an seinen dichten Wimpern, und sie fühlte seine Erregung an ihrer Mitte.

Er wandte den Blick nicht von ihr ab, hielt sie ganz fest und drang dann mit einem langsamen Stoß in sie ein. Ihre Muskeln zogen sich um ihn zusammen, und sie ließ den Kopf auf seine Schulter sinken, hieß sein Eindringen willkommen, spürte seine Finger, die sich tiefer in ihre Pobacken gruben, während er ganz in ihr versank.

Ihre fordernde und hitzige Intimität war beinahe unerträglich sinnlich. Sie wollte für immer so bleiben – vereint, verbunden, *eins*.

Ihr war schwindelig, sie war atemlos und schockierend erregt. Sie versuchte, etwas zu sagen, ihm zu erklären, was sie fühlte, doch das einzige Geräusch, das über ihre Lippen kam, war ein Stöhnen. Also zeigte sie es ihm stattdessen, ließ ihre Hände über seine Schultern gleiten, weiter hinunter, verweilte einen Moment auf der Wölbung seines Bizeps, spürte die Bewegung seiner Muskeln, als er ihr Gewicht hielt und noch tiefer in sie eindrang. Er behielt den langsamen, unbarmherzigen Rhythmus bei, stieß tief in sie hinein, ließ seinen Mund mit ihrem verschmelzen, bis der Höhepunkt gleichzeitig über sie beide hereinbrach.

Mondlicht huschte über dunkle Schatten, und Lucas hörte Evas leisen Atem neben sich. Sie hatte sich an ihn gekuschelt wie ein kleines Kätzchen, das Zuflucht suchte. Verdammt, er hatte sich geschworen, das nie mehr zu tun. Und doch lag er jetzt hier, nackt, die Glieder mit Evas verschlungen.

Er fragte sich, was an ihr seine Selbstkontrolle so gründlich zerstörte.

Wenn er mit ihr zusammen war, wurde die Vorsicht von Begierde überwältigt.

Es war wie ein Zauber. Ein erotischer Zauber, der sein Denken lähmte. Oder lag es vielleicht daran, dass er sich sehr lange nicht mehr gestattet hatte, jemandem so nahezukommen?

Was auch immer es war, es war gewiss keine Liebe.

Sein Körper mochte verführt worden sein, aber sein Herz war von dem, was sie miteinander geteilt hatten, unberührt geblieben. War es erfroren? Zerbrochen? Er wusste es nicht.

Seine Spannung schien sich auf sie übertragen zu haben, denn sie kuschelte sich enger an ihn und gähnte. „Du bist so still. Sag mir, was du denkst."

Er dachte, dass sie eine Frau war, die nach Liebe suchte und ein Happy End erwartete. Und nichts von dem, was sie verband, konnte so enden. Er wusste nichts über Happy Ends. Er wusste nur, dass Eva Liebe wollte und er nicht.

„Ich denke gar nichts."

„Tust du doch. Du fragst dich, was das hier bedeutet und wo es hinführt."

„Es führt nirgendwo hin, Eva."

„Weil du dich nie wieder verlieben willst." Es entstand ein langes Schweigen. „Du glaubst, dass du ein Experte in der Liebe bist, aber was, wenn das nicht stimmt?"

„Willst du damit sagen, dass ich meine Frau nicht geliebt habe?"

„Nein. Das will ich nicht sagen." In der Dunkelheit war

ihre Stimme ganz sanft. „Ich sage, dass es so viele unterschiedliche Wege zu lieben gibt wie Menschen auf der Welt. Keine zwei Beziehungen sind jemals gleich. Wenn sie es wären, wäre nur eine einzige Liebesgeschichte jemals geschrieben worden."

„Du meinst, dass Julia für Romeo nicht das Gleiche empfunden hat wie Cathy für Heathcliff?"

„Warum musst du immer Beziehungen als Beispiel nehmen, die schrecklich enden? Ich meine, dass die Liebe so unterschiedlich ist wie die Menschen, die sie empfinden. Das ist wie mit dem Brotbacken. Man könnte sagen, dass Brot nur aus Wasser und Mehl besteht. Aber trotzdem kann man mit ein paar Kniffen jedes Mal etwas ganz anderes aus diesen Zutaten erschaffen. Liebe muss nicht immer eine Tragödie sein. Sie kann fröhlich sein. Glücklich." Sie zögerte. „Du glaubst nicht an zweite Chancen?"

„In der Ehe zu versagen ist nicht, als würde man bei einer Prüfung durchfallen. Du kannst es nicht noch mal probieren und versuchen, dann eine bessere Note zu bekommen. Zumindest nicht in meinem Fall."

„So siehst du das? Als Versagen?"

„In unserer Beziehung hat etwas Fundamentales gefehlt. Etwas, das ich ihr nicht habe geben können."

„Vielleicht konnte ihr niemand geben, was sie gebraucht hat. Vielleicht hat sie etwas gebraucht, dass sie selbst finden musste." Sie zögerte, aber fuhr dann fort: „Du hast beschlossen, nie wieder zu lieben. Aber was, wenn es da draußen eine andere Art der Liebe gibt? Eine, die dich erhebt, anstatt dich zu zermalmen? Das willst du doch nicht verpassen. Das Leben ist zu kurz und zu kostbar, um ohne Liebe gelebt zu werden, Lucas."

Glaubte sie das wirklich?

Ihre Worte bestätigten ihn darin, dass das hier ein gewaltiger Fehler vorlag. „Wie hast du es im Leben so weit geschafft, ohne total desillusioniert zu werden?“

„Du gehst davon aus, dass du recht hast und ich nicht, aber was, wenn ich nicht diejenige bin, die sich irrt?“

„Ich war schon einmal verliebt, Eva. Ich weiß, was Liebe ist.“

„Du weißt, was die Liebe letztes Mal für dich war, aber du weißt nicht, was sie sein könnte. Nächstes Mal könnte es anders sein. Denk einfach mal darüber nach.“

Er wusste nicht, ob er ihre Sicht auf die Welt eher inspirierend oder Furcht einflößend fand.

„Was ich denke“, sagte er, „ist, dass du in einem Märchenland lebst.“

„Meine Freundinnen nennen es Planet Eva. Aber ich finde es schön hier, auf diesem Planeten.“ Ihre Stimme war leise, beinahe nur ein Hauch. „Vielleicht solltest du dich zu mir gesellen und sei es nur für eine kurze Atempause.“

Trotz der Warnglocken in seinem Kopf brachte sie ihn zum Lachen, und er senkte seinen Mund auf ihren und drückte sie auf das Bett. Sie war so sinnlich und köstlich wie ihr Essen. „Vielleicht tue ich das.“

„Es gibt nur eine Regel: Keine Lasten auf dem Planeten Eva. Hier reisen wir mit leichtem Gepäck.“

Eva überhörte den Wecker zweimal und wachte dann mürrisch und durcheinander auf.

Sie fand Lucas im Bad, wo er sich gerade rasierte. Er hatte sich ein Handtuch um die Hüfte geknotet.

„Es ist schon so spät. Wieso hast du mich nicht geweckt?“

„Weil du morgens schrecklich bist und noch schlimmer, wenn du müde bist. Und du hast allen Grund, müde zu sein. Du hattest eine aktive Nacht, wenn du dich erinnerst.“

„Du warst auch dabei.“

Sein Blick traf ihren im Spiegel. „Ich erinnere mich."

Sie zog sich zurück, doch er streckte eine Hand aus und schloss sie um ihr Handgelenk. „Wo willst du hin?"

„Frühstück machen."

„Heute nicht. Heute gehen wir aus. Um die Ecke gibt es ein französisches Bistro. Du wirst es lieben." Er ließ sie los und drehte sich wieder zum Spiegel.

„Aber dein Buch …"

„Ich habe den ersten Entwurf fertig. Jetzt brauche ich ein wenig Abstand, bevor ich mich wieder daransetze."

„Du bist fertig?" Sie freute sich für ihn. „Wie viele Wörter?"

„Einhunderttausend. Und ein erster Entwurf bedeutet nicht, dass es fertig ist."

„Einhunderttausend?" Eva wurde ganz schwach. „Wenn ich hundert Wörter für meinen Blog schreibe, finde ich mich schon gut. Schreibst du immer so schnell?"

„Nein."

„Aber dieses Mal warst du verzweifelt."

„Dieses Mal war ich inspiriert."

Sie ermahnte sich scharf, nicht mehr in ihre Beziehung hineinzuinterpretieren, als da war. Aber das änderte nichts daran, dass seine Worte sie von innen wärmten. „Weil ich die perfekte Mörderin bin."

Ein sexy Lächeln breitete sich langsam auf seinem Gesicht aus. „Du bist das perfekte Irgendetwas. Was genau, habe ich noch nicht herausgefunden."

„Wenn du nicht willst, dass ich dir das Handtuch klaue und böse Dinge mit dir anstelle, sollte ich mich vermutlich besser anziehen."

„Das klingt nach einer guten Idee. Ich kann keinen Sex mehr haben, bis ich nicht ein paar der zehn Millionen Kalorien wieder zu mir genommen habe, die wir letzte Nacht verbrannt haben."

Es dauerte noch eine gute Stunde, bis sie schließlich die Wohnung verließen.

Das französische Bistro an der Lexington Avenue war gemütlich, und Eva war sofort bezaubert.

„Das ist, als wäre ich wieder in Paris. Wieso wusste ich hiervon nichts?"

„Weil du in Brooklyn wohnst."

Es war offensichtlich, dass Lucas hier häufiger zu Gast war. Das Café war gerappelt voll, aber sie wurden sofort zu einem kleinen Tisch am Fenster geführt.

Eva zog ihren Mantel aus und setzte sich. „Ich habe eine Nachricht von Harry bekommen. Sie behält den Hund noch ein paar Tage bei sich, hat aber Kontakt zu der Tiervermittlung aufgenommen. Die Leute dort sind sich sicher, dass sie keine Probleme haben werden, ein liebevolles Zuhause für ihn zu finden."

„Das ist gut."

Das war es. Warum war sie dann trotzdem ein wenig enttäuscht?

Sie sagte sich, dass sie keine Zeit hätte, sich um einen Hund zu kümmern, und warf einen Blick auf die Speisekarte, die vor ihr auf dem Tisch lag. Doch Lucas nahm sie ihr weg und gab sie der Kellnerin zurück.

Dann bestellte er für sie beide. Eva hob fragend die Augenbrauen.

„Entwickelst du langsam Kontrolltendenzen?"

„Du hast die letzten Wochen entschieden, was wir essen. Jetzt bin ich dran. Und ich esse hier ständig, also weiß ich, was gut ist." Er lehnte sich auf seinem Stuhl zurück. „Du wolltest den Hund, oder?"

„Nein", sagte sie fest. „Ich habe dafür keine Zeit. Wir haben mit unserer Firma wirklich viel zu tun."

Er bedachte sie mit einem langen Blick, verfolgte das

Thema aber nicht weiter. „Hast du irgendwelche Events zwischen jetzt und Weihnachten?“

„Ein paar, aber keine, bei denen ich persönlich anwesend sein muss. Meistens beauftrage ich eine Firma namens Delicious Eats, und die sind super.“

„Was ist mit der Weihnachtsfeier in dem Seniorenheim? Wirst du hingehen?“

Eva wunderte sich, warum er sie das fragte. „Wieso sollte ich?“

„Du hast gesagt, dass es dir fehlt, die Leute dort zu sehen. Sie vermissen dich vermutlich auch. Warum solltest du also nicht hingehen?“

Der Gedanke war ihr noch gar nicht gekommen. „Ich weiß nicht. Nach Grams Tod habe ich ein paarmal mit dem Gedanken gespielt, da vorbeizuschauen, aber es war so schwer …“ Sie testete die Idee und wurde von den verschiedensten Gefühlen heimgesucht. „Ich mache mir Sorgen, dass es sehr schmerzhaft wird, an einen Ort zu gehen, an dem so viele Erinnerungen warten.“

„Vielleicht gibt es dir aber auch ein Gefühl von Verbundenheit. Ich bin sicher, dass die Bewohner eigene Erinnerungen an deine Großmutter haben. Sie würden sich bestimmt freuen, sie mit jemandem zu teilen, der sie gekannt und geliebt hat.“

Die Kellnerin kam mit heißem Kaffee, Eiern Florentine und French Toast.

Eva starrte das Essen vor sich an, ohne es wirklich zu sehen. Sie dachte an Tom und die anderen Freunde ihrer Großmutter. „Ich habe sie vernachlässigt. Ich hätte sie besuchen sollen, aber …“

„Es ist beängstigend. Also nimm dir jemanden zur Unterstützung mit.“

„Da gibt es niemanden. Paige und Frankie haben so viel

zu tun, dass ich sie nicht fragen möchte. Matt arbeitet an einem Projekt auf Long Island und ist ständig unterwegs. Und Jake … Jake ist ein toller Typ, aber nicht die Art Mann, an dessen Schulter ich mich ausweinen wollte."

„Dann begleite ich dich. Und du hast bereits an meiner Schulter geweint, also ist das kein Problem."

Sein Angebot überraschte sie. „Das würdest du tun?"

„Du hast mir geholfen, indem du hier warst. Wenn ich dir auch helfen kann, würde ich das gerne tun."

Sie war berührt, und ein Teil von ihr fragte sich, warum er ein so großzügiges Angebot machte. „Du würdest belagert werden. Einer der engsten Freunde meiner Großmutter ist ein riesiger Fan von dir."

„Ich mag meine Fans. Ohne sie hätte ich keinen Job. Es gibt nur eine Sache, die mir unangenehm ist: Wenn Frauen mir ihre Unterwäsche schicken."

„Das kommt vor?"

„Öfter, als man glauben sollte." Er erzählte ihr ein paar Geschichten über die Vorfälle bei seinen Signierstunden, und sie hörte amüsiert und fasziniert zu.

„Ich wusste gar nicht, dass das Schriftstellerleben derart aufregend ist. Du solltest eine Gefahrenzulage bekommen. Aber Tom ist neunzig, also glaube ich nicht, dass irgendeine körperliche Gefahr von ihm ausgeht."

„Iss." Er zeigte auf ihren Teller. „Und denk darüber nach."

Das tat sie, während sie aß, und auch danach, als sie gemeinsam über die Fifth Avenue zum Rockefeller Center schlenderten, um den Weihnachtsbaum zu bewundern.

„Ich bin immer mit meiner Großmutter hergekommen." Sie lehnte sich an ihn und beobachtete die Schlittschuhläufer, die dick eingemummelt gegen die Kälte auf der Eisbahn dahinglitten. Hinter ihnen ragen die Wolkenkratzer auf. „Manchmal bin ich Schlittschuh gelaufen, und sie hat zugeschaut. Ich wünschte, sie wäre jetzt hier. Ich vermisse es, mit ihr zu reden."

„Worüber würdest du denn reden?"

„Ich würde sie um Rat bitten. Wenn ich mir wegen irgendetwas nicht sicher bin, schließe ich die Augen und versuche, mir vorzustellen, was sie sagen würde. Klingt das verrückt?"

„Nein." Er legte einen Finger an ihr Kinn und hob ihr Gesicht zu seinem. „Was für einen Rat brauchst du? Was würdest du sie fragen, wenn sie jetzt hier wäre?"

Ich würde sie fragen, was ich deinetwegen unternehmen soll.

„Nichts Spezielles." Sie zwang sich zu einem Lächeln. „Mir ist kalt. Wir sollten zurückgehen, damit du arbeiten kannst. Vielen Dank für das Frühstück."

16. Kapitel

Liebe ist eine Reise. Nimm eine Landkarte mit.
– Paige

Lucas beschloss, dass es sinnlos war, sich von Eva fernhalten zu wollen. Zum einen war seine Willenskraft offenbar schwächer als ein seidener Faden. Und zum anderen war Eva sowieso kein Mensch, der Wert auf emotionale und räumliche Distanz legte. Sie erinnerte ihn an den Welpen, den sie gerettet hatten. Anhänglich, vertrauensselig und verführerisch weich.

Er machte sich wieder an die Arbeit und tauchte für die nächsten paar Tage in seiner fiktiven Welt ab. Seine Figuren besetzten seinen Geist in einem Ausmaß, dass die reale Welt völlig verblasste. Er wusste, dass das hier das beste Buch war, das er je geschrieben hatte. Endlich hatte er etwas, von dem er es kaum erwarten konnte, es der Welt zu zeigen.

Hinter den Fenstern seines Büros schien die Sonne und malte silberne Muster auf die schneebedeckten Bäume. Es sah aus, als hätte jemand den Central Park für die Feiertage mit Lametta geschmückt. Menschen eilten über die Straßen, begierig darauf, ihre Weihnachtsgeschenke zu kaufen. Lucas jedoch sah nichts von all dem. Er schrieb und überarbeitete, straffte die Geschichte, vertiefte die Figuren, polierte die Sätze. Nächte verschwammen mit Tagen. Manchmal sah er auf und bemerkte verblüfft, dass es draußen schon wieder dunkel war, obwohl nach seinem Gefühl gerade erst der Tag begonnen hatte.

Wenn Eva nicht gewesen wäre, wäre er verhungert oder verdurstet, aber sie tauchte regelmäßig bei ihm auf und brachte ihm nahrhafte Leckerbissen, für die er kaum seine Hände von der Tastatur nehmen musste. Kleine Quiches mit krossem, buttrigem Teig und mit Knoblauch gewürzten Pilzscheiben. Crostini mit gebratener Paprika und Ziegenkäse. Eine Mousse, die leicht wie Luft war und aus Lachs mit Sahne bestand. Jedes Stück war eine Orgie für seine Geschmacksknospen, dazu gemacht, mit einem Bissen gegessen zu werden, ohne Kompromisse bei Qualität und Geschmack einzugehen. Wenn er ihr Essen probierte, wurde ihm klar, warum Urban Genie so schnell erfolgreich geworden war. Eva besaß einen angeborenen Sinn dafür, welches Essen zu welcher Gelegenheit passte – ob es sich nun um eine glamouröse Hochzeit oder um einen Autor handelte, der keine Zeit hatte, von seinem Manuskript aufzuschauen.

Abgesehen von den Augenblicken, in denen sie ihm etwas zu essen und zu trinken brachte, achtete sie darauf, ihn nicht zu stören, auch wenn er sie ab und zu am Telefon mit Paige oder Frankie sprechen oder in der Küche beim Kochen singen hörte.

Sie aßen immer gemeinsam zu Abend. Danach arbeitete er wieder bis tief in die Nacht hinein. Und bei einer dieser nächtlichen Schreibsitzungen hörte er zum ersten Mal ihre Schreie.

Sofort sprang er auf. Sein Herz raste, die Anspannung wurde noch dadurch verstärkt, dass er gerade eine sehr Furcht einflößende Szene überarbeitet hatte.

Er drückte die Tür zum Schlafzimmer auf. Das Licht brannte, und Eva saß mit zerzausten Haaren und weit aufgerissenen Augen im Bett.

„Ev? Was zum Teufel ist los?“ Er schaute sich im Zimmer um und erwartete, einen maskierten Einbrecher zu sehen, doch da war nur die zitternde Eva. „Was ist passiert?"

Einen Moment lang antwortete sie nicht, dann zog sie die Decke bis unters Kinn. „Kannst du das Licht anmachen?"

„Das Licht ist an."

„Ich meine die Deckenlampe. Ich brauche mehr Licht." Ihre Zähne klapperten. Schnell schaltete er alle Lampen im Zimmer an und ging zum Bett.

„Was ist passiert?"

Sie war ganz blass und sah zutiefst erschüttert aus. „Ein schlimmer Traum."

„Du hattest einen Albtraum?" Er setzte sich neben sie aufs Bett und zog sie in seine Arme. „Wovon hast du geträumt?"

„Ich war in der Küche und habe für einige Leute gekocht und ... Wenn ich so darüber nachdenke, will ich lieber nicht darüber reden."

Er sah zum Nachttisch. „Du hast eines meiner Bücher gelesen?"

„Ich dachte, das gebietet die Höflichkeit. Ein großer Fehler. Du bist gut in dem, was du tust, aber das ist leider nichts für mich. Sei bitte nicht beleidigt."

Er war nicht beleidigt, im Gegenteil, er war gerührt. „Ich kann nicht glauben, dass du mein Buch gelesen hast."

„Ich wollte mehr über deine Arbeit wissen. Jetzt wünschte ich, ich hätte es nicht getan."

Lächelnd verstärkte er seinen Griff um sie. „Das ist nur Fiktion, Süße."

„Ich weiß, aber es ist auch schrecklich real. Bücher über Zombies oder Aliens machen mir nichts aus, weil ich bei Bloomingdale's nicht viele von ihnen treffe. Aber der Kerl in dem Buch war charmant, und ich weiß nicht, ob ich bemerkt hätte, dass er ein Mörder ist."

„Du hast ein ausgezeichnetes Radar, weißt du noch? Du hättest gespürt, dass etwas nicht stimmt."

„Vielleicht nicht. Ich bin nicht darauf programmiert, misstrauisch zu sein."

„Das liebe ich an dir." Er wünschte, er hätte nicht das Wort *liebe* benutzt, aber sie schien es nicht zu bemerken.

Sie rieb sich mit der Hand über die Stirn. „Ich habe wirklich Angst bekommen. Fürchtest du dich nicht, wenn du das schreibst?"

„Manchmal. Und dann weiß ich, dass es gut ist."

„Musst du mit Licht an schreiben?"

Er lächelte. „Nein, ich ziehe es vor, im Dunkeln zu schreiben. Dadurch ist es gruseliger."

„Hast du jemals einen fröhlichen Roman gelesen, bei dem die Hauptfiguren am Ende noch leben?"

„Nicht oft."

Sie erschauderte und schaute zu ihrem Handy. „Wie spät ist es?"

„Drei Uhr morgens. Ich habe geschrieben und nicht gemerkt, dass es schon so spät ist."

„Tut mir leid, dass ich dich gestört habe. Du machst dich wohl besser wieder an die Arbeit."

„Ich denke, es ist an der Zeit, ins Bett zu gehen." Er stand auf, zog sich aus und schlüpfte zu ihr unter die Decke, wo er sie wieder in seine Arme zog.

„Können wir das Licht anlassen?"

„Meinst du das ernst?"

„Ja. Wenn hier im Zimmer ein Serienmörder ist, möchte ich ihn gerne sehen."

Zwei Tage später betrat Eva sein Büro und legte ein Paket auf seinen Schreibtisch. „Frohe Weihnachten."

„Du hast mir ein Geschenk gekauft? Das ist süß von dir,

aber das hättest du nicht tun müssen. Ich brauche nichts."

„Das ist Ansichtssache. Mach es auf."

Er wandte sich dem Päckchen zu und schob einen Finger unter das Papier. „Es ist ein Buch."

„Nicht irgendein Buch."

Das Papier fiel ab, und er nahm das Buch in die Hand und drehte es herum. „*Stolz und Vorurteil.*" Er sah sie an. „Du hast mir Jane Austen gekauft?"

„Du musst mal eine andere Seite des Lesens entdecken. Beziehungen enden nicht immer in Tod und Elend. Die Geschichte ist emotional komplex, und vor allem hat sie ein Happy End. Ich versuche, dir zu zeigen, dass nicht jeder Roman damit enden muss, dass alle Figuren in Stücke zerhackt werden oder an gebrochenem Herzen sterben. Es gibt auch andere Möglichkeiten."

Er legte das Buch weg. „Eva ...", sagte er in geduldigem Tonfall. „Ich schreibe über Verbrechen."

„Ich weiß! Dein Buch hat mir Albträume beschert." Das war ihr immer noch schrecklich peinlich, aber sie beschloss, dass es keinen Sinn hatte, so zu tun, als wäre sie jemand, der sie nicht war. Sie wollte beim Lesen nicht gegruselt werden. „Dank dir werde ich nie wieder ohne Licht schlafen können und vermutlich auch kein Taxi mehr nehmen."

„Das ist nur ein Krimi. In dem sterben die Menschen nun einmal."

„Aber warum können sie nicht einfach verletzt und dann von einem netten Arzt geheilt werden?"

Er sah amüsiert aus. „Weil es in dem Buch dann nicht um einen Serienmörder gehen würde."

„Er könnte jemand Nettes kennenlernen und sich verlieben ..."

„Eva", unterbrach er sie sanft. „Lies nicht, was ich schreibe, dann macht es dich nicht traurig."

„Aber wenn du fröhlichere Romane schreiben würdest, hättest du vielleicht nicht so düstere Gedanken über die Liebe. Du könntest mit einer Kurzgeschichte anfangen, in der niemand stirbt." Sie sah ihn hoffnungsvoll an, und er lehnte sich kopfschüttelnd auf seinem Stuhl zurück.

„Also, wenn das hier ein Weihnachtsgeschenk ist, schätze ich, ich muss dir auch eines geben."

„Ich brauche nichts."

„Du hast keinen Brief an den Weihnachtsmann geschrieben?"

„Das habe ich schon vor Monaten gemacht. Ich habe mir Sex gewünscht – mit einem heißen Kerl, nicht mit dem Weihnachtsmann –, und er hat geliefert. Und es hat keinen Sinn, wenn ich noch einmal schreibe, denn seit dem letzten Brief war ich ein sehr, sehr unartiges Mädchen." Sie beugte sich vor und küsste ihn. „Was macht der Weihnachtsmann mit unartigen Mädchen?"

„Ich weiß es nicht, aber ich kann dir sagen, was ich mit unartigen Mädchen mache." Er stand auf und zog sie an sich.

Sie krallte ihre Finger in sein Hemd, entschlossen zu sagen, was ihr schon den ganzen Tag durch den Kopf ging. „Lucas?"

„Was?"

„Ich habe über das nachgedacht, was du gesagt hast."

Sein Mund schwebte verführerisch nah an ihrem. „Was habe ich gesagt?"

„Dass ich in das Seniorenheim gehen sollte und du mich begleitest. Hast du das ernst gemeint?"

Er zog sich zurück. „Natürlich habe ich das."

„Manchmal sagen Menschen Dinge, die sie nicht so meinen. Und das hier ist eine ziemlich große Sache. Du würdest einen ganzen Nachmittag aufgeben, und ich weiß, dass du viel zu tun hast und es wichtig ist, dass du dein Buch fertig bekommst."

„Das hier ist wichtiger." Er verschränkte seine Finger mit ihren. „Würdest du gerne hingehen?"

„Ja. Auch wenn ein Teil von mir Angst hat, dass ich mich zum Gespött mache. Ich war nicht mehr dort, seitdem ich Gram verloren habe. Was, wenn ich anfange zu heulen?"

„Dann singe ich über den Lärm hinweg ganz laut. Weihnachtslieder."

„Du hasst Weihnachtslieder." Sie lächelte und fragte sich, wie dieser Mann es schaffte, dass es ihr immer gleich besser ging. „Sei ernst."

„Ich bin ernst." Er drückte ihre Hand. „Niemand wird dich verurteilen. Wenn du weinst, dann weinst du eben. Ich hoffe zwar, du tust es nicht, weil ich dich nicht gern traurig sehe, aber niemand wird dir etwas vorwerfen. Und wenn dir alles zu viel wird und du gehen willst, dann lassen wir uns eine Entschuldigung einfallen. Überlass das ruhig mir. Du sprichst hier mit einem Experten im Vermeiden von gesellschaftlichen Ereignissen."

„Trotzdem bist du bereit, das für mich zu tun." Sie senkte hastig den Blick auf ihre verschränkten Hände, weil die Gefühle ihr auf einmal die Kehle zuschnürten.

„Ich hoffe, dass du mir dann dankbar bist und Sex mit mir willst."

„Das ist keine Antwort."

„Weil ich weiß, wie schwer es ist." Er hob ihre Hand an seine Lippen. „Und weil mir etwas an dir liegt."

„Du wirst den Tag damit verbringen, Bücher zu signieren."

„Damit kann ich leben."

17. Kapitel

Liebe dein Leben, es ist das einzige, das du hast.
– *Eva*

Annie Cooper war seit dem Tag, an dem sie ihren Job in einem der geschäftigsten Krankenhäuser der Stadt aufgegeben hatte, Leiterin des Seniorenheims. Lucas fiel es nicht schwer, sich vorzustellen, wie sie es mit freundlicher Effizienz führte.

Sie umarmte Eva warmherzig. „Du hast uns gefehlt, Honey."

„Ihr mir auch. Wie geht es deinem Sohn?"

Das ist typisch, dachte Lucas. Die ersten Worte, die Eva sprach, waren eine Frage nach jemand anderem. Sie machte sich immer viel mehr Sorgen um andere als um sich selbst.

„Es geht ihm gut, danke, dass du fragst. Und nach allem, was ich so gehört habe, warst du auch ziemlich beschäftigt. Ich habe von Urban Genie gelesen."

„Ich hätte euch früher besuchen müssen …"

„Du hattest andere Prioritäten, und genau so soll es sein. Das ist eine sehr aufregende Zeit für dich. Wir schauen uns alle immer deine YouTube-Videos an. Besonders das Rezept für die Müsliriegel mit Datteln, Mandeln und Hafer war ein riesiger Erfolg hier bei uns. Deine Gram wäre so stolz, zu sehen, wie gut es dir geht." Annie schüttelte Lucas die Hand. „Eva hat mir erzählt, dass Sie uns heute Gesellschaft leisten, Mr. Blade. Alle sind schon ganz aufgeregt. Es kommt nicht jeden Tag vor, dass wir Besuch von einem berühmten Schriftsteller bekommen. Ich hoffe, sie können gut mit stürmischen Fans umgehen. Wir haben alle ihre Bücher in der Bücherei. Würde es Ihnen etwas ausmachen, ein paar davon zu signieren?"

„Ich signiere alles, was Sie wollen." Er beobachtete Eva. Auf der Fahrt hierher war sie ungewöhnlich still gewesen, und ihr normalerweise fröhliches Geschnatter war von einsilbigen Antworten ersetzt worden.

Annie lächelte. „Das wäre großartig. Ein paar der Bewohner werden bestimmt ihre eigenen Ausgaben zum Signieren mitbringen. Vielleicht könnten Sie auch eine kleine Lesung abhalten?"

Die Frage riss Eva aus ihrer Trance. „Ich bin nicht sicher, dass das eine gute Idee ist." Sie sah alarmiert aus. „Kein tropfendes Blut oder scharfe Messer."

„Oh, die Spannung ist doch das Beste." Annie führte sie durch einen sonnigen Flur. „Lucas' Buch war vor einigen Monaten das Thema unseres Buchclubs, und wir waren alle beeindruckt, dass er die Identität des Mörders so gut versteckt hat. Was für ein Dreh. Wir haben uns alle in die Irre führen lassen, dabei weiß Tom meistens vor allen anderen, wer es war. Hast du seine Bücher gelesen, Eva?"

„Nur einmal. Seitdem bin ich in Therapie. Ich bin leider ein Feigling." Evas normalerweise so fröhliches Lächeln wirkte ein wenig gezwungen, und Lucas trat näher an sie heran.

Hier zu sein bewies, dass sie alles andere als ein Feigling war.

Annie öffnete eine Tür. „Im Moment sind alle beim Stuhl-Yoga, aber das ist bald zu Ende. Ich dachte, wir könnten den Tee im Gartensalon einnehmen." Sie ging voran in einen weitläufigen Raum mit Blick auf die Gärten, die zum Hudson River hinuntergingen. Große Fenster sorgten dafür, dass er mit Licht geflutet wurde.

„Das war der Lieblingsraum meiner Großmutter." Eva starrte aus dem Fenster. Lucas fragte sich, ob es falsch gewesen war, sie hierherzubringen. Natürlich war ihm klar, dass man ihm Heuchelei vorwerfen konnte. Was hatte er denn getan, um nach Sallyannes Tod mit ihren Freunden in Kontakt zu bleiben? Nichts. Wobei die Umstände anders waren. Die Kluft zwischen dem, was die Leute dachten, und der Wahrheit war so groß, dass er keine Ahnung hatte, wie er sie überbrücken sollte. Das hatte die Kommunikation zwischen ihm und den Leuten, die sie als Ehepaar gekannt hatten, falsch und sinnlos gemacht. Ihre Trauerbezeugungen hatten wie Schmirgelpapier über seine rohen Gefühle geschabt – ein weiterer Faktor, der zu der selbst auferlegten Isolation beigetragen hatte, in die er sich jedes Jahr zu ihrem Todestag zurückzog.

Annie rückte ein paar Stühle näher an das Fenster heran. „Unsere Köchin hat Truthahnburger gemacht."

„Und ich habe Cupcakes gebacken." Eva schien sich selbst wachzurütteln, als sie nach den Tüten griff, die Lucas und sie aus dem Taxi mit hineingebracht hatten.

„Dann werde ich mal alle zusammenrufen, während du die Vorbereitungen hier triffst."

Lucas nahm Eva die Tüten ab und trug sie zum Tisch. „Geht es dir gut?"

„Ja."

Wenn sie nicht seit Wochen bei ihm wohnen würde, wodurch er Einblicke in jede ihrer Stimmungen erhalten hatte, hätte er sich täuschen lassen. So jedoch wusste er, dass sie log. Doch jetzt, wo gleich die anderen Leute kamen, konnte er nicht viel dagegen unternehmen.

Er verfluchte sich dafür, diesen Besuch vorgeschlagen zu haben. „Wir sollten uns eine Entschuldigung ausdenken und gehen."

„Das wäre unhöflich. Kannst du mir helfen, die Cupcakes zu arrangieren?"

Sie hatte die Cupcakes individuell und mit großer Aufmerksamkeit fürs Detail dekoriert, sodass jeder ein kleines Kunstwerk war.

Er musterte das verschnörkelte Muster auf einem. „Hast du Kunst studiert?"

„Nein. Das Einzige, was ich mit Farben hinbekomme, ist ein katastrophales Durcheinander." Sie legte die Cupcakes auf einen Teller. „Kochen ist das Einzige, worin ich gut bin."

„Ich denke, du bist in vielen Dingen gut." Er reichte ihr noch einen Teller. „Du führst ein erfolgreiches Unternehmen in New York. Weißt du, wie viele Start-ups in dieser Stadt untergehen?"

„Ich will es gar nicht wissen. Aber Menschen Angst zu machen ist eine besondere Fähigkeit von dir, womit das vermutlich deine Absicht war."

„Ich würde dir niemals Angst machen wollen."

Sie wandte den Kopf, und ihre Blicke trafen sich.

„Lucas ..."

„Du schaffst das, Honey." Er sprach ganz leise, nur für sie, und sie schenkte ihm einen dankbaren Blick.

„Die Cupcakes sehen wirklich köstlich aus." Annie gesellte sich zu ihnen und unterbrach ihre Unterhaltung. Die Bewohner strömten herein, und gleich darauf war Eva von ihnen umringt, verschluckt von einer Gemeinschaft aus Leuten, die mit ihrer Großmutter befreundet gewesen waren. Evas Wärme und Freundlichkeit zogen die Menschen magisch an. Lucas fiel auf, dass sie sich die Zeit nahm, um mit jedem zu reden, einschließlich der neuen Bewohner, die sie noch nicht kannte.

Der Nachmittag verging schnell. Irgendwann richtete sich die Aufmerksamkeit auf ihn, und pflichtbewusst signierte er einen Stapel Bücher und beantwortete eine gefühlte Million Fragen.

Er traf Tom, der an jedem seiner Worte zu hängen schien. „Meine Frau hat Ihre Bücher auch geliebt. Wir haben uns oft darüber unterhalten. Über Bücher zu reden war eins der Dinge, die ich nach ihrem Tod am meisten vermisst habe. Eine Unterhaltung mit einer temperamentvollen Frau ist die beste mentale Stimulation, finden Sie nicht? Das fehlt mir."

Eva setzte sich auf den Stuhl neben ihm. „Du solltest wieder heiraten, Tom."

Tom grinste. „Machst du mir etwa einen Antrag? Zu meiner Zeit war das noch die Aufgabe des Mannes."

„Du bist deiner Zeit hinterher, Tom. Heutzutage nehmen Frauen sich, was sie wollen. Ich würde dich sofort heiraten, aber ich würde dich in den Wahnsinn treiben, weil ich unordentlich und morgens unausstehlich bin." Sie beugte sich vor und gab ihm einen Kuss auf die Wange. Er drückte ihre Hand.

„Vor sechzig Jahren hättest du keine Chance gehabt", erklärte der alte Mann verschmitzt. „Ich bin nämlich jemand, der ein Goldstück erkennt, wenn er es sieht." Lucas wurde das Gefühl nicht los, dass die Bemerkung auf ihn gemünzt war.

Hatte Tom erraten, dass sie auf gewisse Weise verbunden waren?

Irgendwie erinnerte ihn der alte Mann an seine Großmutter. War Tom genau wie Mitzy ein Fan von Verkupplungsaktionen? Hastig schob er den Gedanken zur Seite und ignorierte die Bemerkung.

„Wie lange waren Sie verheiratet?", wechselte er das Thema.

„Beim ersten Mal zwanzig Jahre."

„Beim ersten Mal?"

Tom zuckte mit den Schultern. „Tja, Ich genieße es eben, verheiratet zu sein. Martha und ich haben uns an unserem ersten Schultag kennengelernt. Ich habe ihr das Haarband vom Pferdeschwanz gezogen, und sie hat mich mit ihrer Schultasche geschlagen. Von dem Moment an wusste ich, dass sie die perfekte Frau für mich ist. Als sie gestorben ist – und zwar auf natürliche Weise, also fangen Sie bloß nicht an, irgendeine Ihrer Mördergeschichten darum herumzuspinnen – dachte ich, das wäre es jetzt gewesen. Ich habe nicht gedacht, dass man zweimal im Leben so viel Glück haben kann, aber das hatte ich. Allison habe ich in einer Lesegruppe kennengelernt. Sie fiel mir auf, weil sie die Einzige war, die das Buch, das wir lasen, nicht mochte. Und sie hatte keine Angst, das deutlich zu sagen. Eine Woche später habe ich sie gebeten, mich zu heiraten. Denn wenn man genau weiß, dass man verliebt ist, dann ist Warten sinnlos. Martha hätte sie gemocht, da bin ich sicher."

In Evas Augen schimmerten Tränen. „Das ist eine bezaubernde Geschichte, Tom."

Tom drückte erneut ihre Hand. „Deine Großmutter wäre so glücklich, wenn sie dich jetzt sehen könnte. Du hast eine eigene Firma und bist in einen sehr attraktiven jungen Mann verliebt."

„Ich bin nicht verliebt, Tom. Wer hat das behauptet?" Evas Wangen nahmen die Farbe von Kirschblüten an. „In wen sollte ich denn verliebt sein?"

Toms Blick glitt zu Lucas, der beschloss, dass der Besuch definitiv nicht eine seiner besten Ideen gewesen war.

Tom war noch viel schlimmer als seine Großmutter.

„Ich habe dich und Lucas bei den Cupcakes reden sehen."

„Er hat mir geholfen. Wir sind Freunde."

„Gut. Freundschaft ist der wichtigste Teil einer jeden Beziehung. Man kann die Laken in Brand setzen, aber wenn man nicht durch Freundschaft verbunden ist, hat man nichts."

Eva verschluckte sich fast und schickte ihm einen Hilfe suchenden Blick zu. Lucas beschloss, lieber einzugreifen, bevor Tom jemanden fand, der sie hier an Ort und Stelle vermählte.

„Eva arbeitet im Moment für mich. Das ist alles."

Tom bedachte Lucas mit einem langen Blick, der verriet, dass er ihm nicht ein einziges Wort davon glaubte. „Einige Menschen denken, man könnte sich nur einmal verlieben. Ich habe es zweimal gemacht. Ich bin der lebende Beweis dafür, dass es möglich ist."

Lucas wurde es erspart, darauf zu antworten, weil in dem Moment die Köchin und zwei Küchenmitarbeiter mit Tabletts voller Truthahnburger den Raum betraten. Eva sprang auf, um zu helfen.

Bevor Lucas ihr folgen konnte, beugte Tom sich vor.

„Das Mädchen", sagte er, „ist etwas ganz Besonderes."

Dem würde Lucas nicht widersprechen, auch wenn es ihn noch tiefer in den Schlamassel hineinziehen würde, wenn er Tom jetzt zustimmte. „Das ist sie."

Tom stand auf. „Es ist leicht, Verbundenheit zu entwickeln, wenn man einsam ist. Und es ist leicht, Gefühle falsch zu interpretieren."

„Ja, aber auch wenn Eva eine Romantikerin ist, ist sie ziemlich vernünftig und praktisch, was Beziehungen angeht."

Tom sah ihn lange an. „Ich habe von Ihnen gesprochen, junger Mann." Mit diesen Worten drehte er sich um und ging, um sich zu den anderen Bewohnern zu gesellen, die sich an den Burgern bedienten.

Lucas starrte Eva quer durch den Raum an. Was hatte Tom damit gemeint? Er war doch nicht derjenige, der hier einsam war. Verdammt, er war vollkommen zufrieden damit gewesen, sich in seinem Penthouse einzuigeln, bevor sie in sein Leben getreten war.

Er signierte zwei weitere Bücher für wartende Bewohner und gesellte sich dann zu den anderen, um Burger und Cupcakes zu essen.

Nachdem sie gegessen hatten, wurde Eva überredet zu singen, während Tom sie am Klavier begleitete.

Als sie später in seine Wohnung zurückfuhren, war es schon dunkel.

„Tut mir leid, Lucas, das war ein wenig unangenehm." Eva war in ihren Schal gekuschelt, und ihre Stimme klang gedämpft. „Tom war peinlich."

„Er will dich nur beschützen. Er möchte, dass du glücklich bist." Und mit ihm zusammen zu sein würde sie nicht glücklich machen, dessen war Lucas sich sicher. Nicht auf lange Sicht. Toms Worte waren eine scharfe Erinnerung daran gewesen, dass Eva nicht mit einer kurzen, oberflächlichen Beziehung zufrieden wäre. Alles an ihr ging tief. Ihre Gefühle, ihre Hoffnungen und ihre Erwartungen.

Er fand, dass sie sich in vielen Dingen irrte, einschließlich ihrer lächerlichen, märchenhaften Ansichten über Liebe und Ehe. Aber er wollte nicht derjenige sein, der ihr das bewies. Es wäre, wie einen Schmetterling zu fangen und ihm die Flügel auszureißen. In den letzten paar Wochen war in ihm eine tiefe Bewunderung für ihren unerschütterlichen Optimismus gewachsen. Er wollte nicht herausfinden, was nötig war, um so viel Lebensfreude zu zerstören.

Tom hatte zweimal geheiratet? Okay, jeder konnte tun, was er für richtig hielt. Von ihm aus hätte der alte Mann auch sechsmal heiraten können.

Er selbst hatte es einmal getan, und das reichte. Soweit es ihn betraf, hatte er kein Bedürfnis, sich das Herz erneut herausreißen zu lassen. Außerdem war Eva im Moment die Verletzliche von ihnen, nicht er. Er achtete so sehr darauf, sich selbst zu schützen, dass er beinahe kugelsicher war.

„Meine Großmutter und Tom waren eng befreundet. Es war nett von dir, mit ihm Billard zu spielen." Eva wartete, während er die Tür zum Penthouse aufschloss. „Und ihn gewinnen zu lassen."

„Ich habe ihn nicht gewinnen lassen. Er hat mich vom

Tisch gefegt." Lucas erwähnte nicht, dass er mehr auf sie als auf das Spiel geachtet hatte. Er sah ihr nach, als sie in die Küche ging und das Licht anschaltete. Etwas war anders an ihr. Sie hatte ihren üblichen Schwung verloren. „Tom ist ein interessanter Typ. Hast du die Unterhaltung über Liebe absichtlich begonnen?"

„Nein." Sie wandte ihm den Rücken zu und schenkte sich ein Glas Wasser ein. „Ich habe ihn seit Grams Tod nicht mehr gesehen, und es war dein Vorschlag, mich zu begleiten." Sie stellte das Glas zur Seite. „Was Tom gesagt hat, war nicht gerade revolutionär, Lucas. Das ist nicht Teil einer Verschwörung. Er glaubt an die Liebe, das ist alles. Und natürlich tut er das, weil er sie nämlich zweimal erlebt hat. Wenn man etwas selbst erlebt, hat man kein Problem, es zu glauben."

„Ich habe nie gesagt, dass ich nicht daran glaube. Nur, dass ich es nicht noch einmal will. Aber Tom schon." Er fragte sich, wieso Eva ihn nicht ansah. „Ich schätze, er würde dich zu seiner dritten Frau machen, wenn du ihm nur eine kleine Chance geben würdest."

„Vielleicht ist das die Antwort. Ich sollte Tom heiraten." Sie griff erneut nach dem Glas und trank noch einen Schluck. Aber sie sah ihn immer noch nicht an.

„Was ist los?" Es störte ihn, dass sie ihm etwas verheimlichte.

„Nichts. Hast du Hunger?"

„Nein. Ich habe auf der Feier genügend Kohlenhydrate gegessen, um mich für einen Monat in Alaska zu wappnen." Er folgte ihr in die Küche und legte eine Hand auf ihre Schulter. „Ich will wissen, was in deinem Kopf vor sich geht."

Anstatt sich zu entspannen und ihre Arme um ihn zu legen, blieb sie beinahe starr. „Ich vermisse sie, das ist alles." Ihre Haare strichen über sein Kinn, und er hob seine Hand und schob sie sanft zurück.

„Wünschst du dir, du wärst heute nicht hingegangen?"

„Nein." Sie entzog sich ihm, sah ihn aber immer noch nicht an.

„Hat jemand etwas gesagt, das dich traurig gemacht hat?" Es hatte genügend Gelegenheiten gegeben, bei denen er nicht an ihrer Seite gewesen war.

„Nein. Sie waren alle ganz bezaubernd. Ich habe Annie versprochen, dass ich bald wiederkomme. Aber jetzt muss ich noch etwas arbeiten, und ich bin sicher, das musst du auch." Sie schnappte sich ihre Handtasche und ihr Telefon und ging zur Treppe hinüber.

Er starrte ihr frustriert hinterher. Sie konnte ihre Gefühle nicht gut verbergen, also schmerzte es ihn zu sehen, wie sehr sie es versuchte.

„Eva …"

Sie blieb oben an der Treppe stehen. „Danke, dass du heute mitgekommen bist. Ich habe es genossen, mit allen zu reden. Und es hat auch gutgetan, über Gram zu sprechen. Es hat geholfen. Ich dachte, ich würde sie dadurch nur noch mehr vermissen, aber das stimmt nicht. Es hat mir geholfen, dass ich mich besser fühle."

Er runzelte die Stirn. Wenn sie sich besser fühlte, warum sah sie dann so unglaublich unglücklich aus?

Eva ging ins Badezimmer und zog die Tür hinter sich zu. Dann setzte sie sich auf den Rand der Badewanne.

Sie liebte Lucas.

Tom hatte es gleich erkannt. Warum hatte sie das nicht?

Vielleicht lag es daran, dass sie bisher immer gedacht hatte, Verlieben würde sich anfühlen, als ob man langsam in einen Pool mit warmem Wasser glitt. Sie hatte nicht mit der Plötzlichkeit gerechnet, die mehr einem Sturz glich – mitten hinein ins tiefe, kalte Wasser. Alles fühlte sich so außer

Kontrolle an und ließ sie erschüttert und unsicher zurück. Verängstigt und aufgeregt.

Sie kannte ihn erst seit ein paar Wochen, und sie hatte niemals vorgehabt, ihr Herz an ihn zu verlieren. Das war weder klug noch vernünftig. Er war nicht an einer ernsthaften Beziehung interessiert. Sie hatte gesehen, wie unbehaglich Lucas sich gefühlt hatte, als Tom erwähnte, dass er zweimal geliebt hatte.

Es war nicht so, als ob sie nicht zu einer Beziehung fähig wäre, die nur auf Spaß beruhte. Das war sie. Aber Lucas …

Sie schluckte und erinnerte sich an die tröstende Wärme, die er ausgestrahlt hatte, als sie den Gartensalon betreten hatten. Sie erinnerte sich daran, wie er sie gehalten hatte, als sie weinte, wie er auf dem Ball an ihrer Seite geblieben war und sie beschützt hatte. Wie er ihrem Geplapper lauschte und über ihre Beobachtungen lachte. Wie er ihr Essen genoss.

Er war alles, was sie wollte, und noch so viel mehr.

Sie stöhnte und vergrub ihr Gesicht in den Händen.

Was nun?

Mit zitternder Hand nahm sie ihr Telefon und wählte. „Paige? Ich glaube, ich stecke in Schwierigkeiten."

„Bist du schwanger?"

„Warum müssen ‚Schwierigkeiten' immer gleich schwanger bedeuten?"

„Ich weiß es nicht. Das ist mir nur so herausgerutscht. Erzähl mir, was los ist. Hast du Rotwein auf sein weißes Sofa verschüttet? Oder aus Versehen sein Buch gelöscht?"

„Ich liebe ihn. Und wenn du jetzt antwortest: ‚Das habe ich dir doch gesagt', dann lege ich sofort auf."

Paige sagte es nicht. Stattdessen fragte sie: „Besteht irgendeine Chance, dass es ihm genauso geht?"

„Nein."

„Bist du sicher?"

Eva dachte an seine Entschlossenheit, sich nie wieder zu verlieben. „Ganz sicher. Das steht definitiv nicht auf seiner Wunschliste."

Ihre Brust schmerzte. Ihr Gehirn schmerzte.

Lucas hatte recht. Die Liebe war kein Märchen. Sie war chaotisch und sehr schmerzhaft.

„Weiß er, was du empfindest?"

„Noch nicht. Aber bekanntlich bin ich nicht sehr gut darin, meine Gefühle zu verbergen. Ich bin mir nicht sicher, was ich machen soll."

Es entstand eine kleine Pause. „Du kannst den Auftrag beenden", erwiderte Paige dann besorgt. „Sag einfach, dass wir viel zu tun haben und dich brauchen."

„Nein. Wenn ich einen Auftrag annehme, bringe ich ihn auch zu Ende. Dieser Job ist für uns sehr wichtig." Aber das war nicht der einzige Grund. Sie wollte, dass Lucas sein Buch beendete. Sie wusste, wie wichtig das für ihn war, und wenn ihre Anwesenheit ihm half, das zu erreichen, würde sie bleiben. „Ich bin bereits verliebt, also kann hierzubleiben es nicht schlimmer machen. Das Einzige, was mir Sorgen macht, ist, dass er es herausfindet."

„Wäre das so schlimm?"

„Es wäre ziemlich unangenehm. Verdammt, wie konnte das passieren?" Sie ließ sich gegen die Wand sinken.

Sie hatte sich gewünscht, von ganzem Herzen zu lieben, und nun tat sie es.

Was sie nicht gewollt hatte, war, sich in einen Mann zu verlieben, der keinerlei Interesse daran hatte, sein Herz ein zweites Mal zu riskieren.

Das war das ultimative Dilemma.

Besser gesagt: Es war ihre Vorstellung von einer Gruselgeschichte.

18. Kapitel

Weniger ist mehr, außer es geht um Liebe oder Schokolade.

– *Eva*

Eine vernünftige Frau hätte sich von ihm ferngehalten. Aber leider war sie noch nie eine dieser vernünftigen Frauen gewesen.

Sie glaubte, es wäre möglich, sich mehr als einmal zu verlieben. Aber was, wenn es niemals passieren würde? Was, wenn das hier ihre einzige Erfahrung mit der echten Liebe bleiben würde? In dem Fall wollte sie das meiste daraus machen. Aber jeder Moment, den sie zusammen verbrachten, war mit Schmerz erfüllt, mit einem Gefühl der Traurigkeit, weil sie wusste, dass es unweigerlich enden würde.

Jetzt, wo er seinen Entwurf fertig hatte, war die Dringlichkeit von ihm gewichen, und er reduzierte seine verrückten Arbeitsstunden, in denen er manchmal kaum zum Luftholen aufgetaucht war.

Stattdessen nahm er sich Zeit für sie. Und es gelang ihm, sie immer wieder zu überraschen. Zum Beispiel mit den Karten für *Der Nussknacker*. Nie im Leben hätte sie gedacht, dass er mit ihr ins Ballett gehen würde. Und nicht nur das – er hielt auch die ganze Zeit ihre Hand, während sie mit Tränen in den Augen den Schneeflocken und der Zuckerfee zusah und sich an all die Male erinnerte, als ihre Großmutter sie früher mit hierhergenommen hatte.

Lucas beugte sich zu ihr. „Ich kann mir dich gut in einem

kleinen rosafarbenen Ballettkostüm und Strumpfhosen vorstellen. Ich wette, du warst süß."

„Ich war süß, aber ein wenig ungelenk. Ich war die einzige Zuckerfee, die über ihre eigenen Füße gestolpert ist. Warum sind wir eigentlich hier? Weil du Ballett in Wahrheit doch magst?"

„Nein, wir sind hier, weil du es magst."

Sie war zutiefst berührt. Nicht nur, weil er das für sie tat. Es war mehr als das – er hatte ihr zugehört und sich gemerkt, was sie ihm gesagt hatte. Wie zum Beispiel, dass sie früher immer mit ihrer Großmutter hergekommen war.

„Für einen arroganten Zyniker kannst du ziemlich aufmerksam sein. Und als Belohnung werde ich mich nachher verkleiden und für dich tanzen."

Sein Blick glitt zu ihrem Mund. „Tja, oder du könntest dich *entkleiden* und dann für mich tanzen."

Es war ihm egal, dass sie unordentlich und morgens unausstehlich war. Und ihr war egal, dass er sich stundenlang in seinem Büro einschloss.

Einmal war er mit einem stürmischen Ausdruck im Gesicht herausgekommen, und sie hatte sich erschrocken gefragt, was passiert war.

„Hast du eine Schreibblockade?"

„Warst du in meinem Büro?"

„Ja. Du warst nicht da, aber ich habe dir einen Teller mit Keksen und einen Kräutertee auf den Schreibtisch gestellt."

„Du hast mein Manuskript geändert."

„Wie bitte?" Sie hatte ihre Augen aufgerissen und versucht, ganz unschuldig zu wirken. „Ich weiß ehrlich nicht, wovon du redest."

„Du bist eine wirklich schlechte Lügnerin. Du kannst nicht einfach zwei FBI-Agenten einander umarmen lassen."

„Warum nicht? Was ist so falsch daran, wenn sich Kollegen unterstützen? Ich denke, das macht sie menschlicher. Sie haben etwas Schreckliches mit angesehen."

„Eva, ich schreibe einen Thriller."

„Und jetzt ist er ein bisschen weniger schrecklich. Gern geschehen."

Er hatte sich den Nacken massiert und sie verzweifelt angesehen. „Eva …"

„Was? Ich habe ein paar Seiten gelesen. Zwischen den beiden herrscht ganz eindeutig eine gewisse Chemie. Also dachte ich, dass sie sich ineinander verlieben können. Was ist denn so schlimm daran, wenn ich versuche, etwas Schönes in dein Buch einzubringen?"

„Du hast die Spannung getötet."

„Habe ich?" Für jemanden, der mit Spannung nicht sonderlich gut war, klang das wie ein Lob. „Gut."

„Das ist nicht gut, Eva. *Das ist nicht gut.*"

„Das ist eine Frage des Standpunkts."

„Du willst, dass ich fröhliche Thriller schreibe?"

„Das wäre ein ganz neues Genre. Könnte ein Hit werden."

„Meine Karriere wäre vorbei."

„Sei nicht so dramatisch."

Das Geplänkel war noch einige Zeit lang weitergegangen, was oft passierte. Sie stritten sich regelmäßig über ihren Geschmack bei Musik, Büchern und Filmen.

Sie hatte Lucas gezwungen, sich *Während du schliefst* anzuschauen. Dafür hatte er darauf bestanden, dass sie sich *Das Fenster zum Hof* ansah. Was sie auch getan hatte, mehr oder weniger zumindest. Denn den größten Teil der Zeit hatte sie ihre Augen fest zusammengekniffen. Und später hatte sie dann bei Licht einschlafen müssen.

Eine andere seiner Überraschungen war das hübsch eingepackte Nachtlicht, das er ihr als verfrühtes Weihnachtsgeschenk gegeben hatte.

„Ich brauche kein Nachtlicht.“

„Du schläfst immer mit Licht an.“

„Erst, seitdem ich dich kennengelernt habe.“

Und als sie ihm heute erzählt hatte, dass sie die letzten Weihnachtsgeschenke besorgen wollte, hatte er angeboten, sie zu begleiten.

„Du kannst mir dabei helfen, etwas für meine Großmutter auszusuchen“, hatte er nur gesagt, als sie ihn gefragt hatte, ob er sich wirklich den Menschenmassen da draußen stellen wollte.

Jetzt standen sie auf der Straße. Der Schneesturm war endgültig vorbei und hatte verschneite Wege und einen blitzblauen Himmel zurückgelassen. Der Himmel und der Sonnenschein erweckten den Eindruck, sie wären am Mittelmeer, wären da nicht der beißende Wind und die bittere Kälte gewesen.

Eva zog ihren Mantel fester um sich und ließ ihre Hand in seine gleiten.

Er schloss die Finger um ihre. Gemeinsam gingen sie über die Fifth Avenue und an den von blinkenden Lichtern erhellten Schaufenstern vorbei, von denen jedes eine andere Geschichte erzählte. Sie schlenderten zum Rockefeller Center, um noch einmal den Weihnachtsbaum zu bestaunen, und dann weiter in den Bryant Park mit seinen festlich geschmückten Buden.

Eva ließ sich Zeit. Ausgiebig betrachtete sie Schmuck, Kunsthandwerk und die regionalen Speisen, die an den Ständen angeboten wurden. Sie warf Lucas einen entschuldigenden Blick zu. „Langweilst du dich? Mit mir zu shoppen ist vermutlich eine ganz neue Definition von Horror für dich.“

Er nahm ihr die Tüten ab. „Weihnachtsgeschenke zu kaufen gehört nicht zu meinen Spezialitäten. Wenn du mir damit helfen kannst, stehe ich so tief in deiner Schuld, dass ich das niemals zurückzahlen kann."

„Du stehst bereits in meiner Schuld. Denn nur meinetwegen wirst du deine Deadline einhalten. Ich bin ein wandelndes Wunder. Wie ist es heute Morgen mit dem Schreiben gelaufen?"

„Sehr gut. Ich bin beim letzten Durchgang. Morgen werde ich das Manuskript an meinen Agenten und meinen Lektor schicken. Alles nur dank dir. Und du hast recht, du bist ein Wunder."

„Vielleicht sollten wir die Einkäufe vergessen. Wir könnten nach Hause gehen, und ich könnte noch ein paar Wunder an dir vollbringen." Er legte einen Arm um ihre Schultern, und sie schmiegte sich an ihn. Verflixt, warum war es nur so leicht, mit ihm zusammen zu sein? „Aber wir können auf keinen Fall gehen, bevor wir das perfekte Geschenk für Mitzy gefunden haben." Sie wandte sich wieder einem Stand zu, und Lucas ließ sie widerstrebend los.

„Ich habe keine Ahnung, wie das perfekte Geschenk aussieht."

„Dafür hast du ja mich."

Es dauerte noch einige Zeit, bis sie in die Wohnung zurückkehrten. Sobald sie ihre Tüten im Flur abgestellt hatten, gingen sie direkt ins Schlafzimmer.

Ihre Münder verschmolzen miteinander; das Wissen, dass ihre gemeinsame Zeit sich dem Ende näherte, verlieh jeder Berührung einen Hauch von Trauer.

Eva wusste, wie wenig Zeit ihr noch blieb. Nur noch einige Tage, dann würde sie Lucas verlassen müssen.

Und er würde nie erfahren, was sie für ihn empfand.

Die Worte hallten durch ihren Kopf, als er sie langsam liebte, den Moment ausdehnte, bis sie vor Verlangen beinahe schrie. Wieder und wieder trieb er sie an den Rand, hielt sie dort in einem Zustand atemloser Verzweiflung. Und sie wusste, es würde niemals den richtigen Moment geben, um zu sagen, was sie sagen wollte. Warum also sagte sie es nicht einfach jetzt? Denn wenn das hier endete, ohne dass sie es ihm gesagt hatte, würde sie es immer bedauern.

„Ich liebe dich." Sie flüsterte die Worte an seinem Hals. Gleich darauf spürte sie, wie er erstarrte. „Ich liebe dich, Lucas."

Er brachte sie mit seinem Mund zum Schweigen. Seine Finger vergruben sich in ihrem Haar, und seine Stöße vertieften sich und wurden drängender. Aber er hörte nicht auf, sie zu küssen, als fürchtete er, wenn er es täte, würde sie die Worte erneut aussprechen.

Das tat sie nicht, aber sie zeigte es ihm mit den Bewegungen ihres Körpers und dem sanften Streicheln ihrer Hände.

Sie spürte ihn erschauern und noch tiefer in sie eindringen. Die erotische Kraft eines jeden Stoßes trieb sie in den intensivsten Orgasmus ihres Lebens. Sie schrie auf und fühlte ihn auf sich erbeben, als er seinen Höhepunkt erreichte und sie immer noch festhielt, sie küsste, bis ihr ganz schwindelig war.

Danach lag sie still da, geschwächt von der Lust, aufs Bett gedrückt von seinem Gewicht und der unvorstellbaren Intimität, mit Lucas zusammen zu sein.

Sie wollte, dass es für immer hielt.

Er war ihre erste Liebe, und sie wollte so sehr, dass er auch ihre letzte war. Aber wenn das hier alles war, was sie je haben könnte, würde sie es nehmen.

Am nächsten Morgen spürte sie eine Veränderung in ihm.

Die Wärme, der Humor, die Nähe waren fort. Stattdessen war seine Reaktion auf sie beinahe … höflich.

Sie schaute ihn an, und ihr Magen stürzte in den Keller, wie ein Fahrstuhl mit mechanischem Defekt. „Lucas?"

„Die Sache zwischen uns hat sich zu etwas entwickelt, das ich nie gewollt habe.“

Dass er so direkt sein würde, hatte sie nicht erwartet. Und sie hatte auch nicht damit gerechnet, dass es so schnell gehen würde.

Sie hatte auf mehr Zeit gehofft, auch wenn sie wusste, dass es die nicht gab.

Am liebsten hätte sie ihm gesagt, dass er aufhören sollte zu reden. Sie wollte nicht hören, was er zu sagen hatte. Denn ihr war völlig klar, was nun kommen würde: das Ende ihrer Beziehung.

„Du meinst, weil ich dir gesagt habe, dass ich dich liebe? Ich habe dir Angst eingejagt, oder?“

„Wir kennen einander seit einem Monat, das ist alles.“

„Aber das war der beste Monat meines Lebens. Es ist nicht die Länge einer Beziehung, die wichtig ist, Lucas, es ist die Tiefe. Fragst du dich nie, wieso manche Leute jahrelang zusammen sind, ohne zu heiraten, und dann lernt einer von ihnen jemand anderen kennen, und heiratet innerhalb von einem Monat?“

Seine Miene war ausdruckslos. „Machst du mir einen Antrag?“

„Nein! Ich sage nur, dass wir im letzten Monat mehr Zeit miteinander verbracht haben als die meisten Menschen in den ersten sechs Monaten ihrer Beziehung. Und ich liebe dich. Ich weigere mich, deswegen zu lügen.“ Sie sah die Spannung in einem attraktiven Gesicht.

„Das darf nicht passieren, Eva.“

„Du willst sagen, dass ich dir nichts bedeute.“

„Du bedeutest mir etwas. Aber du willst ein Märchen erleben. Das könnte ich dir niemals geben.“

„Ach Lucas.“ Sie verspürte einen Anflug von Traurigkeit und darunter Frust darüber, dass er es immer noch nicht verstand. „In Märchen geht es nicht um den Prinzen oder um Einhörner. Es geht um Liebe. Was ich will, ist, jemanden zu lieben und von ihm zurückgeliebt zu werden. Das ist für mich das Märchen."

„Liebe ist nicht das, was du denkst."

„Sie ist nicht das, was *du* denkst. Liebe ist kein Fluch, sie ist ein Geschenk." Sie atmete tief durch und riskierte es dann. Wieso auch nicht? Sie hatte nichts mehr zu verlieren. „Es gibt etwas, das ich dir schenken möchte. Mein Herz. Für immer."

Er wurde kreidebleich. „Eva …"

„Ich liebe dich, und ich weiß, es ging schnell, und vielleicht ist es verrückt, diese Worte nach so kurzer Zeit zu sagen. Aber ich weiß, dass es real ist und gut. *Wir* sind gut. Du machst mich glücklich. Mit dir habe ich nie das Gefühl, ich müsste mich verstellen oder verstecken, was ich fühle. Es ist vielleicht eine kurze Beziehung, aber es war die ehrlichste, echteste Beziehung, die ich je hatte." Sie versuchte, es zu erklären. „Manchmal, wenn man mit jemandem ausgeht, braucht es Ewigkeiten, bis man sieht, wer der andere wirklich ist. Bei uns war das nicht so. Dich hat interessiert, was ich fühle. Nur bei dir habe ich erkannt, wie anstrengend es ist, ständig so zu tun, als ginge es mir gut, wenn es mir in Wahrheit gar nicht gut ging. Und das sagt nichts über meine Freunde aus, sondern nur über mich. Ich war diejenige, die mich unter Druck gesetzt hat, immer glücklich und positiv zu sein. Aber bei dir hatte ich nie das Gefühl, das tun zu müssen. Dank dir fühle ich mich so gut wie im ganzen letzten Jahr nicht. Und jetzt habe ich genug geredet, du bist dran."

Ein gehetzter Ausdruck lag auf seinem Gesicht, und er fuhr sich mit unsteter Hand durch die Haare. „Ich weiß nicht, was ich sagen soll."

Enttäuschung durchflutete sie. „Es gibt ein paar Dinge, von denen ich gehofft hatte, du würdest sie sagen. Aber das gehört nicht dazu."

Er massierte sich den Nasenrücken und ließ seine Hand dann fallen. „Du sagst, ich mache dich glücklich, aber für wie lange? Wie lange würde es anhalten? Was passiert, wenn du eines Morgens aufwachst und erkennst, dass ich dich nicht länger glücklich mache? Ich will nicht derjenige sein, der deinen Optimismus oder deine Illusionen zerstört. Die Verantwortung will ich nicht übernehmen."

„Dann zerstör sie nicht. Sag mir, dass du mich auch liebst, dann verbringen wir den Rest unserer Leben damit, einander glücklich zu machen."

„Du glaubst wirklich, dass es so einfach ist?"

„Ich denke, das kann es sein, wenn du es zulässt."

„Das sehe ich nicht so."

Ihr Herz fühlte sich an, als hätte es jemand zerquetscht.

Sie nahm ihre letzten Kräfte zusammen und straffte die Schultern. „Ich hätte dich nie für einen Feigling gehalten."

„Ich sage dir, dass ich dich schützen will, und du nennst mich einen Feigling?"

„Du willst nicht mich schützen, sondern dich. Ich weiß, du hast Sallyanne geliebt. Ich weiß, du hast getrauert und trauerst immer noch. Und ich weiß, es war kompliziert und schmerzhaft. Ich verstehe, warum du dich schützen willst, Lucas, aber das brauchst du nicht. Denn was wir haben ist wertvoll, und ich würde es niemals beschädigen."

„Aber ich vielleicht."

„Nein." Sie sprach sehr sanft weiter, weil sie wusste, was in seinem Kopf vor sich ging. „Das würdest du nicht tun, und ich denke, tief im Inneren weißt du das. Aber du hast Angst, es zuzugeben." Sie zwang ihre bleiernen Beine, sich von ihm abzuwenden und zur Treppe zu gehen.

„Wo willst du hin?"

„Packen."

„Du gehst?" Seine Stimme klang rau. „Du verlässt mich?"

Nur, wenn du mich nicht aufhältst.

„Weshalb sollte ich noch bleiben, Lucas? Der Auftrag ist erledigt. Ich habe getan, wofür du mich bezahlt hast. Es gäbe nur einen anderen Grund für mich zu bleiben, aber das willst du nicht." Sie war schon halb die Treppe hinauf, als seine Stimme sie noch einmal zurückhielt.

„Warte!"

Hoffnung flackerte in ihr auf. Langsam und mit klopfendem Herzen drehte sie sich um.

„Was?"

„Bleib noch ein bisschen länger."

„Und was dann?" Als er nichts erwiderte, ging sie weiter die Treppe hinauf; sie fühlte sich bis auf die Knochen ausgelaugt. „Es gibt viele Dinge in meinem Leben, um die zu kämpfen ich bereit bin. Meine Freunde, mein Job, meine Zukunft. Aber ich werde nicht um dein Herz kämpfen, Lucas. Wenn du es mir nicht freiwillig geben kannst, will ich es nicht."

19. Kapitel

Betrachte das Leben wie ein Fitnesstraining.
Immer schön flexibel bleiben.

– Frankie

Unglücklich ging Eva über die Fifth Avenue und spürte Schneeflocken auf ihrer Haut.

Sie hob das Gesicht gen Himmel und schloss die Augen.

Aus einem Impuls heraus betrat sie die St. Patrick's Cathedral, eine Oase der Ruhe und des Friedens in dem geschäftigsten Teil New Yorks.

Ihre Großmutter war oft mit ihr hier gewesen, aber nun war sie das erste Mal nach ihrem Tod hier.

Die Erinnerungen waren schmerzhaft, und Eva setzte sich in eine der Bänke und bewunderte stumm die umwerfende Architektur und die Buntglasfenster.

Der Chor sang, und die klaren Stimmen erfüllten den hohen Raum.

In ihrer Kehle bildete sich ein Kloß, der so dick war, dass sie fast nicht mehr schlucken konnte.

Sie war so sicher gewesen, dass er sie liebte. Aber er hatte es nicht gesagt, oder? Vielleicht hatte sie sich geirrt. Vielleicht hatten ihre Hoffnungen und Träume die Realität vernebelt.

Sie dachte an alles, was sie, seitdem sie ihn getroffen hatte, gelernt hatte.

„Du hast nicht in allen Punkten recht gehabt, Gram", murmelte sie. „Es ist gut, der Sonnenschein zu sein, aber manchmal ist es auch okay, der Regen zu sein. Ein gutes, ausbalanciertes Leben braucht beides."

Das hatte Lucas ihr beigebracht.

Er war der erste Mensch, dem gegenüber sie total offen und ehrlich gewesen war. Und das – genauso wie den Sex – würde sie am meisten vermissen.

Sie hatte immer gedacht, das Schlimmste wäre, sich niemals zu verlieben, aber jetzt erkannte sie, dass sich in jemanden zu verlieben, der diese Liebe nicht wollte, wesentlich schlimmer war.

„Frohe Weihnachten, Gram", flüsterte sie. „Du fehlst mir."

Sie saß noch eine Weile da, entzündete dann eine Kerze für ihre Großmutter und trottete nach Hause; durch verschneite Straße und mit der U-Bahn, in der sich mit Tüten und Geschenken bepackte Familien in Weihnachtsstimmung drängten.

Paige war mit Jake auf einer Veranstaltung, und Frankie und Matt waren auf der Rückreise von einem Job in Connecticut, was bedeutete, sie würde die Wohnung für sich allein haben.

Allein. Aber dieses Mal war es nicht ihre Einsamkeit, über die sie nachdachte, sondern seine.

Lucas.

Sie schloss die Wohnungstür auf, stellte ihre Taschen an der Tür ab und ließ sich, ohne den Mantel auszuziehen, aufs Sofa fallen.

Was würde er tun, nachdem sein Buch jetzt fertig war? Er hatte nun keine Entschuldigung mehr, sich zu verstecken. Mit wem würde er seine Gedanken und Geheimnisse teilen? Würde er für den Rest seines Lebens die Wahrheit über den Tod seiner Frau verbergen, nur um Sallyannes Familie zu beschützen?

„Also wirst du Weihnachten mit uns zusammen feiern? Dein Bruder kommt. Es wäre schön, euch beide mal wieder in einem Raum zu sehen. Das letzte Mal ist weiß Gott lange genug her. Lucas, hörst du mir zu? Warum starrst du aus dem Fenster?"

Er drehte sich um und versuchte, sich auf das zu konzentrieren, was seine Großmutter sagte. Doch in seinem Kopf war kein Platz für irgendwelche Dinge, die nicht mit Eva zu tun hatten. Immer wieder durchlebte er diesen Moment, als sie ihm erklärt hatte, dass sie ihn liebte. Wie war das geschehen? Er hatte Mauern gebaut, und sie hatte sie einfach übersprungen. „Sorry. Was hast du gesagt?"

„Ich habe gesagt, dass ich einen einundzwanzigjährigen Opernsänger heiraten und nach Wien ziehen werde."

„Das ist gut zu wissen." Er dachte an diese Nacht, in der Eva geweint hatte. *Weint sie jetzt auch?* Schuldgefühle zerrten an ihm.

Sie war gegangen. Eva war einfach gegangen. Sie hatte gesagt, dass sie ihn liebte. Sie hatte ihr Herz geöffnet und ihm alles dargeboten.

Und dann war sie gegangen.

Er atmete tief durch und gestand sich die Wahrheit ein. Sie war gegangen, weil er ihr keinen Grund gegeben hatte zu bleiben. Und wieso sollte er auch? Liebe konnte nicht so leicht sein, oder? Sie konnte nicht so einfach und unkompliziert sein, wie sie bei Eva aussah.

„Lucas?", sagte seine Großmutter mit sanfter Stimme. „Es ist natürlich immer schön, dich zu sehen, aber warum kommst du her, wenn du dich nicht unterhalten willst? Wirst du mir sagen, was dich beschäftigt, oder willst du nur dastehen und aus dem Fenster schauen?"

„Mich beschäftigt nichts. Ich habe dir ein Weihnachtsgeschenk mitgebracht." Er reichte ihr ein hübsch eingepacktes

Geschenk. „Du kannst es ruhig jetzt schon öffnen, du musst nicht bis morgen warten."

Seine Großmutter nahm es und legte es auf den Beistelltisch. „Wenn dein Geschenk nicht die Nachricht ist, dass du Eva einen Antrag gemacht hast, kann es bis morgen warten."

„Einen Antrag?" Lucas verspannte sich. „Das wird nicht passieren."

„Weil du ein sturer Dummkopf bist?"

„Weil ich nicht verliebt bin." Noch während er es sagte, merkte er, dass sich die Worte falsch anfühlten – als würde er einen Mantel anziehen, der zu klein war.

Seine Großmutter betrachtete ihn. „Möchtest du ein Stück Kuchen?"

Das war's? In der einen Minute redete sie über die Liebe und in der nächsten über Kuchen? „Du hast gebacken?"

„Das hat Eva für mich erledigt."

„Sie war hier?"

„Warum schaust du so überrascht? Ich war schon mit ihr befreundet, als sie dich noch gar nicht gekannt hat, Lucas."

„Wie wirkte sie? War sie traurig?" Er war nicht sicher, auf welche Antwort er hoffte. Wenn sie traurig war, bedeutete das, dass *er* sie traurig gemacht hatte, aber wenn sie es nicht war, hieß es, dass es ihr nichts bedeutete. Dass sie die Dinge, die sie zu ihm gesagt hatte, nicht so meinte.

Liebe kann nicht so einfach sein.

Seine Großmutter griff nach ihrer Brille und setzte sie auf. „Hast du ihr einen Grund gegeben, traurig zu sein?"

Tausend Gründe, aber er würde seiner Großmutter keine intimen Details aus seinem Liebesleben erzählen – egal, wie viel Schokoladenkuchen sie ihm als Kind gegeben hatte. „Es ist eine ziemlich schwierige Zeit für sie. Eva hat letztes Jahr ihre Großmutter verloren."

„Ich weiß. Wir haben oft darüber geredet, aber wir wissen beide, dass das nicht der Grund für ihre momentane Traurigkeit ist."

Lucas fühlte sich wie im Zeugenstand. „Hat sie ..."

„Über eure Beziehung geredet? Nicht viel. Das musste sie auch nicht. Alles, was sie fühlt, kann man ihr am Gesicht ablesen. Eva ist herrlich unkompliziert. Die Art, wie sie über dich gesprochen hat, hat mir alles verraten, was ich wissen wollte. Eine Schande, dass ihre Gefühle nicht erwidert werden." Mitzy setzte die Brille ab und putzte sorgfältig die Gläser. „Ist es das, was dir Sorgen macht? Fühlst du dich schuldig? Denn das solltest du nicht. Niemand sollte sich je schuldig fühlen, weil er eine Frau nicht liebt. Das ist nichts, was man an- und ausschalten kann, wie man will. Im Moment ist Eva traurig, aber sie ist ein besonderes Mädchen und wird schon bald einen anderen finden."

Einen anderen?

Die Möglichkeit war ihm noch gar nicht in den Sinn gekommen. „Was meinst du damit?" Sein Mund war so trocken, dass er die Worte kaum herausbekam, und sein Herz pochte, als wollte es ihn schlagen, weil er so ein Idiot war.

„Du glaubst doch nicht wirklich, dass eine Frau wie Eva lange allein bleibt, oder? Sie hat das großzügigste Herz und das süßeste Wesen von allen, die ich je kennengelernt habe. Ich wäre nicht überrascht, wenn sie einer von den Menschen ist, die sofort heiraten, ohne zu warten. Sie weiß, was sie will, und sie vertraut ihren Gefühlen. Und sie hat Mut. Also wirklich, du musst dir keine Sorgen machen. Und da du sie nicht liebst, wirst du vermutlich erleichtert sein, wenn sie sich in einen anderen verliebt." Sie musterte ihn eingehend. „Du wirkst mit einem Mal ein wenig blass. Hast du wieder die ganze Nacht lang durchgearbeitet, Lucas? Das ist eine ungesunde Angewohnheit. Jetzt, wo das Buch fertig ist, solltest du dir ein wenig freinehmen."

Peanut stupste seinen Knöchel an. Er beugte sich vor, um ihn hochzuheben. Dabei kehrten seine Gedanken unwillkürlich zu dem Moment zurück, als Eva und er den Hund im Central Park gerettet hatten.

Seine Großmutter hatte völlig recht. Eine Frau wie Eva würde weitermachen. Sie würde sich seinetwegen nicht nächtelang in den Schlaf weinen. Sie würde sich wieder aufrappeln.

Er hatte sie verwundet. Aber diese Wunde war nicht tödlich. Das würde Eva niemals zulassen.

Der Gedanke an sie mit einem anderen weckte in ihm den Wunsch, ein Loch in die Wand zu schlagen.

Was, wenn derjenige nicht verstand, wie sensibel sie war? Was, wenn jemand ihre Großzügigkeit ausnutzte oder ungeschickt mit ihren Träumen umging?

Seine Großmutter hielt ihm einen Teller mit einem Stück Kuchen hin – ein Meisterwerk aus Biskuit, Schlagsahne und frischen Erdbeeren. Der Anblick ließ ihn an milchige Haut und rote Lippen denken. An Weichheit und Seide und den Duft von Evas Shampoo.

Um höflich zu sein, nahm er einen Bissen von dem Kuchen und merkte dann, dass er keinen Appetit hatte.

Er stellt den Teller klappernd auf den Tisch. „Verdammt, Gram, Evas Kopf ist voller Träume. Für sie ist die Welt ein heller, sonniger Ort."

Seine Großmutter rettete rasch die Kuchengabel, bevor die auf den Boden fallen konnte. „Ich sehe in ihr eine Frau, die das Beste aus allem macht und weiß, was sie will. Es ist nichts falsch daran, Träume zu haben, Lucas, vor allem, wenn man den Mut hat, sie zu verfolgen. Und den hat sie."

Ich liebe dich.

Eva hatte Mut. Sie zeigte ihre Gefühle, ohne zu zögern, auch wenn sie keine Garantie hatte, dass diese Gefühle erwidert wurden.

„Ich kann nicht sein, was sie will."

Seine Großmutter trank einen Schluck Tee. „Bist du sicher, dass du über Eva sprichst und nicht über Sallyanne?"

Er starrte sie an und schaltete sofort in den Verteidigungsmodus. „Wie meinst du das?"

„Sallyanne war eine komplizierte Frau, und jetzt glaubst du vermutlich, dass alle Beziehungen kompliziert sind. Sie hatte Probleme, aber die hatten nichts mit dir zu tun. Du kannst nicht alles reparieren, und du kannst einen Menschen nicht zu dem machen, den du gerne hättest."

Sein Herz hämmerte. Er hatte nie darüber gesprochen. Schon gar nicht mit jemandem aus seiner Familie. „Nachdem sie gestorben ist, habe ich gedacht, dass ich etwas hätte anders machen müssen."

„Und damit hast du dich gequält." Sie nickte und sah ihn mitfühlend an. „Ich habe mir oft gewünscht, dass du darüber redest. Es hat mich beinahe umgebracht zu sehen, dass du all diesen Schmerz in dich hineinfrisst."

„Ich wollte das Bild, das die Welt von ihr hatte, nicht zerstören. Trotz allem habe ich sie geliebt."

„Und sie hat dich geliebt, auch wenn sie nicht wusste, wie sie mit dieser Liebe umgehen sollte."

„Am Ende wusste ich nicht mehr, was sie von mir wollte."

Lächelnd stellte seine Großmutter ihre Tasse ab. „Ich denke, was Sallyanne wollte – und was sie jetzt wollen würde, wenn sie hier wäre –, ist, dass du glücklich bist. Vielleicht sind das Leben und die Liebe manchmal ganz einfach."

„Erzähl uns alles." Paige schenkte Wein in drei Gläser, und Eva ließ sich auf die Couch sinken.

Matt und Jake spielten Poker mit ein paar Freunden, darunter Daniel, der Bruder der Zwillinge, und so hatten Frankie, Paige und Eva die Wohnung für sich.

„Ich liebe ihn.“ Sie sah keinen Sinn darin zu lügen oder nach Ausflüchten zu suchen. In ihrem Inneren tobte ein Tumult, und sie war noch nie gut darin gewesen, ihre Gefühle zu verbergen.

Paige nahm ihr Glas in die Hand. „Und?“

„Und nichts. Das ist alles.“

„Ihm geht es nicht so?“

Eva starrte die rubinrote Flüssigkeit in ihrem Glas an und erinnerte sich an den Abend, an dem sie eine seiner wertvollsten Weinflaschen geöffnet hatte. „Ich weiß es nicht. Klar ist nur, dass er es nicht fühlen will. Also wird er es nicht zugeben.“

„Ich werde ihn umbringen.“ Frankie stellte ihr Glas auf dem Tisch ab und griff nach der Flasche. „Ich habe nicht deinen liebevollen Charakter, also habe ich keine Probleme damit, ihn zu finden und ihm jeden Knochen einzeln zu brechen.“

Eva erschauderte. „Ihr beide hättet euch hervorragend verstanden. Warum bist du so sauer?“

„Ich bin nicht sauer.“

„Ich habe dich nicht mehr derart wütend erlebt, seit Roxys Ex hier aufgetaucht ist und du ihm beinahe den Arm gebrochen hättest. Was habe ich getan, um dich so aufzuregen?“

„Nichts. Du hast gar nichts getan. Aber er.“ Frankie kochte einen Moment stumm vor sich hin, dann streckte sie die Hand aus. „Gib mir dein Handy.“

„Warum?“

„Gib es mir einfach.“

„Nicht, bevor du mir nicht erzählst, was du vorhast.“

„Jemand muss ihm sagen, dass er ein Arschloch ist. Du

bist viel zu nett, also werde ich es tun.“ Frankie schnippte mit den Fingern. „Her damit.“

„Auf keinen Fall. Was ist nur mit dir los? Das ist mein Schmerz, nicht deiner.“

„Falsch. Wenn du verletzt bist, bin ich verletzt. Und ich hasse es, verletzt zu sein.“ Frankie ließ sich auf den Sessel neben ihr sinken. „Mist. Von uns allen bis du die größte Romantikerin. Du hättest die perfekte Beziehung haben sollen. Damit du mit dem Mann deiner Träume auf zwei Einhörnern in den Sonnenuntergang tanzen kannst oder so ähnlich.“

Eva lächelte durch ihre Tränen. „Ich habe noch nie ein tanzendes Einhorn gesehen.“

Frankie spreizte die Finger. „Und ich habe überhaupt noch nie ein Einhorn gesehen, was meinen Punkt beweist.“

„Könnten wir wieder in die Realität zurückkehren?“, übernahm Paige taktvoll die Kontrolle. „Frankie, Eva hat recht, das ist ihr Problem.“

„Du meinst, ich darf ihm nicht das Genick brechen? Jake und ich könnten ihn vielleicht filetieren.“

„So regeln wir solche Dinge nicht.“ Paige schenkte Eva nach.

„Man kann niemanden zwingen, einen anderen Menschen zu lieben“, erklärte Eva. „So läuft das leider nicht.“

„Seht ihr, das zeigt es mal wieder: Liebe ist gefährlich.“ Frankie leerte ihr Glas in einem Zug. „Gieß nach, Paige. Ich will einen Toast aussprechen.“

„Bist du sicher, dass du nicht schon genug hattest?“

„Ich habe noch nicht einmal angefangen.“ Sie schob ihr Glas über den Tisch und wartete, während Paige ihr einschenkte. „Okay, hebt die Gläser. Zuerst trinken wir auf unseren geschäftlichen Erfolg. Was für ein Jahr. Auf Urban Genie.“ Sie hob ihr Glas in die Höhe, und Paige und Eva taten es ihr nach.

„Auf Urban Genie.“

Sie tranken alle, dann hob Frankie eine Hand. „Ich fange gerade erst an. Auf uns, weil wir es schaffen, einander nicht umzubringen, obwohl wir so unterschiedlich sind."

Eva sah sie zweifelnd an. „Du wolltest mich umbringen?"

„Heb dein Glas, verdammt noch mal."

Pflichtbewusst hob Eva ihr Glas.

„Auf die Freundschaft", fuhr Frankie fort. „Wahre Freundschaft überbrückt alle Unterschiede. Ich lese lieber Thriller, du lieber Liebesgeschichten. Und das ist okay. Ich verzeihe dir deinen seltsamen Geschmack."

Eva zog die Augenbrauen hoch. „Danke."

„Auf ewige Freundschaft." Frankie hob erneut ihr Glas, und Paige grinste.

„Das ist wohl besser der letzte Toast für heute, Frankie. Sonst hast du morgen Kopfschmerzen. Und das an Weihnachten."

„Einer noch." Frankie griff nach der Flasche und schenkte allen nach. „Darauf, dass wir immer füreinander da sind, egal, was passiert." Sie sah Eva an, und ihr Blick wurde ganz weich. „Auf Schwestern im Herzen."

Eva spürte, wir ihre Kehle eng wurde. „Auf Schwestern im Herzen."

Paige hob ihr Glas ebenfalls. „Auf Schwestern im Herzen."

Die Tür ging auf, und Matt und Jake kamen herein. Sie schienen sich gerade in einem Streit darüber zu befinden, ob Jake geschummelt hatte oder nicht.

„Nur weil du verloren hast, heißt das nicht, dass ich geschummelt habe." Jake stieß die Tür mit dem Fuß zu. „Du musst lernen, ein besserer Verlierer zu sein."

„Ich wäre ein sehr guter Verlierer, wenn ich wirklich verloren hätte, aber ich habe dich geschlagen und …" Matt brach ab und starrte Eva an. „Was ist passiert? Was ist los?"

Seine Sorge wärmte sie. „Nichts."

„Du weinst nicht wegen nichts."
„Sie weint bei romantischen Filmen." Jake hängte sein Jackett auf. „Technisch gesehen ist das nichts."
Frankie verdrehte die Augen. „Nicht jeder ist so unsensibel wie du, Jake."
„Ich bin nicht unsensibel. Ich habe auch schon bei Filmen geweint – allerdings, weil ich wollte, dass sie endlich vorbei sind. Und wann genau hast du dich denn in Miss Feinfühlig verwandelt?"
Matt ignorierte die beiden. „Eva?"
„Es ist nichts. Frankie hat etwas Nettes gesagt, das war alles." Sie würde nicht Trübsal blasen und sich nicht beklagen. Lucas wollte keine Liebe. Dagegen konnte sie nichts tun, außer weiterzumachen.
Nun hob Jake eine Augenbraue. „Unsere Frankie? Das klingt so gar nicht nach ihr."
Frankie sah ihn böse an. „Wenn du nicht kurz davor stehen würdest, meine Freundin zu heiraten, würde ich dich filetieren."
„Bei einem Kampf würde ich gewinnen. Du hast vielleicht einen schwarzen Gürtel in Karate, aber ich kämpfe mit schmutzigen Tricks."
„Es reicht! Es ist Weihnachten, und da streitet man nicht." Paige sah zur Tür. „Wo ist Daniel?"
„Er ist nach Hause gefahren. Weihnachten ist die Zeit der Familien, da macht selbst Daniel mal eine Pause davon, Frauen zu verführen."
Eva saß da und saugte die heilende Wärme des Geplänkels in sich auf.
Ewige Freundschaft, dachte sie. Nicht nur mit Frankie und Paige, sondern auch mit Jake und Matt. Sie fühlte sich nicht länger wie auf einer einsamen Insel. Sie fühlte sich umhüllt, verbunden, *geliebt*.

„Ich habe einen Toast“, sagte sie und hob ihr Glas. „Auf die Familie. Man kann in eine hineingeboren werden, oder man kann eine adoptieren. Aber egal wie – eine Familie ist einfach das Beste. Danke, dass ihr meine Familie seid.“

Einen Moment lang herrschte Schweigen.

Jake sprach als Erster. „Mach nur so weiter, und du bringst mich auch noch zum Heulen.“ Er nahm Paige das Glas ab und hob es hoch. „Auf die Familie. Man kann nicht mit ihr und nicht ohne sie leben.“

„Auf die Familie“, wiederholte Eva.

„Auf die Familie“, fielen die anderen ein.

„Wenn du noch mal meinen Wein klaust“, sagte Paige fröhlich zu Jake, „wirst du sehr schnell herausfinden, wie man ohne Familie lebt.“

20. Kapitel

Happy Ends sind wie Menschen.
Jedes ist einzigartig.

– *Eva*

Im „Romano's" drängten sich die Gäste. Eva schleppte sich mit ihrem Kummer in die Küche, um Jakes Mutter zu helfen. Sie hatten sich auf ein festes Menü geeinigt, weil es dadurch leichter war, so viele Gäste zu bedienen. Da Eva geholfen hatte, es zu entwickeln, musste sie nicht eingewiesen werden. Maria hatte vorgeschlagen, dass sie sich setzen und das Essen mit ihren Freunden genießen sollte, aber Eva war im Moment dankbar für alles, was ihre Gedanken von Lucas ablenkte.

Wenn nicht Weihnachten gewesen wäre, hätte sie den Tag im Bett mit dem Kopf unter der Decke verbracht.

Früher, als ihre Großmutter noch gelebt hatte, wäre sie zu ihr gegangen. Und Gram hätte es bestimmt geschafft, dass sie sich besser und stärker fühlte.

So jedoch musste sie es alleine hinbekommen. Sie war völlig erschöpft und den Tränen gefährlich nahe.

Es würde ein weiteres Weihnachtsfest werden, an dem sie darum kämpfen musste, den Tag zu überstehen, ohne zusammenzubrechen.

Was machte Lucas gerade? War er allein, oder war er wenigstens zu seiner Großmutter gegangen?

„Wie geht es dir, Liebes?" Marias Wangen waren gerötet von der Hitze des Ofens und weil sie schon seit Stunden durch die Küche wirbelte.

„Mir geht es super." Eva fing Marias Blick auf. „Okay, nicht ganz so super. Ein Teil von mir, der dumme verträumte Teil, dachte, dass Lucas etwas an mir liegt. Das habe ich wirklich geglaubt."

„Vielleicht stimmt es ja."

„Aber es ist nicht genug." Eva nahm eine Knoblauchknolle. „Und wer verliebt sich schon nach einem Monat? Das ist verrückt, richtig?"

„Ist es das?"

„Paige und Jake kannten sich schon ewig, genau wie Frankie und Matt."

„Es gibt mehr als eine Art, sich zu verlieben, Liebes. Und es klingt, als hätten du und Lucas eine Verbindung."

„Die hatten wir." Lustlos betrachtete Eva den Knoblauch in ihrer Hand. „Ich habe ihm Dinge erzählt. Er hat mir Dinge erzählt. Ich schätze, ich dachte …" Sie brach ab. „Egal. Ich komme über ihn hinweg."

„Weine nicht. Es ist wichtig, dass du heute keine roten Augen hast."

„Ich weiß. Es ist Weihnachten, und ich darf niemandem den Tag versauen."

„Ich denke eher an dich." Maria nahm ihr den Knoblauch ab. „Ich kenne dich. Du willst so gut wie möglich aussehen. Los, geh und leg ein wenig Lippenstift auf."

„Warum?" Eva war verwirrt. „Ich glaube kaum, dass ein Braten und ein Blech Röstkartoffeln sich sonderlich dafür interessieren, ob ich Lippenstift trage oder nicht." Alle um sie herum schienen bester Laune und voller Energie zu sein. Das sorgte nur dafür, dass sie noch mehr zu kämpfen hatte.

„Du wirst froh sein, es getan zu haben." Maria beugte sich vor und umarmte sie. „Deine Großmutter wäre so unglaublich stolz auf dich, Honey. Und jetzt müssen wir das Fleisch aus dem Ofen holen, sonst verbrennt es."

Eva glaubte nicht, dass ihre Großmutter stolz darauf wäre, dass sie wie eine Regenwolke in der Küche herumhing. Aber sie sagte nichts und konzentrierte sich stattdessen ganz aufs Kochen. Denn für sie war die Arbeit in der Küche Therapie. Sie schnitt und hackte und sautierte auf Autopilot.

In Marias Küche lief alles wie am Schnürchen. Eva passte sich mühelos an. Die Routine hatte etwas Beruhigendes. So musste sie wenigstens nicht allzu viel nachdenken.

„Ev?“ Frankie tauchte in der Tür auf und tauschte einen wissenden Blick mit Maria. „Kannst du mal rauskommen? Wir haben hier etwas für dich.“

„Kann das nicht warten? Ich muss Essen für achtzig Personen kochen und habe hier einen Braten … und Kuchen.“ Sie war stolz, dass sie stark klang, auch wenn sie sich nicht so fühlte. Sie zog ein Blech mit brutzelnden Kartoffeln aus dem Ofen. „Ich dachte, wir würden die Geschenke später verteilen.“

„Dieses Geschenk ist eines, das man nicht einpacken kann.“ Frankies Stimme klang seltsam. Irgendwo zwischen zufrieden und aufgeregt. „Du wirst dich freuen.“

„Es gibt nichts, was ich mir wünsche.“

„Hör endlich auf, mir zu widersprechen. Und jetzt komm!“ Frankie funkelte sie an. „Ich bin in diesem Mantel- und Degenzeug nicht gut.“

„Aber ich muss eine Rotweinreduktion machen.“

„Das übernehme ich. Wenn ich diesen Rotwein nehme und die Hälfte davon trinke, habe ich ihn reduziert, richtig?“ Frankie versetzte ihr einen Schubs. „Ich werde Marias rechte Hand sein.“

„Und ich nehme die hier.“ Maria nahm Eva das Blech mit den Kartoffeln ab und nickte in Richtung Tür. „Geh.“

Eva wollte gerade fragen, was hier los war, als Paige in die Küche kam.

„Warte. Rühr dich nicht." Sie hatte Evas Handtasche dabei, öffnete sie und suchte darin nach ihrem Make-up. „Halt still."

„Was ist hier los? Findet ihr, dass ich so schlimm aussehe? Erst will Maria, dass ich Lippenstift auflege, dann …"

„Hör auf zu reden. Ich kann dich nicht schminken, wenn dein Gesicht sich bewegt." Paige legte ihr etwas Rouge und einen Hauch Lippenstift auf. „Okay. Du siehst umwerfend aus." Sie schnippte mit den Fingern, und Jake tauchte mit Evas Mantel in der Hand auf.

Sie nahm ihn ihm verwirrt ab. „Ich wünschte, jemand würde mir sagen, was hier los ist."

„Es ist eine Überraschung", sagte Paige lächelnd. „Frohe Weihnachten für die beste Freundin, die ein Mädchen nur haben kann."

„Hey, *ich* bin die beste Freundin, die ein Mädchen nur haben kann." Frankie klopfte ein paar Mehlflecken von Evas Kleid. „Jetzt geh. Deine Kutsche wartet."

„Meine Kutsche? Hast du getrunken?" Eva fragte sich, was die beiden wohl geplant hatten, ließ sich aber von ihnen aus der Küche ins Restaurant führen.

Einen wilden, verrückten Moment lang fragte sie sich tatsächlich, ob Lucas wohl da wäre. Ob er die Überraschung war, von der sie sprachen. Aber es war kein Anzeichen von ihm zu sehen, und die Heftigkeit ihrer Enttäuschung schockierte sie.

Kurz erhaschte sie einen Blick auf Matt, der sie von der Tür des Restaurants aus anlächelte, und auf Roxy, die verträumt die kleine Mia auf ihrem Schoß wippte.

Sie alle wirkten so zufrieden, dass sie ihre Gefühle nicht verletzen wollte, also lächelte sie und versuchte, nicht an Lucas zu denken.

Was auch immer die anderen für sie arrangiert haben

mochten, sie würde so tun, als ob sie sich schrecklich freute. Das bekam sie doch sicherlich hin?

„Ruf später an", sagte Paige und zog sie förmlich durch die Tür. Eva keuchte auf, als die eisige Kälte ihr Gesicht traf.

„Heilige Scheiße, ist das kalt." Auf der Straße wartete ein Taxi mit laufendem Motor, und an der offenen Tür stand …

„Albert?" Eva starrte ihn verwundert an, und Frankie schob sie vorwärts.

„Es ist eher ein Taxi als eine Kutsche, aber wir sind hier ja auch in New York. Zumindest ist es gelb. Wenn du erst mal eine Flasche Wein getrunken hast, kannst du dir vorstellen, es wäre ein Kürbis. Hier ist sie, Albert. Unterschrieben, versiegelt und wie versprochen geliefert. Der Rest liegt bei Ihnen. Lassen Sie sich bloß nicht auf eine Diskussion mit ihr ein."

Albert umarmte Eva und half ihr dann in das warme Taxi.

„Lassen Sie uns wissen, wie es läuft", sagte Paige noch schnell, bevor Albert die Tür schloss und der Taxifahrer losfuhr.

„Wie was läuft?" Eva drehte sich so in ihrem Sitz, dass sie Albert ansehen konnte. „Was ist hier los? Warum sind Sie nicht reingekommen und zum Essen geblieben?"

„Ich komme zum Essen zurück, sobald ich meinen Teil erledigt habe."

„Was ist Ihr Teil?"

„Zuerst soll ich Ihnen das hier geben." Er reichte ihr ein Päckchen, das mit Silberfolie umwickelt und mit einer Schleife verziert war. Eva betrachtete es verwirrt.

„Ich habe keine Ahnung, was hier los ist." Ihr Blick fiel auf die Karte, die an dem Geschenk hing, und sie erkannte Lucas' Handschrift.

Du hast mir ein Buch geschenkt. Jetzt erwidere ich diese Geste.

„Ist das ein Weihnachtsgeschenk von Lucas?“ Sie blickte Albert an, aber der lächelte nur und schaute aus dem Fenster.

„Lieben Sie New York im Schnee nicht auch so?“

„Er hat mir ein Buch gekauft?“ Sie riss das Papier auf, und ein dünner Band fiel auf ihren Schoß. Auf dem Umschlag befand sich eine schlichte Illustration von einem Pärchen, das Hand in Hand spazieren ging.

Sie schlug das Buch auf und sah wieder Lucas’ geschwungene Schrift auf der Vorsatzseite.

Ich hoffe, diese Geschichte gefällt dir.

Sie fing an zu lesen und schaute nicht auf, bis das Taxi an der Fifth Avenue anhielt.

„Eva?“

Dankbar für eine Entschuldigung, mit dem Lesen aufzuhören, klappte sie das Buch zu. Ihr war ein wenig schwindelig. „Tiffany’s? Was machen wir hier, Albert? Die haben an Weihnachten nicht geöffnet.“

„Wie es aussieht, sind sie bereit, für einen ganz besonderen Menschen eine Ausnahme zu machen. Gehen Sie nur hinein. Sie werden erwartet.“

„Ich weiß nicht, was Sie …“ Die Wagentür wurde geöffnet, und sie starrte den Mann an, der dort stand. „Lucas?“

Sie vergaß das Buch in ihrer Hand. Sie vergaß alles um sich herum. Ihre Knie wurden weich, ihr Herz pochte, und sie wusste, es würde noch lange dauern, bis sie über ihn hinweg wäre – wenn überhaupt jemals. Was wollte er? Es war eine Sache, vor ihren Freundinnen tapfer zu sein, aber eine ganz andere, diese Fassade vor ihm aufrechtzuerhalten.

Er trug den langen dunklen Mantel. Die Schatten unter seinen Augen wiesen darauf hin, dass er in den Tagen, seit sie ihn verlassen hatte, wohl nicht allzu viel geschlafen hatte.

Sie stolperte aus dem Taxi und wandte sich dann an Albert. „Steigen Sie nicht aus?"

„Nein. Ich habe meinen Teil erledigt." Er hob grüßend die Hand und lehnte sich wieder in seinem Sitz zurück. „Ich werde zu meinem Weihnachtslunch fahren. Maria hat mir einen Platz reserviert."

„Sie haben Maria kennengelernt? Und jetzt lassen Sie mich hier allein?"

„Ja, Maria und ich haben uns in den letzten Wochen ein paarmal unterhalten. Sie haben viele Freunde. Jemand wie Sie wird nie allein sein. Frohe Weihnachten!" Er zog die Tür zu. Mit dem Buch in der Hand stand sie zitternd auf dem Bürgersteig und sah ihm nach, wie er in Richtung Brooklyn verschwand.

Was nun?

„Eva?", erklang Lucas' Stimme hinter ihr. „Wirst du hineinkommen, bevor wir noch alle erfrieren?"

„Alle?" Sie drehte sich langsam um. Sie war emotional erschöpft. „Ich weiß nicht, was hier los ist."

„Wenn du reinkommst, findest du es heraus."

Immer noch das Buch umklammernd, ging sie langsam auf ihn zu und keuchte dann auf, als Lucas sie in seine Arme schloss.

„Oh! Eine Umarmung." Sie wagte nicht zu denken, dass es mehr war. Sie wagte nicht, sich zu fragen, warum sie in der Tür ihres Lieblingsjuweliers standen.

„Hat dir mein Geschenk gefallen?"

„Was für ein Geschenk?"

„Das Buch."

Sie biss sich auf die Lippe und fragte sich, wie ehrlich sie sein sollte. Er hatte ihr ein Geschenk gemacht, und sie sollte sich bedanken. Andererseits ... „Soll ich ehrlich sein? Ich habe es noch nicht zu Ende gelesen, aber was ich gelesen habe, hat mich ein wenig in Panik versetzt. Du weißt, ich bin nicht so gut mit gruseligen Sachen", sagte sie schnell, „also sei bitte nicht beleidigt."

„Gruselig?" Er klang überrascht. „Das war nicht gruselig, das war eine Liebesgeschichte."

„Eine Liebesgeschichte?" Sie sah ihn verwundert an und senkte den Blick dann auf das Buch. „Aber ... er verbindet ihr die Augen und führt sie in diesen dunklen Raum und schließt dann alle Türen hinter ihnen zu ... Ich hatte solche Angst, dass er sie umbringen würde, dass ich nicht weitergelesen habe."

„Er verbindet ihr die Augen, damit nichts die Überraschung verdirbt."

„Die Überraschung, in einem dunklen Raum eingesperrt zu sein?"

„Der Raum ist ein Juweliergeschäft. Es sollte eigentlich romantisch sein." Er sprach mit zusammengebissenen Zähnen. „Wenn du weitergelesen hättest, hättest du erfahren, dass er ihr einen Antrag macht."

„Wie? Mit einem Messer an der Kehle?" Plötzlich lachte sie so sehr, dass sie kaum noch sprechen konnte. „Das war wie etwas aus einem Horrorfilm und ..." Sie brach ab. Eine düstere Ahnung überkam sie. „Lucas, hast du ... hast *du* etwa diese Geschichte geschrieben? Auf dem Umschlag stand kein Autorenname."

„Ja. Ich habe das für dich geschrieben." Er fuhr sich mit den Fingern durch die Haare. Seine Stimme klang rau und emotional. „Du wolltest, dass ich etwas schreibe, in dem alle glücklich bis an ihr Lebensende leben."

„Ich wäre schon mit einer Geschichte zufrieden, in der alle *über*leben. Das wäre ein guter Anfang gewesen."

„Ich habe dir eine Liebesgeschichte geschrieben. Das war das Schwerste, was ich je geschrieben habe. Ich dachte, ich

hätte das ganz gut gemacht. Es gab einen Brillantring und ..."
Er schluckte. „Mist. Ich habe es vermasselt. Ich habe es falsch gemacht, oder?"

Er hatte versucht, ihr eine Liebesgeschichte zu schreiben.

Er hatte sie für sie geschrieben.

Es gab so viel, das sie sagen wollte, aber ihr Herz war zu voll. „Oh Lucas ..."

„Du hasst sie. Ich habe es echt vermasselt."

Gefühle schnürten ihr die Kehle zu. „Ich denke, du solltest bei dem bleiben, was du am besten kannst. Horror."

„Ich wollte, dass du sie liebst."

„Ich liebe es, dass du sie für mich geschrieben hast. Das liebe ich wirklich."

„Ich kann nicht glauben, dass ich es verpatzt habe. Hoffen wir, dass ich es wenigstens richtig mache, wenn es darauf ankommt." Er sagte die Worte so leise, dass Eva die Stirn runzelte.

„Wovon redest du da? Wenn was drauf ankommt?"

Anstatt zu antworten, zog er sie durch die Tür in den Laden. Eva blinzelte in dem blendenden Licht. Zwei weitere Leute befanden sich im Geschäft – ein Mann und eine Frau, die beide lächelten und diskret auf Abstand blieben.

„Was mache ich hier, Lucas? Was ist hier los? Es scheint, als wären alle in irgendeinen Plan eingeweiht, nur ich nicht. Und was hat Albert mit all dem zu tun?"

„Als ich ihm von meinem Plan erzählt habe, wollte er helfen. Genau wie deine Freundinnen, meine Großmutter und Maria. Frankie hat gedroht, mich zu kastrieren, wenn ich dir wehtue. Ich weiß nicht, wie du jemals auf die Idee kommen konntest, du wärst allein auf der Welt. Du hast eine Schutztruppe, auf die selbst unser Präsident neidisch wäre."

„Aber ..."

„Eva, ich habe einiges zu sagen, also lass mich ein Mal aussprechen, ohne mich zu unterbrechen."

„Das werde ich, aber ..."

Er legte ihr einen Finger an die Lippen. Seine Augen funkelten. „Vergiss das Augenverbinden. Ich werde dich knebeln, wenn du nicht jetzt aufhörst zu reden. Ich versuche, das hier richtig zu machen, und du lenkst mich ab."

„Ich bin ja schon still." Sie presste die Lippen fest zusammen, aber ihr Herz raste genauso schnell wie ihre Gedanken. Was wollte er ihr so dringend sagen?

„Ich beginne mit dem wichtigen Teil. Die Hintergrundgeschichte spare ich mir für später auf. Es gibt sehr viele Leute, die dich lieben, Süße." Er streichelte mit dem Daumen über ihre Wange. „Und ich bin einer davon."

Sie wagte es kaum zu atmen. „Du liebst mich?"

„Ja. Und ich sollte vermutlich blumigere Worte verwenden – verdammt, Worte sind mein Beruf, aber im Moment habe ich so viel Angst davor, die falschen Worte zu benutzen, dass es sicherer ist, wenn ich es schlicht halte. Ich liebe dich."

„Aber du wolltest dich nie mehr verlieben. Du denkst, Liebe ist kompliziert und anstrengend."

„Eine weise Frau hat mir mal gesagt, es gäbe so viele Formen der Liebe, wie es Menschen auf der Erde gibt. Wie sich herausstellte, hatte sie recht." Er legte eine Hand an ihren Hinterkopf und zog sie ganz nahe zu sich heran. „Es gibt so viel, was ich dir sagen will, aber diese wunderbaren Menschen hier haben bereits einen Teil ihres Weihnachtstages für mich geopfert, also lassen wir sie besser nicht warten."

„Warten worauf? Ich weiß überhaupt nicht, was wir hier machen." In ihrem Kopf drehte sich alles. Er liebte sie? Das Lächeln kehrte in seine Augen zurück. „Was sagt dir dein unfehlbares Radar?"

Sie waren in einem Juweliergeschäft. *Dem* Juweliergeschäft von New York. Aber sie wagte es nicht, daraus eine Schlussfolgerung zu ziehen. „Ich denke, mein Radar ist defekt. Ich lebe auf Planet Eva, weißt du noch?"

„Dein Radar funktioniert einwandfrei."

„Das weißt du nicht. Du kannst nicht wissen, was ich denke."

„Ich weiß aber, wie dein Gehirn funktioniert."

„Ich bin so vorhersehbar."

„Du bist bezaubernd. Ich liebe dich, Süße, und wir sind hier, weil es, wenn ein Mann weiß, dass er verliebt ist, keinen Sinn hat zu warten. Das habe ich von Tom gelernt. Und von Gram. Sie hat mich daran erinnert, dass sie und Gramps nach vier Wochen geheiratet haben."

„Das ist etwas anderes. Es war Krieg. Da musste alles schnell gehen."

„Sie waren sechzig Jahre lang verheiratet, und Gramps hat ihr nach zwei Wochen einen Ring an den Finger gesteckt. Ich habe ein wenig länger gewartet."

Ihr war schwindelig. „Einen Ring? Du willst mir einen Ring kaufen?"

„Du hättest die Geschichte ganz lesen sollen. Dann wüsstest du jetzt, wie sie endet."

„Wenn ich die Geschichte ganz gelesen hätte, müsste ich wahrscheinlich in Therapie."

„Vergessen wir die Geschichte." Er senkte den Kopf und küsste sie. „Ich hoffe, ich darf dir auf Planet Eva Gesellschaft leisten. Ich reise nur mit Handgepäck, und ich denke, die Regeln, die dort gelten, sind mir bekannt."

Ihr Herz schwoll an.

Es passierte. Es passierte wirklich.

Lucas. Ihr Lucas.

Tränen stiegen in ihr auf. „Bist du sicher? Nur bestimmte Menschen können auf Planet Eva überleben."

„Menschen, die sehr viel Glück haben." Er streckte seine Hand aus, und der Verkäufer reichte ihm diskret eine kleine Schachtel. „Ich weiß, es geht sehr schnell. Wir können so lange warten, wie du möchtest, aber ich will, dass du mich heiratest, Ev." Er nahm den Ring aus dem Kästchen, steckte ihn ihr an den Finger und hielt ihre Hand fest.

Sie starrte den Ring an, und ihr Herz zog sich schmerzhaft zusammen. „Du willst, dass wir heiraten?"

„Ja. Ich liebe dich, und ich kann dir genau sagen, wie sehr, wenn wir wieder in meiner Wohnung sind. Aber damit die armen Leute hier wieder nach Hause zu ihren Familien gehen können, sag jetzt bitte Ja oder Nein."

„Ja. Natürlich ja." Es war eine so einfache Antwort. „Du weißt, dass ich dich liebe. Das habe ich dir bereits gesagt, und ich habe meine Meinung nicht geändert. Nichts könnte mich dazu bringen, meine Meinung zu ändern."

„Darauf hatte ich gezählt." Ohne ihre Hand loszulassen, dankte er den beiden grinsenden Mitarbeitern und führte Eva zur Tür.

„Äh … klauen wir den Ring? Denn ich bin nicht scharf darauf, deine Freunde vom NYPD noch mal zu treffen. Die waren nicht besonders freundlich."

„Das ist alles erledigt."

„Du hast dich darum gekümmert? Sehr beeindruckend. Wenn ich Nein gesagt hätte, hätten sie dir das Geld dann zurückerstattet?"

„Ich war ziemlich sicher, dass du nicht Nein sagen würdest. Du bist niemand, der sich schnell ver- und dann wieder entliebt."

Sie schlenderten eng umschlungen über die Fifth Avenue. Schnee knirschte unter ihren Schuhen. Eva spürte das Gewicht des Rings an ihrem Finger und den festen Griff von Lucas' Hand.

„Wie viel hast du ihnen zahlen müssen, damit sie den Laden an Weihnachten öffnen?"

„Es hat mich weniger gekostet als die Flasche Wein, die du getrunken hast."

Bei der Erinnerung errötete sie. „Davon habe ich ziemliche Kopfschmerzen bekommen."

„Das passiert, wenn man eine ganze Flasche inhaliert, ohne auch nur einmal zu schlucken."

„Vergibst du mir?"

„Vergibst *du* mir?" Er blieb stehen und drehte sie so, dass sie ihn anschaute. Alles, was er fühlte, zeigte sich in seinen Augen.

„Wofür soll ich dir vergeben?"

„Dafür, dass ich dem, was du mir so großzügig angeboten hast, den Rücken zugewandt habe." Sanft strich er ihr die Haare aus dem Gesicht. „Als du mir gesagt hast, dass du mich liebst – da bin ich in Panik geraten. Ich hatte Angst, dir wehzutun, Angst, mir wehzutun …"

„Das verstehe ich." Die Kälte kroch unter ihren Mantel, doch sie spürte sie nicht.

„Ich habe drei Jahre lang in Dunkelheit gelebt. Dann bist du aufgetaucht mit deinem Tausend-Watt-Lächeln und hast Licht in alle dunklen Ecken meines Lebens geworfen. An dem Abend hat sich mein gesamtes Leben verändert. Du hast dafür gesorgt, dass ich wieder lieben wollte. Verdammt, du könntest es sogar schaffen, dass ich an Märchen glaube." Er nahm ihr Gesicht in seine Hände und küsste sie.

Sie erwiderte den Kuss und schlang die Arme um seinen Nacken. „Du bringst mich noch zum Weinen."

„Ich dachte, du bist eine Träumerin. Ich dachte, was du willst, würde gar nicht existieren. Und das habe ich bis zu dem Moment gedacht, in dem du mich verlassen hast. Das war der Punkt, an dem ich erkannte, dass ich ein Teil deiner Träume sein möchte. Ich möchte mein Leben mit dir teilen. Alles – das Gute, das Schlechte, das Angst Einflößende und das Aufregende. Ich liebe dich, Eva." Er flüsterte die Worte an ihren Lippen. „Du bist der gütigste, süßeste, stärkste Mensch, den ich kenne, und ich kann nicht glauben, dass du mir gehörst."

Ihr Herz war so voll, dass sie kaum sprechen konnte. „Ich liebe dich auch so sehr."

Es fing wieder an zu schneien. Die Flocken bestäubten ihre Haare und ihren Mantel wie Konfetti. Lucas wischte sie weg und nahm Evas Hand. „Gehen wir nach Hause."

In seiner Wohnung blieb sie stehen und schaute sich in den inzwischen so vertrauten Räumlichkeiten um. Sie war so glücklich, dass sie kaum atmen konnte. „Ich sollte meine Freunde anrufen und es ihnen erzählen."

„Sie wissen es bereits. Was glaubst du, wie ich es sonst geschafft habe, sie zu überzeugen, mir zu helfen? Sie haben sich geweigert, dich in ein Taxi zu setzen, bis ich ihnen versichert habe, dass ich dir das Happy End schenke, das du verdienst."

„Also wussten sie es vor mir?" Ohne das Buch loszulassen, zog Eva ihre Stiefel und ihren Mantel aus.

„Nicht im Detail. Nur, dass ich dich liebe. Und Frankie hat ein paar gruselige Drohungen ausgestoßen, die ich definitiv in einem meiner Bücher verwenden werde. Diese Frau hat einen sehr blutrünstigen Geschmack."

„Ihr habt viel gemeinsam." Sie legte die Arme um seinen Hals. „Ich dachte, du würdest mich lieben, aber du warst so entschlossen, mich wegzuschubsen …"

„Meine Beziehung mit Sallyanne war ein ständiges Auf und Ab. Vollkommen unvorhersehbar. Manchmal war es aufregend, aber meistens nur anstrengend. Ich bin davon ausgegangen, dass die Liebe so ist. Dann habe ich dich kennengelernt, und du hast mir etwas ganz anderes beigebracht." Er strich mit den Fingern über die sanfte Kurve ihrer Wange. „Du hast mir gezeigt, dass Liebe sich nicht wie ein Kampf anfühlen muss oder als müsste man sich im Dunkeln einen Weg durch ein Labyrinth suchen."

„Ich weiß, dass du sie geliebt hast. Lucas. Ich würde nie wollen, dass du tust, als hättest du es nicht getan."

„Ich habe sie geliebt, aber was wir beide haben, ist etwas anderes. Ich werde nicht lügen. Es ist so anders, dass ich es zu Anfang nicht erkannt habe. Ich dachte, Liebe wäre diese dunkle, komplizierte Sache, bis du kamst, mit deinem Optimismus und dem Sonnenschein. Ich wusste nicht, dass Liebe leicht und unkompliziert sein kann. Du wolltest einen Traum, aber ich dachte, dass ich dir diesen Traum niemals erfüllen kann, weil ich nicht der richtige Mann für dich bin. Ich konnte den Gedanken nicht ertragen, schon wieder eine Beziehung scheitern zu sehen. Aber dann habe ich erkannt, was es bedeuten würde, dich nicht mehr in meinem Leben zu haben. Wenn du mich willst, verspreche ich, jeden Tag meines Lebens damit zuzubringen, deinen Träumen gerecht zu werden."

Ihre Augen füllten sich mit Tränen. „Träume sind nicht real, und ich will etwas Echtes. Ich will dich. Nicht besser oder anders, sondern so, wie du bist. Du hast ein Buch geschrieben, in dem die Figuren überleben. Das ist das schönste Geschenk, das ich jemals bekommen habe." Sie hielt das Buch immer noch fest umklammert, und er löste es sanft aus ihrem Griff.

„Wir sollten das hier jetzt loswerden. Es muss noch mal gründlich bearbeitet werden."

„Nein." Sie nahm es ihm wieder weg. „Ich will es genau so, wie es ist."

„Du hast das Ende noch nicht gelesen."

„Überleben beide?"

Er lächelte. „Ja."

„Mehr muss ich nicht wissen. Auch wenn ich hoffe, dass ihr Happy End viel heißen Sex enthält. Und was diesen Teil angeht, wo er ihr die Augen verbindet …" Sie kniff die Augen vielsagend zusammen. „Vielleicht könnten wir die Szene ins Schlafzimmer verlagern."

Seine Augen funkelten. „Das ist keine schlechte Idee. Ich sehe schon, du bist eine sehr gute Lektorin."

„Das denke ich auch." Sie stellte sich auf die Zehenspitzen und schlang ihre Arme um seinen Hals. „Natürlich ist es wichtig, diese Dinge auszuprobieren, um zu sehen, ob sie im echten Leben auch funktionieren. Was meinst du?"

„Für mich klingt es wie das perfekte Ende." Damit hob er sie hoch und trug sie die Treppe hinauf.

– ENDE –

Danksagung

Ich schreibe Romane, in denen normalerweise niemand ermordet wird. Mich in den Kopf von Lucas zu versetzen, der Horror/Thriller-Geschichten schreibt, war für mich nicht leicht, und ich möchte mich bei dem Schriftsteller Graeme Cameron bedanken, der mir Einblicke in die Gedanken eines Thrillerautors gewährt hat. Graeme, dein Buch *Normal* hat mich die ganze Nacht wach gehalten und definitiv zur Steigerung meiner Stromrechnung beigetragen, weil ich mit angeschaltetem Licht schlafen musste. Lee Child beschrieb das Buch als „hypnotisch und sehr gruselig", und es ist ein Beweis deiner Fähigkeiten als Autor, dass ich immer weiterlesen musste, obwohl „sehr gruselig" normalerweise nicht das ist, wonach ich in einer Geschichte suche. Du hast es sogar geschafft, einem Serienmörder skurrilen Humor zu verleihen.

Ich bin stolz darauf, dass ich dieses Jahr zur „Get into Character"-Kampagne eingeladen wurde. Die Wohltätigkeitsorganisation CLIC Sargent veranstaltet dabei eine Auktion, um Geld für krebskranke Kinder und Jugendliche zu sammeln. Mein Dank gilt Ann Cooper, die großzügig geboten hat, um einer Figur in diesem Buch ihren Namen zu geben. „Annie Cooper" ist ein genauso warmherziger, wundervoller Mensch wie du. Ich hoffe, du magst sie!

Ein weiterer großer Dank geht an Laura Coutts, die bei derselben Auktion auf von mir signierte Bücher geboten hat. Danke, Laura. Ich weiß deine Großzügigkeit sehr zu schätzen.

Und wie immer danke ich all meinen wundervollen Leserinnen und Lesern: Danke, dass ihr euch für meine Bücher entschieden habt. Und danke für all eure liebevollen Nachrichten.

Sarah

xx